CÓRKI TĘCZY

HANNA CYGLER

CÓRKI TĘCZY

LUNA

Wszystkie przedstawione w książce osoby i zdarzenia są fikcyjne (nawet te prawdziwe), a ich podobieństwo do rzeczywistych osób i zdarzeń jest całkowicie przypadkowe.

Copyright © by Hanna Cygler 2022
Copyright © by Wydawnictwo Luna,
imprint Wydawnictwa Marginesy 2022

Wydawca: Natalia Gowin
Redakcja: Ita Turowicz
Korekta: Iwona Huchla, Dominika Ładycka / e-DYTOR
Projekt okładki i stron tytułowych: Anna Slotorsz
Zdjęcia na okładce: dziewczyna: puhhha / iStock,
kwiaty: DalequedAle, Hesti Lestari / Shutterstock,
kobieta: MurzikNata / iStock
Zdjęcie autorki na okładce: Dawid Grzelak
Skład i łamanie: Marzena Madej / Perpetuum

Wydawnictwo Luna
Imprint Wydawnictwa Marginesy Sp. z o.o.
ul. Mierosławskiego 11a, 01-527 Warszawa
www.wydawnictwoluna.pl

Warszawa 2022
Wydanie pierwsze

ISBN 978-83-67406-06-2
Książkę wydrukowano na papierze Creamy 70 g vol 2.0
dostarczonym przez Zing SA
ZiNG
Druk i oprawa: Abedik SA

Szłam powoli ulicą Roberta Sobukwe, stawiając nogę za nogą. Popołudniowy zaduch stopniowo narastał. Słońce niby zbliżało się do ziemi, ale wciąż jeszcze niemiłosiernie paliło, wgryzając się pod powieki.

To zadziwiające, że na ulicy niewiele się działo. Cisza przed wieczorną burzą? Mogła nadejść lada chwila, ale z oddali nie dochodziły jeszcze pomruki grzmotów. Zmieniała się jednak akustyka i bez specjalnego wysiłku można było dosłyszeć każdy szmer i szept przechodniów.

Na chodniku pojawiło się kilku nastolatków. Minęli sprzedawcę, który z ponurą miną zgarniał sprzęt do pieczenia kukurydzy. Przez moment popatrzył z nadzieją na chłopców, ale szybko zrezygnował, bo nie wyglądali na klientów. Na oko mieli po dwanaście czy trzynaście lat. Widać, że czuli się dobrze w swoim towarzystwie. Poklepywali się po plecach, podstawiali sobie nogi. Śmiali się, rżąc jak młode konie. Jeden z nich zapalił papierosa. A może to nie był papieros, bo po paru sztachnięciach przekazał go dalej kolegom. Kiedy skręcili w Bourke Street, ich śmiech ucichł w oddali. Słychać było tylko szum samochodów z sąsiednich ulic i stłumione dźwięki piosenki Rodrigueza, dobiegające gdzieś z głębi budynku.

Skierowałam się w stronę wieżowców przy Leyds Street. Po drugiej stronie chodnika kroczyła prawdziwa matrona o bardziej niż obfitych kształtach. Zdawałoby się, że taka tusza może utrudniać chodzenie. Nic bardziej mylnego. Biodra falowały, kobieta sunęła dostojnie, lekko, a nawet zalotnie. W ręku trzymała niewielki wachlarz, który w tym upale mimo jej energicznego machania nie przynosił ochłody. Matrona nie oglądała się na boki, miała wyznaczony cel. I już po chwili wiedziałam, dokąd zmierza.

Na oknie był szyld: UZDROWICIELKA i obok wyszczególniona lista problemów, które są załatwiane w środku. „Szybki rozwód, zdrada, kłopoty z seksem, skuteczne ściąganie długów, szczęście w miłości i przeciwdziałanie czarom". Aż chciało się wejść, żeby sobie coś załatwić, tym bardziej że drzwi były otwarte. Właścicielka salonu i aspirująca sangoma o ogniście rudych włosach zgasiła niedopałek papierosa i wpuściła matronę do środka.

– Cześć – rzuciła mi jeszcze na powitanie, a ja jej odmachałam.

Ulicą znów szła kobieta. Tym razem bardzo chuda i wcale nie dostojna. Niosła na głowie torbę, w ręku drugą, a przy okazji przytrzymywała dziecko. Chłopiec był zmęczony i ledwo się wlókł. Opierał się matce, która w pewnej chwili przystanęła, chcąc mu wymierzyć klapsa. Malec zaczął ryczeć wniebogłosy, wyrywał się i próbował uciec na jezdnię. Na szczęście nic nie jechało, bo ruch samochodowy ustał. Ale złapałam go w ostatniej chwili. Prawie jednocześnie pojawił się mężczyzna, prawdopodobnie ojciec dzieciaka. Podszedł do nas i zaczął wyzywać. Jego głos sprawił, że dzieciak zastygł. Patrzył z przerażeniem na mężczyznę. Widział, że tym razem na klapsie się nie skończy. Mężczyzna rozpinał pasek od spodni. Kobieta próbowała go powstrzymać, ale ojciec się wściekł. Spocony od gorąca i alkoholu. Chciałabym go powstrzymać, ale matka wysyłała mi ostrzegawcze sygnały.

Po chwili cała trójka znalazła się za półciężarówką, która właśnie zaparkowała po ich stronie. Zniknęli na dobre, jakby wyparowali w słońcu. Czyżby wsiedli do samochodu? Ale dlaczego pojazd nie odjeżdża? Może przywiózł zaopatrzenie do sklepu? To dość dziwne, gdyż wozy dostawcze parkują tu z reguły wcześnie rano. Od godziny sklep jest zamknięty, bo to przecież niedzielne popołudnie i handel wcześnie się kończy.

W pobliżu jest jeszcze czynny sklepik. Należy do malutkiego pana Li, który ma chyba ze sto lat i zaćmę na lewym oku. Kiedy się spojrzy w głąb przez zabrudzoną witrynę, widać wyłącznie opustoszałe półki i kilka nędznych puszek z napisami po chińsku. Ale chyba przychodzą tu jacyś klienci, bo dzień w dzień pan Li znika za drzwiami swego ubogiego kramiku i spędza tam dwanaście godzin.

W tej samej chwili przed sklepikiem zatrzymało się stare auto i wyskoczyło z niego dwóch młodych mężczyzn. Jeden z nich miał zupełnie ogoloną głowę, drugi, wysoki, był w czapce bejsbolowej z nazwą zespołu Pink Floyd. Może potrzebowali papierosów lub piwa? Weszli do środka. Nie minęła nawet minuta, kiedy ponownie wybiegli na ulicę i dopadli samochodu. Jeden z nich wyciągnął broń i wystrzelił w witrynę sklepową.

Nie była już zakurzona. Rozsypała się na tysiąc kawałków. Przylgnęłam do powierzchni ściany, próbując się wcisnąć w jej wnętrze jak płaszczka w dno morza. Bardzo naiwne, bo przecież każdy mógł dostrzec mój czerwony T-shirt. Na szczęście samochód ruszył z wizgiem opon. W tej samej chwili spod dużego sklepu odjechała też półciężarówka. Jakby ktoś podjął nagłą decyzję, że lepiej się stąd szybko ulotnić.

Nie opadł jeszcze kurz spod kół, kiedy pan Li, zataczając się, wyszedł ze swojej klitki. Z rozbitego czoła spływała mu krew. Zaczął bezradnie krzyczeć, wzywając pomocy. Wznosił do góry ręce. Ale już wiedział, że pomoc znikąd nie nadejdzie. Siadł więc na ziemi. Płakał, bo widziałam z daleka, jak drżą jego stare plecy, na których miał tę samą burą koszulę co zawsze. Płakał, bo nie miał już żadnej nadziei. Jedyną chyba był deszcz, który właśnie zaczynał padać.

Mam ochotę usiąść koło niego i również zanieść się płaczem. Ja również nie widzę już nadziei.

ROZDZIAŁ I

Joy

Było dramatycznie? Mam na myśli ten opis. Nauczycielka angielskiego zwróciła mi uwagę, że czytelnika należy porwać od samego początku. Złapać go za gardło, a potem nie luzować uchwytu aż do ostatniej strony.

Ale czy pisząc dziennik, trzeba robić to samo? Przecież nie planuję żadnej książki. A poza tym co to za dramaturgia? Po prostu codzienność mojej ulicy. Nic mniej, nic więcej. Normalka. Nawet się tym już nie przejmuję i przestałam płakać. Zaznaczam zresztą, że w ogóle nie zamierzam tu łkać, a poza tym nie myślcie, że łażę po tej ulicy godzinami. Nie mam na to czasu, bo jestem zbyt zajęta. Akurat wyszłam po zakupy w niedzielne popołudnie.

Miałam pisać dziennik, żeby się szkolić. Nie wolno mi zapomnieć, czego się nauczyłam. Powinnam cały czas powtarzać szkolny materiał, ćwiczyć rękę. A kiedy miałam ostatnio długopis w ręku? Przesadzam. Oczywiście wczoraj w pracy. Czasem muszę notować, szczególnie przy dużych zamówieniach. Notuję i powtarzam słowo w słowo, żeby nie popełnić najmniejszego błędu. A klienci czasem uwielbiają się awanturować. Szczególnie kiedy się napiją i brak im pieniędzy.

Ojejku, właśnie się zorientowałam, że ja tak sobie piszę, a nawet się nie przedstawiłam. Ale może to też bez sensu? Przecież ja wiem, kim jestem i jak mam na imię. Te słowa nie są przeznaczone dla nikogo innego. Chociaż pani Jenkins, ta nauczycielka od angielskiego, o której wspomniałam, powiedziała też, by najlepiej pisać o swoim życiu tak, jakby się je relacjonowało nieznanemu czytelnikowi. W ten sposób możemy się więcej dowiedzieć o sobie. Postaram się jej posłuchać i sprawdzić, jak to działa. Może ja też się czegoś dowiem?

Okej, to tyle wstępu. Ruszajmy więc, wyimaginowani czytelnicy. Postaram się opowiadać bez ściemniania. Nawet jak czasem przesadzę, to jest nadzieja, że się później poprawię. Nie wiem jednak, co was może zainteresować. Nigdy się tego nie dowiem, zaryzykuję więc i opowiem, co interesuje mnie, bo to jest przecież moja opowieść.

– Joy? Co robisz? Dlaczego nie śpisz? Głodna jestem – słyszę nagle głos Thandie i muszę wstać od kuchennego stołu.

Mała jest zupełnie rozbudzona i nie daje się zbyć.

– Jutro dostaniesz śniadanie. Nie jest dobrze napełniać brzuch przed spaniem. Będziesz miała koszmary.

Thandie zrobiła swoją urażoną minkę. W przyszłości powinna zostać zawodową aktorką lub manipulatorką. Widzę dla niej miejsce w rządzie.

– Okej – poddałam się po chwili, podczas której obcałowywała moje ręce. – Dam ci sucharka i trochę ciepłej wody z cytryną.

– Ale takiego miękkkiego, bo mi znowu wyleci ząb mleczny.

Sięgnęłam do szafki kuchennej. Wielkiego wyboru nie było, ale dopiero jutro miały przyjść pieniądze z socjalu i będzie można zrobić większe zakupy. Starałam się rozsądnie gospodarować i zapewnić bliźniaczkom odpowiednią dietę. O to prosiła mnie matka i do tej pory zawsze się z obietnicy wywiązywałam.

– A teraz przeczytaj mi bajkę – poprosiła Thandie, przeżuwając ostatni kęs sucharka.

Wyciągnęłam zniszczoną książkę i zaczęłam czytać historię Roszpunki. Thandie znała ją na pamięć, więc wystarczyły dwie strony, żeby zasnęła. Nakryłam ją prześcieradłem i wróciłam do kuchni do rozłożonego zeszytu.

Wszystko zadziało się tak nieoczekiwanie, że nawet się nie przedstawiłam. Zrobiła to za mnie moja przyrodnia siostra.

Nazywam się Joy Makeba i mam dziewiętnaście lat, ale czuję się, jakbym miała sto. Pewnie dlatego, że jestem stale zmęczona. „Zepsuta dobrobytem", jak wyzłośliwiają się moje koleżanki z pracy. To prawda, moje krótkie życie zaczęło się od względnego komfortu, przeszło przez okres luksusu, następnie upadku, a obecnie triumfalnie wkroczyło w fazę nędzy. Pytanie tylko, czy historia zatoczy znów koło. Na razie nie uzyskałam odpowiedzi.

Mieszkam w Pretorii, stolicy Południowej Afryki. Dzielnica Sunnyside, której jedną z ulic opisałam na początku, należy do najstarszych przedmieść miasta. Powstała w końcu XIX i na początku XX wieku jako dzielnica pięknych willi, ale w związku z napływem białej ludności w latach siedemdziesiątych dobudowano w niej nowe bloki, a w zasadzie blokowiska.

Obecnie bloki stoją nadal, ale mają już zupełnie innych mieszkańców, którzy przybyli tu z prowincji. Ich kolor skóry jest również inny.

– Co to za slums! – powiedziała moja matka, kiedy po zastawionych starymi gratami schodach z trudem dotarłyśmy na drugie piętro.

Byłabym niesprawiedliwa, nie dodając, że moja nowa dzielnica ma również piękne zakątki, ale tam akurat, niestety, nie mieszkamy. W naszej części jest tylko kurz, smród, uliczny handel i narastająca przestępczość.

Po dwóch latach udało mi się do tej sytuacji przyzwyczaić. Nie było to jednak łatwe. Nasze poprzednie mieszkanie w Hatfield, należące do uniwersytetu, miało trzy obszerne pokoje, kuchnię i łazienkę. W okolicy były liczne zielone zakątki, budynki ambasad, ulice obsadzone fioletowymi jakarandami, a nawet prezydenckie ogrody. Oczywiście nie w najbliższym sąsiedztwie, ale niedaleko. A poza tym okno na świat – przystanek kolei Gautrain łączącej Pretorię z Johannesburgiem. Bilet wprawdzie kosztował niezłą sumkę, ale w ponad pół godziny można było dojechać na lotnisko, jak również do samej metropolii.

I jak tu nie jęczeć po takiej stracie, kiedy we czwórkę musiałyśmy się przeprowadzić do nory składającej się z jednej izby, bo trudno to nazwać pokojem. Ja miałam spać w kuchni na rozkładanym łóżku. Wynajmujący powiedział nam, że jesteśmy szczęściarami, bo mamy też własną łazienkę, ale wystarczyło mi na chwilę do niej zajrzeć, by stracić wiarę w dobry los.

Pamiętam, że spojrzałam wówczas na matkę. Helen była przeraźliwie blada, z podkrążonymi sino oczami, ale starała się robić dobrą minę do złej gry.

– To co, moje skarby, przenosimy się, prawda?

– Mamo, ale może da się jeszcze coś zrobić? – próbowałam prosić.

Jej uśmiech też był blady.

– Ale co?

– Możesz poprosić tatę?

– Tony'ego? – powtórzyła, jakby przypominała sobie, kto jest moim ojcem. – Przecież rozmawiałyśmy o tym. To jest absolutnie wykluczone! – Słowa dodały jej energii, bo się rozgadała. – Nie będę z tym człowiekiem rozmawiała o niczym. A co? – Rozłożyła ręce. – Nie podoba się to miejsce młodym damom? Brudno i śmierdzi? No cóż, trzeba zakasać rękawy i się z tym uporać. Chyba twoja szkoła cię zupełnie wypaczyła, Joy, i to towarzystwo bogatych bachorów. A wiesz, jak wygląda życie większości ludzi w tym kraju? Za mało woziłam cię po Soweto, Mamelodi czy Tembisie… – zaczęła wymieniać nazwy townshipów zamieszkałych przez czarną ludność i coraz bardziej się nakręcała – …żebyś zobaczyła, jak tam się im wiedzie? Obecnie, teraz, a nie przed upadkiem apartheidu.

Znowu, pomyślałam i bezgłośnie westchnęłam. Moja matka nie przestała być prawdziwą rewolucjonistką. Od dziecka, kiedy skarżyłam się na coś, odpowiadała z surową miną: „Czy nie rozumiesz, że w Soweto mają gorzej?". To był oczywiście stary, wyświechtany tekst. Od tego czasu w Soweto wiele się zmieniło, ale moja matka nawet nie chciała słyszeć o pełnych przepychu rezydencjach czarnych milionerów. Pewnych rzeczy postanowiła nie przyjmować do wiadomości, gdyż kłóciły się z wyznawaną przez nią ideologią. Wolała tkwić myślami w dawnych czasach, kiedy pod więzieniem Victora Vestera czekała z magnetofonem na wypuszczenie po dwudziestu siedmiu latach Nelsona Mandeli. Widziałam zdjęcia i filmy dokumentalne z tego okresu. Helen wyglądała wówczas jak aktorka filmowa. Zgrabna długonoga dziewczyna z burzą blond włosów.

Teraz ledwo trzymała się na nogach. Przeraźliwie chuda, z chustką okrywającą jej łysą głowę, zupełnie nie przypominała pełnej energii gwiazdy reportażu, walczącej o sprawiedliwość społeczną i lepsze jutro.

Mówienie prędko ją wyczerpało. To też już nie te czasy, kiedy odpalając papierosa od papierosa, niezmordowana dyskutowała do samego świtu. Szybko przysiadła na jedynym stołku znajdującym się w mieszkaniu.

– Poradzimy sobie, Joy – westchnęła, nagle zaprzestawszy ze mną słownej walki. – Do wszystkiego można się przyzwyczaić.

– Oczywiście. Zaraz się wszystkim zajmę. – Ja również zaprzestałam buntu i uśmiechnęłam się szeroko.

I się zajęłam. Ręce miałam czerwone i opuchnięte od detergentów, ale domyłam podłogi do czysta.

Udało mi się tak ustawić dwa łóżka – bliźniaczki spały razem – że znalazło się jeszcze trochę miejsca na szafę. Wszystkie ściany zostały obwieszone półkami na książki. Niestety, większości zbiorów musiałyśmy się pozbyć, ale kolorowe okładki stanowiły znacznie wdzięczniejsze tło niż źle pomalowane ściany. Biurka Helen też nie dało się upchnąć. Wyjęła z niego wszystkie potrzebne dokumenty, a ja umieściłam je w kolorowych kartonach. Wykorzystałyśmy każdy centymetr powierzchni i rzeczywiście efekt był zaskakujący. Poza tym matka miała rację, przyzwyczaiłyśmy się do nowego mieszkania. Nie byłoby tak źle, gdyby nie jej postępująca choroba. Cały czas zdawała sobie sprawę z tego, co się z nią dzieje, i w ostatnich miesiącach usiłowała mi przekazać jak najwięcej cennych wskazówek. Żebym dała sobie radę, kiedy jej nie będzie. Słuchałam ich uważnie, ale nie do wszystkich zamierzałam się dostosować.

Kiedy Helen umierała, zapewniłam jej najlepsze z możliwych warunki. Nie udało mi się jednak ściągnąć ojca. Jak zwykle zajęty, przebywał na konferencji w Stanach Zjednoczonych. Nawet na pogrzeb nie przyjechał. Na szczęście przekazał trochę pieniędzy. Dzięki nim mogłam wszystko zorganizować. Nie macie nawet pojęcia, jak drogi jest tutaj pochówek. Nic dziwnego, że większość reklam w gazetach i w telewizji wykupują firmy ubezpieczeniowe specjalizujące się w pogrzebach. Ma się wrażenie, że to podstawowa gałąź gospodarki. Większość pracujących ma plan pogrzebowy i przez całe życie odkłada kasę na tę jedną doniosłą chwilę, kiedy wyzionie ducha. Wszystko po to, by zapewnić godną stypę żarłocznej rodzinie. My oczywiście nie miałyśmy żadnego planu ubezpieczeniowego. Ale i żadnej rodziny.

Na pogrzebie było niewiele osób, zaledwie kilkoro dawnych przyjaciół Helen, paru studentów i urzędnik z uniwersytetu, który wygłosił krótkie przemówienie.

– To była niezwykła kobieta. Do końca wierna ideałom głoszonym przez Nelsona Mandelę, ideom wolności i tolerancji.

To ostatnie mijało się z prawdą. Pod koniec życia Helen stała się bardzo radykalna. Miejsce dla większości dawnych działaczy widziała w więzieniu lub na przymusowych robotach.

– Lenistwo, gnuśność, ksenofobia, egoizm – mruczała pod nosem. – To wszystko powinno być karalne. Co oni zrobili z tym krajem!

Na szczęście w mieszkaniu na Sunnyside nie miałyśmy już telewizora, więc nie musiała się tak bardzo denerwować codziennymi wiadomościami.

– Pamiętam twoją matkę – mówili do mnie na stypie byli rewolucjoniści o smutnych oczach, a potem szybko wchłaniali poczęstunek. – Tak młodo zmarła. Będzie nam jej bardzo brakowało.

Bzdura. Od dawna nikt się nią nie interesował. Ostatni raz dwa lata przed jej śmiercią zawitał do nas dziennikarz brytyjski pragnący spotkać się z legendą.

Zdziwił się naszym skromnym lokum, choć był to prawdziwy pałac w porównaniu z późniejszym Sunnyside, a on przecież reprezentował jakąś nieznaną socjalistyczną gazetkę. Porozmawiali przez chwilę, ale Helen musiała go przerazić swym radykalizmem. Szybko doszedł do wniosku, że nie zrobi z tej rozmowy żadnego materiału, więc pożegnał się i czmychnął.

A ci pozostali działacze? Matka nie chodziła na żadne zebrania partyjne. Zresztą nie należała już do żadnej partii. Wszystkie po krótkim czasie wyrzucały ją z hukiem.

I ojciec nie przyjechał… Myślałam, że skontaktuje się z nami później, ale podobno znowu wyjechał, tym razem do Nigerii. Ostatecznie zrozumiałam, że nie mam już na kogo liczyć. I nie tylko ja, również moje siostry bliźniaczki.

One nie miały co czekać na mojego ojca, bo ich ojcem nie był Tony Makeba, o którym wspomniałam, tylko Zulus o imieniu Themba, poznany przez Helen na uniwersytecie. Choć młodszy od niej o ponad dziesięć lat, według matki był miłością jej życia. Jak zresztą każdy mężczyzna, w którym się zakochała.

Na początku nawet się ucieszyłam, że Helen się ustatkowała i znowu chce stworzyć rodzinę. O małżeństwie oczywiście nie było mowy. Już raz tego zaznała i to jej wystarczyło na jedno życie. O dzieciach też nie myślała, bo przecież skończyła czterdziestkę, więc nie będzie się bawić w pieluchy. Macierzyństwo i tak jej nigdy nie bawiło. Themba miał służyć do rozrywki, do wożenia samochodem – straciła swoje prawo jazdy za jeżdżenie po pijaku – a przede wszystkim do intelektualnych rozmów.

Themba wprowadził się do naszego mieszkania i zamieszkał w pokoju z matką. Wcale mi to nie przeszkadzało. W tygodniu chodziłam do szkoły, a w weekendy oni najczęściej znikali. Czasem jednak Themba próbował mi się przypodobać i zabierał mnie na spacery do muzeów czy do ogrodu zoologicznego. Lubiłam nawet te nasze wyprawy, bo w przeciwieństwie do ojca chętnie ze mną rozmawiał i wyjaśniał wszystko, o co pytałam. Taki dobry najstarszy brat, który nie wypytuje, tylko słucha.

Ta sielanka, niestety, skończyła się szybciej, niż myślałam. Musiałam zrobić bardzo głupią minę, kiedy matka powiedziała mi, że jest w ciąży.

– Też jestem zaskoczona – dodała zgaszonym tonem.

Ona, wojowniczka o prawa kobiet, o środki antykoncepcyjne dla wszystkich, wpadła jak każda inna.

– Odstawiłam je tylko na chwilę. Miałam potworne bóle głowy.

Czuła się tym wszystkim mocno zakłopotana. I nawet zaniepokojona przyszłością. Całkiem słusznie, skoro była naszym jedynym żywicielem. Themba kończył doktorat i nie należało mu przeszkadzać. „Zrewolucjonizuje nauki polityczne", matka była oczywiście przekonana o jego geniuszu i jego przyszłych osiągnięciach. Ja znacznie mniej, bo widziałam, że każdego dnia zbija bąki, kiedy Helen idzie na uniwersytet.

Themba wydawał się jednak przeszczęśliwy z przyszłego ojcostwa i naprawdę bardzo troskliwie zajmował się Helen.

– Wiesz, jakie to będzie genialne dziecko?

Byłam pewna, że lada chwila przedstawi nas w końcu swojej rodzinie. Dość dziwne, że do tej pory to nie nastąpiło. W tym kraju relacje rodzinne odgrywają bardzo ważną rolę. Oczywiście krewnych trzeba karmić i zapewniać im dach nad głową, kiedy są biedni, ale oni muszą robić to samo, kiedy my znajdziemy się w takiej sytuacji. Zaintrygowało to nawet Helen.

– Moi rodzice wcześnie umarli – odpowiedział. – Została mi tylko starsza siostra, która mnie wychowywała.

– To dlaczego jej jeszcze nie spotkałyśmy, co?

– Ona nigdzie nie jeździ. Mieszka we wsi w prowincji Limpopo. Trochę się poróżniliśmy, bo chciała, żebym się zajął ojcowizną. Zupełnie nie rozumie znaczenia pracy naukowej.

– To może my ją odwiedzimy? – zaproponowałam, ale od razu mnie uciszyli.

Pojadą tam, jak Helen będzie w drugim trymestrze i będzie mogła podróżować.

Tylko że za parę miesięcy okazało się, iż dzieci jest dwójka, a matka ma zagrożoną ciążę. Nie było mowy o jakichkolwiek wycieczkach.

Poród jednak przeszedł gładko i w domu pojawiły się dwie małe kulki: Thandie (Ukochana) i Nandi (Słodka). Imiona afrykańskie są pełne znaczeń. Ich wybór polega na docenieniu kultury, z której się wywodzą. Ponieważ Themba był zbyt oszołomiony pojawieniem się na świecie bliźniaczek, Helen i ja same wybrałyśmy dla nich zuluskie imiona. I to było ostatnie intelektualne zajęcie, któremu byłam w stanie sprostać, bo przez następne trzy miesiące rozgorzało piekło. Najgorsza była słodka Nandi, której donośny wrzask słychać było nawet na sąsiedniej ulicy. Dopiero kiedy Helen zrezygnowała z karmienia piersią, nastąpił jaki taki spokój. Podawałyśmy im butelki z mlekiem na zmianę, bo przecież Themba musiał się wyspać, by mieć wypoczęty mózg do pisania doktoratu. To oczywiście słowa matki, a nie moje, bo ja, trzynastoletnia uczennica szkoły średniej, mogłam chodzić na lekcje niewyspana i nieprzygotowana.

– Ale ty sobie poradzisz. Jesteś taka mądra – pocieszała mnie matka i najgorsze, że miała rację, choć może „pilna" byłoby lepszym słowem. Ukończyłam rok jako najlepsza uczennica w Hatfield High, w sumie nie byle jakie osiągnięcie.

Przyszły wakacje, bliźniaczki się uspokoiły i stopniowo zaczęłam się przyzwyczajać do nowej sytuacji. Czasami było bardzo miło, kiedy wszyscy razem wychodziliśmy na spacer do parku. Wówczas chętnie pchałam wózek. Nie lubiłam tego robić w pojedynkę, gdyż większość przechodniów patrzyła na mnie jak na matkę dziewczynek.

– A co to ciebie obchodzi, jak na ciebie patrzą?

A obchodzi. I chociaż to nie żadna sensacja, bo małoletnich matek jest tu na kopy, ale umarłabym ze wstydu, gdyby spotkała mnie koleżanka ze szkoły.

– Droga Joy, wyrastasz na prawdziwą snobkę. Czego tu się wstydzić? To decydenci powinni się wstydzić, że tak nieudolnie dbają o edukację seksualną dziewcząt.

O czym ona mówi? Toż sama się w tej kwestii zaniedbała. Co to miało wspólnego ze mną?

– A może pójdziemy na lody? – Szybko zmieniałam temat, bo nienawidziłam, kiedy Helen rozmawiała ze mną o seksie. Z tego, czego zdążyłam się dowiedzieć, jej otwartość w tych sprawach była wyjątkiem. Cała Helen Miller była wyjątkowa. Od razu dodaję, że zachowała swoje nazwisko panieńskie!

– Themba, wyjaśnij jej.

Ale Themba również nie miał żadnej ochoty na dyskusje o antykoncepcji i czym prędzej skręcił do sklepiku z lodami.

– Joy jest najlepszą uczennicą w klasie. Musimy o nią dbać.

Podał mi największą porcję śmietankowych delicji i uśmiechnął się.

W takich chwilach uważałam, że naprawdę go lubię. Nie było z niego w domu wielkiego pożytku, ale w zasadzie nikt tego nie oczekiwał, gdyż taki obowiązuje społeczny standard, jednak zawsze uważałam, że mógłby choć trochę pomóc Helen w pracy zarobkowej. Oprócz uniwersyteckich wykładów matka dla utrzymania naszej piątki musiała dorabiać lekcjami angielskiego. A Themba pisał swój słynny od zarania doktorat i nie przynosił do domu ani grosza. Czasem, przyciśnięty przez Helen do muru, pobawił się chwilę z dziewczynkami. Cieszyłam się jednak, że jest. Matka śmiała się w jego obecności, nie miała nawrotów depresji i żyło się nam znacznie lepiej, niż kiedy byłyśmy same.

– Już niedługo będę miał bardzo ważne zadanie.

To rzeczywiście coś nowego. Nadstawiłam ucha, żeby usłyszeć, do jakiej pracy pójdzie Themba, ale się pomyliłam.

– Joy rośnie tak szybko. Niedługo będą za nią biegać chłopcy i to ja będę negocjował lobolo.

Lobolo jest odpowiednikiem posagu; majątkiem płaconym przez starającego się rodzinie panny młodej. Zwyczaj ten jest bardzo mocno ugruntowany, szczególnie na wsi, gdzie zapłata dotyczy krów i innego przydomowego inwentarza. Podobno sam Nelson Mandela, by ożenić się z Gracą Machel, dał jej rodzinie sześćdziesiąt krów jako lobolo.

Również Tony Makeba był gotów zapłacić za matkę, tylko nie miał komu.

– Jeszcze mam czas – powiedziałam, próbując jak najszybciej uciąć ten niewygodny temat. Już widziałam otwarte usta Helen. Awantura wisiała w powietrzu. Nie byłam pewna, czy Themba żartuje, czy mówi poważnie, ale z pewnością nie chciałam słuchać niczego na ten temat. – A poza tym od tego jest mój własny ojciec.

Themba kiwnął głową. To miłe, że potraktował mnie jak córkę, choć przerażające, że chciał za mnie wziąć posag.

Helen czuła się dobrze przez pierwsze dwa lata po porodzie. Wykładała wciąż nauki polityczne na Uniwersytecie Pretoria, ja chodziłam do szkoły, a w tym czasie bliźniaczkami zajmowała się rezolutna sąsiadka. Po raz pierwszy matka poczuła się źle w drugie urodziny Thandie i Nandi.

– Pewnie zaszkodził mi tort – wystękała zbolałym tonem, kiedy wróciła z ubikacji. – Może złapałam salmonellę.

To byłby pech, żeby bakteria ukryła się akurat w jej kawałku ciasta. Nikt poza nią nie skarżył się na żadne dolegliwości.

– Mamo, musisz iść do lekarza – poradziłam zaniepokojona jej stanem. Już drugi dzień nie wychodziła z łóżka. Była tak słaba, że nie mogła się nawet podnieść.

– Ja do lekarza? Żartujesz. Szkoda pieniędzy.

Rzeczywiście do tej pory była zdrowa jak koń. Nie szkodziły jej ani papierosy, ani alkohol, ani te podejrzane prochy, które łykała jak cukierki przed narodzinami bliźniaczek. Prędzej poszłaby do znachorki, sangomy niż do lekarza.

– To przecież żaden wstyd – zauważyłam.

Nie chciała słuchać, ale kiedy bóle nie ustawały, w końcu udała się do kliniki uniwersyteckiej.

– I co ci powiedzieli?

– Bzdury jakieś – próbowała mnie zbyć i sięgnęła do torebki po papierosy.

– Ale co?

– Muszą jeszcze zbadać, czy to nie salmonella. – Otworzyła okno i wypuściła z siebie dym. – Nie masz się co martwić.

Wkrótce zapomniałam o wszystkim, bo wróciła do normy, a w domu pojawiły się nowe problemy.

– Nigdy w to nie uwierzycie! – Themba szalał z radości. W rękach trzymał butelkę szampana i bukiet kwiatów dla matki. – Ale mi się udało!

Początkowo trudno było cokolwiek zrozumieć, bo nie był w stanie się wysłowić. W końcu wydukał:

– Dostałem stypendium na uniwersytecie w Leeds. Chcą, żebym tam skończył doktorat i pracował jako stażysta.

Spojrzałam na matkę, ale nie zrobiła żadnej krzywej miny, tylko rzuciła mu się w ramiona.

– Wspaniale! Tak bardzo się cieszę.

– Kochana Helen, wiedziałem, że mogę na ciebie liczyć.

Zaczął szybko mówić, że zrobi ten doktorat jak najprędzej, bo chce wrócić do domu. Jak pojedzie do Anglii, to będzie wysyłał nam pieniądze. Może też załatwi mi wakacyjną pracę.

– A może wy do mnie przyjedziecie?

Helen, od kiedy wyjechała z Londynu w 1989 roku, nie miała ochoty tam wracać. Rozumiała jednak, że jest to dla Themby wyjątkowa okazja.

– Poczekamy na twój powrót!

Z góry było wiadomo, że oznacza to co najmniej dwa lata rozłąki, jednak Helen robiła dobrą minę do złej gry. Ale stojąc na lotnisku Olivera Tambo w Johannesburgu i żegnając się z Thembą, nie mogła przypuszczać, że już się nigdy w życiu nie zobaczą. I że nie zobaczy również obiecanych przez niego pieniędzy.

Początkowo wysyłał jakieś grosze, nie powiem. Ale mniej więcej po pół roku przestał. Zamilkł również jego telefon komórkowy. Kiedy Helen udało się w końcu dodzwonić do sekretariatu uczelni, doznała głębokiego szoku. Themba nigdy nie był ich doktorantem ani stażystą, ani nawet uniwersyteckim woźnym. Po prostu w ogóle go tam nie było.

– I co?

– Nic! – Helen, ochłonąwszy, wzruszyła ramionami. – Nie będziemy go przecież szukać po całej Wielkiej Brytanii. To w końcu duży kraj.

– Ale...

– Nie ma żadnego „ale". Musimy sobie radzić same. Mogę ci obiecać, że już więcej nie przyprowadzę do tego domu żadnego mężczyzny.

W sumie niewielkie pocieszenie. Spojrzałam na matkę i było tak jak zawsze. Żadnych łez, żadnego żalu, tylko zaciśnięte usta. Dlaczego zawsze musiała być taka silna? Ale nie była. Wkrótce zupełnie się rozsypała. Nie mogła już dłużej udawać zdrowej.

– Lekarz powiedział mi, że mam najwyżej rok – przyznała się, dopiero kiedy wcześniej wróciłam ze szkoły i zastałam ją zwijającą się z bólu na podłodze.

Początkowo nie chciałam w to wierzyć, ale jej stan pogarszał się z miesiąca na miesiąc. Nie doczekała czwartych urodzin bliźniaczek, dwa miesiące po przeprowadzeniu się do dzielnicy Sunnyside.

Kiedy wróciłam po pogrzebie do domu, uderzyła mnie nagła pustka i cisza. Doszło wówczas do mnie, że zostałam naprawdę sama i że to ode mnie zależy, jak będzie wyglądało teraz moje życie i życie moich sióstr. Musiałam podjąć jakieś kroki, więc podjęłam pracę. Bliźniaczki poszły do szkoły.

I tak od dwóch lat mija dzień za dniem. I choć dotkliwie brakuje mi Helen, mam powody do zadowolenia. Jesteśmy zdrowe, moje siostry szybko rosną i dobrze się uczą. Poza tym mamy jeszcze z czego żyć i gdzie mieszkać.

Patrzę na dane statystyczne: bezrobocie na poziomie trzydziestu procent, bezdomnych nikt zbyt dokładnie nie liczy, ale czy nędzne mieszkania w townshipach można nazwać mieszkaniami?

Czuję, że powinnam zrobić coś więcej. Przez ostatnie miesiące życia matka mi to ładowała do głowy. Tylko co i w jaki sposób? Mandela mówił, że „edukacja jest najpotężniejszą bronią, której możesz użyć, by zmienić świat". Jednak nie jestem w stanie użyć tej broni, póki dziewczynki są małe. Pozostały mi tylko marzenia. Każdy człowiek nimi żyje. I ja również.

Rozmyślam o tym, że studiuję na uniwersytecie i przesiaduję godzinami w ogromnej bibliotece. Po nauce chodzę na spacer do najbliższego parku, gdzie są przepiękne fontanny, i przyglądam się przechodzącym studentom. Jeden z nich uśmiecha się na mój widok i podchodzi do ławki, na której właśnie usiadłam.

Tak, wcale się nie wstydzę. Marzę też o wielkiej miłości. Ale najpierw musi mnie ktoś uratować z tej sytuacji bez wyjścia. Najlepiej jakiś książę. Biały czy czarny? Raczej to drugie, bo sama mam ciemną skórę. Chyba o tym jeszcze nie wspomniałam?

ROZDZIAŁ II

Zuzanna

Słyszała, jak Natan szuka czegoś na górze i otwiera szafy. Mógłby ją zapytać, ale tego nie robi. Próbuje być samodzielny. Albo też unika z nią kontaktu.

Zuzanna Fleming poczuła ukłucie w sercu. Jeszcze tak niedawno była jego całym światem. To ją zawsze wołał, gdy mu coś dolegało, to ona gładziła jego jasne włosy, zapewniając, że w sypialni nie ma żadnych strachów.

Westchnęła i podeszła do okna, by je zamknąć. Zbierało się na deszcz. Chociaż był początek września, wydawało się, że jesień już puka do drzwi. Powinna powiedzieć ogrodnikowi, żeby wkrótce przeniósł niektóre z roślin do ogrodu zimowego.

– Mama? Masz coś do jedzenia?

Głos syna ją zelektryzował. Ruszyła w stronę wyspy kuchennej.

– Odgrzeję ci kotlet. Chcesz kanapkę na drogę?

– Coś ty. Żadnych kanapek! – Wykrzywił się, jakby go chciała otruć.

– Wytrzymasz do Warszawy?

– Wielkie halo. Najwyżej się zatrzymamy po drodze.

Pewnie na fast foody. Nigdy nie mieli skrupułów, by karmić jej jedynaka świństwami. Choć nie było tego widać po Natanie. Był szczupły i wysoki jak jego ojciec.

Podała kotlet z pomidorami i sałatką kartoflaną, którą syn uwielbiał. Teraz też połykał ją w błyskawicznym tempie.

– Natan – zwróciła się do niego, kiedy już kończył. – Naprawdę musisz wracać do Warszawy? Nie możesz znów ze mną zamieszkać?

– Ale po co?

– Jak to po co?

– Nie zaczynaj. Studiuję w Warszawie. Mam tam kumpli, a poza tym za tydzień jadę z ojcem w Alpy. Chcemy się powspinać. Będzie megazabawa.

Zuzanna zacisnęła pod stołem pięści.

– Ale potem. Jak wrócisz. Zbyt rzadko do mnie przyjeżdżasz. Ja tak bardzo za tobą tęsknię.

– Ty znowu swoje! – Przystojna twarz syna wykrzywiła się. – Nie mów, że się nudzisz. Masz tę swoją fabrykę. Zawsze tylko na niej ci zależało.

– Na tobie bardziej.

– E tam! Przestań się mnie czepiać. Znajdź sobie jakieś zajęcie. Może też byś pojechała za granicę albo co? Sam nie wiem. – Wzruszył ramionami. – Wymyśl coś!

Co go w sumie obchodził los samotnej matki w średnim wieku. Miał przecież ciekawsze zajęcia.

– To może przyjedziesz z kolegami?

– Nie poddajesz się, co? A jak myślisz, co oni by tu robili? Tu jest potwornie nudno.

Niewielka rezydencja pod Gdańskiem, otoczona wypielęgnowanym ogrodem i sadem, nie była dla niego żadną atrakcją, tylko źródłem udręki. Zawsze już pierwszego dnia kombinował, jak się dostać do miasta. I czy może go podwieźć do centrum, bo uber za drogi, a autobus za powolny. Natan nie szukał tu spokoju po codziennej pracy.

– Pomyślisz chociaż o tym?

Natan przewrócił oczami.

– Bez sensu.

To była jego ulubiona fraza. W zasadzie wszystko, co robiła, było bez sensu. Może powinna pójść do psychologa, żeby jej poradził, jak ma postępować z młodocianym synem. Może i tak, ale myśl o tym, że musiałaby opowiadać o swoim życiu, skutecznie odstręczała od decyzji. Nie będzie obcy człowiek słuchał o jej prywatnych sprawach! Akurat w tej kwestii doskonale zgadzała się z matką.

Kiedy zrezygnowana sprzątała ze stołu, rozległ się dźwięk przychodzącego esemesa. Natan sięgnął po telefon.

– Karina już przyjechała. To lecę.

Posłał w jej stronę całusa i pobiegł na górę po plecak.

– Karina, nie Sławek?! – krzyknęła zaskoczona.

– Ona lepiej prowadzi niż ojciec.

Jej jedyny syn biegł na spotkanie z macochą tak szybko, że omal nóg nie pogubił.

– Nie musisz się tak spieszyć. Niech wejdzie do środka.

Natan zbiegł właśnie z góry i przewrócił oczami.

– Taaa.

– Naprawdę. Już mi przeszło. Nic do niej nie mam.

– Jasne! – Natan nachylił się nad matką i musnął ustami powietrze nad jej głową. – Zadzwonię!

A w to akurat ona nie wierzyła.

Zuzanna wyszła na ganek i zobaczyła, jak Natan podbiega do sportowego kabrioletu, wrzuca do niego torbę i roześmiany zajmuje miejsce dla pasażera. Kierująca pojazdem miała włosy spięte w koński ogon, a na twarzy duże przeciwsłoneczne okulary. Zuzanna nie była pewna, czy patrzy na nią, ale na wszelki wypadek uniosła rękę w geście pozdrowienia. Niech Natan zobaczy, że mam wobec tej zołzy jak najbardziej pokojowe zamiary. Karina jednak nie odmachała, jak zwykle traktując ją jak powietrze. Dodała mocno gazu i za sekundę zniknęli za zakrętem.

– Porywaczka jedna wstrętna – mamrotała do siebie Zuzanna, ryglując drzwi wejściowe. – To ona jest wszystkiemu winna.

Poprzednie żony czy „nieżony" Sławka były jej dość obojętne. Nie musiała się z nimi spotykać ani ich widzieć. Poznawała ich imiona, ale po krótkim czasie – ze względu na szybkie zmiany – zaczynały jej się mylić. Poza tym wyglądały dość podobnie, tak jakby ich miejscem pochodzenia był ten sam klub nocny. Ale Karina była inna. Miała ukończone studia inżynierskie i była kierowcą rajdowym. Naturalnie ładna i pełna humoru. Zuzanna sama mogłaby się z nią zaprzyjaźnić. Gdyby nie... Oczywiście, nie chodziło o Sławka. Z nim miała poprawną, choć lodowatą relację. Ale to Karina ukradła jej Natana.

Od kiedy się pojawiła w życiu eksmęża Zuzanny, Natan bardzo się do niej przywiązał, a wkrótce namówiony przez nią wybrał studia na Politechnice Warszawskiej. I cały czas było tylko: Karina to i Karina tamto, jakby się sam w niej zakochał. Gdyby chociaż chodziło o te sprawy, Zuzanna nawet by zrozumiała. Młody chłopak i imponująca mu starsza o dziesięć lat dziewczyna. Ale wcale tak nie było. Karina stała się dla niego najwyższą wyrocznią. W ciągu zaledwie dwóch lat Zuzanna została całkowicie zdetronizowana jako matka.

A może oni są w zmowie, pomyślała o Sławku, który nic od niej nie powinien już chcieć, ale cały czas chciał i za każdym razem trzeba było prosić prawnika, by go przepędził. Może wykombinował, żeby mnie zniszczyć przez Natana?

Rzadko to robiła, ale sięgnęła po telefon, by porozmawiać o tym z matką. Kiedy usłyszała jej roześmiany głos, szybko doszła do wniosku, że o niczym jej nie powie.

– Susie, kochanie, powinnaś do nas przyjechać. Jest taka wspaniała pogoda, cały dzień pływaliśmy jachtem.

– Potrafisz wypoczywać, pracoholiczko?

– Już teraz tak. Dobry menedżer to połowa sukcesu. Mój się zwija jak w ukropie, a my z Filipem objadamy się ostrygami.

– Ja nie mam takiego dyrektora.

– Oczywiście, że masz, więc nie marudź. Przyjedź chociaż na tydzień. Dobrze ci zrobi. Nigdzie nie byłaś w tym roku na wakacjach.

To prawda. Nie była, ale nie zamierzała też jechać na hiszpańskie wybrzeże, żeby obżerać się owocami morza. Mogłaby się założyć, że nie byli tam sami, tylko w licznym towarzystwie z Niemiec. Nie miała ochoty patrzeć na ich błyszczące od bieli implanty i słuchać o wyczynach na polach golfowych. Kumple Julii byli zawsze przewidywalnie nudni. Matce to nie przeszkadzało. Bez problemu nad nimi królowała. Mimo wszystko Zuzannie było trochę żal. Przede wszystkim pięknych piaszczystych plaż i turkusowej wody. I kwiatów Andaluzji, które nie zważając na porę roku, oszałamiały kolorami tęczy.

– Chyba nie dam rady. Mamy nowe zamówienia i muszę wszystkiego sama dopilnować.

– A szkoda. Natan mi wspomniał, że może mnie odwiedzi po powrocie z Alp.

– Natan z tobą rozmawiał? – Zuzanna była zaskoczona. Nie miała pojęcia, że jej syn utrzymuje kontakty z babcią.

– Oczywiście. To kochany wnuk. Pamięta o mnie bardziej niż ty.

– To dobrze – jęknęła.

Miłe, że Natan dzwoni do Julii, ale... Ale znów się poczuła wykluczona.

– Przyjedź, przyjedź – nalegała matka. – Dobrze ci zrobi i może kogoś tu poznasz.

– Ja? – prychnęła ze złości.

– Najwyższy czas. Chyba nie będziesz sama całe życie?

Zuzanna zacisnęła zęby i szybko się z matką pożegnała. Nie będzie się wykłócać przez telefon. A zresztą czy ona kiedykolwiek się awanturowała? Była spokojną, ugodową osobą, szczególnie wobec matki, która całe życie jej imponowała.

Po śmierci męża i ojca Zuzanny Julia musiała sobie sama poradzić i zarobić na życie. Nie sprzedała niewielkiej firmy kurierskiej męża, tylko zaczęła nią zarządzać. W ciągu dziesięciu lat przekształciła ją w wielkie przedsiębiorstwo, a kiedy w Polsce upadł komunizm, przypomniała sobie o kraju swojego urodzenia i część interesów przeniosła właśnie tu, do Gdańska. A dlaczego właśnie tam? Czy to nie właśnie stamtąd kilkuletnia Julia musiała uciekać w 1945 roku?

Wszyscy znajomi byli zaskoczeni jej decyzją o zakładaniu biznesu w Polsce. Co ona chce sobie udowodnić? Czyż nie ma stamtąd złych wspomnień, które czasem nie pozwalają zasnąć w nocy? A poza tym czy jest sens inwestować w kraju „za żelazną kurtyną", który dopiero wyczołgiwał się z poprzedniego systemu? Sytuacja jest niestabilna i kto wie, kto tam jeszcze może przejąć władzę. Julia ryzykowała przecież utratę wszystkich pieniędzy. Niepewny drapieżny rynek, wszędzie mafie żądające haraczu, skorumpowana policja. A jakimś cudem jej matka, w tym całym prawnym bajzlu, zakłada spółkę za spółką. Z wielkim sukcesem. Aż nagle jakby straciła zainteresowanie.

– Susie, znasz dobrze polski, więc teraz ty się tym zajmiesz – oświadczyła Zuzannie w jej dwudzieste pierwsze urodziny. – Od jutra zacznę cię przygotowywać. To będzie twój własny biznes. Nie będę ci się do niczego wtrącać. Przejmiesz Flem-Pol.

– Julio, ale ja nie chcę do Polski. Byłam tam parę razy i wystarczy. Nasza tamtejsza rodzina jest okropna i pazerna.

– Nie będziesz z nimi mieszkać.

– Gdziekolwiek. Tam się nie da żyć. Wszędzie tak szaro, brudno i beznadziejnie. To nie jest dobry pomysł.

– Przeciwnie. Nie masz pojęcia, jak ważne jest szybkie wejście na nowo powstający rynek. Taka okazja może się więcej nie powtórzyć. To jest jak Dziki Zachód i gorączka złota. Zostaniesz prawdziwym pionierem.

– I co? Dasz mi strzelbę?

Zuzanna była tym razem zdecydowana i postanowiła sprzeciwić się matce. Wciąż czegoś od niej żądała. Zamiast historii sztuki musiała studiować ekonomię. Nawet na wakacje nie mogła jeździć ze swoimi znajomymi, tylko odbywała praktyki w przedsiębiorstwie należącym do matki. Za marne grosze! Bo matka nie zamierzała jej płacić więcej niż innym. Jak by to wyglądało, gdyby faworyzowała własną córkę!

Zuzanna postanowiła prysnąć do Berlina i zapisać się na drugie studia, mając przy tym nadzieję, że matka wpadnie na kolejny pomysł i zostawi ją w świętym spokoju. Jakże była młoda i naiwna. Julia pojawiła się w jej akademiku już na drugi dzień i odstawiła córce emocjonalną scenę.

– Nie wolno ci być egoistką, Susie. Mamy tylko siebie. Wszyscy moi bliscy umarli. I rodzice, i twój kochany ojciec.

Nie możesz mnie zawieść. Tylko na tobie mogę w życiu polegać. Obiecuję ci, że nie zostaniesz tam dłużej niż dwa lata. A potem zrobisz, co będziesz chciała. Studia, podróże! I ja ci w tym pomogę.

I Zuzanna się ugięła. Przyjechała do Gdańska, by zająć się nowo powstałą fabryką okien. Przeżywała katusze z powodu słabej znajomości języka i samotności, ale poradziła sobie. Kiedy po pół roku Julia przyjechała odwiedzić córkę, niemal jej nie poznała. Tak była odmieniona. Tryskała entuzjazmem. I miała plany.

Z dumą przedstawiła matce ten najważniejszy, Sławka. Żeby Julia mogła go lepiej poznać, woziła ich po okolicy, pokazując najpiękniejsze zakątki, a na koniec zabrała na luksusową kolację do restauracji Pod Łososiem.

Sławek zachowywał się niezwykle szarmancko. Przepuszczał matkę w drzwiach i całował ją po rękach. Prawdziwy polski dżentelmen. Zuzanna była pewna, że przypadli sobie do gustu, tym bardziej że wypili ze sobą bruderszaft i śmiali się do rozpuku ze swoich dowcipów. Przed dwunastą Sławek odwiózł je taksówką do ich hotelowego apartamentu.

– Muszę dopilnować, żebyście były bezpieczne – powiedział, kiedy Julia zaczęła protestować, że sobie doskonale poradzą.

– To do jutra, kochanie. – Na pożegnanie musnął policzek Zuzanny. – Jutro ja was będę woził.

Czym? Małym fiatem. Zuzanna chciała się roześmiać, ale pokręciła tylko głową i poszła za matką do pokoju.

Ależ to był fantastyczny dzień! Wciąż nie mogła uwierzyć, że spotkanie Sławka z Julią przebiegło tak gładko. Upojona szczęściem i jednym kieliszkiem wina, czym prędzej zrzuciła w łazience przyciasną sukienkę. Naprędce ochlapała się wodą, umyła zęby, włożyła koszulę nocną i wróciła do pokoju.

Julia siedziała w fotelu z zamkniętymi oczami. Pewnie przesadziła z alkoholem, pomyślała Zuzanna.

– Mówiłam, że jest wspaniały, prawda? Pobieramy się na święta.

Julia milczała, więc Zuzannie wydało się, że nie usłyszała.

– Ślub na Gwiazdkę, mamo. Nie wiem tylko, dokąd w podróż poślubną. Ale to nie jest istotne.

– Susie! – Matka w końcu podniosła głowę i na nią spojrzała. – Nie wychodź za niego. Rozumiem, że ci się podoba. Jest bardzo przystojny i wygadany, ale to za mało jak na męża.

– Jak to za mało?

– Niestety, jest bardzo egocentryczny i próżny, a to z pewnością nie są zalety. Na przykład mój Filip...

Filip pojawił się w życiu jej matki, gdy Zuzanna była nastolatką, i nigdy nie nawiązała z nim serdeczniejszych kontaktów. A teraz Julia dawała jej go za przykład? Takiego nudziarza?

– Może on niewiele mówi. Może nie błyszczy intelektem. Ale to dobry człowiek i zrobi dla mnie wszystko. Skoczy dla mnie w ogień, a ten twój... Sławek? Jeśli wyjdziesz za niego, będziesz musiała całe życie na niego pracować.

– No i dobrze. Do tej pory pracowałam dla ciebie, więc fajnie, że będzie zmiana.

– Ja cię tylko ostrzegam. Mam trochę większe doświadczenie niż ty.

W Zuzannie zaczęła buzować złość na matkę. Czy ona nigdy nie zrozumie, że jej mała Susie jest już dorosła i ma prawo się zakochać? I wyjść za mężczyznę swojego życia! Do tej pory wszystko dla niej poświęcała, ale teraz koniec tego dobrego. Koniec kropka.

– I tak wyjdę za niego. Nie zabronisz mi.

– Nie mam zamiaru, ja tylko...

– Wiem, ostrzegasz. Ale to i tak za późno – oświadczyła triumfalnie.

– Nie rozumiem?

– W przyszłym roku zostaniesz babcią. Dalej nie rozumiesz? Sławek i ja będziemy mieli dziecko.

Julia nie powiedziała nic więcej, tylko skinęła głową. Ale jej zranione spojrzenie mówiło znacznie więcej niż słowa.

Natan urodził się w maju. I to był najszczęśliwszy dzień w życiu Zuzanny. Julia przyjechała na chrzciny i zachowywała się bardzo poprawnie. Ani słowem nie dała poznać Sławkowi, że jest niechcianym zięciem. Dał jej wnuka, i to było dla niej najważniejsze. Małego Natana pokochała bezwarunkową miłością. Zuzanna nigdy jej takiej nie znała.

To był wspaniały czas, a przynajmniej tak wtedy uważała. Po półrocznym urlopie macierzyńskim wróciła do pracy we Flem-Polu, bo jednak Sławek nie nadawał się do zarządzania. W marketingu i logistyce też niezbyt się sprawdzał. Natomiast bardzo jej pomagał przy Natanie. I kiedy od czasu do czasu urywał się z domu na wieczór z kumplami, nie mogła mieć do niego pretensji. Żyło im się dobrze, firma się rozwijała, więc pieniędzy nie brakowało, parę razy w roku jeździli na luksusowe wczasy. I pewnie trwałoby tak dalej, gdyby nie rozmowa, którą Zuzanna kiedyś podsłuchała.

Chciała z kimś porozmawiać czy coś załatwić? Nieważne. Zeszła do pomieszczenia socjalnego. W pierwszej chwili wydało jej się puste. Już chciała się obrócić na pięcie i wyjść, kiedy usłyszała kobiece głosy. Takie stłumione, jakby ktoś nie chciał być słyszany. Zaciekawiło ją to i zbliżyła się do szafek z ubraniami. Głosy musiały należeć do dziewczyn z handlowego. Przy produkcji pracowali sami mężczyźni.

– A mnie to jej nawet żal.

– Niemry ci żal?

Zuzanna wstrzymała oddech. Wiedziała, że tak ją nazywają po kryjomu.

– A tobie nie?

– Eee, mnie tam nie żal takich dzianych. Zawsze sobie poradzą.

– Szefowa jest fajna. Ale ten Sławek to...

– A co? Dobierał się do ciebie?

– Nie, skąd!

– To chyba jesteś ostatnia. Do mnie też się dobierał, ale mu dałam po pysku. A niech poleci do żonusi na skargę, to mu tak dupę obrobię, że się nie pozbiera.

– Mnie tylko klepnął po tyłku.

– A jednak. Ja to jej nie lubię, bo taka ślepa jest. Niby zarządza fabryką, a nic nie widzi. Frankowski znowu zabrał sobie kilka okien. I pewnie znów podrobi kwity.

– Robią ją w konia, ale skoro jej mężuś przymyka na to oko... Niezły z niego żigolak. Ciekawe, kiedy puści ją z torbami.

– To i nas razem z nią.

Zuzanna wycofywała się bardzo wolno. Głęboki oddech wzięła dopiero za drzwiami.

– Coś pani jest? – spytała sekretarka, widząc, że mocno pobladła.

– Źle się poczułam. Pojadę do domu się położyć.

I pojechała, ale nie położyła się we własnym łóżku. Było akurat zajęte przez Sławka. I dziewczynę wyglądającą na góra osiemnaście lat.

– Ja ci to wszystko wytłumaczę! – wołał do niej Sławek, ale Zuzanna nie chciała żadnych wyjaśnień. Szok był zbyt duży.

Ochroniarz pomógł wyprowadzić z domu parę kochanków, a następnego dnia Zuzanna spakowała cały dobytek męża i wystawiła za drzwi. Dopiero wówczas się załamała. Czy rzeczywiście była tak ślepa, żeby nie widzieć prawdziwego oblicza Sławka? Matka jak zwykle miała rację, ale nie zadzwoniła do niej, żeby jej o tym powiedzieć. Może zrobi to później, kiedy już się trochę podniesie. Musiała zrobić to wcześniej.

– Julio, on wziął prawnika i żąda połowy majątku. A poza tym chce mieć opiekę nad Natanem – załkała w słuchawkę.

Była przekonana, że matka wpadnie w gniew.

Ale ona odpowiedziała spokojnie:

– No cóż, nie było intercyzy.

– To mam się zgodzić?

– Susie, widzę, że jesteś w szoku. Oczywiście, że nie. Przyjeżdżam jutro, by ci pomóc.

Gdyby Sławek dostał połowę fabryki, trzeba by było ją sprzedać. Po długich pertraktacjach – okazało się, że nie jest tak głupi, na jakiego wyglądał, stwierdziła Julia – wziął mieszkanie w centrum Gdańska i nowe bmw Zuzanny. A i tak się go nie pozbyły. Miał przecież najcenniejszy atut – był ojcem Natana i miał do niego prawa. Postanowił być dobrym tatusiem. I był, musiała przyznać Zuzanna. Wprawdzie nie robił tego bezinteresownie – Zuzanna ukradkiem wspomagała go finansowo – ale kiedy brał do siebie Natana, wiedziała, że jej dziecko jest bezpieczne. I to było najważniejsze. Trudno, popełniła błąd, więc musiała ponosić konsekwencje.

Ale nagle po latach zmieniły się reguły. Sławek odebrał jej syna. On i ta… Karina.

Po skandalu z mężem Zuzanna zajęła się firmą, tym razem na śmiertelnie serio, i wymieniła połowę personelu. Rozszerzyła działalność. Szybko się rozniosło, że z Zuzanną Fleming trzeba się liczyć. Oprócz plastikowych okien Flem-Pol produkował teraz również rolety i żaluzje. Została też wiceprzewodniczącą lokalnego stowarzyszenia przedsiębiorców.

Osiągnęła to wszystko, ale nie związała się z nikim. Najpierw była to kwestia szoku, rozczarowania i smutku, potem podejrzliwości. Kiedy uśmiechał się do niej przystojny mężczyzna, od razu dzwonek w mózgu ostrzegał, że czyha na jej majątek. Kilkakrotnie przeżyła wakacyjny romans i to wówczas jej wystarczało. Miała przecież Natana, za którego była odpowiedzialna. Ale i to się skończyło. Syn wybrał sobie nową, bardziej atrakcyjną mamusię.

Zuzanna sięgnęła do barku po białe wino. Rzadko piła sama i nie przepadała za alkoholem. Ale teraz musiała się oszołomić.

Po drugim kieliszku zaczęła się odprężać. Leżała wygodnie na sofie, przyglądając się przepływającym za oknem chmurom. Był już mrok, a ona nie miała siły, by podejść i zamknąć żaluzje.

A dlaczego by teraz nie wziąć paru tygodni urlopu i nie pojechać do egzotycznego miejsca z przystojnymi kelnerami lub ratownikami? Taka myśl przemknęła jej przez głowę, ale Zuzanna szybko ją odrzuciła. Nie chciała już tego więcej przeżywać. Takich płytkich związków bez przyszłości, za które również płaciła. Długo zaprzeczała, by jej czegoś brakowało. Wszyscy uważali ją za kobietę sukcesu.

Czy to możliwe, żeby czterdziestodwuletnia kobieta siedziała samotnie w domu, popijając wino, i marzyła o miłości jak nastolatka? Ale tak się właśnie działo. Nie mogła temu zaprzeczyć. Zuzannie brakowało miłości.

ROZDZIAŁ III

Joy

Na czym to ja ostatnio przerwałam? Już wiem, na kolorze mojej skóry. To nie jest tu temat łatwy, więc najlepiej było wówczas skończyć.

Teraz szykuję się do wyjścia do pracy, więc stoję przed niewielkim lustrem i obiektywnie mówię, co widzę.

Tak, jestem czarna. Jakimś genetycznym cudem jestem nawet ciemniejsza od ojca. Niby mieszanka białego z czarnym, jednak z ręką na sercu muszę powiedzieć, że w niczym nie przypominam Meghan Markle. Ciemna, prawie czarna skóra, ale i tak się tutaj wyróżniam. Jestem wysoka i chuda, a także brak mi pulchnej afrykańskiej pupy. Jedno moje oko jest brązowe, a drugie zielone – to też ewenement – ale jak mówiła matka, to akurat jej dziedzictwo. Podobno w jej rodzinie rodziły się takie cudaczne dzieci. Usta mam wydatne po ojcu, a falujące lśniące włosy po matce – tyle że nie jasne. No i największy pożytek mam właśnie z włosów. Są łatwe w pielęgnacji i rosną mi do ramion. Nie muszę z nimi nic robić, oprócz codziennego mycia i nałożenia odżywki, by się układały. I tych włosów zazdroszczą mi koleżanki, które wydają prawdziwe fortuny na zabiegi związane z fryzurą.

Najprostszym sposobem jest ogolenie głowy lub splatanie kolorowej chustki na głowie. Jeśli ktoś z jakiegoś powodu się tego nie nauczył, proponuję obejrzenie filmiku na YouTube. Łatwizna.

Można też kupić perukę. Są wśród nich luksusowe z prawdziwych włosów, najlepiej brazylijskich, ale to oczywiście niemało kosztuje.

Jeśli chcemy innych rozwiązań, pozostaje wizyta u fryzjera. A to trwa wieki. Jeśli mamy ochotę, by sobie wyprostować włosy, zrobić dredy czy zapleść warkoczyki, przeplatając je kolorowymi wstążkami czy koralikami, trzeba się liczyć z wielogodzinnym pobytem w salonie fryzjerskim. O włosach afrykańskich można pisać książki, na kontynencie jest to biznes szacowany podobno na ponad sześć miliardów dolarów, więc tu się zatrzymam, zwłaszcza że idę do pracy na popołudniową zmianę.

Właśnie wchodzi Thando, moja sąsiadka, żeby się zająć bliźniaczkami podczas mojej nieobecności.

Ma na sobie czerwony fartuch i opaskę na głowie z bawełnianego materiału shwe shwe. Bardzo lubię jej szeroki uśmiech. Jestem przeszczęśliwa i wdzięczna, że ją mam, tym bardziej że za opiekę bierze ode mnie dość symboliczną kwotę.

Thando jest bardzo religijną osobą i wyznawczynią kościoła niejakiego „proroka" Bushiriego. Kościół ten ma swoją główną siedzibę w Pretorii, ale jego oddziały rozsiane są po całym świecie. Sam Bushiri i jego żona są multimilionerami, mającymi udziały w spółkach wydobywczych, linii lotniczej, spółce telewizyjnej, handlują dewocjonaliami, jak również cudami i uzdrowieniami. Prorok oficjalnie temu zaprzecza, tłumacząc, że za cuda odpowiada sam Jezus, a nie on. Na niedzielnych kazaniach Bushiriego, który ma na imię – naprawdę nie zmyślam – Shepherd, czyli pasterz, zbierają się dziesiątki tysięcy ludzi. W tym Thando, dla której jest on absolutnym objawieniem i nadzieją. Kiedyś nieopatrznie użyłam w jej obecności słowa „sekta". Obraziła się na mnie i przez tydzień „nie miała czasu", by się zajmować bliźniaczkami. Od tej pory Bushiri jest tematem tabu. Nie mam zamiaru tracić Thando, niech sobie wierzy, w co zechce.

– Ależ się dzisiaj wyszykowałaś, Joy.

Włożyłam tę samą niebieską spódnicę z Mr Price i czarny T-shirt co zawsze. Czy zauważyła, że nałożyłam na usta błyszczyk? Taki zwykły, nic kosztownego, po prostu zieloną maść zambuk. Postanowiłam zignorować jej uwagę.

– Jak dziewczynki?

– Rysują.

Obie miały zacięcie do prac artystycznych. Mogły rysować i malować godzinami. Oczywiście, gdyby miały papier!

– A, to dobrze.

Sąsiadka jest niepocieszona, że nie ma u nas telewizora. Jak znam życie, to pewnie zabierze bliźniaczki do siebie, żeby spoglądać na swojego idola proroka lub na jakiś ciągnący się latami serial.

– Powodzenia, Joy. *God bless you*.

Pomachałam jej na do widzenia i zbiegłam po schodach.

Do pracy idę na piechotę dwadzieścia minut. Z busa korzystam tylko wyjątkowo, nawet jeśli wracam po nocy. Na szczęście kolega z pracy odwozi nas niemal pod dom. Składamy mu się na paliwo, ale dzięki temu nie musimy obawiać się o życie. Nikt przytomny, zwłaszcza kobieta, nie błąka się po centrum Pretorii po dziesiątej wieczór. A zresztą i wcześniej! Można szybko stracić telefon, torebkę, a nawet coś cenniejszego. Cieszę się więc, że mam takiego dobrego kolegę w pracy, i raźno maszeruję. Odległości to nie problem. Dystans piętnastu kilometrów nie jest dla mnie żadnym wielkim osiągnięciem. Na pytanie, czy jestem w stanie nieść dzban na głowie, odpowiem krótko: nie. To umiejętność kobiet wychowanych w innych warunkach niż ja.

– Joy?

Nagle usłyszałam czyjś głos dochodzący z drugiej strony ulicy i zatrzymałam się. Jechał akurat autobus, więc nie dostrzegłam, kto mnie woła.

– Joy, to ty?

Jakiś bardzo wysoki chłopak przemykał między samochodami. Nie miałam pojęcia, kto to może być. Ktoś z mojej klasy?

– To rzeczywiście ty.

Poznałam go dopiero wtedy, gdy się do mnie zbliżył. Lucas był jednym z uczniów mojej matki. Przychodził do nas dwa razy w tygodniu. Mimo iż student pierwszego roku, miał pewne kłopoty z angielskim. Widocznie pochodził z głębokiej prowincji. Zapamiętałam go, bo zawsze targał futerał z gitarą. Raz chciałam go przestawić, bo zawadzał w przejściu, i od razu mnie za to ofuknął. Mało sympatyczny chłopak, choć według mojej matki uzdolniony. A teraz mnie zaczepił na ulicy, jakbym była jego przyjaciółką. Już wiem, dlaczego go nie poznałam. Zawsze nosił spodnie w kant i wyprasowaną koszulę, a teraz ogolony przy skórze i w pogniecionym T-shircie był mało do siebie podobny.

– Cześć, Lucas. Co u ciebie? – Chociaż byłam wysoka, musiałam mocno zadrzeć głowę, by to powiedzieć. Z takim wzrostem facet powinien zostać koszykarzem. I chociaż zadałam pytanie, wcale nie byłam zainteresowana odpowiedzią.

– Wszystko w porządku, dzięki. A co u was?

Matka skończyła z lekcjami, kiedy przeprowadziłyśmy się z Hatfield, więc zorientowałam się, że Lucas nie wie nic o jej śmierci.

– Helen umarła prawie dwa lata temu.

Lucas wytrzeszczył oczy ze zdumienia.

– Naprawdę? – A po chwili zrobił się śmiertelnie poważny. – Moje najszczersze wyrazy współczucia.

– Dziękuję.

Kiedy zapadła między nami cisza, szybko dodałam, że spieszę się do pracy. Nie będę tak wystawała z nim na ulicy i obrastała kurzem.

– Przepraszam, nie chcę cię zatrzymywać. Zastanawiałem się, co się z wami stało.

– Przeprowadziłyśmy się do Sunnyside – powiedziałam szybko, robiąc krok do przodu.

– Joy!

Odwróciłam się. Naprawdę nie chciałam tracić czasu na pogaduszki.

– A może ty mogłabyś mnie uczyć angielskiego? Wiem, że mi jeszcze dużo brakuje.

Chyba sobie żartował. Z tego, co mogłam usłyszeć, Lucas nie miał już problemów z angielskim. Widocznie uczył się dalej już po naszej wyprowadzce. Wcześniej ledwo go rozumiałam. Jego ojczystym językiem był venda, więc pewnie było mu trudno dogadać się w Pretorii. Jeśli powiem, że tym językiem posługuje się w kraju zaledwie dwa i pół procent mieszkańców, to zrozumiecie sami, o co chodzi. A ile jest języków w samej Południowej Afryce? Urzędowych jedenaście, w tym oczywiście angielski, ale to nie wszystko, co się tu słyszy na ulicach. Cztery z nich pochodzą z tej samej grupy nguni z rodziny bantu, czyli zuluski, khosa, suazi i ndebele, i mówi nimi około siedemdziesięciu procent ludzi. Oni nie mają problemów, pozostała reszta – i owszem, i pewnie dlatego język angielski jest obowiązkowy od podstawówki.

Ja nie mam z nim najmniejszego kłopotu, gdyż posługiwaliśmy się angielskim w domu i to zarówno za czasów mojego ojca Tony'ego Makeby, jak i za czasów oszusta Themby. Trafiłam do szkoły z afrykanerskim i francuskim, a zuluski poznałam dopiero w szkole średniej. Nikt nie mógł uwierzyć, że czarna dziewczyna nie zna żadnego plemiennego języka.

– Na podwórku się nie nauczyłaś? Podczas zabawy z rówieśnikami?

Nie, ja się nigdy nie wychowywałam ani na podwórku, ani na ulicy. Kropka.

Teraz oczywiście było mi żal, że nie nauczyłam się khosa, języka mojego ojca. Jest bardzo charakterystyczny, bo wyróżnia się mlaskami i brzmi naprawdę bosko. Wcale nie zmyślam!

– Ja miałabym mieć z tobą lekcje?

– Staram się o stypendium. Bardzo mi zależy, żeby dobrze pisać.

Wahałam się. Z jednej strony to mogłaby być dodatkowa praca, ale z drugiej strony nie przepadałam za Lucasem.

– To może dam ci mój numer telefonu. Zastanowisz się, dobrze?

Kiwnęłam głową. Nie będę podejmowała teraz żadnej decyzji.

Wyjęłam mój stary telefon na klawisze i szybko zapisałam numer komórki Lucasa.

Byłam zła i zazdrosna. Nawet Lucas, chłopak, jak się wydawało, bez szans, ma większe życiowe możliwości niż ja. Życie jest niesprawiedliwe.

I tak w złym nastroju dochodzę do mojego miejsca pracy.

Personel pizzerii U Andy'ego to prawdziwa wielojęzyczna zbieranina.

Dwie kelnerki pochodzą z Zimbabwe, czyli z Zim, jak na ten kraj mówimy. To moje ulubienice. Biegle mówią po angielsku, ciężko pracują i są zawsze bardzo uczynne i życzliwe. Teraz też natychmiast się do mnie uśmiechnęły.

– Joy! *How are you?*

Na marginesie, ich angielski akcent jest najlepszy, oczywiście po moim, w związku z tym Andy każe im obsługiwać najważniejszych gości. Dziewczyny dorabiają również w cateringu, dzięki któremu wchodzą do najwspanialszych rezydencji Pretorii. Ich szef, Darius, specjalizuje się w przyjęciach dyplomatycznych, czyli wszelkie *faux pas* są wykluczone.

– Fajnie was widzieć, dziewczyny.

W odpowiedzi Sandra i Marisa odsłoniły swoje nieskazitelne zęby.

– Darius chciałby się z tobą zobaczyć, skarbie. Opowiadałyśmy mu o tobie. I to tak długo, że musi zobaczyć ten czarny diament. – Marisa przewróciła oczami.

– Naprawdę?

Prawie podskoczyłam z radości. Od dłuższego czasu usiłowałam się dostać do tej cateringowej ekipy. Ale u nich zespół był stały.

– Tak, w przyszłym tygodniu. Nie martw się, masz tę robotę w kieszeni.

– Jeśli tak się stanie, to zapłacę wam za polecenie.

– Chyba zwariowałaś – oburzyła się Sandra i dała mi lekkiego klapsa. – Jak możesz?

One były z zupełnie innego świata. Pracowały tak ciężko, zawsze się uśmiechały, a każdy pieniądz wysyłały do domu do Zimbabwe. Ten kiedyś najpiękniejszy kraj Afryki został całkowicie zniszczony przez inflację i skorumpowanego dyktatora Roberta Mugabe. Swego czasu był on ulubieńcem mojej matki.

Zawsze mówiła, że zakochała się w Afryce po obejrzeniu koncertu Paula Simona „Graceland" w 1987 roku. Ścieżki losu są naprawdę zaskakujące. Można by nawet wysnuć wniosek, że gdyby nie Mugabe i jego przewrót, nie byłoby mnie na świecie!

– Idziemy! – pogoniła nas Marisa. – Dzisiaj będzie sporo ludzi. Słyszałam, że mają pełno rezerwacji.

Weszłyśmy na zaplecze, by umyć ręce i włożyć na siebie kraciaste biało-czerwone fartuszki. Z podkręconego na maksa radia dochodziła głośna muzyka. Część personelu podskakiwała w jej rytm, inni próbowali nawet tańczyć. W pomieszczeniu panował ścisk, bo była to godzina, w której kończyło pracę najwięcej osób ze zmiany przedpołudniowej. Tak, było nas sporo. Matka zawsze mówiła, że w knajpach jest nadmiar obsady kelnerskiej, ale nie krytykowała tego. Bo chociaż zarabialiśmy naprawdę niewiele, byliśmy tymi szczęśliwcami, którzy mają pracę.

Zauważyłam, że nie tańczyła tylko jedna osoba o imieniu Czuła, czyli Liyana. W jej wypadku zuluscy przodkowie sromotnie się pomylili. Ta dziewczyna miała tyle wspólnego z czułością, co piec do pizzy.

– Oszaleliście? – Nagle na zapleczu zrobiło się cicho. Wpadł sam Andy i w kilku żołnierskich słowach powiedział, co o nas myśli. – Słychać was na sali. Każde słowo.

Przesada, koło siedemnastej restauracja świeciła pustkami.

W okamgnieniu się wyludniło. Miałam jeszcze kilka minut, więc stanęłam przed lustrem, by uczesać włosy i założyć na nie czapkę z daszkiem.

– Cześć, Joy. Jak leci?

Spostrzegłam w lustrze stojącą za mną Liyanę. Chciałabym powiedzieć, że jest paskudna z pypciami na twarzy, ale byłaby to absolutna nieprawda. Skóra Liyany ma przepiękny kolor kawy z mlekiem, jakby to ona była córką mieszanej pary. Włosy uplecione w cienkie warkoczyki i ozdobione koralikami olśniewają. Wysoka, ze szczupłą talią, nadawała się na modelkę, zwłaszcza że zwyczajne ubrania potrafiła zawsze zmienić w wystrzałowy ciuch. W szkole byliśmy przekonani, że zrobi karierę filmową. Nie była też głupia, matematyka wchodziła jej do głowy bez żadnego problemu. W każdym razie wieszczono jej wielką przyszłość.

Kiedy przyszłam do pracy dwa tygodnie temu i zobaczyłam ją na zapleczu, pomyślałam, że się pomyliła i weszła tu przez przypadek w drodze do toalety. Dopiero po dłuższej chwili zrozumiałam, że Liyana będzie pracować na barze i nalewać piwo! Chciałam ją wypytać, co się stało, że trafiła tutaj, ale w odpowiedzi tylko burknęła, że potrzebuje pracy, więc postanowiłam więcej z nią nie rozmawiać. Miałam ku temu znacznie więcej powodów niż jej niemiłe zachowanie.

A teraz nagle mnie zauważyła.

– W porządku.

Już chciałam wychodzić na salę, kiedy Liyana znów się odezwała.

– Tak myślałam, że może byśmy kiedyś się wybrały na pogaduchy.

Odwróciłam się i chyba musiałam mieć bardzo złą minę, bo Liyana aż się ode mnie odsunęła.

– Wiem, Joy, że wciąż jesteś na mnie zła, ale minęło kilka lat. Czas sobie wyjaśnić pewne rzeczy. Myślałam o tym od dawna i wiem, że popełniłam błędy...

– Czy chcecie tu jeszcze pracować?

Głos menedżera, którym był syn Andy'ego, niejaki Andy Junior, momentalnie nas zelektryzował i rzuciłyśmy się do wyjścia.

U Andy'ego to nie byle jakie miejsce pracy. Zazwyczaj jest tu kolejka chętnych, bo to najlepsza pizzeria w mieście. To nie tylko moja opinia, wieczorami mamy więcej klientów, niż możemy przyjąć. Włoskie przepisy na pizzę i makarony, pochodzące od babki Andy'ego, przyciągają do nas całe tłumy białych, czarnych i kolorowych. Wszystkim tu się podoba. Jedzenie jest przepyszne, ceny przystępne, a śmietankowo-pomarańczowe wnętrze może się kojarzyć z włoskimi wakacjami, szczególnie tym, którzy nigdy nie mieli okazji zobaczyć Włoch.

Ruszyłam do pierwszego stolika, przy którym siedziała wieloosobowa rodzina. Turyści, pomyślałam. Z nimi najtrudniej, ale zawsze dają napiwki, więc warto im poświęcić więcej czasu. Na dłuższą chwilę zagłębili się w menu. Mając ich na oku, spojrzałam na salę, która zaczęła się zapełniać. Liyana stała już przy barze i nalewała piwo.

Dopiero teraz dotarło do mnie, że miała czelność zaproponować mi pogaduchy! Mnie z nią! Chyba ma źle w głowie. Oczywiście będę jej mówić „dzień dobry" i „do widzenia", bo ze mną pracuje, ale nie mam zamiaru się z nią przyjaźnić. Jakżebym mogła. Z tą złodziejką, która zabrała mi chłopaka! Jakbym kiedykolwiek mogła o tym zapomnieć.

Skończyłam wówczas szesnaście lat i jak większość dziewczyn w tym wieku marzyłam, by się zakochać. Chociaż miałam głowę wypełnioną nauką, pewnego dnia pojawiła się w niej niewielka szczelina, przez którą z impetem letniej burzy wdarło się wielkie uczucie. Miłość do Musy.

Ale Musa – to był po prostu ktoś. Równie dobrze mogłabym zakochać się w gazetowym celebrycie. Starszy ode mnie o dwa lata, Musa był kapitanem drużyny rugby, świetnym uczniem i idolem. Kochały się w nim dziewczyny o każdym kolorze skóry, a on z tego chętnie korzystał i co parę miesięcy towarzyszyła mu inna wielbicielka.

Moje zakochanie nie wydawało się zbyt groźne. I bez konsekwencji grożących opuszczeniem się w nauce czy niechcianą ciążą. Konkurencja była zbyt duża, tym bardziej że nigdy nawet nie zamieniliśmy ze sobą słowa. Ale gorące uczucie powodowało, że biegłam rano do szkoły starannie ubrana, z lekkim, niemal niewidocznym makijażem i pełna nadziei. Każdego dnia odnotowywałam, w co był ubrany, z kim rozmawiał i czy go w ogóle widziałam.

Przyjaźniłam się wówczas z Liyaną, którą często odwiedzałam w domu i z którą się razem uczyłyśmy. Kiedy któregoś dnia przyznała mi się, że podoba jej się chłopak z naszej klasy, uznałam, że powinnam się jej odwdzięczyć, i powiedziałam o Musie. Komuś musiałam, prawda? Chyba nie matce, która zaczęła wówczas chorować.

– On? – zdziwiła się Liyana i przewróciła oczami.

– A co? Nie jest fajny?

Zrobiło mi się przykro, że przyjaciółce nie spodobał się obiekt mych uczuć.

– Joy, za fajny. – Pokręciła głową. – Myślałam, że to będzie ktoś inny. Ktoś oryginalniejszy...

– Co masz na myśli?

– Myślałam, że to będzie jakiś intelektualista, ale sportowiec...?

Sama była mistrzynią szkoły w skoku w dal, więc nie rozumiałam, skąd ta pogarda dla sportu. W każdym razie nic gorszego nie mogła mi powiedzieć. Po chwili jeszcze bardziej mnie dobiła.

– Nie gniewaj się, ale on jest poza twoim zasięgiem, Joy.

Wtedy po raz pierwszy się na nią obraziłam.

Nagle pójście do szkoły nie było już takie radosne, jak parę dni wcześniej. Nadzieja została zdruzgotana przez Liyanę.

I kiedy tak z krzywą miną szłam przez szkolny dziedziniec, nagle ktoś mnie zawołał. Odwróciłam głowę, patrząc pod słońce, i dopiero po jakimś czasie zorientowałam się, że woła mnie Musa.

– Idziesz może na spotkanie klubu filmowego?

– A w szkole taki jest? – wystękałam po chwili.

– Mieli zacząć od tego tygodnia. Ktoś mi powiedział, że ty będziesz wiedzieć.

– Ja?

Z wrażenia nie byłam w stanie utrzymać się na nogach. Sam Musa ze mną rozmawiał. Liyana mogła się wypchać!

– A nie nazywasz się Joy Makeba?

O rany, on znał moje imię!

– Tak, to ja. Ale ktoś cię wprowadził w błąd. Szkoda, chętnie bym poszła na zajęcia z filmu.

– Lubisz kino? – zadał mi szybkie pytanie.

I jak myślicie, co odpowiedziałam? Oczywiście, macie rację, skinęłam pospiesznie głową.

– To chodź, może razem znajdziemy.

Obrócił mnie w drugą stronę i poczułam na biodrach dotyk jego ręki.

Kiedy tak szliśmy, szukając klubu, rozmyślałam gorączkowo, co ja wiem na temat kina i w jaki sposób mogłabym zaimponować Musie. Gdyby rzecz dotyczyła historii Afrykańskiego Kongresu Narodowego, apartheidu czy ruchów narodowowyzwoleńczych na Czarnym Kontynencie, z pewnością miałabym się czym popisać. Ale film?

Na szczęście Musa nie zadawał mi trudnych pytań, poza tym jednym, na które zwykłam odpowiadać – czy naprawdę moją matką jest biała kobieta. A kiedy już to ustalił, zaprowadził mnie za róg budynku i pocałował w usta.

– Już od dawna chciałem cię poznać – oznajmił, kiedy ledwie stojąc na trzęsących się nogach, oparłam się o mur.

– Dlaczego? – wyjąkałam.

– Bo lubię inteligentne dziewczyny – odpowiedział.

Pewnie nic w tym dziwnego, że nie znaleźliśmy tego klubu filmowego, jeśli nawet rzeczywiście taki powstał. Nigdy później tego nie sprawdziłam. Przez całą przerwę w zajęciach całowaliśmy się jak szaleni. Nie miałam szansy ani przez chwilę popisać się inteligencją. Poza tym w tamtej chwili wydawała mi się ona zupełnie nieważna.

Ja, Joy Makeba, zostałam dziewczyną Musy. To było jak wygranie losu na loterii, jak lot na Księżyc tam i z powrotem.

– Panno Makeba! Może rozwiążesz to zadanie przy tablicy.

Nie miałam pojęcia, o czym mówi matematyczka. Ale czy głupie pierwiastki mają jakiekolwiek życiowe znaczenie? Usta Musy były tak delikatne i ciepłe w dotyku.

Stałam przed tablicą z głupim uśmiechem na twarzy. Jeszcze nigdy nie dostałam jedynki, więc zdziwiona nauczycielka stwierdziła, że musiałam się rozchorować, i odesłała mnie do ławki.

Przez kolejny tydzień chodziłam do szkoły, jakby stąpając po chmurach. Zwłaszcza że odprowadzał mnie Musa. Nagle zrozumiałam, że przy takich emocjach nauka nie ma żadnego znaczenia, robiłam więc wszystko, by jej uniknąć. Kiedy w końcu któryś z nauczycieli spytał mnie, co się ze mną dzieje, zrobiłam ponurą minę i oznajmiłam, że mam chorą matkę.

– Bardzo mi przykro. Może chcesz wziąć zwolnienie?

– Nie, nie chcę tracić materiału.

Nauczyciel też zrobił smutną minę, poklepał mnie po ramieniu i oznajmił, że dzielna ze mnie dziewczyna.

Najgorsze było to, że matka rzeczywiście była chora i parę dni później musiała iść do szpitala na badania. Mam więc zająć się siostrami, powiedziała. Czułam się fatalnie, uważając, że w pewien sposób swoimi słowami wywołałam tę sytuację. W szkole powiedziałam Musie, że nie będziemy mogli spotkać się po południu. Chwilę milczał, a potem wpadł na pomysł.

– To wpadnę cię odwiedzić, kiedy one już zasną.

Moje wyrzuty sumienia nagle zniknęły i ucieszyłam się, że w końcu będzie miał okazję odwiedzić mnie w domu. Helen zawsze lubiła moje szkolne towarzystwo, ale teraz, gdy chorowała, chciałam jej zapewnić spokój i nie zapraszałam żadnych koleżanek.

Po południu znów nie miałam głowy do nauki, tylko czyściłam każdy pokój jak oszalała, a potem goniłam Thandie i Nandi do snu. Robiły wszystko, żeby mi dokuczyć. Biegały, psociły i nie chciały myć zębów. Wreszcie padły koło dziewiątej i kiedy wstałam rozczochrana z ich łóżka, rozległo się ciche pukanie do drzwi. Nawet nie zdążyłam się porządnie ubrać, pomyślałam.

Ale w zasadzie nie było to konieczne. Musa już na progu zaczął sobie śmiało poczynać i wsadził mi ręce pod koszulkę. Nie miałam na sobie biustonosza, więc jego dłonie od razu znalazły moje piersi. I to wystarczyło, bym zrobiła się tak miękka i bezwolna, żeby pozwolić na zdjęcie z siebie pozostałych ubrań.

– Masz taką aksamitną skórę – szeptał mi do ucha Musa.

Leżeliśmy na moim wąskim łóżku cali nadzy i nie mogliśmy przestać się całować. A potem nagle on znalazł się nade mną i rozchylił mi nogi.

– Masz prezerwatywę?

– Mówiłaś mi, że ty z nikim do tej pory…

Nagle bardziej przytomna pokręciłam głową. Matka by mnie zabiła, gdybym to zrobiła bez zabezpieczenia.

Musa westchnął niecierpliwie i wstał z łóżka, by podnieść porzucone spodnie. Jednak coś przyniósł. Zobaczyłam, że wyjmuje z kieszeni jakiś przedmiot.

A potem już nie było tak fajnie.

– Nie chcę, nie chcę – powtarzałam, próbując mu się wywinąć. Ale Musa był sportowcem i silnym chłopakiem. Złapał mnie za ramiona, przyszpilił do materaca. I tak pod plakatami Steviego Wondera, Michelle Obamy i Steve'a Biko straciłam dziewictwo.

– Nie płacz, Joy. Tak często jest za pierwszym razem.

– Wiem! – I co z tego, że wiedziałam. Wierzyć mi się nie chciało, że może być lepiej.

Zapłakana przytuliłam się do niego, a on delikatnie gładził mnie po plecach. Moje łóżko było ciasne, leżeliśmy na nim we dwójkę ze splątanymi rękami i nogami, lecz mimo to zasnęłam jak kamień. Rano, gdy się obudziłam, Musy już nie było.

Wrzuciłam zakrwawione prześcieradło do pralki. Zrobiła się szósta, pomyślałam, że powinnam obudzić bliźniaczki. I nagle zadzwonił telefon. Dzwonił lekarz mamy. Kiedy zaczął ze mną rozmawiać, początkowo nic nie rozumiałam. Słyszałam tylko słowo „krwawienie" i przestraszyłam się, że on też już wie, co mi się zdarzyło. Ale w końcu zrozumiałam.

– Pani Miller musi tu zostać przez tydzień. Udało nam się zatrzymać krwawienie, ale stan, nie ukrywam, jest poważny. W tej chwili nie może nawet rozmawiać.

Wpadłam w panikę. Ja zgrzeszyłam, a zapłaciła za to moja matka. Wiem, było to niedorzeczne, ale Helen ateistka wysłała mnie do chrześcijańskiej szkoły i tak mi się to wszystko w głowie poskładało. Wpadłam w panikę i nie wiedziałam, co robić. Byłam w domu sama z dwiema czterolatkami i bez pieniędzy na jedzenie. Przecież Helen miała być w szpitalu tylko parę dni. Ojciec tradycyjnie nie odbierał telefonu. Na szczęście okazało się, że matka po kilku godzinach odzyskała przytomność i do mnie zadzwoniła. Natychmiast do niej pobiegłam. Patrząc na jej wyczerpaną twarz, zrozumiałam, że Helen nie cierpi na zwykłą dolegliwość. Ale ona jak zwykle wszystko bagatelizowała i wyśmiewała. Lekarze mieli jednak inne zdanie i zatrzymali ją w szpitalu. Do szkoły wróciłam dopiero po tygodniu.

Nie mogłam się doczekać spotkania z Musą. Kilkakrotnie próbowałam się do niego dodzwonić, ale miał zablokowany telefon. Stwierdziłam ponuro, że musiała mu się wyczerpać karta.

Niestety, tego dnia mieliśmy zajęcia w różnych budynkach i zobaczyłam go dopiero podczas przerwy obiadowej. Siedział naprzeciwko wejścia i pałaszował zapiekankę babotie. Nie dostrzegł mnie, kiedy weszłam do stołówki, więc chciałam zrobić mu niespodziankę i go zaskoczyć. Zaczęłam się skradać i przepychać przez tłum wygłodniałych uczniów, ale kiedy byłam już o kilka metrów od niego, nagle zobaczyłam, że do Musy podchodzi Liyana.

Trzymała talerz z obiadem, a potem postawiła go koło siedzenia Musy. Zatrzymałam się w miejscu.

Liyana pochyliła się nad moim chłopakiem i pogłaskała go po włosach. On uniósł wzrok znad talerza, przyciągnął Liyanę do siebie i pocałował. Na oczach całej sali i moich.

I taki był koniec mojej miłości! I w ogóle miłości. Od tego dnia skończyłam z chłopakami. Trochę smutne, że po jednym razie.

Przestałam się również przyjaźnić z dziewczynami, bo straciłam do nich zaufanie.

Zirytowało mnie więc, że Liyana chciała znów się ze mną kolegować. Przecież nie rozmawiałam z nią od tamtego dnia. Mandela wprawdzie powiedział, że „chowanie urazy – to jak picie trucizny w nadziei, że pozabija twoich wrogów", ale on był prawdziwie świętym człowiekiem i potrafił wybaczać swoim oprawcom i wrogom. Ja nie potrafiłam. A może byłam za młoda?

– Joy, co ty dzisiaj taka nie w humorze? – spytała mnie Sandra, kiedy razem czekałyśmy na wydanie dań. – Żadnego uśmiechu, żadnych żarcików.

Nie miałam ochoty opowiadać historii związanej z Musą. Wystarczy, że tu się rozpisałam. Uspokoiłam ją, opowiadając jakiś kiepski dowcip, i wróciłam na salę.

Ha, przyszedł mój stały klient Eddie. Zwalisty Zulus, który upodobał sobie akurat naszą pizzerię, choć dość monotematycznie. W każdy piątek przychodził i zamawiał pizzę margheritę. Wiele razy usiłowałam go namówić na coś innego, ale on tylko się uśmiechał i mówił:

– Jak pójdziesz ze mną na randkę, Joy, to wówczas zjem, co tylko będziesz chciała.

– Ha, ha!

– Nie wierzysz? Naprawdę mi się podobasz.

– Dziękuję.

– Wiem, że chciałabyś pójść na studia. Mogę ci pomóc. I nie masz się czego bać, mam zupełnie normalne upodobania.

– Nie wiem, czy takie same jak ja.

– Sprawdź mnie. Dobrze na tym wyjdziesz.

Stopniowo jego zaczepki stawały się coraz mniej zabawne. Z tego, co wiedziałam, był rzeczywiście zamożnym gościem, żonatym z dwojgiem dzieci. Mieszkał w eleganckiej dzielnicy Waterkloof w sporej rezydencji z ogrodem i basenem. Podobno zajmował się finansami w Johannesburgu.

– Nie przejmuj się, Joy – tłumaczyła mi Marisa. – Oni po prostu myślą, że tak wolno. Chcą kupić twoje ciało jak każdy inny produkt. Nasza Zintle od dawna rozgląda się za sponsorem.

Zintle pochodziła z Port Elizabeth z ludu Khosa. Pojawiła się w Pretorii, żeby pomóc swojej licznej rodzinie, i całkiem nieźle jej to wychodziło. Była ładna i bystra, ale jej ambicje sięgały znacznie wyżej niż praca kelnerki. I nic w tym złego, tyle że Zintle postanowiła odnieść sukces nie swoimi rękami. Bez żadnego skrępowania opowiadała nam, że musi złowić właściwego sponsora. Najpierw marzyła o poderwaniu jakiegoś tłustego kota, który załapał się na BEE. Po 1994 roku, dzięki rządowemu programowi Black Economic Empowerment, nieliczne grono wybrańców losu dorobiło się w krótkim czasie olbrzymich fortun. Los chciał, że byli to głównie weterani ANC i jej zbrojnego ramienia uMkhonto we Sizwe (Włócznia Narodu) oraz członkowie ich rodzin. Program, który w teorii miał zwiększyć udział czarnoskórej części społeczeństwa w gospodarce, pobudzić wśród nich przedsiębiorczość i wyrównać szanse, w rzeczywistości spowodował powstanie uprzywilejowanej czarnej elity. I zamiast zmniejszyć, jeszcze powiększył skalę nierówności społecznych.

Dla Zintle nie miało to oczywiście żadnego znaczenia. Ale skoro zdobycie własnego oligarchy okazywało się niespełnionym marzeniem, pomyślała, że dobry byłby chociaż ktoś, kto mógłby sypnąć kasą z państwowego kontraktu.

Nie chciała takiego, kto by kupował torebki od Vuittona czy buty od Gucciego, tylko gościa, który nie pożałuje grosza na rozkręcenie przez nią biznesu.

W tym kraju nie było żadną tajemnicą, że państwowe pieniądze przeznaczone na służbę zdrowia, szkoły czy budownictwo płynęły wartkim strumieniem do prywatnych kieszeni krewnych i znajomych polityków. Nie była to sekretna wiedza. Rozmawiano o tym nie tylko w pizzeriach, ale też pisano w gazetach. I co z tego? Nic. Zatem cóż dziwnego, że Zintle postanowiła się tak urządzić.

– A znalazła już kogoś? – spytałam zaciekawiona Marisę. Nie ma nic słodszego niż ploteczki w pracy.

– Cały czas się rozgląda. Mówi, że najważniejszą rzeczą jest dobrze wycelować.

– A gdyby się zakochała?

Marisa przewróciła oczami. Wiem, wiem, naiwna Joy. Nie mogłam się pogodzić z tym, jak obojętnie podchodzi się do faktu, że całe rzesze młodych inteligentnych kobiet muszą się prostytuować, by żyć na przyzwoitej stopie. Kiedy przestawały być młode i piękne, ich sponsorzy porzucali je bez litości. Większość z nich żyła często ponad stan i nie miała żadnych oszczędności. Po zniknięciu sponsora popadały w alkoholizm lub narkotyki i staczały się jeszcze bardziej. Helen zawsze ostro potępiała taki system. Nie kobiety, oczywiście, bo one były ofiarami, ale mężczyzn. Próbowała działać, prowadzić akcje uświadamiające, tylko oczywiście bez skutku.

Kiedy jednak wracałam do domu po pracy, zaczęłam się nad tym zastanawiać. Czy znalezienie sponsora nie byłoby jednak tym właściwym rozwiązaniem dla mnie? Czy mimo związanego z tym ryzyka nie byłby to dla mnie ratunek?

Taki gość zapłaciłby za moje studia. Miałabym też pieniądze na dobrą szkołę dla dziewczynek i opiekę nad nimi. Markowe ciuchy niewiele dla mnie znaczyły, ale dobre mieszkanie jak najbardziej. Może powinnam się rozejrzeć za odpowiednim gościem? Helen nie żyła, więc nie mogłaby mnie skrytykować. Tylko gdzie znaleźć takiego dobrodzieja. Eddie oczywiście nie wchodził w rachubę. W życiu!

ROZDZIAŁ IV

Zuzanna

Zuzanna pospiesznie podpisywała przygotowane leżące na biurku papiery. Nie lubiła takich nagłych sytuacji, bo zawsze obawiała się, że podpisze coś niewłaściwego o trudnych do oszacowania konsekwencjach. Musiała jednak zdążyć przed szesnastą, bo wybierała się na przyjęcie.

Nie lubiła też piątkowych spotkań. Po tygodniu intensywnej pracy najchętniej odpoczęłaby w domu lub w ogrodzie. Sobota to co innego, jednak Jolka uparła się, że impreza musi być w piątek. Z jakichś względów. Zuzanna mogłaby oczywiście odmówić przyjścia, bo to nie były JEJ względy, ale Jolka była najstarszą z jej polskich koleżanek. Miesiąc po przyjeździe Zuzanny do Polski spotkały się przypadkiem w butiku z torebkami, który ta prowadziła na Głównym Mieście.

Jolka w lot zrozumiała, że młoda Flemingówna ma wprawdzie głowę do biznesu, ale trzeba jej pomóc odnaleźć się w tutejszych realiach. Natychmiast wzięła ją pod swoje skrzydła i zaczęła objaśniać rzeczywistość. Kumplowały się do chwili, kiedy Jolka skrytykowała pomysł wyjścia za mąż za Sławka. Zuzanna się obraziła i przez pewien czas ich relacje się zamroziły. Po rozwodzie ponownie nawiązały ze sobą kontakt, teraz jeszcze bardziej ożywiony. Jolka sprzedawała projektowane przez siebie torebki w całej Europie i miała mnóstwo ciekawych znajomych. Po każdym spotkaniu z nią Zuzanna czuła się ożywiona i zmotywowana.

Jednak tego dnia z niechęcią myślała o czekającym ją tłumie nowych twarzy. Najchętniej spędziłaby popołudnie w samotności. Po pracy miała dość towarzystwa ludzi.

– Dziękuję, pani prezes, zaraz się tym zajmę – powiedziała asystentka, odbierając od Zuzanny dokumenty. – Pamięta pani, że dyrektor Czerny czeka na rozmowę z panią?

Jeszcze tego jej brakowało. Zupełnie zapomniała o tym, że umówiła się z nim na piątkowe popołudnie. Mieli w spokoju porozmawiać o bieżących sprawach spółki. Co się z nią działo? Była zupełnie rozkojarzona, przecież w jej terminarzu jak wół figurowało nazwisko Czernego. Czyżby celowo wyparła ten fakt z głowy? Czerny był dobrym menedżerem, ale Zuzanna nie przepadała za nim. Ilekroć rozmawiali, cały czas miała wrażenie, że mężczyzna patrzy na nią pogardliwym wzrokiem i uważa każdą jej decyzję za idiotyczną. W jego towarzystwie traciła pewność siebie do tego stopnia, że zaczynała mówić źle po polsku.

Westchnęła z udręczeniem i spojrzała na zegarek. Minęła już czwarta. Skoro czekał, niech wejdzie. Postara się go jak najszybciej spławić i wyznaczyć mu inny termin rozmowy. Może zaprosi go na lunch w przyszłym tygodniu. Nie chciała go urazić, bo bardzo dobrze zarządzał firmą i był lubiany przez innych pracowników. Tylko że jej się z nim nie układało.

– Dzień dobry, panie Michale, przepraszam, że musiał pan czekać. Proszę usiąść.

Sama wyszła zza biurka i usiadła w fotelu naprzeciwko Czernego. Tyłem do okna własnej produkcji. Żeby nie widzieć słonecznego dnia, co mogłoby ją podczas rozmowy rozproszyć.

– Dzięki, że znalazła pani dla mnie czas. Ale trochę się nazbierało.

Czerny otworzył aktówkę z dokumentami i uniósł wzrok. Tak, to było to pogardliwe spojrzenie, stwierdziła Zuzanna, czując się jak małoletnia uczennica. I kiedy menedżer zgłaszał jej uwagi na temat funkcjonowania firmy, nie mogła się skoncentrować. I chyba rzeczywiście nie nadawała się na prezesa firmy, bo nie umiała mu przerwać i oznajmić, że nie ma czasu. Jej matka nie miałaby z tym żadnego problemu. Wszyscy pracownicy słuchali jej jak zaczarowani i siedzieli cicho niby trusie, kiedy się wypowiadała. Nawet teraz, kiedy miała siedemdziesiąt osiem lat i mimo zaawansowanego wieku stale nadzorowała swoją firmę. Ludzie podziwiali ją i czuli wobec niej respekt. Zuzannie wszystko się rozchodziło między palcami. Była niewątpliwą szczęściarą, że jakoś do tej pory prosperowała. I to ze sporym zyskiem. Nie mogła więc zwolnić Czernego, bo był najlepszym z jej dotychczasowych dyrektorów. I wyjątkowo uczciwym.

– Trzeba całkowicie przemodelować dział handlowy. Być może przyjąć kilku nowych pracowników, bardziej biegłych w nowych technikach sprzedaży.

Zuzanna skinęła głową. Czyli powinna też zwolnić parę osób? Bardzo nie lubiła takich sytuacji. Może uda się je przesunąć do innego działu.

– Niestety, musimy ciąć koszty – wyjaśniał dalej Czerny. – A dochodzą nowe: takie jak nowy system rozliczeń i IT.

– To prawda – westchnęła Zuzanna. – A mógłby mi pan zrobić dokładniejsze wyliczenia? Z przykładową pensją sprzedawcy. I jak wzrosną koszty ZUS?

Czerny obiecał, że zrobi to w przyszłym tygodniu.

– To może wówczas to dokładniej przedyskutujemy? – zaproponowała. – Dzisiaj piątek, pewnie ma pan jakieś plany?

Czerny rzucił jej przenikliwie spojrzenie.

– Plany?

Czego on nie rozumiał.

– Towarzyskie? Rodzina? – spytała lekko skonsternowana. Czy naprawdę powiedziała coś dziwnego?

– Nie, nie mam rodziny, więc mam spokojny wieczór. Posiedzę trochę dłużej w firmie i zrobię to wszystko, o czym mówiliśmy. Ale pani pewnie jest zajęta? – spytał takim tonem, jakby potępiał wszelkie rozrywki. Pewnie według niego powinna świecić przykładem i wychodzić jako ostatnia.

Skinęła głową i podała mu rękę na do widzenia. Jeszcze przy drzwiach rzucił jej mroczne spojrzenie i zniknął.

– O rany, jaki z niego zombie. – Zuzanna szybko zakryła ręką usta, bo nieoczekiwanie powiedziała to na głos. Miała nadzieję, że Czerny nie usłyszał. Roześmiała się do siebie. Nagle już nie było jej smutno. Ona przynajmniej miała plany na ten wieczór. Nie musi siedzieć w fabryce!

– Zuza, jak pięknie wyglądasz! Kiedy ty masz czas na to wszystko? – Jolka przywitała ją przy drzwiach serdecznym uściskiem.

Pół godziny poświęcone na szybki prysznic, zmianę garderoby i pospieszny makijaż opłaciło się. Zuzanna czuła się odświeżona i pełna energii. Na przyjęcie włożyła długą suknię ze śmiało wyciętym na plecach dekoltem. Dobrze się w niej czuła aż do chwili, kiedy Jolka zaprowadziła ją do salonu.

Zuzanna zobaczyła w nim cztery kobiety w spodniach. Nerwowo zerknęła na gospodynię i wyszeptała:

– A gdzie reszta gości?

– Przecież ci mówiłam, że to damskie spotkanie. Dzisiaj bez żadnych facetów. Musimy w końcu poplotkować.

O rety! Ale się urządziła z tą kiecką. Momentalnie chciała się zapaść pod ziemię.

– Przynajmniej jedna z nas się porządnie ubrała. – Gosia, jedna z siedzących kobiet, podniosła się z sofy, by się przywitać z Zuzanną.

– Przepraszamy, jechałyśmy z pracy – dodała druga. – Ale rzeczywiście głupio, że się nie postarałyśmy jak Zuza.

– Ja nie wiedziałam – wyszeptała Zuzanna, ale żadna jej już nie słuchała.

Przeszły za Jolką do części kuchennej. Gospodyni właśnie wyjmowała z pieca ciepłe przekąski.

Zuzanna znała te wszystkie kobiety. Dwie z nich, podobnie jak Jolka, prowadziły własne firmy. Ewa była dyrektorem przedszkola, a Lusia trenerką jogi.

– To dziwne, że do tej pory nie organizowałaś nigdy babskich spotkań – zauważyła.

– Najwyższy czas – mruknęła Jolka i ułożyła na talerzach przysmaki kuchni greckiej.

Zawsze były przepyszne dzięki dostawie z zaprzyjaźnionej knajpy. Sama gospodyni miała dwie lewe ręce do gotowania. Nie musiała się jednak tym przejmować, zarabiała wystarczająco dużo, by mogła sobie pozwolić na takie luksusy.

– Musimy zacząć sobie pomagać. Otwórz wino, Zuza.

– Białe czy czerwone?

– Każde! – Gośka wyjmowała już korkociąg. Spędzała u Jolki najwięcej czasu i czuła się tu zadomowiona. – Dzisiaj zamierzam się skuć. Można u ciebie zalec na sofie?

Jolka się roześmiała.

– Mamy wolną chatę do poniedziałku. Cudownie się złożyło, że Przemek zabrał dzieciaki do swojej matki. Powiem wam, że odetchnęłam z ulgą, kiedy drzwi się za nimi zamknęły.

Zuzanna słuchała szybkiej rozmowy kobiet z dużą uwagą. Czy ona naprawdę do tej pory uważała, że zna dobrze polski? Zawsze wydawało jej się, że Jolka jest szaleńczo zakochana w Przemku i nigdy nie chce się z nim rozstawać. A teraz cieszy się, że zniknął? Dziwne.

Po kieliszku wina wszelkie tamy puściły i koleżanki Jolki rozpoczęły narzekania na mężczyzn, a szczególnie własnych mężów. Zuzanna słuchała ze zgrozą ich opowieści, dziękując w duchu Sławkowi, że tak szybko postanowił zniknąć z jej życia.

– A ty, Luśka, to szczęściara jesteś, wiesz.

Nagle uwaga pań skoncentrowała się na trenerce jogi.

Z tego, co wiedziała Zuzanna, mąż Luśki sprzedał najpierw ich wspólny dom, a potem ulotnił się z całą kwotą w nieznane. I to miało być szczęście?

– Ten twój nowy jest fan-tas-tyczny! – Gośka po dwóch winach robiła się coraz bardziej hałaśliwa. Pewnie niewiele miała okazji, by się odprężyć. Prowadziła jedną z największych w Polsce firm kosmetycznych.

– Nowy? – zdziwiła się Zuzanna.

– Nic nie wiesz? Luśka od pół roku ma nowego faceta. Mają zamiar się pobrać. Spotkałam się z nimi w zeszły weekend. I słowo daję, wielki szacun!

– Naprawdę? To świetnie, bardzo się cieszę.

A jeszcze nie tak dawno wynajmowała jej służbowe mieszkanie w fabryce, bo Lusia nie miała gdzie się podziać. Szkoda, że teraz była ostatnia, by się dowiedzieć o szczęśliwej zmianie.

– A gdzie go poznałaś?

Zuzanna nie mogła się powstrzymać, by nie zadać tego pytania. Była to kwestia nurtująca ją od dawna. Skąd się bierze facetów? I oczywiście nie chodziło o wakacyjne podrywy. O nich też nie opowiadała koleżankom, uważając, że nic w tym chwalebnego.

– Oo, musisz koniecznie opowiedzieć o wszystkim Zuzie – ucieszyła się Gośka. – Ją też musimy z kimś poznać.

– Mnie? Daj spokój!

– Ile lat jesteś sama?

– Tak naprawdę to prawie dwadzieścia – przyznała Zuzanna.

Zobaczyła nagle zdziwione miny wszystkich koleżanek.

– Serio?

– No, to nie jest normalne – podsumowała Gośka. – Prawda? Natychmiast trzeba coś z tym zrobić.

– Co takiego?

– Znaleźć ci miłość życia. – Rozanielony uśmiech Lusi wydał się Zuzie idiotyczny. Bardziej prawdziwa była w stanie małżeńskiego cierpienia.

– Dziewczyny, to nie będzie łatwe. Zuza jest naprawdę wybredna – zauważyła Jolka i dopiła wino.

– Ja?

– A nie? Masz pod bokiem faceta, który jest w tobie zadurzony po uszy, a ty go świadomie ignorujesz.

O czym, u licha, ona mówi? Kogo ma na myśli? Chyba nie tego dzieciaka, Olka, który pracował u niej czasem jako ogrodnik. To by już była perwersja do kwadratu.

– O kim mówię? – Jolka zrobiła tajemniczą minę. – O twoim kierowniku.

– Kierowniku?

– Nie wiem, jak on się nazywa. Taki duży facet o ciepłym spojrzeniu.

– Duży facet?

– Nie udawaj, że nie wiesz. Ten, który lekko kuleje.

I nagle przyszło zrozumienie. Jolka mówiła o Michale Czernym, który rzeczywiście czasem kulał. Z jakiego powodu? Nigdy go o to nie spytała. Zuzannie odebrało dech w piersiach. Ciepłe spojrzenie? Zadurzony? Jolka chyba z premedytacją z niej żartuje. Przez sekundę przypomniała sobie, jak naprawdę wygląda Czerny. Wysoki sztywniak z nadwagą i o pogardliwym spojrzeniu.

– Jest bardzo sympatyczny. Naprawdę. I bardzo się troszczy o ciebie. Ty tego nie widzisz? Choć sama rozumiem, że po Sławku nie chcesz zwracać uwagi na nikogo z firmy. Ale co w tym złego? Ja mam takiego kierownika sklepu w Krakowie, że gdyby nie Przemo, poszłabym natychmiast na całość. A może... może tam pojedziemy? – dodała z diabelskim uśmieszkiem na twarzy.

– Ja myślę, że Zuza powinna znaleźć sobie kogoś innego – oznajmiła najmniej gadatliwa tego wieczoru Ewa. – Może jej kogoś poszukamy?

– Chcecie wyjść z domu? – przeraziła się Zuzanna na myśl, że będzie musiała gdzieś się włóczyć w długiej kiecce.

– Żartujesz? Oni są w kompie. Na Tinderze.

– Żadnego Tindera – zareagowała natychmiast Gośka. – Tam są sami oszuści. Moje koleżanki korzystają z bardziej wyszukanych portali. Za kasę. I powiem wam, że znajdują. Może wypróbujemy jakieś niemieckie biuro. Zuza, jesteś niemieckojęzyczna, więc to żaden problem dla ciebie.

Nie minęło pięć minut, jak kobiety zasiadły przy największym stoliku w salonie i włączyły dwa laptopy.

– Patrzcie, ta niemiecka strona ma najlepsze oceny. I dobrze się przedstawiają, jako ekskluzywne biuro matrymonialne. Dwadzieścia pięć euro za miesiąc, to odstrasza luzerów, prawda? Patrz, jak fajnie wyglądają ci ich doradcy. – Jolka wskazała na uśmiechnięte twarze na zdjęciach. – To niewielkie ryzyko.

– I będą tak ze mnie ściągać kasę co miesiąc? – zaniepokoiła się Zuzanna.

– Myślę, że po dwóch miesiącach zorientujesz się, czy jest to coś warte. Ja korzystałam z angielskich witryn, ale ten niemiecki portal wygląda nieźle – wtrąciła się Lusia.

– To ty też?

– Zuza, cały czas ci mówimy, że ona tam znalazła.

– Już pierwszego dnia trafiłam na Igora.

– Igora?

– Tak, on jest lekarzem z Kijowa, ale pracuje w Warszawie. Patrz, to on. – Luśka, wzbudzając entuzjazm pozostałych kobiet, wyciągnęła fotografię przystojnego blondyna. – I pamiętaj, zaznacz: tylko poważne związki, bo inaczej trafią ci się amatorzy przygodnego seksu.

To Lusia musiała korzystać z płatnej aplikacji, żeby znaleźć gościa z Ukrainy? Zuzanna miała duże wątpliwości, za to jej koleżanki po dwóch butelkach wina żadnych, dopiero się rozkręcały.

– Kliknij tu, zaznacz tę odpowiedź – rozkazywały, tak jakby znały niemiecki lepiej niż ona.

– I pamiętaj, tylko poważne związki.

– Aaa, i jeszcze ważna sprawa. Jakby się jakimś cudem pojawił amerykański żołnierz, od razu go blokuj. Rozpanoszyło się pełno takich naciągaczy w sieci. Wyłudzają kasę od naiwnych.

– W jaki sposób?

Może rzeczywiście była zbyt naiwna, bo koleżanki spojrzały na nią z niedowierzaniem i pewnym współczuciem.

– Najpierw prowadzi z tobą długą rozmowę w internecie, jest czuły, romantyczny, rozkochuje cię, a potem coś mu się wydarza i prosi cię o pomoc. Oczywiście obiecuje oddać. Czasem oddaje, żeby za chwilę poprosić o więcej. I tak się wplątujesz – wyjaśniła z dyrektorskim spokojem Ewa.

– Jak to możliwe? – Takie coś nigdy nie przydarzyłoby się Zuzannie. Po oskubaniu przez Sławka stała się niezwykle uważna w tych sprawach.

– Jak najbardziej możliwe. Były kobiety, które w ten sposób straciły setki tysięcy.

– I jeszcze pamiętaj, że nie możesz mu płacić za podróż, jeśli zechce cię odwiedzić.

– Moje drogie, widzę, że macie mnie za naiwną nastolatkę.

– Nie, nie. Pamiętaj, że to są specjaliści. Potrafią przekręcić niejedną, więc się nie zarzekaj.

Skoro mówiła to największa ekspertka w tej dziedzinie, Luśka, Zuzannie nie pozostało nic innego, jak kiwnąć posłusznie głową.

O pierwszej w nocy wszystko było gotowe. To znaczy wypełnione zgłoszenia do trzech agencji: w Wielkiej Brytanii, Niemczech i we Francji. Zdjęcia profilowe Zuzanna miała dodać po powrocie do domu.

– Teraz to dopiero będziesz miała wesoło. Szkoda, że nie mogę tego zobaczyć – westchnęła Jolka.

– Przyjdziecie do mnie za tydzień, to wam wszystko pokażę.

Kobiety entuzjastycznie przyjęły zaproszenie na następny piątek.

Do tego czasu wytrzeźwieją i przestaną mnie nękać, pomyślała Zuzanna. Ale mogła je zaprosić. Kiedy śmiejąc się do siebie, wyłączała alarm w pustym domu, po raz pierwszy od dawna nie czuła się aż taka samotna. Natan wprawdzie wyjechał, ale życie toczyło się dalej, poznawała nowych ludzi i czekały ją nowe przygody.

Kiedy rozścieliła łóżko, przypomniało jej się, co koleżanki miały do powiedzenia o Michale Czernym. Ale ją podpuściły, wariatki, dobrze, że nie dała się nabrać. Czerny, romantyczny kochanek, też coś!

W jednym jednak miały rację. Zuzanna potrzebowała miłości. Kiedy kładła się do łóżka, pragnęła, by nie było puste. By czekał w nim człowiek, któremu będzie mogła bezgranicznie zaufać. Ktoś o czułym spojrzeniu i delikatnym dotyku. Z całego serca miała już dość samotności.

Zuzanna zostawiła łóżko w spokoju i sięgnęła po prywatny laptop. Wyjęła z torebki zapisane dane do logowania i weszła na stronę angielskiego biura matrymonialnego. Ze zdumieniem zobaczyła, że dostała już pierwszą wiadomość.

ROZDZIAŁ V

Joy

Uwierzyliście, że jestem zainteresowana znalezieniem sponsora? Ha! To się daliście nabrać!

Przez chwilę ta fikcja wydała mi się na tyle pociągająca, że trochę mnie poniosło i zaczęłam spekulować. Ale to oczywista bzdura. W życiu bym tego nie zrobiła. I to nawet nie ze strachu, że Helen wstanie z grobu i spuści mi porządny łomot. Wydaje mi się, że umarłabym wówczas jako człowiek. Oczywiście, nie potępiam tych nieszczęsnych dziewczyn – mają pewnie swoje powody, by to robić – ale ja nie jestem sama i odpowiadam za moje młodsze siostry. Muszę im dawać dobry przykład.

I już-już byłam gotowa napisać na ten temat cały manifest, kiedy zadzwonił mój telefon komórkowy.

– Jesteś dziś w pracy, Joy? – usłyszałam dawno niesłyszany głos.

– Nie, dzisiaj mam wolne – odpowiedziałam zgodnie z prawdą i od razu tego pożałowałam.

– To super. Wpadnę po siódmej. Chciałbym, żebyś mi pomogła.

Jakoś mnie to nie zaskoczyło.

– Kto to był, Joy? – Do kuchni zajrzała ciekawska Thandie.

– Steve. Przyjdzie dzisiaj wieczorem.

Thandie klasnęła w ręce i zaczęła podskakiwać.

– Ale fajnie! – I pobiegła przekazać nowinę siostrze.

Westchnęłam, gdyż dla mnie nie było to fajne. Wcale nie chciałam się z nim widzieć.

Powinnam przygotować coś do jedzenia. Inaczej Steve, szukając przekąsek, splądruje nam lodówkę. Nie żeby było w niej coś atrakcyjnego, ale może się zdarzyć, jak poprzednim razem, że wypije mleko przeznaczone na śniadanie dla bliźniaczek.

Steve... Może też nadeszła pora, by w końcu o nim wspomnieć? Przez dłuższy czas się do nas nie odzywał, więc go jakoś wyparłam z głowy.

Steve Makeba jest moim starszym bratem, ale niewiele nas łączy poza wspólnymi rodzicami. Rzadko się widujemy, przeważnie tylko wtedy, kiedy czegoś ode mnie chce. Na pogrzeb matki przyjechał w ostatniej chwili, a potem po stypie błyskawicznie zniknął, nawet nie zapytawszy, czy można nam jakoś pomóc. I to ma być brat?

Jednak to właśnie jego narodziny przypieczętowały ognisty romans Helen i Tony'ego.

Helen pojawiła się w Południowej Afryce jako stażystka trzeciego roku dziennikarstwa i momentalnie trafiła w sam środek historycznych wydarzeń. Pojęcia nie mam, dlaczego akurat ją tu przysłali, nigdy nie ujawniła żadnych szczegółów, ale podejrzewam, że tak długo suszyła wszystkim głowę, iż chętnie się jej pozbyli, wysyłając na drugi koniec świata. Być może nawet przespała się z jakimś swoim przełożonym, kto to wie. Była tak zdeterminowana, by zostać prawdziwą dziennikarką, że wszystko jest możliwe.

Od dziecka miała bardzo lewicowe przekonania, co zresztą spowodowało zerwanie z rodziną, ale walka z apartheidem stała się dla niej najważniejszą sprawą w życiu. System, w którym segregowano ludzi według rasy, w którym wysiedlano czarnych na prowincję, pozbawiając ich domów i pracy, także możliwości rozwoju i edukacji, stał się dla Helen głównym celem walki.

Na początku 1990 roku, kiedy Helen Miller pojawiła się w Johannesburgu, po raz pierwszy można było poczuć, że ta walka nie jest skazana na porażkę. Do tej pory żadne międzynarodowe pogróżki pod adresem RPA czy rezolucje ONZ nie na wiele się zdały. Ale teraz było inaczej. Prezydent de Klerk zaczął demontaż apartheidu, zaczynając od uwolnienia przeciwnika politycznego, Nelsona Mandeli. Po niemal trzydziestu latach jego pobytu w więzieniu.

Atmosfera była wówczas gorąca. Wszyscy niecierpliwie czekali na zmiany, o których mówili młodzi działacze nielegalnego wówczas Afrykańskiego Kongresu Narodowego. A wśród nich mój ojciec Tony Makeba. Zmiany te wydawały się większości czarnych nierzeczywiste. Bo czy to możliwe, żeby biali zaniechali prześladowań i zwrócili czarnym wolność? Bez walki i za darmo? Ileż to ludzi zginęło w poprzednich czasach z rąk służb bezpieczeństwa!

Helen w młodzieńczym entuzjazmie uważała, że jest to jak najbardziej możliwe, i nagrywała płomienne przemówienia Tony'ego Makeby. Najpierw zakochała się właśnie w nich. Uznała, że dokładnie taki człowiek, potrafiący porwać tłumy, jak nikt inny nadaje się na zbawcę narodu.

Tony wyróżniał się z tłumu innych działaczy swoją charyzmą i aparycją. Wysoki, prawie metr dziewięćdziesiąt, smukły, pochodzący z plemienia Khosa, od dziecka zdradzał niezwykłe uzdolnienia. Przepowiadano mu wielką przyszłość, co w realiach reżimu wydawało się niemożliwe do osiągnięcia. Ale nie dla Tony'ego. Już jako szesnastolatek trafił na dwa lata do więzienia za udział w demonstracji przeciwko apartheidowi. Kiedy stamtąd wyszedł, był już przeszkolony ideologicznie i pewien, że zwykłe życie nie jest mu pisane. Postanowił więc zejść do podziemia i zostać partyzantem zbrojnego skrzydła Afrykańskiego Kongresu Narodowego.

Nie znam wszystkich szczegółów. Z tego, co wiem, ojciec nie zdradził ich nawet matce, ale przeszedł niezłą edukację wojskową, zarówno w Tanzanii, jak i Angoli. Kontynuował również naukę i w 1989, czyli rok przed poznaniem matki, uzyskał stopień licencjacki z nauk ekonomicznych uniwersytetu UNISA. Nie było to jego jedyne naukowe osiągnięcie. Wcześniej przebywał na stypendiach w Związku Radzieckim, NRD, a nawet w Wielkiej Brytanii. Stamtąd wrócił w tym samym miesiącu, kiedy się poznali.

Wydaje się więc, że nie brak im było wspólnych tematów. I chociaż Tony był starszy od Helen o blisko dwanaście lat, natychmiast zaiskrzyło! Nagle wszystko zrobiło się takie piękne. Apartheid się rozpadał, Mandela wychodził na wolność, a oni, tacy zakochani, realizowali idealne połączenie ras. „Choć tak różni, jesteśmy jednością. Jesteśmy ludem tęczy". I choć Mandela, mówiąc te słowa, odnosił się do mieszkańców Południowej Afryki, rodzice uważali, że akurat oni wypełnili to przesłanie w sposób praktyczny.

Byli nierozłączni. Helen, nagrywając wszędzie przemówienia Tony'ego, stała się matką chrzestną jego kariery. Wylansowała go. Zagraniczni dziennikarze szybko zrozumieli, że ten młody przystojny człowiek doskonale sprawdza się przed kamerą, i bez przerwy zgłaszali się do niego po wywiady. Helen umiejętnie tym sterowała i pomagała Tony'emu w przygotowywaniu poważniejszych wystąpień. Nic więc dziwnego, że pod koniec apartheidu jego kariera poszybowała. Tylko że wówczas Helen nie mogła z nim szybować i wraz z nim krzyczeć *amandla*. Okazało się, że jest w ciąży.

Mój brat, Uuka, od małego nazywany Steve'em, urodził się w 1993 roku. I był nie tylko owocem miłości, ale symbolem nowych czasów. Połączenie genów Makebów i Millerów dało przepiękne dziecko o cerze kawy z mlekiem i zielonych oczach. Obiektywnie muszę przyznać, że jest przystojniejszy niż Trevor Noah.

– Ten chłopak jest wybrańcem.

– Taki to daleko zajdzie. Od małego się uczy, czym jest wolność.

Działacze kiwali głową nad jego kołyską. A na własnych rękach trzymali go laureat Pokojowej Nagrody Nobla arcybiskup Desmond Tutu czy obecny prezydent Cyril Ramaphosa.

Tony też był bardzo dumny z syna i postanowił zapewnić mu odpowiedni standard życia. Dzięki jego nowemu stanowisku w związkach zawodowych rodzice po raz pierwszy, zamiast w slumsach, zamieszkali w niewielkim domu na przedmieściach Pretorii. Jego biali właściciele, obawiając się zmian w kraju i lękając o życie, postanowili jak najszybciej wynieść się za granicę.

Wydawało się, że życie Helen i Tony'ego jest usłane różami. Matka, chociaż pracowała wówczas jako stały korespondent brytyjskiej gazety, postanowiła skończyć przerwane studia, a potem zacząć nowe, politologię. Zajmowała się dzieckiem, nowym domem i na pewien czas straciła z oczu karierę swojego męża. Karierę, która rozwijała się już świetnie własnym trybem.

Kiedy jej się ponownie przyjrzała, początkowo nie była pewna, czy dobrze wszystko rozumie. Tym bardziej że ojciec już wówczas niezbyt chętnie z nią rozmawiał.

– Zajmij się lepiej dzieckiem. Dlaczego nie posiedzisz w domu jak każda inna kobieta? Czy musisz biegać na te wszystkie spotkania i na uniwersytet? Mało ci zajęć? Nawet nie mam co zjeść – skarżył się ojciec, a ponieważ jego skargi nie na wiele się zdały, ściągnął z East London swoją matkę.

Ale to, zamiast ułatwić życie, stało się nowym zarzewiem problemów. Moja babka była bardzo silną osobowością i nie znosiła sprzeciwu. Taka sama była Helen, więc łatwo się domyślić, co się w domu działo. W sumie nic dziwnego, że Tony znikał na całe dnie.

W końcu zniknęła też i babka, którą Helen osobiście odstawiła do autobusu, a w domu wybuchło piekło. Uspokoiło się dopiero po paru miesiącach. I kiedy awantury zaczęły dogasać, a rodzice znów się pogodzili, dwie sprawy wyszły na jaw. Pierwszą było odkrycie przez Helen, że ojciec zaczyna zdradzać silny pociąg do przedmiotów luksusowych. Najpierw pojawiały się drogie zegarki i garnitury, które nazywał prezentami. To jeszcze było do przełknięcia. Nie wytrzymała, kiedy zajechał pod dom nowym mercedesem.

– Tony, ty już przestałeś być rewolucjonistą. Zrobiłeś się politykiem jak ci...

– Helen, kochanie, nie zauważyłaś, że rewolucja się skończyła? Przynajmniej chwilowo. Uśmiechnij się wreszcie i wyluzuj.

Matka luzowała się wyłącznie używkami, więc nie znalazł u niej zrozumienia.

– Skąd to się bierze, co? – Wskazała na połyskującego bielą mercedesa.

– To nie twoja sprawa. Odczep się, kobieto, od spraw państwowych.

– Czyli to jest państwowe?

– Wściekła jesteś, że tobie nic nie zaproponowali? Myślałaś, że jesteś taka dobra?

Helen poczuła się podle. Do tego stopnia, że poszła do łazienki i zaczęła wymiotować. A ponieważ mdłości nie ustawały, zorientowała się, że jest ponownie w ciąży. Nieco tym zaskoczona, postanowiła zaprzestać słownych bitew z Tonym.

I tak po paru miesiącach rozejmu małżeńskiego w 1999 roku urodziłam się ja, Joy. Po prostu Joy, bez żadnego afrykańskiego dodatku. Nie wiem, czemu matka dała mi na imię Radość, bo tak wesoło już wówczas nie było. Ale może zaklinała los.

Jak już wspomniałam, nie byłam tak urodziwa jak mój brat, a poza tym nieco rozczarowałam ojca, że nie jestem kolejnym chłopcem.

Steve jednak rekompensował wszystko. Był nadal piękny, miły i zdolny, więc Tony postanowił zapewnić mu najlepszą edukację, tylko że ta w przypadku mojego brata niezbyt się sprawdzała. Do matury zdążył zmienić szkołę dziesięć razy. Był inteligentny, ale niezwykle leniwy, i bez przerwy wpadał w złe towarzystwo.

Ale tego jeszcze nie można było przewidzieć, kiedy ojciec po rozstaniu z Helen zabrał ze sobą Steve'a, mnie zostawiając z matką. Miałam wówczas sześć lat, a mój brat skończył jedenaście. Mieli się rozstać na parę miesięcy, zrobiło się z tego na zawsze. Każde z nich rozpoczęło nowe życie, mnie i Steve'a pozostawiwszy na pasie granicznym.

Od tego czasu widywaliśmy się niezbyt często. Mój brat podróżował z ojcem, jeździł na luksusowe wakacje na Seszele czy Mauritius i niezbyt chętnie odwiedzał nasze mieszkanie w uniwersyteckiej dzielnicy. Życie z matką i ze mną w dość spartańskich warunkach niezbyt mu się podobało. Jeszcze mniej, kiedy wprowadził się do nas Themba. Wówczas zniknął na dłużej. Jednak pojawiał się u nas za każdym razem, kiedy wpadał w tarapaty. Na szczęście zawsze udawało mu się z nich wywinąć. Poza tym potrafił też ugłaskać ojca, który dawał mu kolejną życiową szansę. Trudno było nie ulec niezwykłemu urokowi mojego brata.

Ciekawe, co tym razem mu się przydarzyło, zastanawiałam się, przygotowując dla nas kolację.

O wpół do ósmej rozległo się pukanie do drzwi.

– Siostra, jak dobrze cię widzieć – usłyszałam, a potem znalazłam się w mocnym uścisku.

I jak zwykle roztopiłam się emocjonalnie.

– Co się dzieje, Joy? – spytał, kiedy wytarłam smarki w chusteczkę.

Pewnie tego nie powiedziałam, bo mimo wszystko bardzo kocham mojego brata. A poza tym nikt od dawna mnie tak nie uściskał. Dopiero teraz zrozumiałam, jak bardzo brakuje mi mamy.

– Nie widziałam cię od tak dawna – załkałam.

Więcej nie zdołałam powiedzieć, bo Steve został otoczony przez bliźniaczki, które z wielkim entuzjazmem zaczęły się na niego wspinać.

– Nie masz pojęcia, jaki jestem zajęty – powiedział, kiedy w końcu Thandie i Nandi dały mu spokój i rzuciły się z apetytem na znacznie lepszą niż zazwyczaj kolację.

Patrzyłam na niego z dziecięcym uwielbieniem. Nie wyglądał na zapracowanego. Jak zawsze wymuskany, w świetnych ciuchach, na ręku drogi zegarek. Nie boi się, że mu go ukradną? No tak, ale on poruszał się po mieście samochodem.

W moim znoszonym T-shircie czułam się przy nim jak uboga krewna.

– Czym się teraz zajmujesz?

Bo chyba nie studiował, a praca do tej pory wyjątkowo się go nie trzymała. Przez chwilę pomyślałam, że może w końcu zdał maturę, ale szybko porzuciłam tę myśl. Z pewnością by się tym pochwalił.

– Prywatny biznes. Założyłem z kumplami biuro podróży. I jestem jego prezesem, co ty na to? No ja, bo kto inny. Kto się lepiej ode mnie nadaje, sama powiedz.

Przyglądałam mu się zdumiona. Czyżby tak się zmienił? Nie, nigdy nie uważałam go za głupiego. Był niezwykle zdolny, kiedy chciał, tyle że trwało to szalenie krótko. Po prostu nie był w stanie się na niczym skupić przez dłuższy czas. Nie wiem, do czego by się nadawał. Teraz, kiedy wspomniał o tym biurze podróży, pomyślałam, że może to nie jest aż tak wariacki pomysł. Co jak co, ale mój brat nadawał się do reprezentacji. Widziałam go w myślach, jak w eleganckim ubraniu w kolorze khaki jedzie na safari z grupą turystów, objaśniając swym nienagannym angielskim, co jedzą lwy na śniadanie.

– A co chcecie robić?

– Nie wiesz, czym zajmuje się biuro podróży? Pewnie nie. – Spojrzał na mnie współczującym wzrokiem. – Całe życie tkwisz w książkach. Ale sama zobacz...

Wyjaśnił mi, że chodzi o zbieranie niewielkich grup cudzoziemców i pokazywanie im afrykańskiego życia, jakiego mogą doświadczyć, jeśli tylko porzucą myśl o zbędnych luksusach. Taka wycieczka miałaby obejmować ekologiczne noclegi w wioskach, degustację lokalnych dań, przyglądanie się z bliska codziennemu życiu, kulturze, ale i biedzie, bez której ten obraz będzie z gruntu fałszywy. Oczywiście, mają być też przyciągające atrakcje, takie jak wizyta u sangomy czy zwiedzanie parku narodowego i oglądanie dzikich zwierząt.

– Jesteś w stanie to sam zorganizować?

Pomyślałam, że Helen by się ten pomysł bardzo spodobał. Zwiedzanie poprzez jak największą asymilację i nienaruszanie istniejącej struktury. Ekologia! O właśnie, i to też.

– A dlaczego nie? Mam pełno kumpli ze szkoły.

To prawda. Normalna liczba uczniów razy dziesięć. Bo przecież z tylu szkół go wyrzucili.

– Muszą mieć międzynarodowe kontakty.

– Jasne, że mają.

Był bardzo z siebie zadowolony, ale przypomniałam sobie, że wcześniej też tak było. Na przykład gdy próbował handlować kamieniami szlachetnymi, gdy pracował jako agent ochrony czy kiedy najął się do firmy usuwającej węże z mieszkań. Na początku zawsze dobrze to wyglądało. A potem... W przypadku węży skończyło się akurat pobytem w szpitalu i skargą ze strony lokatorów.

– Jak dobrze pójdzie, to ciebie też zatrudnię – obiecał, ale wcześniej również słyszałam te słowa.

Kiwnęłam tylko głową i uśmiechnęłam się, nie chcąc okazać, że moja wiara w niego jest śmiesznie mała. Ale może to błąd? Nie mogę zabijać nadziei. On ma dopiero dwadzieścia pięć lat, no prawie. Ludzie się zmieniają. Trzeba dać mu szansę.

Po kolacji włączyłam bliźniaczkom bajkę na laptopie. Nie zdarzało się to zbyt często, więc zostawiły Steve'a w kuchni i przeniosły się do pokoju.

– Rozmawiałeś o swoich planach z ojcem?

Byłam ciekawa, czy pochwala pomysł Steve'a.

– Nie, skąd. Po tym jak mnie wypędził z domu pół roku temu, nie mamy o czym rozmawiać.

– Wypędził cię?

Byłam oburzona. Matka miała rację, że aktywny udział w polityce miał zły wpływ na jej męża. Najpierw zupełnie odciął się od nas, a teraz pozbył się najstarszego syna. Co z niego za człowiek?

– Nie martw się, Joy, nie było tak źle. Trochę posiedziałem u ciotek w East London, trochę u kumpli, ale teraz już koniec wakacji i wreszcie poukładam swoje życie. Wiem, powinienem się wami zająć, i jestem pewien, że wkrótce to będzie możliwe.

Dobrze, że chociaż zdawał sobie sprawę z tego, że nam nie pomógł, kiedy tego potrzebowałyśmy. Od dwóch lat mogłam liczyć wyłącznie na siebie. A on jeszcze mnie pyta:

– Czy możesz mi pomóc, Joy?

Byłam bardziej miłosierna niż nasz ojciec. I pewnie naiwna. Wiedziałam, że to pytanie padnie wcześniej czy później. Oczywiście, że mu pomogę. Zapewne chodzi o napisanie broszurki reklamowej lub pism przewodnich. Dla mnie to łatwizna. Przy matce dziennikarce nauczyłam się niejednego! Ale tu mnie zaskoczył.

– Poznałem taką dziewczynę – oznajmił po chwili z dziwnym uśmieszkiem.

Ale to wcale nie było dziwne! Od kiedy Steve skończył siedemnaście lat, stale je poznawał. Lgnęły do niego jak pszczoły do miodu, a on korzystał z tego do woli. Związki te były jednak krótkotrwałe i choć ciągnęła się za nim opinia niestałego w uczuciach, naiwnych wciąż nie brakowało. Sama świetnie przecież poznałam, jak ten miód smakuje.

Kiedy Steve miał dwadzieścia dwa lata, ojciec wpadł na pomysł, by go ożenić z córką swojego partyjnego towarzysza. Wszystko już było uzgodnione, pieniądze obiecane, kiedy nagle przyszły pan młody urwał się ze smyczy i zniknął. Odezwał się dopiero po trzech miesiącach. Z Australii. Napisał łzawy list, że nie może tego zrobić bez miłości. A jeszcze nigdy w życiu się nie zakochał. Trudno było mieć mu to za złe.

– Mieszka w Kapsztadzie, więc znamy się tylko z internetu, ale… – nagle spuścił oczy jakby zawstydzony – …chciałbym, żeby się mną zainteresowała, tylko nie wiem jak. Do tej pory nigdy nie musiałem się starać, ale teraz jest inaczej. Powiedz mi, jak się zdobywa dziewczynę? Wiem, że tak jak ty lubi czytać książki. Masz jakiś pomysł? Najlepiej, żebyś ty do niej napisała jako ja.

Ha, miałabym zostać afrykańskim Cyranem de Bergerac w internetowej przestrzeni?

Jakoś mnie to rozbawiło i roześmiałam się.

– No może. A pokażesz mi jej zdjęcie?

– Pewnie.

Myślałam, że każe mi otworzyć laptop, ale Steve sięgnął do kieszeni i wyjął pogniecioną fotkę. Dziewczyna wyglądała na Koloredkę, miała dość jasną skórę i ładny szeroki uśmiech.

– Piękna! – Uśmiechnęłam się do brata.

Może to dla niej chciał zmienić życie? I może była dla niego nadzieja. Miłość przecież czyni cuda.

– Początkowo myślałem, że podstawiła fałszywe zdjęcie, że wcale tak nie wygląda, ale kumpel ją sprawdził. Ma dwadzieścia dwa lata i pracuje jako stażystka w parlamencie. Takiej trudno zaimponować. – I Steve, mój brat, głęboko westchnął. – Myślisz, że mogę jej się spodobać?

Nie chciałam wykazać zbytniego entuzjazmu. Tym razem Steve musi wiedzieć, że dla takiej dziewczyny trzeba się napracować.

– Nie mam pojęcia. Może napiszesz jej o swoich planach? Tak ciekawie o nich opowiadasz.

– Nie – zaprotestował. – Jeszcze nie. Dopiero jak coś z nich wyjdzie. To musi być coś innego. Nie wiem, wymyśl coś.

Zostawił mi instrukcje i zniknął o dziewiątej, tłumacząc się, że ma jeszcze spotkanie na mieście. Kiedy będę gotowa – czyli jak najszybciej – mogę mu wysłać list do Sinesipe (tak miała na imię) na jego adres mejlowy.

Bliźniaczki już spały, kiedy sięgnęłam po laptop odziedziczony po Helen i otworzyłam nowy plik.

Wiem, że dzielą nas kilometry, ale dla moich myśli i uczuć to nie jest żadna odległość. Widzę, jak czytasz tę wiadomość, marszczysz czoło i zastanawiasz się, kim ja naprawdę jestem. Sam do końca tego nie wiem, ale zrozumiałem jedno. Dziwne, do tej pory nie zdawałem sobie z tego sprawy, że jestem aż tak bardzo samotny. Czy to się kiedykolwiek zmieni? Czy uda mi się spotkać osobę, dla której będę całym światem? Która mnie obejmie, a ja w jej objęciach będę mógł zapomnieć o wszystkich złych rzeczach? Wciąż mam taką nadzieję.

Nagle zauważyłam, że przestałam myśleć o bracie i piszę o sobie, moim własnym dziewczęcym stylem. Pewnie Steve mnie wykpi, pomyślałam, ale nie miałam już sił nic zmieniać. Dodałam tylko kilka zdań i wysłałam to do brata. Trudno, najwyżej sam coś zmieni. Byłam zbyt zmęczona, a następnego dnia znów czekało mnie wiele zajęć.

Położyłam się na łóżku i przykryłam swetrem Helen. Wydawało mi się, że wciąż czuję jej zapach.

Zamknęłam oczy i nagle znalazłam się pod siedzibą prezydenta, Union Buildings. Przede mną stoją różnokolorowi turyści, a ja im opowiadam o architekturze Herberta Bakera i historii tego miejsca. Mówię gładko, bez zastanawiania się. A kiedy kończę, biją mi brawo. Robi mi się ciepło na sercu. To ciepło rozchodzi się po całym ciele i nawet nie wiem, kiedy zasypiam.

ROZDZIAŁ VI

Zuzanna

Koniec października i leje jak z cebra. Ciemne chmury nie przepuszczają nawet najdrobniejszego promienia słońca.

Zuzanna stała przy oknie i patrzyła na drzewa z pewną zadumą. Nie czuła jednak żadnego smutku, wprost przeciwnie, cieszyła się myślą, że za chwilę to wszystko zostawi za sobą. Od miesiąca bawiła się tak świetnie jak nastolatka. Nie spodziewała się, że stać ją na taką spontaniczność. Wakacje w połowie jesieni? A dlaczego nie?

Poprzedniego wieczoru zawiadomiła o tym syna.

– Uważam, że to świetny pomysł – powiedział Natan.

– Naprawdę? – Wreszcie coś mu się podobało.

– Opalisz się, może kogoś poznasz. Mamo, musisz wreszcie zacząć żyć na luzie. Za bardzo się wszystkim przejmujesz i dlatego jesteś wciąż spięta.

Nagle syn porzucił nastoletnie burczenie i zaczął przemawiać do niej ludzkim głosem. Okazało się, że nawet ją zauważa i wyciąga wnioski. Ona też powinna. Tak bardzo zasiedziała się w Gdańsku, tak bardzo bała się nowych sytuacji, przede wszystkim zaś kolejnego zawodu, że niewiele brakowało, a zmarnowałaby sobie życie. A tak jeszcze wszystko przed nią. Prawie czterdzieści trzy lata to jeszcze nie schyłek, wystarczyło spojrzeć na własną matkę.

Jestem taką idiotką! Tak, sama też potrafiła się ocenić. Tyle lat w żałobie po nic niewartym Sławku, w nienawiści do jego kolejnych wybranek, a zwłaszcza Kariny. To nie było zdrowe i nic dziwnego, że Natan się od niej odsunął. Nie miała mu nic do zaoferowania.

– Przyślesz mi zdjęcia?

– Pewnie, że tak. Ale jeszcze zadzwonię. Tak szybko nie wyjeżdżam.

– Tylko się nie rozmyśl.

Nawet nie zamierzała. Potrzebowała jednak trochę czasu, żeby załatwić wszystkie sprawy w firmie. Dwutygodniowa nieobecność nie groziła katastrofą, ale chciała uporządkować wszystkie zaległości, żeby później nie zawracać sobie nimi głowy. Jej głowa miała zajmować się zupełnie czymś innym, a nie myśleć o banalnych telefonach informujących ją, że znowu czegoś nie dowieźli. Musiała jednak przyznać, że od kiedy zatrudniła Czernego, takich telefonów było już znacznie mniej.

Właśnie, Michał Czerny. Czy to przez niego ubierała się tego dnia znacznie dłużej niż zazwyczaj? Przecież to było tylko biznesowe spotkanie połączone z lunchem. Po co więc przez dziesięć minut wybierała odpowiednią garsonkę? W końcu i tak żadnej nie wybrała, tylko zdecydowała się na wąskie czarne spodnie i dopasowaną krótką marynarkę, czyli bardziej nieformalny strój. Bóg raczy wiedzieć, co mi chodziło po głowie, westchnęła, sięgając po kosmetyki do makijażu.

To wszystko przez to, że podpuściły ją te zwariowane przyjaciółki. Naplotły, co ślina na język przyniesie, a ona teraz nie mogła patrzeć na Czernego bez zastanawiania się, czy to jest prawda. I tak wpadała bez ostrzeżenia do jego gabinetu, badawczo zerkała na niego spod rzęs i śledziła mimikę twarzy. Wszystko na darmo. Czasem wprawdzie wydawało jej się, że jest nieco zdziwiony jej zachowaniem, ale to była ułuda. Trzymał się tak jak zawsze. Czyli jak sztywny kołek, jak głaz pozbawiony uczuć.

I po co to było? Zuzanna zdawała sobie sprawę, że jej zachowanie jest zupełnie irracjonalne. A poza wszystkim co by to dało, gdyby się nagle dowiedziała, że Czerny się w niej rzeczywiście podkochuje? Nic, bo przecież nie mogłaby odwzajemnić tego uczucia. Ale od pewnego czasu pójście do pracy wiązało się z czymś bardziej ekscytującym niż zwykle. Z jakąś grą, w której ona była głównym rozgrywającym. Przynajmniej tak jej się wydawało.

Kiedy zaproponowała Czernemu lunch w centrum Gdańska, nie drgnęła mu nawet powieka. Powinna, bo to był kawał drogi od Banina, szczególnie w godzinach szczytu, a tam przecież zamierzali wrócić. Przez jego twarz nie przebiegł żaden grymas niechęci, kiedy oświadczyła mu, że pojadą jego samochodem.

W tej samej chwili usłyszała dźwięk silnika. Oczywiście, jak zawsze punktualny, a nawet pięć minut przed czasem. To chwilę poczeka, mrugnęła do swojego odbicia w lustrze i starannie pomalowała usta. Wyzywającą czerwoną szminką. Właśnie czuła, że ma przed sobą wyzwanie: dowiedzieć się jak najwięcej o jego prywatnym życiu i dlaczego utyka. Przynajmniej w tej kwestii przyjaciółki się nie myliły.

– Pani prezes, zapraszam.

Wyszedł z samochodu, kiedy tylko otworzyła drzwi wejściowe. Jego nie dotyczył problem z doborem ubrań. Miał na sobie ten sam garnitur co w pracy i wyglądał, jakby miał iść na zebranie zarządu, a nie na zwykły obiad.

– Dlaczego nie zadzwonił pan do drzwi?

– Nie chciałem pani pospieszać.

Otworzył drzwi dość podniszczonego audi. Zuzanna rozejrzała się ukradkiem. Jednak wnętrze było higienicznie czyste. Żadnych odpadków, ogryzków czy starych biletów parkingowych. Nie mówiąc o śladach dzieci czy żony.

– Panie Michale, chciałabym, żebyśmy mówili sobie na ty – zaproponowała spontanicznie, moszcząc się na siedzeniu. – Nie musimy być tacy formalni. Jesteśmy przecież rówieśnikami.

Nie do końca, przejrzała jego papiery. Był od niej dwa lata starszy.

– Bardzo mi miło. – Skinął głową. – Chętnie, ale poza firmą.

Zgodził się, łaskawca. No dobrze, dobrze, służbisto jeden. I pomyśleć, że to ona wychowała się w Niemczech.

– To co, jedziemy? – spytała, widząc, że Czerny się waha.

– Naprawdę do Gdańska? A nie gdzieś w pobliżu?

– Nie, dzisiaj zrobimy sobie wycieczkę. Po poprzednim tygodniu na to zasłużyliśmy.

Nad nowym planem produkcyjnym pracowali po dwanaście godzin dziennie. I nie tylko nad tym. Teraz mogli jedynie dopiąć kilka szczegółów.

Czerny znów skinął głową i bez dalszych protestów skręcił w kierunku trójmiejskiej obwodnicy.

Czas dojazdu do centrum miasta minął niesłychanie szybko. W sprawach służbowych Czerny nie był takim milczkiem i na ogół miał sporo pytań i jeszcze więcej odpowiedzi. Zuzanna musiała przyznać, że jest bardzo dobrym menedżerem, a ich współpraca byłaby zapewne znacznie lepsza, gdyby nie jego wycofanie. Muszę go dzisiaj rozruszać, postanowiła.

– Na Wyspę Spichrzów – zarządziła, kiedy zjechali w dół alei Rzeczypospolitej. – Do hotelu Puro.
– Aż się boję, co w takich okolicznościach usłyszę – mruknął do siebie Czerny.
– Byłeś już tam?
– Przechodziłem. Nie lubię się włóczyć po restauracjach – powiedział i szybko dodał, żeby nie zabrzmiało to zbyt niegrzecznie: – Nie lubię sam.

Wówczas Zuzanna postanowiła kuć żelazo, skoro się tak przyjemnie rozgrzało.
– Mało ludzi to lubi. A ty od dawna jesteś sam?
– Wystarczająco długo – odburknął i zamilkł.

I gadaj z takim. Gdyby Zuzanna była swoją matką, z pewnością nie miałaby skrupułów, by dalej drążyć temat, ale była sobą, więc powiedziała tylko:
– Ja już niedługo dwadzieścia lat.

I to chyba tak przeraziło Czernego, że po prostu zaniemówił i nie odezwał się do niej aż do chwili, kiedy stanęli przed hotelem znajdującym się niedaleko Zielonej Bramy. Dopiero wtedy rozejrzał się ze zdumieniem dokoła i pokręcił głową.
– Coś nie tak? Z baru jest świetny widok na Stare Miasto i marinę.

Czerny wzruszył ramionami.
– Nigdy nie byłem, ale za każdym razem, kiedy się tu wybieram na spacer, widzę coś innego. Bardzo się to miasto rozbudowuje. Czasami mam wątpliwości, czy we właściwy sposób, ale niewątpliwie postęp jest.
– Jesteś stąd?

Weszli do korytarza prowadzącego do restauracji.

– Tak, od urodzenia.

– To tak jak moja matka – powiedziała, choć była pewna, że o tym wie. Niejeden raz udało jej się podsłuchać, jak ugrzecznieni w jej obecności pracownicy za plecami nazywali Julię „Gdańską Niemrą". Ją samą już tylko zwykłą „Niemrą". Święcie przekonani, że wiedzą najlepiej. Ale przecież matka nie miała w sobie ani kropli niemieckiej krwi. Bardziej już ona sama.

Kelner przywitał ich przy drzwiach i poprowadził do stolika. Na sporej sali nie było wiele osób: zaledwie kilku mężczyzn w służbowych garniturach.

Czerny pomógł Zuzannie przy zdejmowaniu płaszcza, a potem usiadł naprzeciwko niej i nagle zupełnie nieoczekiwanie uśmiechnął się, odsłaniając zęby.

– A teraz chciałbym się dowiedzieć, co tu się dzieje. I dlaczego ten obiad w takim odjechanym miejscu? Jestem naprawdę ciekaw.

Jego uśmiech trwał zaledwie parę sekund, ale zupełnie obezwładnił Zuzannę. Ten facet zupełnie się przeobraził. Nagle stał się całkiem atrakcyjny.

Nerwowo chrząknęła.

– Chciałam ci powiedzieć, że robię sobie wakacje. I trochę dłuższe niż zawsze. To mogą być dwa tygodnie, ale równie dobrze miesiąc. Nie chcę mieć związanych rąk i zbyt dużo planować. Jestem tym zbyt zmęczona – przyznała się Czernemu, który słuchał jej z uwagą.

Ale wszystkiego nie mogła mu przecież powiedzieć. Że po raz pierwszy w życiu chce się dać ponieść chwili. Nie ma zamiaru się zastanawiać, czy postępuje słusznie, czy popełnia poważny błąd. Ale czuje, że się zakochała, i chce sprawdzić, czy to jest coś prawdziwego. Może to jej ostatnia szansa na miłość? Każdego ranka znów czuje, że żyje. I to nie tak, by w rutynie przeżyć kolejny dzień, ale z radością. Z entuzjazmem, czekając, co przyniesie przyszłość.

– Co będzie z pełnomocnictwem? – spytał Czerny, który już zdążył spoważnieć i wrócić do swojego posępnego ja. – Nie mam wszystkich uprawnień.

– Myślałam o tym. I chcę, żeby głównym pełnomocnikiem był Natan.

– Nie pani Fleming? – zdziwił się Czerny. – Twój syn jest jeszcze bardzo młody.

– Wiem, ale ja nie byłam wiele starsza, kiedy matka zmusiła mnie do… – chciała powiedzieć „niewdzięcznej roboty", ale skończyła łagodnie – pracy. To tylko tak na wszelki wypadek. Poza tym mam nadzieję, że ty doskonale dasz sobie radę ze wszystkim.

– Dziękuję za zaufanie, ale co się stało? Wcześniej nie podpisywałaś pełnomocnictw przed wyjazdem na urlop.

– Jadę tym razem dość daleko. Do RPA. Lepiej się zabezpieczyć na wszelki wypadek.

– To wycieczka? Słyszałem, że trochę tam niebezpiecznie.

Przytaknęła.

– Trochę luksusu, ale też prawdziwe życie. Nie ma co się bać, będę pod dobrą opieką. Poza tym pod koniec listopada tam będzie lato.

– Lato – westchnął Czerny. – Kiedy to było! Też bym chętnie pojechał.

Raczej cię nie stać, pomyślała Zuzanna, ale bawiła się dalej.

– W miłym towarzystwie? – spytała kusząco.

Wydawało się, że po raz pierwszy wytrąciła go z równowagi. Spojrzał na nią czujnie i nagle w jego piwnych oczach bez wyrazu pojawiło się jakieś światełko, które jak magnes przykuło wzrok Zuzanny. Przez chwilę się sobie uważnie przyglądali.

– Mam nadzieję, że będziesz się dobrze bawić. Ja to bym chętnie pojechał do mojej starej chaty w Kuźnicy Morskiej. Ale to dopiero gdy wrócisz i będę mógł wziąć parę dni wolnego. Brakuje mi bardzo samotnych spacerów po plaży.

Z pewnością mądra nie była. Nie nadawała się do żadnych damskich gierek i flirtów. Czerny nie powiedział nic więcej na swój temat, a ponieważ zasób problemów firmowych również się wyczerpał, milczeli w drodze powrotnej jak dwa groby. Na szczęście Czerny podkręcił muzykę ze starymi przebojami, więc oboje udawali, że się w nią bardzo wsłuchują.

Nie ma jednak co żałować. Zuzanna ustawiła sprawy w fabryce, wydała dyspozycje w sprawie pełnomocnictw, a poza tym najadła się pyszności. A Jolce i pozostałym jeszcze zmyje głowę za te głupoty o Czernym. Ale może dzięki tym głupotom udało im się przełamać lody? Zuzanna nie dowiedziała się nic o nodze Czernego, a tym bardziej na temat jego związków byłych czy teraźniejszych, jednak zauważyła, że o wiele łatwiej im się rozmawia. Oczywiście o firmowych sprawach! I to był prawdziwy sukces tego dnia.

Po powrocie zamknęła drzwi na klucz i przemknęła do swojego ulubionego pokoju, w którym trzymała teraz laptop. Ciekawe, czy ma nową wiadomość. Poczuła, jak jej serce bije w szybszym tempie. Bardzo się w to wszystko wkręciła, ale przez to życie stało się barwniejsze. Zawsze warto doświadczyć takich emocji. Za wszelką cenę?

ROZDZIAŁ VII

Joy

Steve jeszcze kilka razy prosił mnie o pomoc przy pisaniu wiadomości do Sine. A potem znów przestał się odzywać i zniknął na parę tygodni. Byłam przekonana, że korespondencja mojego autorstwa okazała się sukcesem i brat wyjechał do Kapsztadu, by się spotkać z ukochaną. Tylko jak on się chciał z nią ożenić, skoro stale był spłukany, a na dodatek w kiepskich układach z ojcem? Miałam nadzieję, że ten nowy pomysł związany z turystyką okaże się rozwiązaniem jego problemów.

Steve pojawił się nieoczekiwanie pod koniec października. Przyszedł rano, zanim wyszłyśmy z dziewczynkami do szkoły.

– Mogę u ciebie przenocować przez parę dni?

Uciekał przed moim spojrzeniem. Już nie wyglądał tak elegancko jak poprzednim razem. Na twarzy zarost, cienie pod oczami, a on sam ubrany w rozpadające się dżinsy i stary T-shirt. W ręku trzymał niewielki plecak, z którym zamierzał się do nas wprowadzić.

– A gdzie będziesz spał? – Nic mądrzejszego nie udało mi się wydukać. – Nie ma już dodatkowego łóżka.

– Nie szkodzi, coś skombinuję. To mogę czy nie? – warknął niecierpliwie.

A miałam wybór? Może w innym miejscu na ziemi owszem, ale nie tutaj. Moja matka zawsze wierzyła w prawa kobiet i przekazała mi cenną naukę, że w niczym nie ustępuję mężczyznom i mam takie same prawa jak oni. Tylko że Helen już nie żyła, a tutejszy obyczaj nakazywał kobietom posłuszeństwo. Oczywiście nie obawiałam się, że Steve zechce siłą wymusić na mnie swoją obecność, choć takie agresywne zachowania zdarzały się u moich sąsiadów na co dzień. Często w nocy usypiałam, słuchając zawodzenia skrzywdzonych kobiet. Steve nigdy by tego nie zrobił, gdyż nie był awanturnikiem, ale mieszkałam sama z dwiema siostrami i ledwie wiązałam koniec z końcem. Jednak Steve był moim starszym bratem. Powinnam mu pomóc.

– Oczywiście, że możesz.

– Fajnie. Zajmę się bliźniaczkami.

W to raczej wątpiłam. Steve nie przepadał za dziećmi – zawsze mnie lekceważył, kiedy byliśmy mali – a Thandie i Nandi nie traktował jak prawdziwych sióstr.

Tego samego popołudnia przyniósł łóżko polowe z materacem. Nie wpuściłam go do domu, zanim dokładnie nie wyczyściłam posłania. Na wszelki wypadek nie zapytałam, skąd je wziął. Postanowiłam wytrzymać tych parę dni. To nawet miłe, że będę miała z kim porozmawiać przez kilka wieczorów.

Na początku było bardzo sympatycznie. Byliśmy znów jedną rodziną i wspólnie spędzaliśmy czas. Steve miał ogromne poczucie humoru, więc zaśmiewałyśmy się z jego dowcipów do łez. Poza tym dziewczynki chodziły do szkoły, ja do pracy. Tylko Steve nie chodził nigdzie. I nie muszę dodawać, że nie dostałam od niego na jedzenie złamanego randa. Ale jakoś dawałam radę. Parę dni, powiedział?

Byłam pewna, że będzie przychodził do nas jedynie na noc. I tak rzeczywiście było na samym początku. Potem nagle zaczął przesiadywać w mieszkaniu również w dzień, spędzając czas na wielogodzinnym grzebaniu w telefonie. Widać na internet było go stać.

Wreszcie jego obecność stała się uciążliwa nawet dla dziewczynek, gdyż nigdy nie chciał się z nimi bawić i tylko je od siebie odganiał. Ledwo obudzona Nandi na paluszkach przebiegła do mojego łóżka i wyszeptała mi do ucha:

– Chcę, żeby on sobie poszedł! Dlaczego nie jest jak przedtem?

Dobre pytanie.

– I jak z tą twoją turystyką? – spytałam po tygodniu już nieźle poirytowana, gdyż mój brat nie zamierzał dokładać się do wiktu i opierunku, jednocześnie pustosząc stan zapasów żywności. – Zamierzacie coś z tym robić?

Steve spojrzał na mnie, jakby nie wiedział, o czym mówię.

– Jasne, że tak – odpowiedział po chwili. – Czekam tylko na kumpla, który ma mi pomóc. On ma kasę. Zobaczysz, już niedługo będziemy bogaci.

Nigdy nie wierzyłam w takie rzeczy. Ani w bitcoiny, ani w sprzedaż sieciową, która miała ze mnie zrobić milionerkę, ani w szczęśliwe wygrane czy też w przepowiednie uzdrowicielek (no, może nie wszystkich, ale mojej sąsiadki z pewnością). Gdy tylko słyszałam w busie czy na ulicy zagajenie: „Cześć, dziewczyno, czy chcesz zarobić duże pieniądze?", uciekałam, gdzie pieprz rośnie.

Ale tym razem nie było dokąd uciec. Steve umościł się w kuchni i zajął moje miejsce na świecie, do którego zdążyłam się przyzwyczaić przez parę lat. Nie spędzałam w nim wiele czasu, bo zawsze było zbyt wiele zajęć, ale to był mój własny kąt, gdzie mogłam być choć przez chwilę sama i pisać.

– Joy, daj mi swój laptop.

– Nie mam.

– Masz. Ten matki.

Zrobiło mi się słabo.

– Po co ci?

– Bo chcę coś na nim napisać. Muszę się tłumaczyć?

Zrezygnowana poszłam wyciągnąć go spod łóżka. Byle go nie zniszczył. Używałam go tylko do pisania i do wysyłania mejli. Nie było w nim żadnych sekretów, oprócz drobnych zapisków, więc nie obawiałam się, co Steve może przeczytać.

– Dzięki. I co się tak gapisz? Nie masz nic do roboty?

Patrzyłam, jak niedbale przebiera palcami po moim największym skarbie, który odziedziczyłam po mamie, i zbierało mi się na płacz. To było tak, jakby obcy człowiek grzebał w mojej bieliźnie.

– Wyjdę na chwilę.

Zanim zareagował, uciekłam z mieszkania. Miałam dwie godziny do powrotu bliźniaczek ze szkoły. Mogłam coś ze sobą zrobić. Postanowiłam pójść do biblioteki wypożyczyć książki, a potem usiadłam w parku na trawie, by je poprzeglądać. Dotykałam ich kolorowych okładek i czułam narastające zniechęcenie do świata. Gdyby można było zanurkować pomiędzy strony tych książek i zacząć nowe, zupełnie inne życie w wymarzonym miejscu! Oczywiście, że nie można, to idiotyzm z książek dla kucharek, pomyślałam i odwróciłam głowę. I natychmiast omal nie podskoczyłam.

Dwa metry ode mnie stał Lucas i się gapił. Wracał chyba z zajęć na uniwersytecie albo z kościoła, bo tym razem był bardzo schludnie ubrany. W czarne spodnie i białą koszulę z krótkim rękawem.

– Przepraszam, nie chciałem cię przestraszyć, ale byłaś tak fajnie zamyślona.

Rzuciłam mu niechętne spojrzenie, jednak zupełnie się nie przejął, tylko podszedł i bez zaproszenia usiadł pod tym samym drzewem co ja. Miałam ochotę zwrócić mu uwagę, że zabrudzi sobie drogie spodnie, ale ugryzłam się w język. Co mnie to obchodzi!

– Nie zadzwoniłaś do mnie! – powiedział po chwili.

Zupełnie mi to wyleciało z głowy. Pojawienie się Steve'a skutecznie zamąciło wszystkie domowe ustalenia, a co dopiero mówić o nowych planach.

– Zapomniałam – odparłam zgodnie z prawdą.

– Nie szkodzi. Teraz się możemy umówić. Nie chcesz zarobić? Chyba nie myślałaś, że chcę, byś mnie uczyła za darmo.

Trochę mnie zamurowało, kiedy wspomniał o kwocie za korki. Było to więcej, niż dostawała Helen, a ja przecież potrzebowałam pieniędzy.

– Ale co to ma być?

– Chciałbym, żebyś mi pomogła w pisaniu referatów. Staram się o nowe stypendia, więc to musi być bardzo dobrej jakości. Tak, pisanie jest najważniejsze.

– Czyli nie musimy się nigdzie spotykać?

Bo z tym byłby problem. Pomyślałam o Stevie, rozwalonym na leżance w kuchni z moim laptopem, i przez moment przeszło mi przez myśl, że mogę już nigdy nie odzyskać sprzętu.

– Nie zawsze, ale raz na dwa tygodnie? Co powiesz o najbliższej bibliotece? Mają tam salkę do nauki.

Skinęłam lekko głową i zaczęłam wkładać książki do torby.

– Napijesz się? – Lucas wyjął z teczki butelkę fanty. Widok skroplonej pary na jej powierzchni sprawił, że momentalnie zachciało mi się pić.

– Dzięki. – Po kilku łykach postanowiłam być dla niego miła. – A w zasadzie co studiujesz?

Słowo „studiujesz" wydusiłam z siebie z dużą trudnością. Jak ja nienawidziłam tych wszystkich studenciaków!

– Kończę matematykę i chciałbym jeszcze pójść na dodatkowe studia z IT. – Sięgnął do torby po teczkę z dokumentami. – O, zobacz, to takie rzeczy robimy.

Spojrzałam, osłupiałam i zaniemówiłam. Na czas dłuższy. Poraziły mnie wykresy i słownictwo, o którym nie miałam bladego pojęcia. Dopiero kolejny łyk fanty rozwiązał mi język.

– Ale ja się na tym w ogóle nie znam. Czego cię mogę nauczyć? Zupełnie mnie przeceniasz.

– Gramatyki? Nie martw się, to nie chodzi o takie wykresy. Zobaczysz, jak ci wyślę. Zgadzasz się?

Podałam mu adres mejlowy i podniosłam się z trawy.

– Jeśli ci nie żal pieniędzy, to możemy spróbować. Ale ja bym się na twoim miejscu jeszcze zastanowiła.

– Odprowadzę cię – oświadczył Lucas i nie czekając na moją zgodę, ruszył za mną. Po drodze opowiadał mi o rodzinie, która złożyła się na jego studia. Szczególnie starszy brat, który pracował jako nauczyciel na północy prowincji Limpopo.

Wątpię, czy wyrzucanie pieniędzy na prywatne lekcje by mu się podobało, pomyślałam i słuchałam dalej bez komentarza.

– Chciałbym zostać naukowcem – powiedział Lucas, kiedy dochodziliśmy do mojego bloku.

I wtedy już zupełnie go znienawidziłam. Wszyscy odnosili jakieś sukcesy. Zakładali firmy, kończyli studia. A mnie życie omijało wielkim łukiem.

– Muszę już lecieć – rzuciłam szybko, żeby niczego więcej nie usłyszeć, i zanim zdążył zareagować, puściłam się biegiem przed siebie. – Odezwę się! – krzyknęłam na pożegnanie, żeby zupełnie nie palić za sobą mostów. Mimo wszystko nie lubię wychodzić na idiotkę.

Przed pójściem do szkoły po bliźniaczki miałam zamiar podrzucić książki do domu, ale nagle drogę zagrodziła mi moja religijna sąsiadka Thando.

– Fajny chłopak, Joy. Wreszcie sobie szykownego kawalera znalazłaś. I wyższego od siebie. Wreszcie nie będziesz sama.

– Daj spokój – oburzyłam się. – To były uczeń mojej matki.

O tym, że w przyszłości także mój, nie zamierzałam mówić. Poza tym Thando nie ma zielonego pojęcia, co to jest szykowny kawaler. Jej mąż znęcał się nad nią przez dziesięć lat i pewnie by ją zabił, gdyby sam wcześniej nie zginął w wypadku. Z kolei jej młodsza córka Sindi zaszła w ciążę w wieku piętnastu lat i oczywiście mieszka teraz razem z matką, bo chłopak ulotnił się jak kamfora.

– A co to przeszkadza? – zdziwiła się sąsiadka, potem złapała mnie za ramię. – Chodź do mnie na chwilę.

– Nie mogę, muszę iść po dziewczynki do szkoły. Kończą za pół godziny.

– Przecież dobrze znają drogę. Mają już sześć lat! Nie przesadzaj.

Oczywiście po podwórku biegały znacznie młodsze dzieciaki, ale ja nie zamierzałam na to pozwolić. Były pod moją opieką.

– Mogę przyjść później – zaproponowałam.

Thando zastanowiła się przez chwilę, a potem pokręciła głową.

– W domu się potem nie da.

Byłam coraz bardziej zdziwiona i zastanawiałam się, o co może jej chodzić. Pociągnęła mnie za rękę między domy. Oglądała się przy tym na boki, jakby ją ktoś śledził.

– Niech mi Bóg wybaczy, co teraz powiem, bo przecież mogę się mylić. Ale Joy, złotko moje, uważaj ty lepiej na swojego brata.

– Na Steve'a? – spytałam głupio.

Thando złapała mnie za dłonie i spojrzała mi prosto w twarz, a potem wydusiła z siebie szeptem:

– On ma kontakty z niedobrymi ludźmi.

– Jakimi?

Byłam szczerze zdumiona. Skąd Thando mogła wiedzieć o kontaktach Steve'a, tym bardziej że nigdzie nie wychodził. A przynajmniej tak mi się wydawało.

– Pojawia się paru, jak ciebie nie ma. Wchodzą do mieszkania, a po chwili wychodzą wraz z twoim bratem i wsiadają do samochodu. Jeden nie ma przednich zębów.

Wybuchnęłam śmiechem.

– Ależ moja droga Thando. Nic w tym strasznego. Steve robi interesy z kolegami. Wkrótce się okaże, czy im się uda. Może pomodlisz się za ich sukces?

Thando pokręciła głową.

– Modlić to ja się będę, żeby mu łba nie urwali. Interesy, mówisz? Złotko moje, uciekaj ty lepiej z dziewczynkami albo wyrzuć tego obiboka na zbity pysk.

– Nie rozumiem.

– Słuchaj. – Thando pochyliła się nade mną i wyszeptała mi do ucha: – To są źli ludzie z Nigerii. Mój starszy brat liznął trochę nigeryjskiego, bo tam pracował przez kilka lat. Spotkał tych kumpli Steve'a wczoraj na schodach. I usłyszał parę zdań. I oni mówili coś o planowanym zabójstwie.

O zabójstwie? Nagle odeszła ze mnie cała krew i zakręciło mi się w głowie. Musiałam się oprzeć o ścianę domu. O czym ona mówi? Ludzie z mafii nigeryjskiej w naszym mieszkaniu? Chodzą po nim i dotykają tych samych przedmiotów co dziewczynki i ja? I mojego laptopa? O nie!

– Uciekaj stąd, Joy, zanim stanie się coś strasznego! – oświadczyła Thando i przewróciła białkami oczu. – Nie zniosłabym, żeby ucierpiały moje kochane aniołki. Musisz coś z tym zrobić. Niech Bóg ma cię w swojej opiece.

ROZDZIAŁ VIII

Joy

Nastraszyła mnie, z ręką na sercu to powiem. Przez chwilę zupełnie nie wiedziałam, co mam począć, ale szybko zrozumiałam, że muszę wejść do mieszkania i sprawdzić, co się tam dzieje, zanim przyprowadzę bliźniaczki.

Wdrapałam się na piętro i przyłożyłam ucho do drzwi. Po drugiej stronie panowała cisza. Nacisnęłam klamkę, drzwi nie były zamknięte. Na pierwszy rzut oka wyglądało, że nikogo nie ma. A potem zobaczyłam krew.

Krople krwi ciągnęły się przez korytarz do kuchni.

– Steve? Jesteś tam?! – zawołałam łamiącym się głosem, bo nagle zabrakło mi tchu.

Wołałam w stronę kuchni, ale patrzyłam przez otwarte na korytarz drzwi, by w razie czego uciec.

Nagle usłyszałam ciche jęknięcie.

– Joy?

To był głos Steve'a, więc momentalnie ruszyłam do kuchni.

Mój brat siedział przy stole i próbował zatamować krwotok z nosa. I jeśli przez ułamek sekundy poczułam ulgę, sądząc, że nic wielkiego się nie stało, to krwawy siniak na jego policzku powiedział mi znacznie więcej.

– Kto ci to zrobił, Steve? – spytałam i wyjęłam z zamrażarki lód.

– Potknąłem się na mydle pod prysznicem – odpowiedział.

– Nie kłam. Tam nie można się potknąć, bo jest za mało miejsca. Tym bardziej na mydle, skoro jest tylko żel.

– Zostaw mnie w spokoju, Joy. Nie przepytuj. Mam swoje problemy.

– Ale ja chcę ci pomóc. Jestem twoją siostrą.

– I dlatego nie chcę cię w to wszystko mieszać. Ale się nie martw. Nikt tu więcej nie przyjdzie. Sprawa jest już czysta i załatwiona.

– Masz długi? – spytałam o pierwsze, co mi przyszło do głowy, ale Steve nie miał zamiaru odpowiedzieć.

Nagle zorientowałam się, że dziewczynki kończą szkołę za pięć minut, rzuciłam więc torbę z książkami pod łóżko i wybiegłam z domu.

Szkoła Sunnyside Primary znajduje się dziesięć minut od Leyds Street. Przyspieszyłam więc kroku, ale kiedy udało mi się dotrzeć, bliźniaczki stały już za kolorową bramą szkoły i zaniepokojone rozglądały się na boki. Jeszcze nigdy nie znalazły się w takiej sytuacji, by musiały na mnie czekać.

Popatrzyłam na nie z czułością. Wyglądały tak ślicznie w mundurkach szkolnych składających się tego dnia z ciemnych spódniczek, białych bluzek i granatowych bezrękawników z logo szkoły. Przygotowanie tych strojów zajmowało sporo czasu każdego dnia, ale warto było. Poczułam w sercu dumę i na dłuższą chwilę zapomniałam o problemach mojego brata.

– Joy! – Obie rzuciły mi się na szyję i po ich mocnych uściskach zorientowałam się, że naprawdę były wystraszone. – Myślałyśmy, że coś się stało.

Po śmierci matki budziły się regularnie o północy i zaczynały płakać. Dopiero od niedawna zaczęły normalnie sypiać. I ja wraz z nimi. Nie mogą teraz przeżyć kolejnej traumy i oglądać zakrwawionego Steve'a. Zrozumiałam, że nie powinnyśmy zbyt szybko wracać do domu. Może do tej pory zdąży się ogarnąć. Pomyślałam: jaka szkoda, że nie wzięłam kostiumów i ręczników, bo mogłabym zabrać dziewczynki na basen, który był niedaleko domu. Ale skoro nie było to możliwe…

– Joy, zabierzesz nas na lody?

Zwykle nie dawałam im się naciągać, bo przecież nie było nas na to stać. Przez chwilę przypomniało mi się, że nie zapłaciłam jeszcze za szkolne zajęcia sportowe, ale szybko odrzuciłam tę myśl i uśmiechnęłam się.

– Możecie dostać po jednej gałce.

I postanowiłam je zabrać do cukierni niedaleko komisariatu policji. Przynajmniej w taki sposób mogłam im zapewnić bezpieczeństwo.

Niestety, zjedzenie gałki lodów zajęło im zaledwie chwilę. Patrzyły teraz na mnie nieco podejrzliwym wzrokiem, że nie spieszę się jak zawsze, by je zaprowadzić do domu, żeby się przebrały. Wolnym krokiem doszłyśmy do naszego bloku. I tu nagle pojawił się ratunek.

Po drugiej stronie ulicy otworzyły się drzwi gabinetu „Uzdrowicielki" i ukazała się rudowłosa Andile. Ale tylko jej włosy wyglądały dziwacznie. Poza tym ubrana była w czarną spódnicę i białą bluzkę jak do pracy w biurze.

Wyszła przed budynek i spojrzała prosto na nas, a potem kiwnęła ręką, zapraszając do siebie.

– Ciocia nas woła! – krzyknęły podniecone bliźniaczki i podskoczyły.

Zawsze marzyły, żeby tam wejść, ale nigdy się na to nie zgadzałam. Z synkiem Andile dziewczynki znały się ze szkoły, jednak ze względu na pracę matki zawsze odprowadzała go babcia.

Ciekawe, czego Andile od nas chce. Ja również nigdy nie odwiedzałam jej w pracy. Z uwagi na poglądy matki sama nie byłam nigdy religijna ani też zabobonna jak większość moich rodaków. A praca Andile na tym właśnie się opierała. Aspirowała do bycia sangomą, uważając, że otrzymała powołanie, ale na ulicy plotkowano, że nie udało jej się przejść szkolenia. Klientów jednak miała, bo większość czarnych w moim kraju leczy się przede wszystkim u uzdrowicieli.

Czy wiecie, że liczba wszelkiej maści znachorów przekracza u nas dwieście tysięcy? To teraz zestawcie to z mizerną liczbą czterdziestu tysięcy lekarzy i sami wyciągnijcie wnioski!

– Joy! – Rudowłosa wyciągnęła do mnie rękę, w której, o dziwo, nie dostrzegłam papierosa. – Mogę ci pomóc.

– Słucham? – spytałam zaskoczona, próbując powstrzymać bliźniaczki przed wtargnięciem do środka.

– Miałam właśnie wizję na twój temat. Masz i będziesz miała problemy ze swoim bratem, ale ja mogę ci pomóc.

Cholerna Thando! No bo co innego? Wizja, akurat! Opiekunka bliźniaczek musiała już rozkręcić swój plotkarski język i naopowiadać wszystkim o nigeryjskiej mafii.

Już otwierałam usta, by to powiedzieć, kiedy Andile dotknęła mojej ręki. Poczułam jakby elektryczny impuls, aż zabolało.

– Wchodźcie.

To dziwne, bo moje nogi zdały się nie słuchać głowy i same podreptały w głąb gabinetu.

Nie było w nim żadnych innych klientów, pewnie dlatego Andile miała czas na wyglądanie przez szybę. W pomieszczeniu panował półmrok, paliła się jedynie jedna świeczka ustawiona pośrodku podłogi przy leżących wyprawionych skórach. Prawdopodobnie to miejsce dla klientów, pomyślałam. Ściany zastawiono półkami z mnóstwem słoików zawierających zioła i inne mikstury. Miałam nadzieję, że mieszanki nie zawierały części ludzkich organów, jak jeszcze czasem się zdarzało. Podobno jedynie na wsiach, ale kto to wie.

– Ojej! – Bliźniaczki aż zatkało. Do tej pory nigdy nie były w tak dziwnym i tajemniczym miejscu. Na dodatek tak mocno pachnącym ziołami, że aż kręciło w nosie.

Andile podeszła do jednej z półek i zdjęła z niej klatkę, w której znajdowały się dwie białe myszki.

– Chcecie się z nimi pobawić?

Thandie i Nandi spojrzały na mnie błagalnym wzrokiem. Czy mogłam im tego odmówić? Skinęłam głową i odwróciłam się w stronę uzdrowicielki.

– Ja naprawdę mogę ci pomóc.

– Ale jak?

– Musiałabym spytać o to moich przodków. Oni najlepiej doradzą. Przyszłabyś trochę później, jak skończę pracę.

Co jej przodkowie mogli mieć wspólnego z problemami mojego brata? Ale… nie ma się co śmiać. Nikt tutaj nie naśmiewał się z tradycji. To była Afryka. Ja również nie zamierzałam, bo już wcześniej widziałam rzeczy, których nie dawało się logicznie wyjaśnić.

– Boję się – wydusiłam z siebie.

– To nic strasznego. Nie jestem wiedźmą i nie rzucam uroków. Nikomu nie zrobię krzywdy. Takie rzeczy robią źli ludzie. Ja po prostu zatańczę, wpadnę w trans i wszystkiego się dowiesz. Zrozumiesz wszystko, masz starą duszę. Podejrzewam, że sama masz zadatki na uzdrowicielkę. Nie było żadnej sangomy w twojej rodzinie?

Błagam cię, Andile, żebyś ty wiedziała, ile mam zadatków! Strach minął, a ja dusiłam się ze śmiechu. Nie mogłam niczego po sobie pokazać, więc bąknęłam tylko:

– Naprawdę?

Wzruszyła ramionami.

– Zrobię to dla ciebie. Bo widzę, jak bardzo tego potrzebujesz. Nie myśl, że za tym przepadam, to jest dla mnie bolesne.

Nagle przeszła mi ochota do śmiechu i poczułam, jak pulsują mi skronie. Po chwili przeszły mnie ciarki. Czyżby przodkowie Andile już chcieli się do mnie dobrać? Chyba tak, bo nagle rudowłosa znachorka powiedziała:

– Obawiam się, że właśnie utraciłaś swój skarb.

– Skarb, jaki skarb? – zaczęłam mówić i nagle przypomniało mi się, co dla mnie było tak wyjątkowo cenne. – Mój laptop? Serio?

Andile rozłożyła ręce.

– Przyjdź później, to dowiesz się więcej – powiedziała, ale ja już nie słuchałam. Czym prędzej upchnęłam myszy do klatki, złapałam dziewczynki za ręce i ciągnąc je za sobą, wybiegłam na dwór.

– Ja się chciałam bawić – zawodziła Nandi, ale Thandie, widząc moją minę, nawet nie pisnęła.

Po chwili byłyśmy przed naszymi drzwiami. Były zamknięte, więc sięgnęłam po klucz.

– Steve, gdzie jest mój laptop?! – wykrzyknęłam na progu.

W mieszkaniu nie było ani Steve'a, ani mojego laptopa.

Nie poszłam tego popołudnia do Andile. Powinna była się dowiedzieć od swoich przodków, że tego dnia mam popołudniową zmianę U Andy'ego.

Steve nie pojawił się do czasu mojego wyjścia, więc odstawiłam dziewczynki do sąsiadki.

– Wszystko dobrze? – spytała, ale ja nie miałam ochoty jej nic mówić.

– Tak, w porządku. Może twój starszy brat się pomylił – rzuciłam na pożegnanie i szybko zbiegłam po schodach.

Kiedy doszłam do pracy, byłam nie tylko zmęczona całodniową bieganiną, ale i wykończona psychicznie od nieustannego myślenia. Bo jeśli ta banda, z którą jest związany Steve, zabrała laptop, to co stoi na przeszkodzie, żeby teraz porwać którąś z nas z żądaniem okupu.

Sandra, kelnerka z Zimbabwe, jeszcze dolewała oliwy do ognia. Było wiadomo, że interesują ją różne zbrodnie, bo studiowała zaocznie kryminologię. Zawsze w wolnej chwili robiła nam przegląd najbardziej makabrycznych zbrodni z kraju i ze świata. Teraz, kiedy słyszałam o tych wszystkich okropnościach, robiło mi się coraz gorzej. Doskonale wiedziałam, że napad z bronią w ręku jest najpowszechniejszym poważnym przestępstwem, najczęściej z udziałem gangów.

– Pozostałe to morderstwo, gwałt, kradzież samochodu, mienia, napad na dom czy bankomat. Czy wiecie, że codziennie zabija się u nas ponad pięćdziesiąt osób? – Sandra robiła nam wykład, jednocześnie sporządzając notatki do uniwersyteckiego eseju. – A słyszałyście o tej sprawie przemytu narkotyków w ludzkich zwłokach? Były w to zaangażowane firmy pogrzebowe. No i Nigeryjczycy.

– Przestań – jęknęłam.

– Nie mogę tego słuchać – dołączyła się do mnie jej koleżanka Marisa, która wolała plotki o celebrytach.

– Ty też nie, Joy? – spytała zasmucona Sandra.

– Jakoś dzisiaj nie.

Chodziłam jak zombie, przyjmując zamówienia. Na szczęście się nie pomyliłam i tylko Eddie uznał, że nie jestem sobą.

– W każdej chwili mogę ci pomóc! – Musiał jednak nawiązać do starego tematu.

– Wiem, Eddie, jesteś moją ostoją.

– I ostatnią nadzieją – dodał, wpychając do ust kawałek margherity. – Pamiętaj, że w końcu mogę się znudzić.

– Nie zrobiłbyś mi tego, Eddie. Jestem przecież najzabawniejszą dziewczyną w Pretorii. – Uśmiechnęłam się szeroko, choć do śmiechu wcale mi tego dnia nie było.

– Wolę bardziej uległe. I w pozycji horyzontalnej.

Po cholerę flirtowałam z tym obleśnym facetem? Dla większego napiwku? Z jednego kącika ust ciągnął mu się kawałek sera. Przełknęłam ślinę, bo mnie lekko zemdliło. Oparłam się o bufet, podliczając na komputerze zamówienie, i poprosiłam Zintle, żeby skasowała Eddiego. Zdziwiła się, że przekazuję jej stałego klienta, ale się zgodziła.

– Nie chce ci się pracować, złotko? – Nagle wyrósł przy nas syn Andy'ego i rzucił mi uważne spojrzenie. Tak zionął czosnkiem, że aż się odsunęłam.

Nie przepadałam za tym facetem. Miał dwa oblicza. Przy ojcu zawsze usłużny i miły, a kiedy ten tylko zniknął, momentalnie robił się władczy i opryskliwy. Na szczęście nie musiałam go zbyt często spotykać. Choć zdawałam sobie sprawę, że nas obserwuje przy pracy.

– Nie, ja…

– Uważaj więc. Kolejka chętnych czeka i przytupuje z niecierpliwości.

Tak, słyszałam nawet drgania podłogi. Wiem, powinnam być wdzięczna za pracę, ale to był naprawdę ciężki dzień. Nie miałam pojęcia, co jeszcze złego może się zdarzyć.

Na szczęście nic.

Dziewczynki spały już, kiedy wróciłam. Thando szydełkowała w świetle bocznej lampki i słuchała radiowego kazania Bushiriego. Okropnie pracowita kobieta.

– Twój brat nie wrócił – oświadczyła mi, jakbym sama nie potrafiła zauważyć na trzydziestu metrach jego nieobecności. – I co chcesz teraz zrobić?

– Pomyślę jutro. – Wprawdzie Scarlett O'Hara była rasistką, jednak jej bon moty czasem się przydawały.

– Niech cię Bóg prowadzi, moja droga.

Położyłam się przy dziewczynkach, zastanawiając się, jakie przewodnictwo mam wybrać. Odgórne boskie czy przodków Andile, którzy najwyraźniej też byli mną zainteresowani. I kiedy już zasypiałam, przyszła mi na myśl jeszcze jedna osoba, która mogłaby tu pomóc.

Następnego dnia wstałam bardzo wcześnie rano, choć pracę zaczynałam dopiero na popołudniową zmianę. To była sobota, więc uznałam, że nie ma co zwlekać i natychmiast należy wdrożyć mój pomysł w życie. Żadne rozmowy telefoniczne nie wchodziły w rachubę. Osoba, którą chciałam spotkać, powinna być tego dnia w domu. Mój ojciec, Tony Makeba.

Ostatni raz rozmawiałam z nim przez telefon ponad pół roku temu. Złożył mi życzenia urodzinowe i przesłał przez posłańca bukiet kwiatów. To, że urodziny obchodziłam miesiąc wcześniej, jakoś mu umknęło. Nie byłam jednak małostkowa i mu podziękowałam. Kwiaty zwiędły po dwóch dniach.

Niewiele pamiętam go z czasów, kiedy jeszcze mieszkał z matką. Przeważnie był w rozjazdach. Ale gdy się pojawiał, życie nabierało blasku. Wydawało się, że mimo kłótni i awantur starał się zaimponować Helen i pokazać, jak wysoko udało mu się zajść. Zabierał nas na wakacje nad ocean, do eleganckich domków w parkach narodowych, a nawet za granicę – jak przez mgłę pamiętam nasz pobyt we Włoszech i na południu Francji – ale i tak matka uważała, że zdradził „walkę" i dał się „kupić" białym. Zwłaszcza gdy wycofał się z polityki i został szefem agencji inwestycyjnej.

– Bierzesz udział w rozkradaniu tego państwa. Jak ci nie wstyd! – wrzasnęła Helen, kiedy jej o tym powiedział.

– Zajmij się lepiej swoim własnym państwem, które napadło na Irak. Zamiast się cieszyć, że uważają mnie za kompetentnego do zarządzania taką firmą, znów masz do mnie pretensje.

– Kompetentnego słupa chyba!

Helen wówczas już skończyła swoją pracę brytyjskiej korespondentki. Dotychczasowym pracodawcom nie podobały się jej poglądy sprzeczne z oficjalną linią. Dostała jednak etat na uniwersytecie, pisywała artykuły dla „Pretoria News" i czuła się niezależna. Była wtedy jeszcze piękną młodą kobietą z całym tłumem znajomych. Najbardziej lubili ją odwiedzać podczas wyjazdów Tony'ego.

– Przestań, kobieto, bo to się źle skończy.

– Będziesz mnie straszył? Nie robię nic złego, czego nie można powiedzieć o tobie.

Ojciec przestał jednak z nią rozmawiać i coraz rzadziej pojawiał się w domu. Za to towarzystwo matki przychodziło do nas teraz znacznie częściej i spędzało tu nie tylko wieczory, ale i całe noce.

– Myślisz, że nie wiem, co się tu dzieje, kiedy mnie nie ma? – Po pół roku takiego stylu życia Tony miał już dość. – Masz małe dzieci, a nie potrafisz być dla nich matką. Musisz przestać się spotykać z tymi wałkoniami, a przede wszystkim chlać.

Miał rację. Pamiętam, jak nieraz wczesnym rankiem potykałam się rano o nieuprzątnięte butelki w salonie.

– To bądź takim jak przedtem silnym bezkompromisowym mężczyzną, w którym się zakochałam.

Ale do tej rzeki nie było już powrotu.

Dwa tygodnie później ojciec wyprowadził się z domu wraz ze Steve'em, a chwilę później dowiedziałyśmy się, że w nowym domu zamieszkała z nimi również nowa kobieta. Dotychczasowe życie matki runęło.

Opowiadała mi, że zastanawiała się przez chwilę, czy nie wrócić do Anglii, ale ze względu na syna nie zdecydowała się na to. Południowa Afryka była jej własnym wyborem, jej wielką miłością i nawet porzucenie przez Tony'ego nie mogło tego zmienić. Zostanie więc tu do końca i będzie walczyć o sprawiedliwość. W czasach po apartheidzie i w drodze do nowej demokracji było przecież jeszcze tyle do zrobienia. Należało naprawiać i edukować całe społeczeństwo.

Takie szczytne zadania sobie wyznaczyła. Nie przewidziała tylko jednego. Już wówczas znalazła się w szponach nałogu. Nie tylko alkoholowego. Spotkanie Themby ją z tego wyrwało. Kiedy dowiedziała się, że jest w ciąży, spanikowała. Bała się, że dziecko urodzi się chore. Na szczęście bliźniaczki wydane na świat przez starszą matkę, do tego obciążoną nałogami, były okazami zdrowia.

Po zniknięciu Themby Helen wróciła znów do narkotyków, dzięki którym miała wrażenie, że trafia do lepszego świata, świata, który jej nie zawodził, tak jak ten realny. W końcu i ten ją zawiódł. Żadne dragi nie pomagały w ostatnich momentach jej życia, kiedy pożerał ją nowotwór.

* * *

Kiedy przygotowałam śniadanie i ubrania dla dziewczynek, wróciłam do pokoju, by je obudzić.

– Jeszcze nie – wymamrotała Thandie i obróciła się na drugi bok.

Obie były prześliczne, wcale do siebie niepodobne i znacznie jaśniejsze ode mnie. Nandi miała zupełnie prosty nos, a Thandie lekko rozszerzony i pełniejsze usta, ale za to zaskakujące orzechowe oczy o migdałowym wykroju. W tej chwili były mocno zaspane, więc postanowiłam dać im się wyspać.

Thando, przyzwyczajona do wstawania o piątej rano, wcale nie była zaskoczona, kiedy zobaczyła mnie za drzwiami.

– Lecisz gdzieś?
– Mam sprawę do załatwienia. Przypilnujesz dziewczynek?

Przypomniałam sobie, że nie dałam jej pieniędzy za ostatni tydzień, i sięgnęłam do torebki.

– A masz na jedzenie? Bo jak nie, to nie będę ci odbierać ostatnich groszy.

– Spokojnie. Daję radę.

Zauważyłam, że bliźni byli bardzo pomocni, kiedy ktoś znalazł się w sytuacji gorszej niż oni sami. Jednak w chwili gdy komuś udawało się wybić i zaczynał mieć większe pieniądze, następowało zupełne odwrócenie sytuacji i pojawiała się zazdrość. Nie mówię tu, oczywiście, o Thando, ale zazdrość to uczucie bardzo silnie dominujące wśród tutejszych plemion. Pewnie dlatego tylu chętnych korzysta z czarnej magii.

– Poczekaj, Joy.

Schodziłam już po schodach, kiedy Thando ponownie wyjrzała na korytarz.

– Tak?
– A co mam zrobić, jak się pojawi Steve?

– Jakby nas szukał, to mu powiedz, że dziewczynki mają być z tobą. Ale nie sądzę, żeby to robił. Ma swój klucz.

– Dobrze.

Denerwowało mnie, że jest taka wścibska i stale dopytuje o Steve'a. Jeszcze coś komu nagada i ściągnie na nas problemy.

Ruszyłam w stronę Waterkloof. Mój GPS ocenił, że powinnam zajść tam w niecałą godzinę, więc postanowiłam pójść pieszo. Mogłam w zasadzie pojechać taksówką, która w żadnym wypadku nie przypomina tu taksówki nowojorskiej. Południowoafrykańska taksówka jest przeznaczonym do transportu szesnastu osób minibusem, do którego wpycha się na ogół około dwudziestu pasażerów. Kierowca jeździ jak z piekła rodem – potrafi nawet stanąć na środku autostrady, by wypuścić klientów – a poza tym pasażerom przewracają się wnętrzności z powodu ogłuszającej zuluskiej muzyki *mbaqanga*. Zawsze wychodzę z taksówki spocona i z potwornym bólem głowy.

Rankiem nie było jeszcze zbyt dużego upału, więc wolałam się przejść i posłuchać własnych myśli. Tylko że akurat tego dnia nie były one zbyt optymistyczne.

– Hej, dziewczyno, tak długo na mnie czekasz! – Oczywiście, podczas przechadzki człowiek narażał się na zaczepki.

– Popatrz na mnie. Ty taka duża, ja taki mały, będzie z nas piękna para.

Zaczepki ustały, kiedy doszłam do Waterkloof.

To była luksusowa dzielnica i w przeciwieństwie do pozostałych w Pretorii zamieszkana głównie przez białych. Wybrali ją ze względu na wzgórza, z których roztaczał się imponujący widok na całe miasto. Tu też znajdowało się pole golfowe z budynkiem klubowym oraz wiele rezydencji ambasad.

Nagle znalazłam się w innym świecie. Uporządkowanym, czystym, gdzie nie śmierdziało spalonym olejem, a ulice okolone były kwitnącymi na fioletowo jakarandami i innym barwnym kwieciem.

Od czasu do czasu mijały mnie schludnie ubrane gosposie zatrudnione w rezydencjach. W końcu znalazłam się przy Lawley Street. To była jedna z najbardziej pożądanych lokalizacji w mieście i właśnie tu przed Bożym Narodzeniem odbywały się imponujące pokazy oświetlenia świątecznego. Wyglądały zupełnie bajkowo. Pomyślałam sobie, że w tym roku poproszę brata Thando, żeby mnie tu przywiózł wraz z dziewczynkami. Jeszcze nigdy w życiu czegoś takiego nie widziały. Waterkloof było dla mnie magicznym miejscem i właśnie tutaj, w jednej z bardziej okazałych rezydencji, mieszkał mój ojciec, dawny działacz związkowy i zdeklarowany socjalista, Tony Makeba.

Dom był otoczony murem zwieńczonym drutem pod napięciem elektrycznym, podobnie jak prawie wszystkie zamożniejsze budynki w naszym kraju. Wiele lat temu znieśliśmy apartheid, a zamiast tego zatrzymaliśmy ogrodzenia, ba, nawet je bardziej rozprzestrzeniliśmy, oddzielając się skrzętnie od „gorszych" bliźnich.

Chciałabym znaleźć sobie męża, który pracuje w biznesie ogrodzeniowym, ha! Musi być wart miliony randów.

Podeszłam do bramy, przy której stała budka z ochroniarzem, i uśmiechnęłam się do niego. Oczywiście mnie nie znał, bo niby skąd. Nie byłam tu zbyt częstym gościem. Raz na rok lub dwa lata, trudno mówić o regularności. Nie miałam jednak żadnego kłopotu z odnalezieniem rezydencji. Była zbyt imponująca, żeby jej nie zauważyć, nawet za wysokim murem.

– Ja do pana Makeby. Możesz zadzwonić? Mam na imię Joy.

– Nie ma w domu – odpowiedział mi opryskliwie, obrzucając pogardliwym spojrzeniem moją spódnicę i znoszone sandały.

– Ale pewnie jest jego żona. Proszę do niej zadzwonić. Czy ja mam to zrobić? – Wyjęłam z kieszeni mój telefon.

Facet wszedł do budki i zniknął, i chyba długo rozmawiał, bo nie było go dobrych kilka minut.

– Proszę wejść – powiedział już neutralnym tonem, kiedy w końcu ustalił, co trzeba.

Wsunęłam się pomiędzy skrzydła otwieranej bramy i weszłam na szeroki podjazd, który prowadził do wilii. Po lewej stronie minęłam dość spory basen. Dobiegały stamtąd odgłosy wesołej zabawy. Zobaczyłam dwie nastolatki, które próbowały się zepchnąć nawzajem do wody. Czy to były moje siostry? Widziałam je zaledwie kilka razy i w życiu bym ich nie rozpoznała. One mnie też nie, bo na mój widok wcale nie zareagowały. Dziewczynki były ciemne i od razu było widać, że nie pochodzą z mieszanego związku.

Po rozwodzie z matką ojciec postanowił iść w patriotyzm rasowy i żenić się tylko z czarnymi kobietami. Urodziło mu się jeszcze więcej dzieci, zdaje się, że troje, ale same dziewczynki. Steve był jego jedynym męskim następcą i dlatego miałam nadzieję, że ojciec zechce mu pomóc.

Podeszłam do drzwi potężnej nowoczesnej wilii i nacisnęłam klamkę. Zamknięte. Zapukałam, ale bez skutku. Tak masywne drzwi nie przepuszczały żadnego dźwięku, a kołatki ani dzwonka nie było obok.

Przez moment się wahałam, czy nie poprosić o pomoc nastolatek, ale zrezygnowałam. Musiały tu przecież być jeszcze inne drzwi, dla służby. Gdyby tu była moja matka, zrobiłaby dziką awanturę lub rozpoczęła, siadając przy wejściu, strajk okupacyjny. Ale ja, czując się jak uboga krewna z powieści angielskiej, skierowałam kroki na drugą stronę domu.

Nie wiem, czy to był pomysł najnowszej żony Tony'ego, by mnie upokorzyć. Może i nie. Ona pewnie traktowała tak wszystkich. Podziwiając rozległe tarasowe ogrody z kolorowymi kwiatami, doszłam do drugiego wejścia. I tam trafiłam na gosposię, która o dziwo natychmiast mnie poznała.

– Panna Joy! – Uściskała mnie z entuzjazmem i od razu wciągnęła do kuchni.

– Byłam niedaleko stąd... – skłamałam, przyglądając się pomieszczeniu tak wielkiemu jak nasza kuchnia w pizzerii. Wypełniały go połyskujące chromem urządzenia AGD i rzędy szafek z egzotycznego drewna – ...i pomyślałam sobie, żeby się spotkać z ojcem. Już dawno go nie widziałam. Ochroniarz powiedział, że go nie ma.

Gosposia ubrana w czarną sukienkę przed kolano i biały wykrochmalony fartuszek machnęła lekceważąco ręką.

– Jest. Siedzi na tarasie. Możesz przejść tam ogrodem. Znajdziesz? Czy cię zaprowadzić?

Pokręciłam głową. Co w tym może być trudnego?

– Tylko potem tu wróć. Mam coś dla ciebie.

Nagle wpadło mi coś do głowy.

– Sima, a widziałaś ostatnio Steve'a?

Czekając na odpowiedź, z zachwytem przeciągnęłam palcem po marmurze, którym wyłożony był kuchenny blat. Jakaż przepiękna faktura! Architekt wnętrz ojca znał się na rzeczy.

– A skąd! Od pół roku go tu nie było. Od kiedy pokłócił się z panem. – W oczach gosposi pojawiły się łzy. – Mój biedny Steve, gdzie on się podziewa? Jak on sobie daje radę?

Nie odpowiedziałam, bo prawie od dwudziestu czterech godzin sama nie miałam o tym bladego pojęcia.

– I po co takie awantury, jakby nie można żyć w pokoju. – Sima spojrzała podejrzliwie w kierunku drzwi i ściszyła głos. – Pani też taka nerwowa.

– Alicia?

– Oj, dawno cię tu nie było. Jej już nie ma. Pan się znowu ożenił i jest nowa pani.

– Naprawdę?

Ojciec im był starszy, tym częściej wymieniał żony, ale trzeba było mu to oddać, że nie trzymał ich razem w domu, według poligamicznej tradycji przodków, tylko się z nimi rozwodził. I to coraz szybciej, jakby nie chciał tracić cennego czasu. Śpiewaczka gospel Alicia wytrzymała tu zaledwie dwa lata. Aha, z tą poligamią to nie był wcale żart.

– Tak, a poza tym jest w ciąży. Już w piątym miesiącu. Podobno to będzie chłopiec.

Czyli los Steve'a był jednak niepewny. Ojciec może nie być skory, by mu pomóc.

– Tak, ale ciąża jest zagrożona, więc pani głównie leży u siebie. Choć czasem zdarza się, że niespodziewanie schodzi na dół.

– Pewnie z racji wieku.

– Jakiej racji? Wiesz, ile lat ma pani? Dwadzieścia pięć! To modelka z kolorowych gazet!

Ojciec miał pięćdziesiąt dziewięć, więc w sumie to niewielka różnica, zachichotałam.

Nagle rozległ się dzwonek. Sima przewróciła oczami.

– O wilku mowa. Pani! Lecę na górę. A ty idź do pana i wróć tu do mnie.

Dotknęłam jeszcze raz zimnego marmuru blatu i wyszłam z kuchni.

Skręciłam w wykładaną kamieniami ścieżkę i mijając po drodze gromadę dziobiących trawnik ibisów, poszłam ku drugiej stronie domu.

Ogród wokół rezydencji był po mistrzowsku podzielony na różne strefy. Wyznaczono osobne miejsca na basen i braai, czyli grill, zręcznie oddzielając je od reszty rzędami krzewów i kwiatowych rabatek. Część, do której zmierzałam, była bardziej zarośnięta, dając tak cenny podczas upałów cień.

Gabinet ojca miał własny, osłonięty przez roślinność, taras. W ten sposób mógł on siedzieć na zewnątrz i pracować niekłopotany przez innych domowników.

Sima miała rację. Tony był w domu. Już z daleka usłyszałam Ałłę Pugaczową. Ojciec uwielbiał tę rosyjską piosenkarkę jeszcze z czasów swojego szkolenia w Związku Radzieckim. Uśmiechnęłam się, że jest do tego stopnia sentymentalny. Nagle Ałłę zagłuszył jego własny głos. Brzmiał dość agresywnie. Zrozumiałam, że rozmawia po zulusku przez telefon, i zatrzymałam się przed rododendronem, żeby mu nie przeszkadzać. To od razu przekreśliłoby powodzenie mojej misji. Po kilku minutach czekania zwątpiłam. Nie wyglądało, by ojciec zbyt szybko zrezygnował z wrzeszczenia na człowieka po drugiej stronie słuchawki. Zastanawiałam się, co mu takiego złego zrobił.

Wreszcie skończył, piosenka Pugaczowej dobiegła też końca, a ja ruszyłam w stronę tarasu. Wyraźnie widziałam sylwetkę ojca ubranego w eleganckie spodnie khaki i jasną koszulę z krótkim rękawem. Siedział lekko pochylony przy ogrodowym stoliku i już chciałam kaszlnąć, żeby go uprzedzić o mojej obecności, gdy nagle obrócił się w stronę pokoju.

– Miło cię widzieć, przyjacielu!

Zatrzymałam się natychmiast. I nagle dostrzegłam innego mężczyznę wychodzącego na taras. Był Hindusem i trzymał w ręku skórzaną walizeczkę.

– Tony, cieszę się, że marnujesz na mnie wolny dzień – odezwał się po angielsku.

Ojciec zachichotał z tego jak z najlepszego dowcipu.

– Nie żartuj sobie.

– Ale nie zajmę ci wiele czasu. Zobacz, co ci przyniosłem.

Hindus położył na stole walizkę i ją otworzył. Ojciec pochylił się nad nią z zainteresowaniem.

– Tyle, na ile się umawialiśmy. Sprawdź, czy kwota się zgadza.

– Wierzę ci na słowo. Nie będziemy się sprawdzać.

– To ja też nie muszę cię pytać, co ten twój kumpel powiedział.

– Minister? – Tony znów się roześmiał. – To palant. Trochę się stawiał, ale obiecał, że jeszcze dzisiaj podpisze zgodę, by te tereny stały się waszą własnością.

– Stawiał się? – zaniepokoił się Hindus.

– To mój człowiek, nie masz się o co martwić. Musi mieć przecież fundusze na kampanię wyborczą. Jak myślisz, kto mu je da? Bo kto jest najlepszą skarbonką w mieście? No właśnie, jeszcze dzisiaj usłyszysz komunikat.

Hindus skinął głową.

– Lubię robić z tobą interesy, Tony. Dotrzymujesz danego słowa. Słyszałem, że chcesz wrócić do aktywnej polityki? Opłaca ci się?

– Rozważam to jeszcze. Nie można dopuścić do tego, by słabeusze rządzili tym krajem. Za chwilę wszystko spieprzą. Napijesz się czegoś? Wiem, że nie pijesz alkoholu, ale może zrobisz wyjątek. To chyba ważny dzień dla ciebie?

– Bardzo udany, nie powiem, ale pić możemy, kiedy będzie oficjalna zgoda.

– Rozumiem.

– Nie myśl, Tony, że ci nie ufam, ale zbyt wielu ludzi pragnie tych terenów. Nie chcę, żeby w ostatniej minucie coś się odwróciło.

– No tak, bo to mogłoby zniechęcić twoich klientów, których chcesz tam wpuścić. Niemców. Ale zrozum mnie dobrze. Nie mam nic przeciwko nim.

– Trudno cię nie doceniać, Tony. Wiesz o mnie wszystko. – Hindus rozłożył ręce. – Twoi ludzie z wywiadu?

Ojciec nie odpowiedział na to pytanie, tylko ponownie się roześmiał i poklepał po ramieniu swojego rozmówcę. Hindus wstał od stołu i spojrzał na ogród.

Momentalnie wcisnęłam się w rododendron i wstrzymałam oddech.

– Jakim samochodem jeździsz?

– Mercedesem. A co? – Ojciec zdziwił się tym pytaniem.

– Żartujesz? Mając supermodelkę za żonę? Będę miał dla ciebie najnowsze lamborghini. Przygotowują je już we Włoszech do wysyłki. Sana musi mieć właściwą oprawę, nie sądzisz?

– Nie spodziewałem się tego.

– Wiem. Możesz to odpowiednio docenić. – Teraz Hindus poklepał ojca po ramieniu. – To ja się w takim razie zbieram. I czekam cierpliwie na ten telefon z ministerstwa.

– Odprowadzę cię – powiedział Tony. – Ja też jadę do miasta.

I obaj opuścili taras.

A ja osunęłam się na ziemię. Byłam spocona, serce waliło mi jak młotem, uszy paliły, a zwoje mózgowe gotowały się od zadawanych sobie pytań. Układały się jednak w jedną odpowiedź. Tony Makeba, mój ojciec, był skorumpowanym człowiekiem i przyjmował łapówki. Czy w takiej sytuacji mogłabym ubliżyć pamięci mojej matki i prosić go o pomoc w sprawie Steve'a? To było nie do pomyślenia. Mój brat i ja będziemy musieli poradzić sobie sami.

ROZDZIAŁ IX

Zuzanna

Jolka wpadła niespodziewanie, by przywieźć przewodnik po Republice Południowej Afryki. Jak zwykle nie miała czasu na dłuższą wizytę, więc w drodze z pracy podrzuciła książkę do firmy Zuzanny. I jak zwykle była zdyszana, zaczerwieniona i z potarganym włosem. Wraz z nią do sekretariatu przeniknął zapach jej perfum i jesiennych liści.

– Lepiej byłoby spotkać się na mieście, ale skoro tak ci się spieszy!

Przez lata zdążyła się już przyzwyczaić do niezwykłej ruchliwości Jolki.

– A dasz mi kawy? To będzie wprawdzie dzisiaj piąta... – Machnęła ręką. – Tylko dużo mleka poproszę.

Asystentka Zuzanny natychmiast ruszyła w stronę czajnika.

– To chociaż zrelaksuj się przez chwilę.

Zuzanna wskazała przyjaciółce wygodny fotel.

– Ja się naprawdę wykończę – jęknęła Jolka i zaczęła skarżyć się na nieszczęsny los, który każe jej ganiać po Trójmieście.

Uspokoiła się dopiero po kilku łykach kawy i skoncentrowała uwagę na Zuzannie.

– O! Jakoś inaczej wyglądasz, znacznie młodziej. Co sobie zrobiłaś? Przyznaj się.

Zuzanna wzruszyła ramionami.

– Skąd. To perspektywa wakacji.

– Ale masz fajnie! Lecisz do lata.

– I nie tylko.

– Ano właśnie. Masz zdjęcie tego faceta?

Zuzanna z dumą i pewnym biciem serca otworzyła laptop.

– To jest Jack!

Jolka aż otworzyła usta ze zdumienia.

– Żartujesz! Ale ciacho. Ale czy on nie jest przypadkiem młodszy?

– Pięć lat. Wygląda dużo młodziej niż ja?

– Ja wiem? – Jolka porównywała zdjęcie z siedzącą naprzeciwko przyjaciółką. – Raczej nie. Pewnie dał stare zdjęcie.

Zuzanna się nieco zmieszała. Nie powiedziała Jolce, że ona też dała stare zdjęcie. Dokładnie sprzed dziesięciu lat. Może powinna coś z tym szybko zrobić. Zawsze obiecywała sobie, że nigdy żadnego botoksu i zabiegów chirurgicznych, ale teraz zaczęła się gorączkowo zastanawiać, czy jednak nie zmienić zdania.

– Jack urodził się w Johannesburgu, a potem wyjechał do Wielkiej Brytanii na studia i tam do niedawna pracował.

– A teraz wraca do RPA?

– Tak. I dlatego zaprasza mnie na wakacje.

Na chwilę umilkły, bo do gabinetu weszła sekretarka, niosąc ciasto z bitą śmietaną. Zuzanna podziękowała za talerzyk, ale Jolka zabrała się do pałaszowania słodkości. Dopiero kiedy przełknęła ostatni kęs, wytarła usta ze śmietany i westchnęła z lubością, zadała kolejne pytanie:

– A kto płaci za te wakacje?

– Jak to kto? – obruszyła się Zuzanna. – Każdy płaci za siebie.

– Zuza, przyznaj się, czy nie wysyłałaś mu żadnych pieniędzy.

Fleming pobladła z gniewu.

– Czy masz mnie za kretynkę?

– Zuza, wariatko, przecież się o ciebie martwię. Nie mówię tego, żeby ci dokuczyć.

– No, nie wiem. Czy uważasz, że ponieważ jest młodszy, to ja za niego płacę?

– Rany Julek! Wcale nie. Zrozum, cały czas słyszy się o przypadkach wyłudzeń pieniędzy przez oszustów matrymonialnych, więc tylko się upewniam, że wiesz, co robisz.

– Wiem, co robię. Nie wypadłam sroce spod ogona. Od dwudziestu lat prowadzę tę firmę i spotkałam wielu oszustów i naciągaczy.

– Zuza, przepraszam, nie unoś się.

– Sama mnie namawiałaś na znalezienie kogoś przez internet.

– No tak, ale…

– Wiem, dlaczego ale. Bo Jack jest stamtąd. Wiesz, o czym to świadczy?

– Przestań. To nieprawda. Nie mam nic przeciwko innym rasom.

Zuzanna nie była tego pewna. W pracy na okrągło słyszała poniżające uwagi na temat cudzoziemców, zwłaszcza pracowników z Ukrainy, których ostatnio zatrudnili. Ją też za plecami wyzywali od „Niemr". A jeśli do tego dochodził nieco inny kolor skóry, reakcje ludzi stawały się jeszcze gwałtowniejsze. Nie mogła się z tym pogodzić. Wychowała się przecież w okolicy Hamburga, gdzie co druga knajpa należała do cudzoziemca.

Szkoła Zuzanny też nie była jednorodna. Oprócz rodowitych Niemców miała w klasie Turczynkę, dwóch chłopaków z Iranu i bliźniaków z Libanu. Na studiach mieszkała w pokoju z dziewczyną z Ghany i bardzo się przyjaźniły. Pewnie by trwało dalej, gdyby Ami nie wróciła do swojego kraju.

Postanowiła się jednak o to nie kłócić. Było jej przykro, że osoba, która wciągnęła ją w tę internetową grę, nagle zaczęła kwestionować jej zasady. A może Jolka była po prostu zazdrosna? To była tylko taka myśl, ale dość szybko znalazła podatny grunt. I odpowiednią argumentację.

Z tego, co Zuzanna zdążyła zrozumieć, Jolka nie była już tak bardzo zadowolona ze swojego małżeństwa. Z jakichś powodów – jeszcze nie chciała ich ujawnić – Przemek ją zawiódł. Może sama chciałaby też wyrwać się z domu i przeżyć przygodę. Może tak było? Ale kto wie.

W każdym razie słowa Jolki popsuły Zuzannie humor, więc kiedy wróciła do domu, zamiast się pakować, położyła się na sofie zniechęcona do świata. I chociaż była dość głodna, bo nie jadła nic przez cały dzień, miała ochotę zasnąć i spać do rana. Wtedy nagle zadzwonił telefon.

W pierwszej chwili myślała, że to Jolka, która sobie coś przemyślała i teraz chce przeprosić, ale to był Czerny.

– Zapomniałaś podpisać dokumenty.

Oj! To wszystko przez tę Jolkę! A przecież miał z nimi jutro rano jechać do Warszawy.

– To podjadę do firmy – zaproponowała. Cóż było robić.

– Jestem dziesięć minut od twojego domu. Mogę zajechać.

Chciała mu powiedzieć, że jest cudowny, ale z pewnością wprawiłaby go w zakłopotanie. Zuzanna natychmiast wstała z sofy i poprawiła makijaż, żeby dyrektor nie zobaczył jej zapłakanych oczu.

– Wejdziesz?

Była absolutnie przekonana, że jej odmówi, ale skinął głową i wszedł za nią do środka.

Usiedli w salonie i po kilku minutach Zuzanna uporała się z podpisywaniem dokumentów. Podniosła wówczas wzrok i zauważyła, że jej dyrektor również wyglądał na zmęczonego.

– Ciężki dzień, prawda?

Skinął głową i zaczął chować papiery do teczki.

Nagle spontanicznie spytała:

– Zjadłbyś może coś? Nie mam w lodówce nic specjalnego, ale mogę szybko coś przygotować.

Spojrzał na nią z lekką paniką, więc szybko dodała:

– Proszę, zgódź się. Oczywiście, jeśli nie masz innych planów. Nie skazuj mnie na suchą bułkę, proszę.

Czerny roześmiał się.

– Prawdę mówiąc, to chętnie bym coś zjadł. Ale pozwolisz, że ci pomogę w kuchni.

Godzinę później siedzieli przy stole, na którym paliły się świeczki, i pałaszowali makaron z krewetkami w maślanym sosie. Czerny był nie tylko przydatny w firmie. Kuchnią Zuzanny zarządził również w niezrównany sposób.

Zuzannę zupełnie zaskoczyło, że jej dyrektor tak dobrze zna się na gotowaniu. Najpierw po sprawdzeniu stanu lodówki sam ułożył menu na ten wieczór. A potem zdjął marynarkę, podwinął rękawy koszuli, po czym kroił, szatkował i przyprawiał. I co najdziwniejsze, jego obecność w kuchni wcale jej nie przeszkadzała.

– Obiecuję, że pojedziesz na urlop, jak tylko wrócę. Wiem, że za dużo pracujesz.

– O mnie się nie martw. Dam sobie radę. Kiedy wyjeżdżasz? W następny wtorek?

– Tak, ale… sama już nie wiem.

Zuzanna, zapatrzona w pusty talerz, zaczęła się bawić widelcem.

– Nie wiesz, czy jechać?

Westchnęła.

– Bo wiesz, ja w zasadzie jadę do osoby, której nigdy w życiu nie spotkałam.

I tak stopniowo słowa zaczęły płynąć. Ku ogromnemu zdumieniu Zuzanny, bo przecież Czerny nie był żadnym typem powiernika. Tym bardziej jej własnym. Nawet to nie bardzo wypadało, bo przecież był dyrektorem, z którym dopiero od niedawna zaczęła się jako tako komunikować. Co ją do tego skłoniło? Może to, że patrzył na nią z tak dużym skupieniem i rzeczywiście jej słuchał. Nie mogła się powstrzymać. Słowa padały jedne po drugich i nagle opowiedziała mu wszystko. No, prawie wszystko. Nie tylko o wakacjach. O Sławku, Natanie, koleżankach, które namówiły ją, by zawalczyła o własne życie, ale i o Jacku, który pisał do niej od pewnego czasu, a potem namówił na wspólny wyjazd.

– I jak uważasz? Powinnam jechać?

– Nie wysyłałaś tam żadnych pieniędzy?

– Nie – żachnęła się. – Sama robiłam rezerwację samolotu i hotelu w Johannesburgu. Poza tym zabezpieczyłam się. Zmieniłam limity na karcie, posprawdzałam te miejsca. Nie miałam żadnych wątpliwości. Dopiero teraz ta Jolka… – Zamilkła i spojrzała na zamyśloną twarz Czernego.

Dziwnie pobladł. Pewnie poczuł się zażenowany tymi wynurzeniami. Jakie to żałosne, pomyślała. Doprowadziła do tego, że jest tak samotna, iż musi się zwierzać własnemu pracownikowi. Nagle spostrzegł, że mu się przygląda, i się uśmiechnął. Tym swoim dobrotliwym uśmiechem, który rozświetlał mu oczy. Zuzanna momentalnie poczuła ulgę. Chyba jednak źle jej nie oceniał.

– Wiesz co, Zuzanno...

Po raz pierwszy to usłyszała. Od miesiąca wprawdzie zwracał się do niej na „ty", ale ani razu nie wypowiedział jej imienia.

– Myślę, że powinnaś jechać.

– Naprawdę?

– Widzę, że tego bardzo chcesz. Oczywiście, zawsze istnieje jakieś ryzyko, ale trudno je zupełnie wyeliminować. Poza tym jeśli tego nie zrobisz, będziesz potem żałować. A po co żyć w rozgoryczeniu, że nie spróbowałaś? Przecież... – chrząknął – ...nie musisz od razu wychodzić za mąż.

– No skąd! – obruszyła się, ale jej oczy znów natknęły się na uśmiech Czernego i zamilkła.

– Podziwiam cię.

– Ty mnie?

– Tak. Że masz w sobie odwagę coś zmienić w życiu. Choćby chodziło o krótki wyjazd w nieznane. Większość ludzi nie stać nawet na tyle. Wyrwanie się z bezpiecznej codzienności jest często zadaniem ponad siły.

– Mówisz o sobie? – Zuzanna zebrała się na odwagę.

– Również o sobie.

– Nie wierzę, Michale, by brakowało ci odwagi.

– A jednak.

I już Zuzanna otwierała usta, by zapytać, co takiego wydarzyło się w jego życiu, gdy nagle zaczął bić zegar.

– O rany! Już dziewiąta – zdziwił się Czerny. – Ale się zasiedziałem. Muszę jutro wyjechać o piątej rano!

– To moja wina – powiedziała Zuzanna.

Przez chwilę na korytarzu, kiedy Czerny wkładał płaszcz, wahała się, co ma zrobić. Pragnęła go objąć i podziękować, że jej pomógł, ale nie chciała, by się poczuł skrępowany. Musiały wystarczyć tylko słowa wdzięczności.

Zuzanna poczekała, aż wsiadł do samochodu i odjechał, a potem zamknęła drzwi i pospieszyła do laptopa. Czuła się jak po wizycie w konfesjonale. Zupełnie rozgrzeszona.

Na portalu randkowym czekała na nią nowa wiadomość.

Wczoraj przyleciałem do Joburga i jestem zupełnie skołowany po locie. Już zapomniałem, jak tu jest inaczej. Brudniej, gęściej, ale i piękniej niż gdziekolwiek indziej. Zastanawiam się, co teraz myślisz i czy nie ogarnęły Cię wątpliwości. Wcale bym się nie zdziwił, bo przecież wyruszasz w nieznane. Jeszcze się nawet nie widzieliśmy. Nie chcę Cię do niczego przymuszać. To nie byłoby w porządku.

Jakie to dziwne, pomyślała. Skąd Jack może wiedzieć, że w ostatniej chwili pojawi się u niej zwątpienie? Czyżby czuł się podobnie jak ona? Pełen zagubienia i wątpliwości.

Trzeba już z tym skończyć, podjęła decyzję. Czerny powiedział, że jest odważna.

Zuzanna zaczęła pisać po angielsku.

Masz rację, miałam wątpliwości, ale już minęły. Widzimy się we wtorek na lotnisku. Może nie będę najlepiej wyglądać, zmęczona po podróży, ale mam nadzieję, że się rozpoznamy. Już się nie mogę doczekać.

Zamknęła laptop i poszła do łóżka. Mimo że była dopiero dziewiąta, zasnęła natychmiast. Z uśmiechem na ustach.

ROZDZIAŁ X

Joy

Wróciłam od ojca przed jedenastą.
– Tak szybko? – zdziwiła się Thando, a bliźniaczki ucieszyły się, że pójdę z nimi do parku. – Możesz je znów przyprowadzić po południu. Przychodzi starsza siostra z dziećmi, to się razem pobawią.

Podziękowałam jej, wręczając ciasto marchewkowe, które otrzymałam w podarunku od gospodyni ojca przed opuszczeniem rezydencji.

Wyszłam z dziewczynkami na dwór. Musiałam przewietrzyć głowę. Bez przerwy słyszałam słowa Hindusa skierowane do ojca. Chciało mi się krzyczeć. Znacie obraz Edvarda Muncha *Krzyk*? Dokładnie w taki sam sposób.

Najbliższy skwer był zatłoczony – ludzie leżeli albo piknikowali na brudnej trawie, poszłyśmy więc do parku, gdzie poprzednio spotkałam Lucasa.

Właśnie, Lucas. Dopiero teraz zaskoczyłam. Obiecałam napisać do niego mejla, ale jak to zrobić bez laptopa?
– Pobawisz się z nami?

Nie miałam siły, by tego dnia być konikiem lub czającym się lwem, chcącym pożreć dwie małe księżniczki, więc pokręciłam głową.

– Może za chwilę?

Musiałam jeszcze uspokoić myśli. Patrzyłam na czarne służące z wózkami, w których fikały białe niemowlęta. I białych ludzi, którzy nie mieli czasu na wyprowadzanie własnych dzieci, ale chętnie spacerowali z psami. Jednak co chwilę czujnie zerkałam w stronę biegających między drzewami bliźniaczek. Miałam dziwne przeczucie, że wkrótce coś się zdarzy. Nie liczyłam na nic dobrego. Jeśli „kumple" mojego brata nie otrzymają zwrotu długu, to czego się można po nich spodziewać? Każdy wiedział, że nigeryjska mafia zajmuje się przemytem narkotyków i prostytucją. Przypomniałam sobie o porywaniu dzieci w Nigerii i jeszcze bardziej się załamałam. Mój brat miał związki z bandytami, a ojciec korumpował członków rządu. Niezła rodzina!

– Joy! Miałaś się z nami bawić.

A ja już zupełnie straciłam do tego chęci. Może je lepiej zaprowadzić do domu? Ogarniał mnie coraz większy strach.

– A może najpierw nakarmię moje koniki?

Bliźniaczki momentalnie zaczęły biegać na czworakach i rżeć. To ja też musiałam zarżeć. I tak zastał nas Lucas.

– A to niespodzianka. Nie widzieliśmy się prawie dwa lata, a teraz spotykamy się codziennie.

Otrzepałam spodnie i podniosłam się z trawnika. Szkoda, że nie widzieliście mojej miny! Gorzej już być nie mogło.

– Cześć, Lucas! – Zmusiłam mój głos do niedbałego tonu.

– Dobrze, że cię spotykam, bo wysłałem ci dwa mejle. Nie odpowiedziałaś, więc nie wiem, czy doszły.

Bliźniaczki zadzierały głowy, spoglądając ciekawie na

Lucasa. Nigdy nie przyprowadziłam do domu żadnego chłopaka, więc zastanawiały się pewnie, kim jest.

– To jest Nandi i Thandie – przedstawiłam je, wiedząc, że nie dadzą się zignorować na dłuższą metę.

– Cześć. Mam na imię Lucas. Widziałem was, jak byłyście bardzo małe. Pewnie mnie nie pamiętacie.

– Pamiętamy. – Nandi uniosła dumnie podbródek. – Ty grasz na gitarze.

Spojrzeliśmy na siebie zdziwieni, a Lucas prędko zareagował. Sięgnął do kieszeni i wyjął dwa wafelki z waniliowym nadzieniem.

– Świetnie. Należy się wam nagroda. Macie ochotę?

I kogo on pytał. Głupie wafelki sprawiły, że momentalnie się w nim zakochały, i zajadając słodycze, wpatrywały się w niego maślanym wzrokiem. Na szczęście skupiały się na wafelkach, dlatego przez chwilę zostawiły nas w spokoju i nie słyszały, jak kłamię.

– Dobrze, że cię spotkałam. Mój laptop się zepsuł. Nie mam innego, więc...

Lucas jednak miał odpowiedź na wszystko.

– Mój kolega może ci go zreperować. Albo ja...

Pokręciłam głową.

– Już go dałam do naprawy.

Taaa, do nigeryjskich informatyków!

– Mam pomysł. Moglibyśmy spotkać się w tej salce bibliotecznej. Dałbym ci wydruk. A potem... czy pozwoliłabyś się zaprosić na kolację?

– Ja?

– Tak, jutro po lekcji? Masz czas?

Akurat pracowałam na wcześniejszą zmianę, więc po osiemnastej byłabym wolna. Skinęłam głową. A kiedy Lucas pożegnał się i pospiesznie odszedł, zaczęłam dopiero myśleć. On chciał, żebym z nim poszła na kolację? Kiedy to ja byłam zaproszona przez kogoś na kolację? I nagle sobie przypomniałam.

To było jakieś pół roku wcześniej. Chłopak, który pracował u nas od paru miesięcy, kilka razy proponował mi wspólne wyjście, ale nie byłam na to zbyt chętna. Zgodziłam się tylko dlatego, że zmusiła mnie do tego Marisa.

– Nie możesz się zamykać na świat. Nikt ci nie każe iść z nim do łóżka, ale możecie fajnie spędzić czas. A może spotkasz kogoś innego?

– Gdzie, w knajpie? Przy sąsiednim stoliku?

– Joy, masz dziewiętnaście lat. To się nigdy więcej nie powtórzy.

Tak jakbym nie wiedziała. Ale może ze mną rzeczywiście coś było nie tak? Skoro Musa rzucił mnie po jednej nocy? Powinnam się może przekonać. Kolacja w Ocean Basket nie oznaczała wcale wyrażenia zgody na seks.

– Tylko pamiętaj. Na wszelki wypadek weź swoje prezerwatywy – wtrąciła się Sandra. – I najlepiej też paralizator. Bardzo dużo przestępstw seksualnych zdarza się na pierwszych randkach.

– Ale to przecież nasz Peter? – zdziwiła się Marisa. – Myślisz, że będzie potrzebny na niego paralizator?

– I często dzieje się to wśród osób już ze sobą zaznajomionych – ciągnęła niezrażona Sandra, prymuska kryminologii, marząca o pracy w SAPS, czyli południowoafrykańskiej policji.

– Nie słuchaj jej i idź! – zarządziła Marisa.

To i poszłam. Wystrojona w brokatową bluzkę wyglądałam pewnie jak drzewko bożonarodzeniowe z Lawley Street.

Nie mam pojęcia, czemu tak się postarałam, skoro Peter zdążył już mnie wkurzyć. Jak nastolatek wysyłał do mnie esemesy składające się ze zbitek liter, których nie miałam cierpliwości rozszyfrowywać. Czy on uważał to za zabawne? Wyglądało, jakby miał płacić za każdą literę po sto randów.

Poszliśmy do sieciowej restauracji Ocean Basket, która specjalizuje się w potrawach z ryb i owoców morza, ale w której można również zamówić coś mięsnego.

– Mam nadzieję, że jesteś głodna, Joy? – Peter uważnie studiował kartę dań. – Co powiesz na filet wołowy?

– Myślałam o kalmarach.

– Żartujesz? Oboje weźmiemy filety i butelkę shiraz. – Peter wskazał kelnerowi nazwę wina.

A potem nastąpiła niezręczna cisza przerywana moimi nieudolnymi próbami nawiązania z nim kontaktu. Dopiero po wypiciu niemal całej butelki wina Peterowi rozwiązał się język i raczył mnie tak głupimi tekstami, że miałam ochotę uciec. Ucieszyłam się, kiedy w końcu przyszedł kelner z rachunkiem. Wówczas Peter spojrzał mi głęboko w oczy i powiedział:

– Zajmiesz się tym, prawda?

Z rozpaczą sięgnęłam po portmonetkę i wysupłałam z niej ostatnie grosze. Przez najbliższy tydzień wystarczało nam tylko na chleb i owsiankę. Dałyśmy radę, ale to mnie zupełnie odstręczyło od chodzenia na kolacje z mężczyznami. Nie przyniosły mi pociechy nawet gniewne komentarze przyjaciółek, kiedy im opowiedziałam tę historię. Zamierzałam ignorować Petera do końca życia i może mi się to udać, bo w następnym tygodniu po tej feralnej kolacji został zwolniony z pracy.

I ja miałabym się teraz zgodzić na kolejne tego typu upokorzenie? Ale już było za późno. Lucas odszedł, a ja zostałam z dziewczynkami. Cóż, będę musiała się z tego jakoś wyplątać. Wymyślę, że Thando nie może się nimi zająć, i po lekcji będę musiała wrócić od razu do domu. Nie będzie żadnej kolacji z Lucasem. Nawet chętnie zapłaciłabym za siebie, ale po prostu nie było mnie na to stać.

Wspominałam wcześniej, że w dzieciństwie odwiedzałam Europę, jeździłam na luksusowe wakacje. Ale teraz musiałam przyzwyczaić siebie – dziewczynki nie doświadczyły dotąd żadnego bogactwa – do oszczędzania.

Po śmierci Helen okazało się, że nie mamy zupełnie nic. Matka nigdy nie prosiła ojca o pieniądze na mnie, bo swego czasu bardzo dobrze zarabiała. A poza tym napędzała ją duma. Narkotyki i alkohol kosztowały jednak sporo, a resztę oszczędności pochłonęło leczenie. Jest u nas wprawdzie publiczna służba zdrowia, ale jeśli ktoś chce wyzdrowieć, stara się z niej nie korzystać. Tak bardzo jest niedofinansowana. Helen z całych sił próbowała się leczyć, korzystając z nowoczesnych terapii. Za każdą z nich trzeba było zapłacić kartą, zanim się weszło na oddział. Moja matka bojowniczka poniosła porażkę.

– I co? Puścisz do mnie dziewczynki? – W drzwiach pojawiła się głowa Thando.

Nawet nie zdążyłam otworzyć ust, a już były gotowe do wyjścia. A kiedy dostały dużą paczkę Simba Chips, żeby jej zawartością podzielić się z kolegami, aż podskoczyły z radości. Od razu wyjaśniam, że nie karmię ich czipsami tak często. Widzę na co dzień, co fast foody zrobiły w moim kraju i jak upośledziły fizycznie ludzi, zamieniając ich w otyłe kaleki. Helen była zawsze orędowniczką zdrowego żywienia i akurat w tej kwestii przyznawałam jej całkowicie rację. Ale są czasem wyjątki, prawda?

Pomyślałam, jak dobrze się złożyło, że znikną na godzinę, bo przez ten czas zdążę się zastanowić, czego mogłabym nauczyć Lucasa. Lękałam się porażki. I wówczas znów przyszła mi do głowy myśl Nelsona Mandeli, że „zanim czegoś dokonamy, zawsze wydaje się to czymś niemożliwym". Zamiast pojękiwać nad swoim losem, postanowiłam sięgnąć po podręczniki i notatki Helen. Lubiła robić odręczne zapiski, kiedy przygotowywała się do lekcji. Może coś ciekawego znajdę.

Otworzyłam kolorowe kartony, schowane w pokoju pod łóżkiem, które zawierały wszystkie cenniejsze pamiątki po matce. Od razu zauważyłam, że ktoś przeglądał ich zawartość. Odpowiedź była jasna. To musiał być Steve. Pewnie przeszukiwał całe mieszkanie, by znaleźć coś, co mogło mieć jakąkolwiek wartość. Tym razem się nie lękałam jak w sprawie laptopa. Wiedziałam, że nic cennego tam nie było. Przynajmniej takiego, co mógłby spieniężyć. Sprzedałyśmy wcześniej już wszystko, poza złotymi kolczykami matki, które miałam w uszach.

Westchnęłam i wyrzuciłam zawartość pierwszego kartonu na łóżko. Głównie artykuły matki wycięte z gazet. Wcześniej było ich więcej. Nie mogłam się pozbyć tych pożółkłych karteczek, zostawiłam jednak tylko te najdłuższe i najwięcej mówiące o mojej matce. Złożyłam je starannie i powsadzałam do plastikowych koszulek.

Afrykanie muszą odzyskać własną tożsamość, religię i kulturę, odrzucając przy tym niegodne zwyczaje, które zostały im narzucone podczas kolonializmu. I tak się stopniowo dzieje. Przybyłam do mojej drugiej ojczyzny w przededniu jej ponownych narodzin. Obserwowałam jej zmienianie się, transformację z kraju opresyjnego w stosunku do kobiet na taki, w którym kobiety mają możliwość pójść za swoimi marzeniami. Dla mnie jest to kraj nadziei.

Ha, moja matka, wieczna idealistka. Szkoda, że taka nie jestem. Tylko jakbym chciała iść za moim marzeniami, to ciekawe, dokąd bym doszła. I czyim kosztem. Ech! Pogłaskałam z czułością stary artykuł, zapakowałam do kartonu i zajęłam się następnym.

Tu rzeczywiście odkryłam to, czego poszukiwałam. Dwa podręczniki do angielskiego i grubą aktówkę z notatkami. Postanowiłam to wszystko wyłożyć na łóżku, żeby posegregować. Było tego dość sporo, ale zauważyłam, że nie wszystkie kartki dotyczyły nauki angielskiego. Nagle między papierami dostrzegłam trzy koperty.

To były stare listy. Zdziwiłam się, bo nie miałam pojęcia, że matka korespondowała z kimkolwiek. I to w takiej pradawnej formie. Nigdy do tej pory nie dostałam od nikogo żadnego listu.

Na kopertach nie było nazwiska nadawcy. Otworzyłam pierwszą z nich.

Moja najukochańsza Córko!

Serce zaczęło mi szybciej bić. Czyli te listy były pisane przez moją babkę. Tę, której nigdy w życiu nie spotkałam i o której tak mało wiem, jedynie to, że pokłóciła się z Helen i zerwała z nią wszystkie kontakty. Moją białą babkę!

Tak bardzo Ci dziękuję za zdjęcia. Małżeństwo świetnie Ci służy, bo przepięknie wyglądasz. A dzieci... Wczoraj płakałam do nocy, patrząc na fotografię małej Joy. Tak bardzo chciałabym ją wziąć na ręce i przytulić. Taka wspaniała mała kruszynka.

Nie wierzę własnym oczom. Babka wiedziała o moich narodzinach i oglądała moje zdjęcia, a Helen nigdy mi o tym nie powiedziała. Miałam wrażenie, że jestem zaplątana w kłamstwa najbliższych mi ludzi. Nie byłam w stanie dalej czytać i podeszłam do okna zaczerpnąć powietrza. Mało świeżego, bo śmierdzącego od benzyny i upału, ale pomogło. Dostrzegłam na dole Andile z papierosem w ręku. Ona też uniosła głowę i na mnie spojrzała. Pomachałam do niej, a ona wskazała mi ręką swój salon i powiedziała coś, czego nie zrozumiałam. Kiwnęłam głową, dając znak, że przyjdę, ale później. Przodkowie Andile musieli poczekać, ja powinnam zająć się własnymi. A szczególnie tą z nich, która podpisała list imionami Anna Joy.

ROZDZIAŁ XI

Joy

Nie powinnam iść na kolację z Lucasem, powtarzałam sobie, usiłując uśmiechać się do gości pizzerii U Andy'ego. Nie spałam przecież pół nocy, myśląc o listach mojej babki. Czułam jednak, że samotne siedzenie w domu w niczym mi nie pomoże. Tamta korespondencja to przeszłość, a ja muszę myśleć o przetrwaniu. Lekcja z Lucasem może mi w tym pomóc.

Tym razem nie powiedziałam o niczym koleżankom z pracy. Jeśli poniosę kolejną porażkę, tylko ja sama będę o tym wiedzieć. Ale Sandra z Marisą czekały już na mnie, kiedy kończyłam zmianę. Obie były szeroko uśmiechnięte, jakby zdarzyło się coś nadzwyczajnego. I miały rację!

– Darius powiedział, że możesz przyjść na próbę. I to już w piątek!

To był ten facet od organizacji eleganckich przyjęć.

– Do niego do biura?

– Jakiego biura? Zachorowała jedna z dziewczyn i masz ją zastąpić na koncercie w rezydencji ambasadora. Nie wiem jeszcze którego, ale się dowiem.

– W piątek?

– Co za problem? Kończysz o czwartej, a potem od razu tam jedziemy. Ale się cieszę! – entuzjazmowała się Sandra.

– Przecież ja nigdy czegoś takiego nie robiłam. Jak sobie dam radę?

– A od czego masz nas? Wszystko ci powiemy. To jest naprawdę proste.

Wciąż byłam zmęczona, ale zaczynałam się wreszcie cieszyć. Coś nowego zaczęło się dziać w moim życiu.

– Co jest proste?

Nagle zza pleców wyrosła Liyana z zaciekawioną miną.

– Pieczenie sernika – odparła natychmiast Marisa, wiedząc, że nie przepadam za wścibską koleżanką. – Joy nie umie piec ciast.

To była prawda, bo kto mnie miał nauczyć, kiedy Helen miała dwie lewe ręce do kuchni.

– Mogę ci dać mój przepis. Bardzo prosty, a sernik przepyszny – zaoferowała dawna przyjaciółka, patrząc na mnie błagalnym wzrokiem.

– Chętnie – zmiękłam, w podzięce otrzymując uśmiech Liyany.

Chciała się pogodzić, to jasne. Po raz pierwszy poczułam, że jest to możliwe. Nagle wspomnienie o Musie, mojej wielkiej miłości, stało się tak wyblakłe jak niektóre ze zdjęć, które znalazłam w papierach matki.

Pożegnałam się z dziewczynami i ruszyłam w kierunku domu. Będę miała tylko pół godziny na prysznic i szybkie przebranie. Wiem, że świeżo pieczone ciasto pizzy ma upojny zapach, ale nie chciałam, by Lucas się nim zachłysnął na pierwszej lekcji.

Poczciwa Thando znów nie protestowała, kiedy poprosiłam ją, by popilnowała dziewczynek do wieczora.

– Prowadzisz bardzo ożywione życie – zażartowała, ale zanim zdążyłam posmutnieć, dodała słowo „wreszcie".

To prawda, po latach posuchy znalazłam się na pierwszej linii życia. Tylko że wcale mi się to nie podobało.

Idąc do biblioteki, byłam jak najgorszej myśli. Lucas nie przyjdzie, zrobię z siebie wariatkę, ale jak się wkrótce okazało, wcale tak źle nie poszło.

Czekał na mnie przed drzwiami budynku i powitał uśmiechem pełnym białych zębów.

– Nie martw się, będzie fajnie – obiecał. I rzeczywiście tak było.

Przede wszystkim wcale nie udawał i miał konkretne pytania dotyczące gramatyki, na które ku swojemu zdziwieniu mogłam odpowiedzieć. Czułam, jak moje zardzewiałe zwoje mózgowe zaczynają się powoli obracać. Mimo zmęczenia po pracy poczułam się świetnie. Lucas wcale nie okazał się zarozumiałym gnojkiem, jak wcześniej myślałam. Po prostu był nieśmiały.

Słońce już zachodziło za horyzont, kiedy wstaliśmy od stołu. Oblało nas hojnie bursztynowoczerwonym światłem, nadając nam szlachetniejsze rysy i kształty. Afrykański zachód słońca jest magiczną chwilą, w której wszystko się zatrzymuje, żeby chwilę później zatopić się w czerni nocy.

Spojrzeliśmy na siebie, jakby zdziwieni, żeśmy się tu razem znaleźli. Lucas chciał coś powiedzieć, ale potem jakby się rozmyślił, chrząknął i wręczył mi zwitek pieniędzy.

– Nie masz pojęcia, jak bardzo ci dziękuję, Joy. Nie masz pojęcia, jak bardzo mi to ułatwi życie.

– Nie wiem, czy powinnam brać od ciebie pieniądze. Naprawdę nie mam żadnego doświadczenia. To była moja pierwsza lekcja.

– Powinnaś uczyć, bo masz do tego talent, a przede wszystkim powinnaś studiować.

Zdecydowałam się zostawić to bez komentarza. Przestałam się jednak bać kolacji z Lucasem. To będzie przecież dalsza część naszej rozmowy. Mogę po prostu rozmawiać z nim o gramatyce. Wiem, to głupi pomysł!

Byłam zaskoczona, kiedy po wyjściu z biblioteki poprowadził mnie do starego auta marki Tata.

– To twoje?

– Nie, tak dobrze jeszcze nie jest. Kumpel z akademika mi je pożyczył na dzisiejszy wieczór. Chciałbym cię zabrać do centrum Brooklyn. Jest tam fantastyczna knajpa Wood & Fire. Mają najlepszego kurczaka z grzybami na świecie. Lubisz kurczaka?

– Najlepszego na świecie? Jak mogłabym nie spróbować?

Śmialiśmy się przez całą drogę. Lucas nie był zbyt doświadczonym kierowcą, ale w ruchu ulicznym sobie radził.

– Umiesz prowadzić? – zapytał w pewnej chwili.

Kiedyś potrafiłam. Nauczyłam się, kiedy miałam czternaście lat, na szutrowych drogach za Johannesburgiem. Było to niezwykłe uczucie. Otwarte szyby, wiatr we włosach i na twarzy, poczucie euforii. Helen uważała, że umiejętność kierowania samochodem jest niezbędna dla kobiety. Tylko że wkrótce potem zniknął samochód, a następnie sama Helen.

– Ale nie mam prawa jazdy – przyznałam się Lucasowi.

– Wszystko przed tobą – powiedział i po raz pierwszy uznałam, że może rzeczywiście ma rację.

Kurczak z grzybami był rewelacyjny i dawno nie jadłam czegoś tak pysznego. A białe wino, które piłam, podziałało na mnie zupełnie relaksująco. W pewnej chwili przyznałam się

Lucasowi do odnalezienia listów babki. Zupełnie nie mogłam powstrzymać języka.

– Ale to niesamowite. To jak w filmie!

– Bez przesady. Wiedziałam od zawsze, że mam babcię rodowitą Angielkę. Nie miałam jednak pojęcia, że utrzymywała z nami kontakt.

Z korespondencji wynikało, że jednak bardzo sporadyczny. To dość dziwne, bo listy Anny Joy były pełne miłości do córki i jej dziecka. O zięciu nie wspominała ani słowem, więc być może ten fakt zdecydował o rodzinnej kłótni. Nie miałam pojęcia, o co im poszło.

– A masz jej adres?

Pokręciłam głową. Szukałam w każdym liście, obejrzałam dokładnie każdy skrawek papieru w kartonie.

– Mama musiała go znać na pamięć – odparłam. – Wiem tylko, że mieszka w Nottingham. Jeśli oczywiście żyje. A poza tym nic więcej. Nazwisko jest zbyt pospolite, żebym mogła odnaleźć.

– Nottingham? To stamtąd jest Robin Hood, mój ulubiony bohater. Zabierał bogatym, a dawał biednym. Też bym tak chciał.

– Powiedz to naszym politykom. – Roześmiałam się.

– Chętnie bym to zrobił, gdyby mnie chcieli posłuchać. Ale czy wiesz coś więcej o swojej babci? Na przykład gdzie pracuje?

– Nie mam bladego pojęcia. Pewnie jest już na emeryturze. Ja nawet nie wiem, ile ona ma lat. Musi być chyba po siedemdziesiątce.

– Matka nic ci o niej nie mówiła?

– Skąd. Tylko tyle, że wyjechała z domu po awanturze z rodziną. Może jej przeszło, skoro dała matce adres i w jakiś sposób utrzymywała z nią kontakt. Nie rozumiem tylko, dlaczego nic mi o tym nie wspomniała.

– Może nie zdążyła.

Jakoś wątpię, bo umierała przecież wiele miesięcy.

– A jak oceniasz jej listy? Pod względem językowym na przykład?

– Jesteś detektywem czy co? Pisze dość sztywno, tak jakby uważnie kontrolowała każde słowo i bała się urazić moją matkę – zaczęłam się zastanawiać.

– Można posprawdzać w sieci. Powinnaś nawiązać z nią kontakt. Przecież to twoja babcia. Może warto ją poznać. A jak się czuje twój laptop?

– Zdaje się, że wyzionął ducha – zmyśliłam na poczekaniu.

– Jeśli mi pozwolisz, to mogę sam się tym zająć. Trochę się na tym znam – zaproponował Lucas. – Oczywiście nie mogę ci obiecać, że coś znajdę, ale poszukam. Lubię takie zagadki.

– Dlaczego nie?

– Mogłabyś wyjechać i wyrwać się z tego syfu.

Ha, on też uważa, że do niczego się tutaj nie dojdzie.

– Żeby się wzbogacić, trzeba kogoś okraść lub zabić – pociągnął Lucas. – W inny sposób nie można się dorobić. Dopiero potem można się zająć pracą naukową. Zgadzasz się?

Nieźle. Widzę, że opinie mojego towarzysza nie były zbyt konserwatywne. I chyba nawet moja matka nie śmiałaby czegoś takiego głosić. Nigdy nie była za przemocą. Pomyślałam jednak, że Lucas popisuje się przede mną.

– Moglibyśmy razem pojechać do Londynu. Co ty na to?

Śmieję się w odpowiedzi. Chętnie spotkałabym się z Anną Joy. Nie mogła być rasistką, skoro się tak zachwycała moim zdjęciem. Nawet jeśli zaszło coś pomiędzy matką a nią, przecież nie dotyczyło to mnie, dlatego nie byłam do niej uprzedzona.

– Szalenie ciekawa historia. Nie mogę się niestety niczym podobnym pochwalić.

– Żadnych powiązań z politykami? – zażartowałam, odnosząc się do tego, że prezydent naszego kraju pochodził właśnie z plemienia Lucasa.

– Jak już, to z tymi zza oceanu. Jest jakaś historia rodzinna o niewolnikach z czasów, kiedy przodkowie mieszkali jeszcze na terenach południowego Mozambiku, ale trudno ją złożyć do kupy. Szkoda, że nie pisali do siebie listów – zażartował.

Podczas rozmowy z Lucasem zupełnie wypadło mi z pamięci, że wcześniej nie przepadałam za nim, a przede wszystkim przestałam się stresować tym, że zaprosił mnie na kolację i cokolwiek to może oznaczać. Czas mijał szybko, a my zachłystywaliśmy się swoimi słowami. Tak bardzo brakowało mi podobnej rozmowy. Nagle poczułam, że klatka, w której się znalazłam z powodów finansowych, tkwi tylko w mojej głowie. Moja sytuacja była przecież daleka od beznadziejnej. Jeszcze mogłam wiele zdziałać. Może nie pójdę prostą drogą, ale z pewnością uda mi się przemierzyć tę odległość.

Poczułam wdzięczność dla Lucasa, że przyczynił się do zmiany mojego nastroju, i wcale się nie lękałam pojawienia się kelnera. Natychmiast sięgnęłam po torebkę.

– Joy, nie żartuj, przecież ja cię zaprosiłem.

Minęła już dziewiąta, kiedy wsiedliśmy do auta, nie przestając ze sobą rozmawiać. Lucas opowiadał o kolegach z akademika i o zajęciach na uniwersytecie, a ja nawet przez chwilę nie poczułam się o to zazdrosna.

Wysiadłam na rogu mojej ulicy, nie pozwalając mu się odprowadzić, i obiecałam, że w przyszłym tygodniu będziemy mieli kolejną lekcję.

– Powodzenia w nowej pracy!
– Oby!

– Zobaczysz, że cię przyjmą. Będziesz tam gwiazdą. Pomyśl, że jesteś jak królowa z Angoli, największa afrykańska wojowniczka. – I spojrzał mi w oczy.

Nzinga, dobre sobie, co za komplement! Jednak to wspaniałe uczucie, kiedy ktoś w ciebie wierzy, pomyślałam i zaczęłam powoli zbliżać się w kierunku domu. Tego wieczoru otrzymałam tak zadziwiający ładunek optymizmu, że z pewnością wystarczy mi na długo.

– Joy! – usłyszałam nagle czyjś głos. Odwróciłam głowę i zobaczyłam Andile, stojącą przy swoim salonie. Jej ogniście rude włosy mogły oświetlić całą ulicę.

– Jeszcze w pracy?

– Czekałam na ciebie.

– A co się stało? – spytałam zaniepokojona.

– Twój brat jest w domu.

Nie musiałam pytać, skąd wie. Może powiedzieli jej o tym przodkowie albo też Andile zobaczyła jego sylwetkę w oknie. Pewnie ta druga odpowiedź odpowiadałaby Helen. Postanowiłam więc zachować zdrowy rozsądek i nie dać się omamić gusłom, w które trochę mimo wszystko wierzyłam.

– Wiem, że nie miałaś czasu do mnie zajść – powiedziała Andile i poczęstowała mnie papierosem.

Nie jestem palaczką, bo trudno nią być, kiedy się patrzy na matkę, która spala paczkę papierosów dziennie i umiera na raka, ale tym razem postanowiłam zrobić wyjątek. Wciągnęłam dym w płuca ostrożnie, żeby się nie rozkaszleć.

– Moje życie się skomplikowało, Andile...

Myślałam, że taki eufemizm jej wystarczy, ale ona się dopiero rozgrzewała.

– Nie martw się ojcem, Joy. Nic mu nie będzie. To taki kraj.

Dopiero teraz się zakrztusiłam dymem.

– Co o tym wiesz? – wycharczałam.

Andile się roześmiała.

– Myślisz, że o wszystkim informują mnie przodkowie? Zostawiam ich na naprawdę poważne sprawy. Ale wiesz, jak u nas jest. Ludzie opowiadają. I czasem te ich opowieści składają się jak puzzle, i tworzą zupełnie odmienny obraz.

– A Steve? – wyjąkałam.

– Twój brat ma chyba poważne kłopoty.

– Skąd wiesz?

Andile wzruszyła ramionami.

– Głupie pytanie?

– Dlatego proponowałam ci, żebyś się u mnie pojawiła. Może dowiesz się czegoś konkretnego.

– Dobrze. – Skinęłam głową. – Mogłabym przyjść jutro przed południem, bo mam wieczorną zmianę.

– No co ty, Joy! Jakie jutro. Jutro jest niedziela. Idę przecież do kościoła.

Zapomniałam wspomnieć, że Andile, dzielnicowa uzdrowicielka, a może nawet sangoma, jest chrześcijanką, chodzi do kościoła i modli się jak inni.

– Bóg jest źródłem wszystkiego. Bycie uzdrowicielką to dar, który Bóg dał mi poprzez moich przodków. Wszystko można ze sobą pogodzić, Joy.

Dziwne, prawda? Ale nie zapominajcie, że jest to Afryka. Tu różne sprawy łączą się ze sobą w niezwykły sposób.

Nagle zauważyłam, że Andile zniknęła jak duch. Jak to możliwe? Nawet nie słyszałam jej kroków. Ulica zrobiła się pusta. O wpół do dziesiątej wieczorem było to zgoła niemożliwe. Zawsze przecież ktoś się tu kręcił, nawet w środku nocy. Spojrzałam w ciemne niebo, myśląc, że może zbliżająca się burza zniechęciła wszystkich do wyjścia na dwór. Nie, niebo było czyste i pełne odległych gwiazd. Nagle usłyszałam kroki po drugiej stronie ulicy i instynktownie ukryłam się za rogiem. Kiedy zza niego wyjrzałam, po prostu mnie zamurowało.

Po chodniku szedł mój brat Steve w pełnej metamorfozie. Zawsze wiedziałam, że potrafi się elegancko ubrać, ale tym razem przeszedł sam siebie. Miał na sobie garnitur i nawet z daleka widać było, że świetnie skrojony. Wyglądał jak model wycięty z okładki, który dziwnym trafem znalazł się w zupełnie odmiennym świecie Sunnyside.

Nie zawołałam do niego, tylko zaczęłam iść za nim, chcąc się przekonać, dokąd zmierza. Nie musiałam długo czekać.

Kilkadziesiąt metrów dalej stał samochód. Nie znam się na markach wozów, ale takie auta, chociaż przemierzają naszą dzielnicę, nieczęsto stoją tu zaparkowane. Musiał kosztować furę pieniędzy. A mój brat, jakby nigdy nic, wsiadł na miejsce kierowcy. Zauważyłam, że ma brodę. Kiedy zdążył ją zapuścić? Nie zdążyłam się lepiej przyjrzeć, gdy ruszył z piskiem opon.

ROZDZIAŁ XII

Zuzanna

Kiedy decyzja już zapadła, pozostało się tylko spakować. Nie było to łatwe, zważywszy, że w końcu listopada w Południowej Afryce pogoda miała być diametralnie różna od tego, co widziała za oknem.

Niebo było ciemnobure, pełne opasłych chmur, nieprzepuszczających odrobiny światła, a poranne przymrozki rozprawiły się bezlitośnie z resztką późnych kwiatów.

Ale ona przecież zmierzała do krainy ciepła i światła. Zuzanna przerzucała zawartość kartonów z letnimi ubraniami, nie mogąc się zdecydować, co ze sobą wziąć. Powinna zabrać sportowe rzeczy, ale przecież nie może zapomnieć o „miejskich" dniach w Johannesburgu i Kapsztadzie. Szczególnie cieszyło ją to ostatnie miasto. W ostatnim tygodniu obejrzała mnóstwo filmów na YouTube ukazujących piękno Prowincji Przylądkowej Zachodniej: malowniczą Górę Stołową, zapierający dech masyw Chapman's Peak czy miasteczko Simon's Town pełne pociesznych pingwinów. Przewodniki zachęcały ją do odwiedzenia winnic położonych w najbardziej atrakcyjnych miejscach regionu i do letniego relaksu na plażach oblewanych wodami Oceanu Indyjskiego. Zuzanna reagowała na te piękne obrazki jak kot w reklamie karmy Whiskas. Nie mogła się im oprzeć.

Jeśli Jack nie będzie chciał tam polecieć, zrobi to sama. To nie mogło być aż takie skomplikowane. Chciała zachłysnąć się tym krajem.

Była mniej więcej w połowie pakowania, kiedy usłyszała dzwonek do drzwi. Nikogo się nie spodziewała. Tym bardziej osoby, która stała na progu.

– Susie, kochanie. Niespodzianka! – wykrzyknęła matka.

– Rzeczywiście się ciebie nie spodziewałam. To znaczy was – dodała Zuzanna, widząc stojącego za matką jak jej cień Filipa.

– To taka nagła decyzja. Postanowiliśmy przyjechać na tydzień, żeby spędzić z tobą trochę czasu.

Zuzanna zesztywniała i próbując ukryć irytację w głosie, odpowiedziała spokojnym tonem:

– To dobrze, że przyjechaliście. Zajmiecie się domem podczas mojej nieobecności.

– Nieobecności? Ach… ten wyjazd. – Julia udała, że nagle sobie o tym przypomniała, choć Zuzanna miała na ten temat zupełnie inne zdanie. Matka zawsze doskonale wiedziała, co robi.

Goście weszli do środka i zanieśli walizki do pokoju gościnnego. Na szczęście pościel była zmieniona i wszystko przygotowane na różne niespodziewane wizyty. Kiedy matka i jej mąż przebierali się na górze, Zuzanna naprędce przygotowywała dla nich coś do jedzenia.

– Mieliście dobrą podróż? – spytała Filipa, kiedy ten pierwszy zszedł na dół.

– Owszem, w Niemczech. Bo polskie drogi są tragiczne – odpowiedział i zaczął się rozglądać za pilotem do telewizora.

– Nie wszystkie – zauważyła Zuzanna, ale mąż matki pogrążony w wiadomościach sportowych już jej nie słuchał.

Tolerowała Filipa i wiedziała, że jest odpowiednim partnerem dla matki, ale oględnie mówiąc, nie była nim zachwycona. A kiedy zaczynał krytykować Polskę, natychmiast się oburzała. To był teraz jej kraj, gdzie mieszkała i gdzie wychowała syna, Polaka. Na szczęście Filip nie był zbyt rozmowny i do tej pory jego uwagi nie spowodowały żadnej większej awantury.

Choć diabli wiedzą, jak to teraz będzie. Przecież przyjechali trzy dni przed jej wylotem. Chyba nie będą oczekiwali, żeby Zuzanna się nimi zajmowała. Poza pakowaniem musiała przecież załatwić ostatnie sprawy w firmie. I tyle wyszło z jej planowania, pomyślała ponuro, wrzucając zamrożone kotleciki na rozgrzaną patelnię.

Goście musieli być bardzo głodni, gdyż skrzętnie zjedli wszystkie kotleciki i całą miskę sałatki z rukoli, a potem wypili kawę i pochłonęli torcik wedlowski. Filip, który tego dnia przemierzył kilkaset kilometrów za kierownicą, poczuł się zmęczony i odmeldował się do spania. Julia jednak miała niespożyte siły i z werwą opowiadała córce różne historie o znajomych.

– Ty mnie nie słuchasz – stwierdziła w pewnej chwili.

– Trochę jestem rozkojarzona. Zastanawiam się, czy wszystko ze sobą wzięłam.

– Susie, ale chyba nie zamierzasz wyjeżdżać, skoro tutaj przyjechaliśmy. Filip tak się cieszył na spotkanie z tobą. – Zuzanna ostatkiem sił powstrzymała wybuch gorzkiego śmiechu. – Przecież to chyba nie problem, żebyś przełożyła wylot?

– Nie mogę.

– Niby dlaczego? Chyba masz bilet, który można przebukować?

Oczywiście miała bilet elastyczny, ale to wcale nie zmieniało faktu, że nie czuła najmniejszej potrzeby, by cokolwiek zmieniać.

– Jestem umówiona na konkretną datę.

– A z kim, jeśli można wiedzieć?

Nie, nie można! Jednak Zuzanna dobrze wiedziała, że jeśli nie powie matce, ta wyrwie jej to z gardła. Nie miała najmniejszych wątpliwości.

– Z moim towarzyszem podróży Jackiem Boone'em.

– Kolejny Sławek? – wybuchła matka. – Zabierasz go na opłaconą wycieczkę?

– Nie. – Zuzanna w myślach policzyła do dziesięciu, zanim odpowiedziała.

Matka nie może się dowiedzieć, że ją zraniła. Jeśli zwietrzy krew, wsypie do rany sól i wepchnie tam palec. Lepiej udawać, że jej na tym nie zależy.

– Ależ skąd, każdy płaci za siebie. W związku z tym ja już opłaciłam swoje noclegi w Johannesburgu i nie mogę niczego przekładać.

Może aspekt finansowy przekona oszczędną matkę.

– A ty go chociaż znasz?

Zuzanna miała wrażenie, że ktoś jej musiał opowiedzieć o szukaniu kandydata na portalu matrymonialnym. Ale kto? Wszystko wskazywało na Jolkę, tylko że ta nie miała przecież żadnego kontaktu z Julią. Ale była jeszcze druga osoba, która o tym wiedziała. A w zasadzie prawie o wszystkim wiedziała. I to w dodatku z jej własnych ust. Michał Czerny. Akurat ta dwójka była ze sobą w bieżącym kontakcie.

I nagle Zuzanna poczuła ból w piersiach. Poczuła się zdradzona przez człowieka, któremu spontanicznie tak bardzo zaufała. Nie przypuszczała, że ten okaże się donosicielem. I jakim podłym! Z jednej strony namawiał ją na wyjazd, a z drugiej obsmarował ją przed Julią.

– Od miesięcy z nim koresponduję.
– On przecież może czyhać na twój majątek.
– Myślę, że nie czyta polskich gazet.
– A skąd wiesz, kto to w ogóle jest? Czyś ty postradała zmysły?
– Jestem dorosła i podejmuję samodzielne decyzje.
– Tak, a jak wychodziłaś za Sławka, to też byłaś dorosła, prawda? I co? Pamiętasz, kto cię musiał wydobywać z tego bagna? Może potrafisz prowadzić biznesy i nawet nieźle ci to idzie, ale prywatnie nie masz elementarnego rozeznania, jeśli chodzi o ludzi. Ja też ci mogę napisać, że jestem czterdziestoletnim mężczyzną, który szuka miłości. Pisał o miłości, prawda?
– Przestań.
– Masz jakiś deficyt uczuć. To pewnie dlatego, że twój ojciec umarł, kiedy byłaś mała. Nie zauważyłam tego w porę i być może zmarnowałam ci życie. Powinnaś iść na terapię. Może to cię wyleczy z kolejnych Sławków.
– Julio! – W głosie Zuzanny była i prośba, i zapowiedź groźby, ale matka wcale tego już nie słyszała, gdyż rozkręcała się coraz bardziej.
– Julio, tak! Kiedy nastąpi katastrofa, to też będziesz mnie tak wołać. I kiedy trzeba będzie spieniężyć fabrykę.
– Raczej nie przewiduję takiej konieczności. Przepisałam wszystko na Natana i to on ma pełnomocnictwo. Twoja pomoc nie będzie tym razem potrzebna – powiedziała Zuzanna i wstała z fotela. – A teraz, wybacz, muszę cię zostawić samą. Chcę skończyć pakowanie.

Podczas ostatnich dni przed wyjazdem w domu panowała prawdziwa zima syberyjska. Julia odzywała się tylko wtedy, kiedy musiała, a w zasadzie nie było do tego wiele okazji. Każdego ranka wyjeżdżała z Filipem do Trójmiasta, by odwiedzać znajomych lub chodzić na spacery nad morzem. W ostatni wieczór postanowiła zabrać męża na koncert do filharmonii.

– Wróćcie wcześnie. Jutro przecież wyjeżdżam. Nie miałyśmy nawet okazji porozmawiać.

Zuzanna energicznie wymachiwała gałązką oliwną, ale matka zupełnie nie chciała niczego dostrzec.

– Nie mamy o czym rozmawiać. Wszystko jest już przesądzone, więc nie będę sobie strzępić języka. Miłych wrażeń.

I tyle. I jak zwykle tych parę zdań potrafiło całkowicie popsuć humor Zuzannie. Może nie uległa tym razem matczynej manipulacji, ale nie na wiele się to zdało, gdyż czuła wyrzuty sumienia. Jasne, nie powinna ich czuć, ale niestety nie umiała inaczej. Zdecydowanie musi znaleźć sobie terapeutę.

Ostatniego dnia w fabryce Zuzanna postanowiła osobiście rozmówić się z Czernym i ustalić, czy to on poinformował jej matkę o planowanych wakacjach. Niestety, z przykrością dowiedziała się, że jej dyrektor wyjechał do Łodzi w sprawie materiałów do rolet. I oczywiście bez słowa pożegnania.

Trudno, niczego jego nieobecność nie zmieni, pomyślała, wzruszając ramionami. Równie dobrze może się z nim rozmówić po powrocie. Jeśli jeszcze ten temat będzie ją interesował. Może w końcu uda jej się tam wypocząć i spojrzeć inaczej na świat, który ją otaczał, i na własne życie. Dobre rady właśnie o tym mówiły. O świeżym oglądzie! I właśnie tego spróbuje.

Następnego dnia budzik obudził ją o trzeciej rano. Zaczynała się przygoda. Nikomu nie pozwoli zepsuć tej radości, pomyślała, szybko uwijając się przed wyjściem. Wszystko było już wcześniej przygotowane, pozostawało więc tylko umyć się, ubrać i wypić szybką kawę. Na makijaż szkoda jej było czasu.

Zrobi to dopiero w samolocie z Amsterdamu do Johannesburga. Samolot leciał ponad dziesięć godzin, więc zabrała odpowiednią liczbę książek i tygodników. Nie będzie się nudzić, tylko relaksować.

Kierowca z pracy pojawił się dziesięć minut przed czasem, a ponieważ była już gotowa, postanowiła wyjść z domu. Przed wejściem do wozu spojrzała jeszcze na okna pokoju gościnnego. Były zupełnie ciemne. Matka postanowiła ignorować ją do końca.

– Zazdroszczę tej podróży, pani prezes, oj, zazdroszczę. Czy może pani wsadzić mnie do tej dużej torby? – zażartował kierowca Marcin.

– Nie był pan niedawno na urlopie?

– Jaki to urlop? Musiałem pomagać teściowi przy remoncie mieszkania. Na długo pani jedzie?

– A kto to wie, panie Marcinie.

– Proszę nas nie zostawiać! Będziemy tęsknić.

Już ona to widzi. Tę tęsknotę. Nie miała żadnych złudzeń, że jej nieobecność przyniesie niektórym dużą ulgę.

– Pomogę pani zanieść walizki – zaproponował Marcin, kiedy zajechali pod terminal.

– One są na kółkach i zaraz się ich pozbędę. A pan niech jedzie do domu i się jeszcze prześpi.

Sama mimo zaledwie czterech godzin snu czuła się wyspana i pełna energii. Wyśpi się jeszcze podczas następnego lotu. Podróżowanie klasą biznes miało swoje niewątpliwe zalety.

Ciągnąc walizki, przeszła do odprawy bagażowej i już po chwili pozbyła się ciężaru. Zamieniła je na kartę pokładową, z którą dumnie ruszyła dalej.

– Zuza! – usłyszała nagle znajomy głos i natychmiast się zatrzymała. Ktoś ją wołał czy jej się przesłyszało?

Obejrzała się i dostrzegła Michała Czernego. Kiedy się do niej zbliżył, zobaczyła, że jest blady i ma sińce pod oczami. I na sobie dość wymięty garnitur.

– A co ty tu robisz?

– Wracałem z Łodzi i postanowiłem złapać cię jeszcze na lotnisku.

A jednak wcale o niej nie zapomniał. Ale natychmiast przypomniało jej się, że zdradził ją przed matką.

– Coś się stało? Z tymi roletami?

– Nie, mieli problem z materiałami. Zresztą to nieważne. – Czerny zamilkł, ale nie przestał się w nią wpatrywać. Wyglądał na zupełnie wyczerpanego. Jednak nie mogła się nad nim litować.

– To o co chodzi? – spytała lodowatym tonem.

– Wiem, że to idiotyczne. To był taki nagły pomysł, ale pomyślałem sobie, że...

Zuzanna spojrzała na zegarek.

– Nie mam już wiele czasu.

– Zuza – zaczął Czerny i nagle wypalił. – Proszę cię, nie leć tam.

– Słucham?

Aha, czyli to był ostatni pomysł matki, żeby ją zatrzymać.

– Proszę cię, nie rób tego. Pomyliłem się poprzednio. To... to nie jest dobre. Złudzenie, które może cię tylko zranić. Nie szukaj daleko tego, co jest blisko.

– Niby czego? – W jej lodowaty ton tym razem wkradł się gniew. Do czego to podobne, by jej podwładny śmiał się tak zachowywać w stosunku do niej.

– Jeszcze tego nie wiesz?

– Dobrze wiem, o co tu chodzi i kogo teraz reprezentujesz. Zwierzyłam ci się i to był mój błąd. Więcej takich nie popełnię.

A teraz wracaj do domu, bo ja już lecę. Do widzenia w firmie za dwa tygodnie!

– Ale poczekaj! Zuza!

Nie chciała już tego słuchać. Obróciła się na pięcie i poszła szybkim krokiem do odprawy. Czerny już jej nie zatrzymywał.

ROZDZIAŁ XIII

Steve

Daleko nie pojechał. Główna kwatera znajdowała się w zasadzie przy sąsiedniej ulicy. To on sam zasugerował, żeby była w tej części Sunnyside, gdzie nikt, choćby nawet coś wiedział, nie będzie zadawał żadnych pytań. Nawet gdyby śmiał to zrobić, to już sam wygląd jego nowych towarzyszy nie zachęcał do zbytniej śmiałości. Tylko nikt, łącznie z nim, nie pomyślał, co zrobić z samochodem.

Steve czuł się w range roverze jak ryba w wodzie. Jeździł już wcześniej takimi wozami i wiedział, że doskonale sprawdzi się jako kierowca. Jednak na wszelki wypadek zaprowadził auto na strzeżony parking przy szpitalu i założył na kierownicy blokadę.

– Przypilnuję dobrze tego cacka – obiecał stróż, zachęcony sutym napiwkiem.

Steve wiedział, że na takich rzeczach nie należy oszczędzać. Szkoda, że tamci o tym nie wiedzieli. Bez przerwy się wykłócali o wydatki. A to za drogi garnitur, a to hotel. Bezrozumni analfabeci, pomyślał. Jego pogarda w stosunku do pozostałych coraz bardziej wzrastała. Bał się, że nie wytrzyma i w końcu im coś powie, a wtedy zacznie się awantura. Która nie wiadomo jak się może skończyć! Nie może sobie na to pozwolić. Steve był całkowicie zdany na łaskę swoich towarzyszy i nie na tyle próżny, by myśleć, że bez niego sobie nie poradzą. Obawiał się, że mogą to zrobić w każdej chwili. Może zostać wyeliminowany. Oględnie mówiąc, oczywiście.

– Gdzie się szwendasz? Zapomniałeś, że masz tu siedzieć na tyłku, żeby cię nikt nie oglądał? – Tak od samego wejścia został serdecznie powitany przez Długiego, który w jednej ręce trzymał piwo, a w drugiej papierosa.

– Musiałem zabrać parę rzeczy z domu.

– Od siostrzyczki – zarechotał obleśnie Zębaty. Ksywę zawdzięczał wybitym przednim zębom.

Steve nie znał ich prawdziwych imion. Zresztą wcale tego nie pragnął. Marzył tylko o tym, by kiedy się to wszystko skończy, zniknęli mu z oczu na dobre. Czasem jednak miał wątpliwości, czy to możliwe.

– Odczepcie się od mojej rodziny, bo źle na tym wyjdziecie – warknął, zanim zdążył pomyśleć.

– A co, twój tatuś nas ukarze? A może się spotkamy i sobie z nim pogadamy?

W pokoju ukazał się szef Zębatego i Długiego, Pastor. Steve nie miał pojęcia, skąd się wzięło to przezwisko. Kiedyś po paru piwach i wypalonym ukradkiem papierosie z daggą Zębaty zażartował, że ich szef kiedyś kierował zborem, ale jaki to był kościół, tego Steve się nie dowiedział. Trudno było to sobie wyobrazić. Pastor pasowałby jedynie do satanistów. Zresztą każdy jego pomysł był szatański. Jak choćby ten, żeby wśród ludzi rozmawiać po nigeryjsku. Wówczas gdyby powinęła im się noga, można było łatwo zmylić trop i wszystko zrzucić na rachunek mafii nigeryjskiej. W rzeczywistości Pastor pochodził z lokalnego townshipu Mamelodi, ale razem z Zębatym spędził kilka lat w Nigerii, gdzie się nauczyli języka.

Już sama obecność tego barczystego mężczyzny sprawiła, że wszyscy niemal się wyprostowali.

– O czym to pogadali? – spytał ochrypłym głosem.

Z tego, co zdążył się dowiedzieć Steve, Pastor nie pił, nie palił i nie zażywał narkotyków, miał jednak jeden nałóg. Lubił zabijać. I to z niezwykłą precyzją.

– Chłoptaś wyszedł sobie do domu. Nie wiadomo po co.

Pastor spojrzał na Steve'a wzrokiem, który go sparaliżował.

– Zo... zostawiłem tam wodę kolońską – wyjąkał. Jego wcześniejsze postanowienie, że nie da się zastraszyć i zachowa jakąkolwiek godność, momentalnie wyparowało.

Pastor poruszył nozdrzami.

– Rzeczywiście cuchnie. I to ma się podobać?

Steve skinął głową.

– To Armani.

Na twarzy Pastora nie zadrgał żaden mięsień, ale jego ciało wyraźnie się rozluźniło.

– Byłeś sam?

– Tak, oczywiście.

– Nie rób tego więcej, mój przyjacielu. – Nie była to bynajmniej prośba, tylko ostateczne ostrzeżenie.

– Nie, nie zamierzam, ale...

– Jakie ale. Czegoś jeszcze nie wiesz? Dzisiaj załatwiasz ostatnią sprawę, a od jutra zaczynamy akcję.

– Oni będą mieli moje zdjęcie. I ja...

– Nie bądź głupi, mój przyjacielu. Każdy może mieć twoje zdjęcie. Wystarczy zajrzeć do internetu. Poza tym europejscy biali nie rozpoznają dobrze czarnych twarzy.

Niby Pastor miał rację, ale Steve wiedział, że jeśli śledczy tym się zainteresują i jakimś cudem przyłożą się do pracy, w końcu prawda wyjdzie na jaw.

– Następnym razem weźmiemy inną fotkę – zaśmiał się Zębaty, a Pastor skinął głową.

– Na... następnym razem? – Steve miał nadzieję, że to jest żart.

– A dlaczego nie? Za kilka miesięcy możemy być znów gotowi do akcji. Oczywiście, nie tutaj. Ale na przykład Kenia? To jest również atrakcyjny kraj.

– Tanzania – dodał Długi, a Pastor znów skinął głową.

– Afryka jest wielka, mój przyjacielu.

– Ale ja... – Steve nie był w stanie skończyć żadnego zdania. W głowie miał chaos i robiło mu się gorąco, jakby się miał udusić.

– Ale ty... masz u nas długi. I to takie spore, że zastanawiam się, jak to możliwe, że jeszcze żyjesz.

– Obiecaliście, że dostanę kasę za akcję!

– Myślisz, że jesteśmy tak hojni, by płacić sto tysięcy dolarów za takie coś? Jeszcze musisz trochę dla nas popracować.

– Ile? – Pytanie padło ze spierzchniętych ust Steve'a. Było prawie niesłyszalne.

– Tyle, ile potrzeba, mój przyjacielu. Z pewnością krócej niż twój pobyt w więzieniu. Nie ma się co martwić!

Pastor poklepał go po plecach, ale nie był to zupełnie przyjacielski gest. Steve ledwie złapał oddech, tak go zabolało. Może bardziej niż powinno, gdyż pamiętał, jak się czuł poprzednim razem, kiedy tego doświadczył.

– To wszystko już jasne! I niech Pan nas błogosławi!

Nie czekając na reakcję pozostałych, Pastor obrócił się i wyszedł do drugiego pokoju. Co on mógł tam robić przez tyle godzin? Nie oglądał telewizji ani nie słuchał radia. Może medytował, przyszło na myśl Steve'owi. Nie, to był głupi pomysł. Wcale go nie ciekawiło, co Pastor tam robi. Wiedział już, co jemu zrobi. Wizja przyszłości sprawiła, że ponownie oblała go fala gorąca.

– Makeba, zrób coś do jedzenia – warknął Zębaty, a Steve, przez całe życie karmiony przez kucharki i szefów najznakomitszych restauracji, skinął głową i wszedł do ciemnej nory, którą nazywali kuchnią. Na szczęście tu nikt nie mógł dostrzec łez, które spływały mu po twarzy.

Nie da się ukryć, że była to jego własna wina. Sam się doprowadził do takiej sytuacji, ale wciąż nie mógł uwierzyć, że tak nisko upadł.

Jeszcze rok wcześniej był królem życia. Miał dom, pieniądze, studia, które wprawdzie zaniedbywał, ale od czasu do czasu zdawał jakiś egzamin, i mnóstwo znajomych, z którymi balował w Sandton. Wszyscy go uwielbiali, wszyscy dzięki jego pieniądzom, a w zasadzie forsie jego ojca, chcieli się z nim bawić. I wówczas któregoś dnia mu ją przedstawili.

Leżała przed nim taka biała i niewinna. Była na skinienie ręki. Jeśli weźmie do ręki zwinięty banknot i pociągnie nosem, może być tylko jego, obiecali. Wypił wówczas sporo, ale alkohol już nie działał na niego jak kiedyś. Potrzebował mocniejszego bodźca. I taki właśnie dostał. Po raz pierwszy w życiu poczuł się rzeczywiście szczęśliwy. „Biała dama" odkryła w nim nowe, radośniejsze ja. Miał wrażenie, że do tej pory jedynie udawał zadowolenie. Teraz tryskał dowcipem i czuł się niezwyciężony. Nawet na tyle, by po nieprzespanej nocy iść na egzamin i bezczelnie zaliczać przedmiot mimo kompletnego braku przygotowania.

Teraz wiedział, że był zbyt naiwny, myśląc, że może to bez końca trwać, skoro mieszka w rezydencji ojca. Tony próbował go zaszachować, obiecując kupno luksusowego mieszkania, kiedy ukończy studia, ale prawdę mówiąc, życie wiecznego studenta bardzo Steve'owi odpowiadało. Nie był za nic odpowiedzialny, codziennie otrzymywał ciepłe posiłki i ktoś prał jego brudne ubrania. Mieszkał w osobnym skrzydle domu i stale powiększająca się rodzina ojca zupełnie mu nie przeszkadzała. Jednak stawał się coraz bardziej nieostrożny.

Tej nocy wrócił uberem z kolejnej imprezy dopiero o szóstej rano i pozbawiony sił zaległ w łóżku. Momentalnie zapadł w niespokojny sen i zaczął mieć koszmary. Wydawało mu się, że ojciec wpadł do jego pokoju i szarpie go za ramię.

– Wstawaj natychmiast!

Chwilę trwało, zanim Steve zrozumiał, że to nie jest sen.

– Tato, ja śpię! Zostaw mnie!

– Gdzie jest mój złoty rolex?

– Co takiego?

– Dobrze słyszysz. Oddaj mi zegarek.

„Biała dama" była szalenie drogą utrzymanką i żądała nieustannej daniny. Jedną z ostatnich był rolex ojca. Steve nie miał skrupułów, że go „pożycza". Zastawił go tylko na tydzień w lombardzie. Dziwne, że ten fakt jakoś umknął jego uwadze. Jakby ktoś go wymazał z pamięci.

– Nie mam żadnego zegarka – zaprzeczał z całych sił i obserwował ze zgrozą, jak ojciec razem z ochroniarzem przeszukują jego pokój.

Rolexa nie znaleźli, ale udało im się odkryć skrytkę, w której trzymał parę porcji kokainy. Niewiele, ale to wystarczyło, by ojciec wpadł w szał.

– Zabrałem cię od matki, żebyś się wychowywał w normalnym świecie i bez nałogów. Ale jej geny wzięły górę. Masz teraz godzinę na opuszczenie tego domu. I nie myśl, że możesz liczyć na jakąkolwiek pomoc. Nie zostawię ci złamanego randa.

– Tato, to wcale nie tak, jak myślisz. Niczym się nie różnię od innych.

– Jakich? Tych zepsutych gówniarzy, z którymi się zadajesz? Wiesz, jak wyglądała moja młodość?

Taa, więzienie, prześladowania i wyczerpujące szkolenia wojskowe. O tym wiedział od wczesnego dzieciństwa. Czy ojciec uważał, że jego syn powinien się wychowywać w podobnych warunkach?

– Nie bądź bezczelny! Nie o to walczyliśmy.

– Tylko o rezydencję i tłuste konta. Socjaliści od Gucciego.

Tony nigdy w dzieciństwie nawet go nie tknął, ale teraz nie wytrzymał i z dużą precyzją byłego wojskowego zadał synowi bolesny cios w szczękę.

Kiedy wściekły wypadał z pokoju Steve'a, miotał pod nosem przekleństwa, głównie pod adresem Helen. Wyglądał jak furiat przed udarem.

Może mu przejdzie, pomyślał Steve i otarł krew kapiącą mu z nosa, który również rozbiła pięść ojca. A potem pospiesznie zaczął się pakować. Nie było teraz sensu zaczynać dyskusji. Napisze do ojca, jak ten się uspokoi. I go przeprosi. Oczywiście, że to zrobi.

Początkowo był nawet zadowolony z tej nagłej niezależności. Wynajął niewielkie mieszkanie, znalazł kolejną pracę. Jednak szybko zauważył, że zarobki nie wystarczały mu na kokainę. Wpadł wówczas na pomysł, żeby samemu sprzedawać narkotyk. Swojemu dilerowi uświadomił, że nadaje się do tego jak nikt inny. Przecież wszyscy go zapraszali, z łatwością mógł więc rozprowadzać narkotyk po przyjęciach. Dość szybko udało mu się przekonać pośrednika i dzięki dodatkowej „pracy" przez dwa miesiące żył jak lord. Nie przejął się nawet brakiem odpowiedzi od ojca. Aż przyszedł ten feralny dzień.

Ktoś go musiał przyuważyć, to pewne. W każdym razie została ogołocona jego skrytka z narkotykami, a on sam napadnięty i okradziony. A kiedy ledwo się ogarnął i zaczął zastanawiać, skąd wziąć pieniądze, by spłacić długi i znów zacząć zarabiać, w niedzielny poranek zadzwonił telefon.

– Cześć, Steve, tu Sine – usłyszał ciepły kobiecy głos.

– Cześć! Co słychać? – uprzejmie odpowiedział, zastanawiając się, kim jest kobieta. Zupełnie jej nie kojarzył.

– Chciałabym się z tobą spotkać. Pasuje ci lunch?

– Lunch? – A niby za co, pomyślał. Tę resztę, która została na karcie, musi przeznaczyć na coś zupełnie innego niż obiadki z dziewczynami. – Wiesz, ja jestem w domu. Dość marnie się czuję.

– Rozumiem. To wobec tego ja wpadnę do ciebie. Za godzinę. Pa! – rzuciła i rozłączyła się.

Co u licha? A skąd jakaś Sine wie, gdzie on mieszka? Czy tu była? Całkiem możliwe, przecież organizował tu różnego rodzaju balangi. Niektóre zostawały nawet na noc. Sine? Nie miał pojęcia, kto to taki, ale był pewien, że kiedy tylko ją zobaczy, będzie wiedział. Niestety się pomylił.

Godzinę później w korytarzu stała osoba, której nie widział na oczy.

– Dzień dobry, Steve. Mogę wejść?

Z pewnością by ją rozpoznał, bo była tak piękna, że mimo złego samopoczucia zupełnie go zatkało.

– Co tak na mnie patrzysz?

– My się znamy, prawda? – Mimo wszystko wpuścił ją do środka. Bo byłby skończonym głupcem, gdyby nie przyjął istoty o tak jędrnym, sterczącym biuście, pięknych długich nogach, krągłych biodrach i apetycznych pośladkach.

Sine roześmiała się, ukazując równe zęby.

– To był ten bal przebierańców.

Ach to! Niewiele z tego pamiętał, tak się naćpał. Ale jego przyjaciele jeszcze przez parę tygodni opowiadali mu, jaki to był odjazd. Poprzychodzili wówczas w maskach i innych fantazyjnych przebraniach i przez dłuższy czas nie mieli pojęcia, kto jest kim. On, jak widać, do tej pory.

– Napijesz się czegoś? – Steve zwrócił się w stronę opustoszałego barku.

– Nie, przyszłam pogadać.

Sine rozejrzała się po pokoju i usiadła w fotelu, a następnie wzięła głębszy oddech i wypaliła:

– Bo widzisz, Steve. Będziemy mieli dziecko.

– Jak to?

– Tego też nie pamiętasz? To stało się właśnie tamtej nocy.

Oczywiście, to wszystko nie miało sensu. Bo skąd on miał wiedzieć, że jest ojcem dziecka Sine, skoro zupełnie jej nie pamiętał. Może to była jakaś prowokacja? Słyszała może, że ma bogatego ojca, i chciała go naciągnąć. Na jego sugestię, że można się tego dziecka pozbyć, Sine zareagowała spokojną odmową.

– Sama się nim zajmę. Chciałam ci tylko o tym powiedzieć. Nic nie musisz.

Taa, nie musisz, a za chwilę będzie go szarpać o alimenty, to więcej niż pewne. Sine go jednak zaintrygowała. I chociaż kolejne dni były bardzo ciężkie, bo musiał stawić czoła dilerowi, to jednak uprosił ją, żeby mogli się jeszcze raz spotkać i wszystko ponownie przedyskutować.

Steve zdążył się uspokoić i zaniósł kilka hamburgerów z frytkami Zębatemu i Długiemu.

– Niezłe, możesz prowadzić pub – mruknął Długi.

– Sprawdzę, czy wszystko gra – powiedział Steve i sięgnął po laptop Joy.

– Nie sprawdzaj z tego laptopa – ostrzegł go Długi. – Pastor da ci swój, jak wyjdzie. Ja sam to zrobię, ty się nie znasz.

– Nie, to tylko takie drobiazgi. Nie ma strachu – uspokoił go Steve.

– Daj mi go! Poczytam sobie, co twoja siostrzyczka pisze. Całkiem ciekawe historie. Nic dziwnego, że te mejle tak jej dobrze wyszły.

– Zostawcie ją w spokoju.

– Jasne, jak nie zrobisz niczego głupiego... A przecież ty sam przyniosłeś jej laptop, już zapomniałeś?

Nie zapomniał. Swój sprzęt niedawno sprzedał, żeby zanieść pieniądze Sine. Była już teraz w dość zaawansowanej ciąży i wymagała opieki.

Dziewczyna nie chciała od niego nic. Powiedziała mu tylko o ciąży i zniknęła, ale on zdążył się już wówczas w niej zakochać. Zdumiewał się stale, że to uczucie wcale nie przemijało, a wprost przeciwnie. Sine okazała się ciepłą, uroczą dziewczyną, która tamtego wieczoru zupełnie przypadkiem pojawiła się u niego. Po raz pierwszy i ostatni w życiu zażyła wówczas kokainę i zakończyła imprezę w jego łóżku. Następnego dnia było jej tak wstyd, że nie chciała go widzieć już nigdy w życiu. I pewnie tak by się stało, gdyby nie ciąża. Z kolei Steve po raz pierwszy poczuł się odpowiedzialny za drugą, a nawet trzecią osobę.

Sine mieszkała z koleżanką i pracowała w agencji reklamowej. Pochodziła z Kimberley, ale nie zamierzała tam wracać.

Postanowiła sama wychować dziecko i liczyła, że uda jej się utrzymać w pracy. Była mądrą i pełną humoru osobą i Steve gorzko żałował, że nie spotkał jej wcześniej. Tylko czy wówczas dostrzegłby to samo co teraz? Wytężając wszystkie siły, próbował sobie przypomnieć tę noc, kiedy się kochali. Tak bardzo pragnąłby powtórki tej sytuacji. Tym razem bez kokainy. Jednak ostatnią rzeczą, o której myślała teraz Sine, był seks.

Nazajutrz po pojawieniu się w jego życiu prawdziwej miłości diler powiedział mu, że ma już dość. Kokaina okazała się zazdrosną kochanką. Steve nie mógł już przebłagać dilera. Ten był głuchy na jego prośby. A nazajutrz bladym świtem przyszedł do niego Pastor z ekipą. Kiedy Steve żegnał się już z życiem, Pastor oznajmił, że da mu ostatnią szansę.

Gdyby wiedział, w co się wplątuje, być może wybrałby szybką śmierć. Choć należało wątpić, czy będzie taka szybka. Zastanawiało go tylko, czemu nie zgłosili się do jego ojca, żeby wydobyć od niego dług. Po krótkiej refleksji przyszło mu do głowy, że być może zbiry obawiały się Tony'ego Makeby i jego wpływowych przyjaciół. Powinni oni wiedzieć, że mimo kłótni z synem zawsze stanie w jego obronie. Powinni, serio? Steve przypomniał sobie zapłakaną matkę. Kiedyś myślał, że była obłąkana, ale teraz zaczynał mieć coraz więcej wątpliwości.

Mimo to kiedy planowana akcja się skończy, Steve zamierzał jak najszybciej przebłagać ojca. Może się nawet ucieszy, kiedy pozna go z Sine? Będzie nią zachwycony i uradowany wyborem syna. Kiedy się skończy... Steve zwiesił głowę nad laptopem.

– I co tam? Odpisała? – spytał Długi.

– Wszystko w porządku. Jutro zaczynamy. Mamy rezerwację w Krugerze? – zainteresował się Steve.

– Tak daleko nie dojedziecie – zauważył Zębaty.

– A macie już kryjówkę? Wiadomo, dokąd pojedziemy? – dopytywał się Steve, widząc, że po obiedzie jego towarzysze stali się bardziej rozluźnieni i skłonni do rozmowy.

– A pewnie!

– A dokąd?

Długi się roześmiał i spojrzał porozumiewawczo na Zębatego.

– Dobrze znasz to miejsce.

– Ja?

– Czasem lubisz tam łazić – zarechotał Długi.

Steve udał, że nie rozumie, o czym oni mówią, ale doskonale wiedział, jakie miejsce mają na myśli. To, gdzie wcześniej trzymał towar i gdzie go tak fatalnie okradziono. Teraz już rozumiał, że nie był to żaden przypadek. Ci ludzie najpierw ukradli jego kokainę, a potem zażądali zwrotu pieniędzy. Nic nie mógł zrobić. Był zupełnie bezradny. A oni wprost przeciwnie. Mogli wszystko!

– Pójdziesz jutro z towarem. – Pastor, który w końcu opuścił pokój, wyznaczył mu kolejne zadanie. – Koniec tego byczenia się i żarcia na mój koszt.

ROZDZIAŁ XIV

Zuzanna

Kiedy stewardesa zaczęła ją budzić, Zuzanna przez dłuższą chwilę nie miała pojęcia, gdzie się znajduje. Spojrzała na zegarek. Było wpół do dziewiątej wieczorem. Czyżby spała aż pięć godzin? Najwidoczniej tak. Spojrzała na siedzącego obok mężczyznę, który widząc, że na niego patrzy, uśmiechnął się do niej.

– Słodki sen – zauważył.

– Chyba tego potrzebowałam – westchnęła i poszła się przebrać do łazienki.

Dawno nie miała tak udanego lotu, a flirtujący z nią pięćdziesięcioletni Norweg okazał się przemiłym towarzyszem. Aż w końcu po kilku lampkach wina i dwóch koniakach straciła kontakt z przestworzami.

Kiedy wyszła z łazienki przebrana w letnie ubrania, stewardesy ponownie roznosiły napoje, ale Zuzanna zrezygnowała tym razem z czegoś mocniejszego. Musi mieć trzeźwą głowę, jeśli się okaże, że Jack Boone wystawił ją do wiatru.

Pozostali pasażerowie również się już wybudzili i zaczynali się interesować rzeczywistością. Kiedy usiadła, Norweg pochylił się w jej stronę i podał wizytówkę.

– Będę w Kapsztadzie przez trzy tygodnie. Odezwij się, jakbyś miała chwilę. Poszlibyśmy na kolację do mojej ukochanej restauracji i pokazałbym ci miasto.

Zuzanna podziękowała i schowała kartkę do torebki. Nie poznawała siebie. Na ogół nigdy nie nawiązywała żadnych znajomości w samolotach. Rozmawianie z obcymi ludźmi przychodziło jej z trudem. A tu nagle, jeszcze przed wylotem, sama zaczęła radośnie wypytywać Norwega, skąd jest i po co leci do RPA. Niczym Amerykanka.

Najpierw nawiązała znajomość na portalu matrymonialnym, teraz poderwała Norwega. Nie do wiary! Postanowiła napisać o tym do Jolki. Złość na nią przeszła i uznała, że ostatnia kłótnia nie miała żadnego sensu. Znały się od tak dawna i przecież przez taką bzdurę nie będą niszczyć przyjaźni.

Zuzanna czuła się świetnie. Wszelkie wątpliwości, jakie miała w ostatnich tygodniach przed wylotem, się rozpierzchły. Świat należał do niej.

Nowa energia niosła ją, kiedy przechodziła przez odprawę paszportową i kiedy odbierała walizki. Zdumiona stwierdziła, że wszystkie lęki zniknęły. Czuła teraz tylko ekscytację przed spotkaniem z przygodą. Kiedy otworzyły się drzwi do wyjścia, poczuła przyspieszone bicie serca i w tej samej chwili zobaczyła przed sobą wysoki pomnik przedstawiający czarnego mężczyznę, który w jednej ręce trzyma teczkę, a drugą unosi w geście powitania.

– To jest Oliver Tambo, działacz przeciwko apartheidowi. To jego imię nosi to lotnisko – usłyszała czyjś głos mówiący po angielsku.

Odwróciła szybko głowę i zobaczyła za sobą młodego mężczyznę w czapce bejsbolowej mocno spuszczonej na oczy.

– Susan? – spytał.

– Jack – wykrztusiła z trudem.

Boże, to był on? Czy to możliwe? Mężczyzna, który się do niej odezwał, był znacznie przystojniejszy niż na zdjęciu. Wysoki, o lekko smagłej twarzy, szeroko rozstawionych bursztynowych oczach wyglądał jak model, a nie jak inżynier górnictwa. Ale nie to było najgorsze. Ten facet nie wyglądał na trzydzieści pięć lat, tylko na znacznie mniej.

I co teraz robić? Zuzanna nie mogła już uciec, bo ją przecież rozpoznał i za chwilę przycisnął do swojej piersi.

– Bałem się, że gdzieś znikniesz i nie dolecisz.

Może niepotrzebnie się obawiała? Mimo zdjęcia sprzed paru lat jednak ją rozpoznał.

– Jestem zupełnie oszołomiona.

Kątem oka zauważyła, że towarzyszący jej w podróży Norweg przechodzi obok, udając, że jej nie widzi. Pewnie się teraz przekonał, że nie ma co liczyć na obiad w Kapsztadzie, skoro Zuzannę obejmuje tak przystojny mężczyzna.

– Nie dziwię się. Jak przyleciałem z Londynu, byłem zupełnie padnięty.

Zauważyła, że Jack mówi z bardzo brytyjskim akcentem, mimo iż urodził się w RPA. Zawdzięczał to zapewne angielskiej matce.

– Tak się cieszę, że przyszedłeś na lotnisko.

– A jakże mogło być inaczej? Doczekać się nie mogłem. Zaraz zawiozę cię do hotelu i będziesz mogła wypocząć.

– Hotel jest niedaleko.

– Tu się nie chodzi na piechotę.

– Wiem, ale z lotniska dowożą do Emperor's Palace. Specjalnie wybrałam taki hotel.

Jack pokręcił głową, uśmiechnął się i sięgnął po wózek z walizkami.

– Chyba zbytnio na mnie nie polegasz, skoro tak mówisz. Jak mogłaś myśleć, że cię tu zostawię? I tak mam wyrzuty sumienia.

– Ty? A niby dlaczego?

– Że cię zostawię w hotelu.

– Naprawdę nie masz się o co martwić. Przecież tak ustaliliśmy.

Jack mieszkał u swojej rodziny, więc sama Zuzanna zaproponowała, żeby niczego nie zmieniać. Tak było nawet lepiej. Odpocznie trochę i się zaaklimatyzuje, a za dwa dni będą już razem.

– Na pierwszy dzień załatwiłem bardzo sympatyczny domek przy samym Parku Krugera. Mają stamtąd wspaniały widok na zwierzęta, które przychodzą napić się do rzeki.

Zuzanna słuchała jednym uchem, a drugim chłonęła gwar obcojęzycznych głosów. Na razie, nie wyglądało to bardziej egzotycznie niż taki Londyn lub Berlin. Kiedy wyszli przed terminal, przywitał ją widok wieżowców, które mogłyby znajdować się wszędzie. Jedyna różnica była w pogodzie. To ciepło, które na nią czekało za drzwiami, było niesamowite.

Jack miał terenowy samochód, który – jak jej powiedział – pożyczył od zamożnego kuzyna. Właśnie tym wozem będą zwiedzać Afrykę. Powinno być i wygodnie, i bezpiecznie. Tylko dlaczego kierownica z drugiej strony?

– To dla mnie żaden problem – roześmiał się Jack. – W Anglii też tak się jeździ. Może później sama spróbujesz.

Zuzanna chętnie prowadziła samochód, ale nie musiała podczas wakacji stresować się lewostronnym ruchem.

– Tak bardzo się cieszę, że przyjechałam!

– Susan, ja cały czas w to nie wierzę. Dziękuję, żeś się na to zdecydowała! – powiedział i dotknął lekko jej ręki. Zuzanna poczuła, jak zaczęły ją palić policzki. Dotyk Jacka był delikatny i czuły.

Po dziesięciu minutach jazdy dojechali do hotelu, który znajdował się obok budynku kasyna. Potem wszystko poszło bardzo szybko. W recepcji nie robili żadnych problemów, pokój na Zuzannę czekał, więc szybko pożegnała się z Jackiem i umówiła na następny dzień.

– Dzwoń, jak będziesz czegoś potrzebować. Albo jak ci będzie smutno – dodał Boone i uśmiechnął się.

To nienormalne, że mężczyzna może mieć tak długie rzęsy, pomyślała i poszła za boyem hotelowym.

ROZDZIAŁ XV

Joy

Co się tak uśmiechasz, Joy? – spytała ciekawska Nandi, uważnie mi się przypatrując.

– Naprawdę? – Odpowiedź była dość głupia, gdyż sama od paru dni czułam, że jestem znów obudzona i pełna energii. Wykonywałam pracę domową z zapałem i podśpiewując. Dzięki temu nasza malutka norka aż lśniła.

Ale jak tu się nie cieszyć, skoro poszłam na kolację z sympatycznym chłopakiem, dostałam dodatkową pracę, cieszyłyśmy się wszystkie zdrowiem, a pogoda na dworze była idealna – ani zbyt ciepło, ani zimno? Wiedziałam jednak, że wystarczy tylko parę myśli na temat mojego brata, żeby radosny nastrój wyparował. Postanowiłam więc, że nie będę się stresować jego sprawami. Skoro zniknął, a na pożegnanie podstępnie zabrał moją piankę do włosów, o laptopie nie wspomnę, niech sobie radzi sam.

W pracy też niemal lewitowałam, z uśmiechem na ustach krążąc między stolikami.

– A jak dzisiaj smakowało? A może uda mi się zachęcić państwa do zjedzenia deseru?

Czy patrząc na tak radosną kelnerkę, ktoś mógł odmówić?

– Widzę, że jednak wzięłaś się w garść – zauważył syn Andy'ego. – To jest taka praca, że nie możemy sobie w niej pozwolić na humory.

Nic nowego mi nie powiedział, ale uprzejmie przytaknęłam. Chciałam się jak najszybciej ze wszystkim uporać, bo przecież wieczorem czekało mnie znacznie trudniejsze zadanie.

– Jakie trudniejsze? – żachnęła się Marisa. – Co jest w tym innego?

– Sposób noszenia na tacach. Trzeba się wbijać w grupy z jedzeniem.

– No rzeczywiście. Inżynieria nuklearna – zachichotała. I pomogła mi odpiąć z włosów czepek.

– Jesteście gotowe? – rzuciła zdyszana Sandra, wybiegając z łazienki. – To lecimy. Koleżanka będzie już za pięć minut.

Na tym przyjęciu nie musiałam się w nic wbijać, bo był bufet szwedzki. Jako nową, ustawiono mnie za srebrnymi podgrzewaczami, żebym się miło uśmiechała i opowiadała, co się właśnie podgrzewa. Na szczęście przy moim stanowisku nie było nic skomplikowanego, jedynie kurczak w sosie curry i dwa rodzaje ryżu. Natomiast dzięki takiemu rozstawieniu miałam wspaniałą szansę, żeby podziwiać gości.

A było ich mnóstwo, swobodnie się jednak mieścili na kamiennym tarasie u stóp ogromnej rezydencji. Całą powierzchnię ogrodu oświetlono wiszącymi lampkami, a na stolikach poumieszczano świeczniki. Był ciepły wieczór i nie zanosiło się na żadną z tych burz, które chętnie pojawiają się w końcu listopada i rujnują wszystkie plany. Goście w eleganckich strojach, zarówno europejskich, jak i afrykańskich, snuli się dokoła, konwersując w różnych językach. Kelnerzy roznosili kolejne drinki i drobne przekąski. Następnie gospodarz wygłosił przemówienie. Nie słyszałam go, bo staliśmy za rogiem.

Wiedzieliśmy, że skończył, bo rozległy się oklaski. I wówczas prawie natychmiast goście zaczęli iść w naszą stronę, a kiedy znaleźli się obok podgrzewaczy, stali się jak wszyscy inni ludzie – głodni.

– Ty mówisz po francusku? – zdziwiła się drobna brunetka, kiedy jej powiedziałam, co może zjeść. Wcześniej podsłuchałam, jak rozmawia w tym języku ze swoim partnerem.

– *Oui, madame* – odpowiedziałam. – Nauczyłam się w szkole.

– Niesamowite. Dziękuję, Joy. – Spojrzała na mój identyfikator na piersi.

Uśmiechnęłam się grzecznie, myśląc, że to trochę śmieszne, jak ci ludzie czasem na nas patrzą. Niektórzy, szczególnie przyjezdni Anglicy, mówiący ledwie zrozumiałym dialektem, są zdziwieni, kiedy mnie słyszą. „Ty mówisz po angielsku?" A po jakiemu, u licha, miałabym mówić? To jest mój język macierzysty. Ale ta pani była bardzo miła i przez chwilę porozmawiała ze mną. Obiecała, że może mi pożyczyć parę książek. Jeśli chcę, to ona to załatwi. Skinęłam uprzejmie głową i poszłam po dodatkowe talerze.

– Joy! – zawołała mnie główna kelnerka. – Szybko pozbieraj brudne naczynia ze stolików.

Miałam tylko nadzieję, że znajdę ponownie drogę, bo rezydencja była wielka, ale okazało się to banalnie proste.

– Możesz nam pomóc? Trzeba szybko rozładować zmywarkę.

Kuchnia była jeszcze większa niż w rezydencji ojca i panował w niej taki ruch jak na lotnisku. Choć zaaferowani i spoceni, wszyscy wiedzieli dokładnie, co mają robić. Tylko ja byłam wysyłana od jednego zadania do drugiego. To nawet ciekawsze, pomyślałam, przynajmniej się zorientuję w organizacji.

Sandra i Marisa właśnie opuszczały kuchnię, niosąc ciasto i termosy z kawą. Początkowo chciałam iść za nimi, ale musiałam najpierw odwiedzić łazienkę. A potem… a potem gdzieś źle skręciłam i nagle znalazłam się po przeciwnej stronie budynku. Jeszcze tego brakowało, ktoś może pomyśleć, że myszkuję po domu. Wszyscy mają przecież obsesję na punkcie kradzieży. Stąd wszędzie ochroniarze i te płoty elektryczne, o których już wspominałam. Ale trudno się temu „wszystkiemu" dziwić, skoro własny brat podprowadził mi piankę i laptop.

I nagle! To niemożliwe. To jakieś czary. Kilka metrów dalej widzę mojego brata Steve'a rozmawiającego z białym mężczyzną w czarnym garniturze.

Cofnęłam się bezszelestnie w kierunku drzwi, mając nadzieję, że znajduję się w zupełnym mroku. Steve i ten drugi kończyli właśnie rozmowę. A potem obaj sięgnęli do kieszeni, każdy z nich wyjął jakiś przedmiot i przekazał go drugiemu. Biały mężczyzna klepnął Steve'a po plecach, a potem odwrócił się i na szczęście dla mnie poszedł wokół domu w stronę rozświetlonego tarasu. Mój brat spojrzał na zegarek, odczekał chwilę i ruszył w kierunku bramy wyjazdowej.

– Gdzie ty byłaś? – Szefowa kelnerek patrzyła na mnie z wyrzutem.

– W łazience. – Nawet nie zmyślałam.

– Okej. To teraz szybko zbieraj. Za dziesięć minut ma tu być błysk.

– Jasne.

I ruszyłam do przodu, choć nogi zupełnie nie chciały mnie nieść. Po ujrzeniu Steve'a zupełnie osłabłam. Nie miałam już żadnych złudzeń. Zrozumiałam, czym zajmuje się mój brat. Był handlarzem narkotyków.

* * *

Następnego dnia trochę obawiałam się spotkania z Marisą i Sandrą. Nie chciałam usłyszeć, że nie nadaję się do tej roboty. Ku mojemu zaskoczeniu Marisa rzuciła mi się na szyję.

– Joy, byłaś wspaniała!
– Ja?
– Pamiętasz tę Francuzkę, z którą rozmawiałaś?
– Tak. – Poczułam, jak zaschło mi w gardle.
– To jest żona gospodarza przyjęcia. Niedawno do niego dołączyła. Była tobą zachwycona i przekazała dla ciebie francuskie książki Dariusowi. Popisałaś się, moja droga.
– Cieszę się, ale naprawdę nic takiego nie zrobiłam – wydusiłam z siebie.
– No super, patrz, jak się cieszy. Aż skacze. Nic dziwnego, że ma na imię Radość – zauważyła ironicznie Sandra.
– Nie widzisz, jak wygląda? Pewnie nie spała z wrażenia przez całą noc.

To prawda. Po tym, co zrozumiałam tamtego wieczoru, nie byłam w stanie zasnąć. A rano musiałam przecież zaprowadzić dziewczynki na zakończenie roku szkolnego.

– Czyli jeszcze mnie zatrudni?
– Pewnie. Teraz to najbardziej gorący okres. Poza tym, uwaga: fanfary, od przyszłego roku Darius chce mnie zatrudnić na stałe. A zatem, *goodbye,* Andy! – Marisa z dumą uniosła podbródek. – O Sandrze też mówił, ale ta wariatka nie chce ze względu na studia.
– Nie dam rady wziąć więcej pracy. I tak sypiam po pięć godzin. Ale... nic straconego, bo już za rok kończę.
– I pójdziesz do Hawks?

Hawks, czyli Jastrzębie, to organizacja policyjna w naszym kraju zajmująca się zorganizowaną przestępczością, narkotykami i korupcją, i podobnie jak inne państwowe organizacje, dość kontrowersyjna.

– Żartujesz? Chcę pracować w zwykłej policji i zajmować się ofiarami gwałtu.

Zamilkłyśmy, patrząc z szacunkiem na naszą koleżankę. Miała wytyczony konkretny plan i realizowała go punkt po punkcie. Byłam przekonana, że dzięki samozaparciu uda jej się zrealizować go w całości.

Kiedy przyprowadziłam bliźniaczki do domu, ogromnie dumne z zakończenia pierwszego roku szkoły, zabrałam się energicznie do przygotowania posiłku. Dziewczynki dostały w szkole lunch, ale przecież musiałam dać im obiad. Zasłużyły sobie dzisiaj na coś wyjątkowego. Postawiłam garnek na płycie, żeby ugotować bataty, i włączyłam muzykę zespołu Mafikizolo. Kręciłam się przez chwilę po kuchni, ruszając się w rytm piosenki, gdy nagle zrobiło się cicho. A niech to... i jeszcze jak na złość planowane wyłączenie prądu. Ile potrwa? Jak zwykle nikt nic nie wie. Podobnie jak z moimi planami.

Te wyłączenia prądu to stała udręka, jeśli się nie ma własnego generatora prądu. Mój ojciec oczywiście taki ma i w ten sposób nie jest zależny od operatora. Mówią, że to jedyny ratunek dla kraju, żeby nie doszło do pełnego zaciemnienia. Mówią tak wiele rzeczy, a nam nie pozostaje nic innego, jak w to wierzyć.

Na szczęście tym razem przerwa trwała tylko godzinę, a potem postanowiłam zostawić dziewczynki i zrobić szybkie zakupy, bo przez brak prądu zmieniły się moje plany obiadowe.

– Będziecie grzeczne?

– O tak! – Pokiwały głowami z poważną miną.

– Jakby coś się działo, to zapukajcie do Thando. A poza tym...

– Tak, nikogo nie wpuszczać i nie robić głupot – dokończyła Nandi.

Ustalając w głowie listę zakupów, pobiegłam do najbliższego marketu, ale ten był zamknięty. Od pana Li, mimo współczucia dla niego, nie zamierzałam niczego kupować, więc poszłam dalej w stronę boiska do supermarketu noszącego niezwykłą nazwę Happiness, czyli szczęście.

Mimo niedzielnego przedpołudnia w sklepie było tłoczno, ale szybko przemknęłam między półkami, zgarniając najpotrzebniejsze rzeczy. A potem stanęłam w kolejce do kasy.

Wózek stojącej przede mną kobiety był wypełniony towarami po brzegi. Postanowiłam być cierpliwa i czekać. Wiadomo przecież, że jeśli teraz zmienię kolejkę, ta się z pewnością zatka i będę czekać dwa razy dłużej. To się zawsze sprawdza, że skrót jest najdłuższą drogą. To chyba prawo Murphy'ego, o ile się nie mylę.

Nagle z przepełnionego wózka przede mną wypadł woreczek z marchewką. Schyliłam się, żeby go podnieść.

– Makeba, to ty? – usłyszałam, jak ktoś mówi po afrykanersku.

Podniosłam wzrok i zobaczyłam osobę z przeszłości. Prawie jej nie poznałam, bo zawsze nosiła proste granatowe garsonki i białe bluzki. Teraz była w luźnych beżowych spodniach i bluzce z dekoltem. W rozpuszczonych włosach wyglądała młodziej o dziesięć lat.

– Dzień dobry. Jak się pani miewa? – Przywitałam się z wicedyrektorką mojej dawnej szkoły, panią Sarą Brant.

– Przypomniałam sobie w ostatniej chwili, że przychodzą do nas goście. Coś się stało w mieście, nie wiesz? Dopiero tu znalazłam otwarty sklep. Powiedz lepiej, co porabiasz.

Uśmiechnęłam się dość mizernie.

– Zajmuję się siostrami i pracuję w pizzerii U Andy'ego.

Przez twarz dyrektorki przeszedł nieznaczny skurcz.

– To dobre miejsce. Musimy kiedyś tam zajść. Mój mąż uwielbia pizzę.

Nagle zwolniło się miejsce przy kasie i pani Brant mogła opróżnić wózek. Pomogłam jej, żeby było szybciej.

– Dziękuję, Joy. Kochana z ciebie dziewczyna.

Dyrektorka zapłaciła przy kasie, pomachała mi na pożegnanie i zniknęła w tłumie.

Teraz ja zaczęłam wykładać zakupy. Na szczęście miałam jakieś zajęcie, bo spotkanie z osobą z dawnego życia sprawiło, że zaczęły mi się pocić ręce. Powinnam się uspokoić, ale co ja mogłam powiedzieć mojej byłej nauczycielce? Czym się pochwalić? I co z tego, że dla wielu praca taka jak moja jest marzeniem. Moim z pewnością nie była. No cóż, jak powiedział Mandela, „nie oceniajcie mnie po moich sukcesach, lecz po tym, ile razy upadłem i ponownie się podniosłem". W moim przypadku ten upadek był oczywiście w wydaniu żeńskim. A żaden, nawet maleńki sukces nie majaczył na horyzoncie.

– Dwieście randów – powiedziała kasjerka.

A ja, wciąż w szoku po spotkaniu dyrektorki, przez dłuższą chwilę nie byłam w stanie znaleźć portmonetki. Dziwicie się, że nie miałam karty? Oczywiście, że nie miałam. Andy zawsze wypłacał pensję w gotówce. Już zupełnie spocona chwyciłam za torbę z zakupami i ruszyłam do wyjścia. A tam czekała na mnie niespodzianka. Ponownie w postaci mojej wicedyrektorki.

– Joy? Przepraszam, że ci jeszcze zawracam głowę, ale muszę cię o coś spytać.

Zatrzymałam się przy jej wózku z zakupami. Może chce, żebym jej pomogła wsadzić je do samochodu? Ale dyrektorce zupełnie o co innego chodziło.

– Wybacz, że jestem wścibska, ale czy ty zdałaś maturę?
– Nie, pani dyrektor. Musiałam przerwać naukę pod koniec przedostatniej klasy. Myślałam, że jeszcze wrócę, ale...
– Twoja matka wtedy zmarła, prawda?
– Tak. I musiałam się zająć przyrodnimi siostrami. Nie było nikogo. Ich ojciec... – Przerwałam, nie chcąc zanudzać dawnej dyrektorki własnymi problemami.
– A twój ojciec ci nie pomaga? – To rzeczywiście było bardzo bezpośrednie pytanie.
– Widzi pani, ja zostałam z mamą, a ojciec się zajął moim bratem.
– No tak – skwitowała, ale w powietrzu można było wprost dostrzec niewypowiedziane przez nią słowa odnoszące się do mojego ojca i jego braku odpowiedzialności. Zacisnęła mocno usta, żeby jej się nie wyrwały z gardła, ale i tak mogłam odgadnąć, o co jej chodzi.
– Joy, byłaś najlepszą uczennicą w szkole.
– Dziękuję, pani Brant, ale to chyba przesada.
– Trzy razy z rzędu otrzymałaś główną nagrodę. W historii naszej szkoły niewielu uczniów mogło się pochwalić takim sukcesem.
– Dziękuję! – Nie wiedziałam, co z sobą robić, więc przytuliłam się do torby z zakupami. – Nie miałam pojęcia, że pani o tym pamięta.
– Dobrze pamiętam moich uczniów. I do tej pory nie mogę się pogodzić z tym, że tak nagle odeszłaś. Byłam na konferencji w Joburgu, kiedy przyszłaś zabrać dokumenty. Nie wiedziałam też wówczas o twojej mamie.

Opuściłam głowę i zaczęłam się wpatrywać w wytarte czubki moich balerinek.

– Gdybym była na miejscu, nigdy bym do tego nie dopuściła. Poszłabym do samego ministra, żeby ci załatwić stypendium.

Już tyle razy dziękowałam pani Brant, że zupełnie nie wiedziałam, co powiedzieć.

– Ale może mogę to jeszcze wszystko odkręcić, Joy. Jeśli miałabyś chęci. Spróbuję ci załatwić stypendium, jeśli obiecasz, że wrócisz do szkoły.

– Myślałam, że za jakiś czas uda mi się wrócić. Teraz myślę o kursach.

– Moja droga, bardzo dobrze, że nie zapomniałaś o nauce, ale wróć do nas. Zastanów się nad tym i jeśli dasz mi znać, że jesteś gotowa, przystąpię do akcji. Nie obiecuję, że natychmiast pozyskam środki.

– Oczywiście, rozumiem to wszystko, pani Brant. Ale stypendium niewiele da, ja muszę zarabiać pieniądze.

– Joy, mówię o stypendium, które pokryje nie tylko szkolne opłaty, ale wystarczy ci na opłacenie mieszkania. Obawiam się, że resztę będziesz musiała zarobić, ale jeśli teraz masz pracę, to rozumiem, że nie jest to problem. A dziewczynki są w przedszkolu?

– Już nie. Od tego roku chodzą do szkoły. Są jeszcze małe, ale umiały czytać, więc zgodzili się je przyjąć.

– Sama widzisz, wszystkie będziecie się uczyć. – Pani Brant uśmiechnęła się. – Zapisz sobie mój numer telefonu. To komórka, więc nie będziesz musiała dzwonić przez sekretariat. Pomyślisz o tym?

Pytanie! Będę o tym myśleć przez najbliższe dni. Muszę się nad tym dobrze zastanowić. Może porozmawiam z Lucasem?

Zawsze dobrze jest przegadać coś takiego z drugą osobą. Na Steve'a nie miałam co liczyć. Żył teraz w innym wymiarze. Zastanawiałam się, czy sam zażywa narkotyki. A jeśli tak, to jakie. Być może ojciec się o tym dowiedział i dlatego się wściekł. To byłoby rozsądne wytłumaczenie.

Tymczasem odprowadziłam panią Brant do jej volkswagena. Nie musiałam pomagać we wkładaniu zakupów do bagażnika, gdyż pojawił się parkingowy pomocnik. Za parę randów, ale nie jest to konieczne, kiedy nie ma się gotówki, tacy ludzie chętnie pomagają w drobnych czynnościach.

– Do zobaczenia, Joy.

Tak się zamyśliłam, że zastygłam zupełnie, dopóki samochód pani Brant nie odjechał z parkingu. A potem nagle zauważyłam, że słońce utraciło swój oślepiający blask i znalazło się nisko nad horyzontem.

Ojej, zorientowałam się, że zamiast kwadransa zakupy zajęły mi ponad godzinę. I jeszcze powrót do domu. Wiem, byłam zbyt opiekuńcza w stosunku do bliźniaczek. Potrafią sobie doskonale dawać radę, kiedy mnie nie ma, powtarzałam sobie, stawiając energicznie kroki.

Zmachana dobiegłam do domu, marząc o prysznicu. A potem tylko obiad, przejrzenie notatek do lekcji z Lucasem i spać. Moje życie było niesłychanie proste, ale można było czerpać przyjemność z drobiazgów. Zauważyłam, że Andile zamknęła drzwi do salonu, chyba jednak przebywała wewnątrz, bo dobiegała stamtąd dziwna muzyka. Wyraźnie słyszałam tam--tamy. Może w ten sposób Andile wprowadza się w trans? Nie będę wiedziała, dopóki jej nie odwiedzę. Wbiegłam na drugie piętro i otworzyłam drzwi.

Od razu mogłam się domyślić, że coś się stało. Drzwi były niezamknięte, żadna z dziewczynek nie pojawiła się, a w mieszkaniu panowała głucha cisza. Nagle nie mogłam oddychać, a serce zaczęło łomotać jak oszalałe. Porwali je! Na nogach z ołowiu przeszłam do pokoju i jeszcze bardziej osłupiałam.

Na krawędzi łóżka bliźniaczek zobaczyłam obcą kobietę w średnim wieku. Miała na głowie elegancki kolorowy turban. Thandie i Nandi siedziały przed nią po turecku i uważnie jej się przyglądały. Obejrzały się, kiedy z hukiem odstawiłam torbę na podłogę, i widząc mnie przy drzwiach, roześmiały się.

Kogoż one wpuściły do domu? To wszystko moja wina. One są jeszcze małe i głupiutkie.

– Joy, przepraszam cię za takie najście – odezwała się kobieta po zulusku. – Mogłam napisać, ale wiesz, jak to jest z listami. Pomyślałam, że lepiej będzie wszystko ci osobiście opowiedzieć, i skorzystałam z pierwszej okazji, żeby przyjechać do Pretorii.

– Nie rozumiem – powiedziałam tak zimnym tonem, że niemal śnieżynki zaczęły fruwać po mieszkaniu.

– Joy, nie bądź zła – zaczęła tłumaczyć Nandi. – My nigdy nie otwieramy. Ale to jest przecież nasza ciocia!

– Nie mogła czekać na korytarzu – dodała Thandie.

Spojrzałam na kobietę, która skinęła potakująco głową.

– Tak, bardzo były grzeczne.

– Ciocia?

A niby skąd? – pomyślałam. Z East London nie mówiłaby po zulusku.

– Tak, jestem starszą siostrą Themby.

– Naszego taty – zauważyła rezolutnie Nandi.

A ja, ponieważ nie było krzeseł, usiadłam z wrażenia na podłodze.

ROZDZIAŁ XVI

Zuzanna

I tak jej odradzali ten wyjazd, mądrale! Tak żałowali, że się w końcu wyrwała z domu na dłużej! Tak nie mogli znieść, by spotkała się na drugim krańcu świata ze swoją bratnią duszą!

W Zuzannie aż buzowało. Żeby się uspokoić, sprawdziła dokładnie cały pokój hotelowy pod kątem czystości. Ani jednego karalucha, ani innego robaka. Wszystko wysprzątane na tip-top i nowocześnie urządzone. WiFi też było. Dzięki niemu podłączyła się do sieci, żeby wysłać wiadomości wszystkim swoim niedowiarkom o tym, że żyje i nikt jej nie zgwałcił.

Napisała do matki, do Natana, a potem poniosło ją dalej i wysmażyła kilka słów do Jolki, załączając zdjęcie rozświetlonego hotelu, które zrobiła z samochodu Jacka. Czernego zostawiła na koniec. Powinna się była odnieść do jego dziwnego zachowania na lotnisku. Zupełnie nie rozumiała, o co mu chodziło. Ale widocznie zmuszony przez Julię nic innego nie potrafił od siebie powiedzieć. Złość jej minęła, więc napisała do niego kilka krótkich słów, że doleciała i wszystko się doskonale układa.

A potem nadal nie mogła uspokoić podniecenia i koniec końców łyknęła tabletkę melatoniny, zapijając ją herbatą rooibos, którą znalazła przy dzbanku.

Wreszcie mogła sobie pomyśleć, o czym chciała. O Jacku. W najśmielszych snach nie wyobrażała sobie, że trafi jej się ktoś taki. Przystojny, dobrze wychowany i pełen uroku. To było wprost niemożliwe, żeby do tej pory nie znalazł sobie kogoś innego. Zuzanna umiała się ocenić. Była ładną, zgrabną blondynką po czterdziestce, ale zupełnie nie wierzyła, by miała w sobie coś specjalnego, co mogłoby wzbudzić nagłą pasję. Jack wprawdzie pisał do niej o uczuciach, ale nigdy nie wprost. Pewnie gdyby powiedział, że ją kocha, wpadłaby w popłoch. Ale nie, było dużo słów o samotności, o pragnieniu dzielenia świata z drugą osobą. Może on szukał przyjaciółki, przyszło jej nagle do głowy. I momentalnie się zdenerwowała. Zuzanna chciała od Jacka znacznie więcej.

Rano obudziła się po ósmej i ze względu na godzinną różnicę w czasie poczuła silny głód. Ruszyła na dół w poszukiwaniu śniadania i po chwili znalazła restaurację pełną tropikalnych roślin. Rozejrzała się dokoła po stołach, na których było wszystko, co potrzebne do szczęścia, by świetnie zacząć poranek.

Dopijając drugą kawę, uświadomiła sobie, że się nieźle zasiedziała. Nie mogła się oprzeć, by nie przyglądać się siedzącym gościom. Chociaż tylko rośliny nadawały restauracji egzotyczny wygląd, było tu zupełnie inaczej niż w znanych jej miejscach. Nie bardzo mogła określić, na czym polega różnica.

W końcu wstała od stolika i ruszyła z powrotem do pokoju. Nie miała dużo czasu przed spotkaniem z Jackiem, a chciała jeszcze sprawdzić mejle. Odpisał tylko Natan: „Mama, jaki czad!". I tyle, ale i tak fajnie, że przez chwilę o niej pomyślał. I napisał „mama".

Na wycieczkę włożyła długie kremowe szorty i białą bluzkę z bawełny. Pieniądze i paszport wsadziła do sejfu. Do małej torebki wrzuciła tylko kartę, która służyła na drobne wydatki, i telefon. Spojrzała na siebie w lustrze, a potem założyła okulary przeciwsłoneczne.

– Witaj, przygodo! – powiedziała na głos i ruszyła do windy.

Jack już na nią czekał w lobby i czytał gazetę.

– Susan, jak spałaś?

Na powitanie pocałował ją w policzek. Jak przyjemnie pachnie, pomyślała.

– Doskonale. Świetne śniadanie.

– Uff. Bałem się, że może będziesz chciała jeszcze trochę wypocząć po podróży.

Bez przesady. Nie szła na piechotę, tylko leciała w klasie biznes. Poza tym przybyła tu, by poznać ten niezwykły kraj. Nie będzie tracić czasu na leniuchowanie.

– To ruszamy!

Jack zaczął opowiadać Zuzannie, co zamierzają tego dnia zobaczyć. Słysząc hasło „autobus turystyczny", trochę się zawiodła, gdyż zupełnie nie tego się spodziewała, ale jak się wkrótce okazało, wybór Jacka był bardzo trafny. Bo dzięki takiej przejażdżce zorientuje się, jak wygląda miasto, i będzie mogła wybrać, co jeszcze chciałaby zobaczyć.

– Zdaję się na ciebie.

– Ja bardzo lubię być przewodnikiem. Jak osłabniesz, to daj mi znać. Zawsze możemy wysiąść.

Miała osłabnąć? Żarty. Ale po chwili zrozumiała, że się myli. Wystarczyło, że wyszła z klimatyzowanego hotelu na podjazd. Żar lejący się z nieba mógł na dłuższą metę znokautować każdego.

– Nie masz kapelusza, ale nie martw się, dam ci czapkę z daszkiem. Mam też butelki z wodą.

– Wszystko dopięte na ostatni guzik.

– Masz rację!

Jack wpuścił Zuzannę do range rovera, a potem pojechali w stronę Rosebank, skąd odchodziły czerwone autobusy.

Zuzannę zdumiało, jak wiele osób było chętnych do zwiedzania Johannesburga w ten sposób. Słuchawki na uszach wprawdzie uniemożliwiały jej rozmowę z Jackiem, ale wkrótce zasłuchała się w opowieści o mieście, które powstało tak niedawno temu, bo zaledwie w 1886 roku. A dziś w całej aglomeracji mieszkało ponad osiem milionów ludzi.

Miasto zawdzięczało swój rozwój ludzkiej chciwości, a konkretnie gorączce złota. Odkrycie pokładów tego kruszcu w rejonie górskim Witwatersrand przyciągnęło tysiące ludzi pragnących odmienić swoje życie.

Autobus przejeżdżał najpierw przez zielone dzielnice pełne eleganckich willi zanurzonych w barwnym kwieciu. Przejechał obok ogrodu zoologicznego i Muzeum Wojskowości, a na koniec wjechał do centralnej części miasta i zatrzymał się na Constitution Hill, miejscu, gdzie znajduje się siedziba sądu konstytucyjnego.

– To centrum jest takie… puste – zauważyła Zuzanna, spoglądając ze wzgórza na wysokie budynki.

– Bo to są głównie biura i nie ma ludzi na ulicach. To miejsce ma swoją historię. Wcześniej było tu więzienie, gdzie siedzieli Nelson Mandela, Mahatma Gandhi czy Joe Slovo. Jeszcze zobaczysz tłumy. Dzisiaj zwiedzamy centrum i Muzeum Apartheidu.

Zuzanna dawno nie zwiedzała żadnych muzeów, historią też się zbytnio nie interesowała, a nazwiska, które wymienił Jack, niewiele jej mówiły. Postanowiła jednak zrobić mądrą minę i w niczym nie protestować. Może powinna nadrobić braki? Zbyt długo żyła w ciasnym świecie biznesu. Świat był o wiele większy i piękniejszy niż jej fabryka w Baninie. Szczególnie kiedy siedział przy niej Jack.

Coraz bardziej przekonywała się do niego i do swojej intuicji, dzięki której mu zaufała. Był nie tylko przystojny, ale również potrafił sprawić, że świetnie się czuła w jego towarzystwie. Tak jakby znali się od lat. Miał sporą wiedzę o mieście, gdyż kiedy głos z głośnika zatrzymywał się, Jack dopowiadał różne szczegóły na temat historii. Zuzanna uśmiechała się do niego i po raz pierwszy od dawna czuła się w pełni szczęśliwa.

Zapomniała jednak o swoim szczęściu, gdy przejechali przez centrum i nagle zobaczyła coś, co do tej pory widywała wyłącznie na obrazkach. Dzielnicę nędzy. Niewyobrażalnej. To nawet nie były domy, ale kurne chaty zbite z blachy i pozbawione prądu.

– To pozostałość apartheidu – odezwał się Jack. – Żeby rozdzielić ludność białą od czarnej i kolorowej utworzono specjalne strefy poza miastem, z których nie wolno było wychodzić bez przepustki. W sumie trochę większe więzienie. Teraz to się oczywiście zmieniło.

– Jak się zmieniło? To jest straszne, co widzę.

– Na przykład to, że można się swobodnie przemieszczać. Ale i tak ponad jedna trzecia ludności mieszka w takich strefach. Gdy wrócimy z wycieczki do Krugera, to zwiedzisz taki największy township, Soweto. To siedlisko jest jedynie ułamkiem tego, co tam zobaczysz.

Po kilkunastu minutach dojechali do imponującego szarego budynku, który okazał się siedzibą Muzeum Apartheidu.

– Co to jest? – zdziwiła się Zuzanna, kiedy Jack wręczył jej coś w rodzaju biletu z napisem „Nie Blankes".

– Przekonasz się przy wejściu.

Kilka metrów dalej było okratowane wejście, które otwierało się po okazaniu biletu-przepustki.

– To się teraz zamienimy rolami – zaśmiał się Jack, który otrzymał wcześniej bilet „Blankes". – Teraz ty jesteś czarna, a ja biały.

Zuzanna poczuła niepokój. Zaczęła się obawiać, że zdarzy jej się to samo co na szkolnej wycieczce do Auschwitz. Znalazła się tam również w odwrotnej roli, co sobie uświadomiła, kiedy słuchali przewodnika, przyglądając się wstrząsającym eksponatom. Większość jej kolegów to byli Niemcy, ona, chociaż matka urodziła się w Wolnym Mieście Gdańsku, miała polskie pochodzenie. Inni nie wiedzieli o tym, ale ona tak. Patrzyła na swoich towarzyszy, uważnie studiując ich miny i reakcje w stosunku do niej. Nie mogła niczego złego dostrzec, ale wizytę w muzeum odchorowała silnymi torsjami i gorączką.

Zuzanna przeszła przez przejście „Nie dla białych" i znalazła się w świecie, gdzie czyjś kolor skóry, ale i szerokość nosa czy struktura włosów decydowały o całym życiu. Życiu, które szło zupełnie osobnymi torami: gorszej edukacji, braku dostępu do instytucji publicznych, takich jak kina, szpitale, transport czy restauracje. Można było tych ludzi przepędzać z ich własnych domów, dowolnie przenosić na inne tereny.

W końcu dołączył do niej Jack.

– Nie moglibyśmy się ze sobą kontaktować, gdybyśmy się urodzili wcześniej.

I wówczas Zuzanna się popłakała. Jak się okazało, nie była jedyną osobą, która doświadczyła silnych emocji. Wielu zwiedzających ocierało łzy. Szczególnie gdy doszli do miejsca, gdzie z sufitu zwisały sznury zakończone pętlą symbolizujące egzekucje, które wykonywano w czasach apartheidu.

– Skąd się bierze tyle przemocy wśród ludzi, tyle zła? Jak ludzie mogą to akceptować, jak mogą się angażować w takie rzeczy? – spytała w pewnym momencie.

Jack spuścił wzrok.

– Czasem jest to niezależne od nich – odpowiedział po dłuższej chwili.

– Nie wierzę w to. Chyba że jest to ich słabość. Źli ludzie są po prostu słabi.

– Tak myślisz?

Zdziwiła się, że Jack zdawał się jakby tłumaczyć oprawców. A może czegoś nie zrozumiała. Otarła kolejną łzę i ruszyła naprzód.

Do hotelu wrócili dopiero wieczorem. Po powrocie do Rosebank poszli na kolację, ale Zuzanna zupełnie straciła apetyt i zamówiła tylko przystawkę.

– Musisz coś zjeść. Jutro czeka cię długa podróż – zauważył Jack, choć i on jedynie grzebał widelcem w talerzu. – Niepotrzebnie poszliśmy do muzeum.

– Nie, to nie tak. Jestem ci za to bardzo wdzięczna. – Nie miała siły, by tłumaczyć mu sprawę swojego pochodzenia i skomplikowaną europejską historię. Z przyjemnością za to smakowała doskonałe wino Chenin Blanc, które zamówił Jack. – Odzywają się jeszcze stresy po podróży. Ale obiecuję, że od jutra wrócę do doskonałej formy.

Jack nie odpowiedział, tylko uśmiechnął się. Ale był to dość blady uśmiech.

Kiedy leżała już w łóżku, odtwarzała sobie w myślach wydarzenia tego dnia. I nagle stanęła jej przed oczami twarz Jacka. Dopiero teraz doszła do wniosku, że wyglądał na jakby zawstydzonego. Czy chodziło mu o nią? Była tak przejęta nowym miejscem i samym spotkaniem, że nie dostrzegła czegoś bardzo istotnego. Czegoś, co powinno być, a co się nie pojawiło podczas całego wspólnie spędzonego dnia. Owszem, Jack pocałował ją w policzek i objął na powitanie, ale... ale w żadnym z jego gestów nie było cienia podtekstu erotycznego. Chyba jednak nic z tego nie będzie, pomyślała z goryczą. Lecz zanim myśl ta na dobre ją rozbudziła, wyczerpana zasnęła.

Następnego dnia nie było czasu na jakiekolwiek rozmyślania, bo alarm odezwał się już wpół do piątej. Jednak kiedy rozsunęła zasłony, okazało się, że jest już zupełnie jasno.

Byłam przemęczona po podróży. I to muzeum wywołało dziwne lęki, pomyślała, zabierając się energicznie do toalety. Zobaczymy dzisiaj. A jeśli nic takiego się nie stanie, to przecież i tak spędzę fantastyczne wakacje. Nie ma to jak dobra racjonalizacja. Podczas śniadania Zuzanna miała już wilczy apetyt i momentalnie wrócił jej humor.

Chwilę później pojawił się Jack.

– Wyspana? Gotowa do podróży?

– Jak najbardziej. Walizki spakowane, możemy ruszać. – Zuzanna nastawiła policzek do pocałunku. Miała wrażenie, że tym razem w tym przyjaznym geście było coś więcej. Przynajmniej tak to odczytała. Przez chwilę Jack zatrzymał ją dłużej w uścisku.

– Jesteś dobrym człowiekiem, Susan – powiedział nieoczekiwanie.

– Ty też.

– Nie tak dobrym, jak ci się wydaje.

Jego oczy znów były smutne. Chciał jeszcze coś powiedzieć, ale zamilkł.

Zuzanna westchnęła. Nie umiała się rozeznać w zachowaniach mężczyzn, to pewne.

Po kwadransie znaleźli się przy samochodzie Jacka na parkingu. On sam przyniósł walizki, zabrawszy je od boya hotelowego.

– Mamy własnego szofera? – zdumiała się Zuzanna, patrząc na siedzącego przy kierownicy czarnego mężczyznę.

– William nas dowiezie na miejsce. To mój przyjaciel.

Poczuła się nieco rozczarowana. Była pewna, że będzie spędzać czas tylko z Jackiem. I w końcu się dowie, jakie są jego prawdziwe zamiary.

– To tylko parę godzin. A on jedzie do rodziny. To po drodze – tłumaczył jej Boone. – Poza tym będziemy mogli się niegrzecznie zachowywać.

– Dzień dobry! – powiedział mężczyzna w bejsbolowej czapce, który wysiadł z samochodu, by się przywitać. – Proszę się nie bać. Ja bardzo dobrze prowadzę.

– Dzięki, jestem Susan. – Wyciągnęła rękę do nowego znajomego.

William otworzył drzwi dla pasażera i Zuzanna zapadła się w fotel. Po chwili dołączył do niej Jack. A kiedy ruszyli, sięgnął do schowka, który był lodówką, i wyjął butelkę musującego wina.

– Tak najlepiej rozpocząć dzień!

Jak on to wszystko świetnie zorganizował, pomyślała. Zadbał o wszystko, nawet o szklane kieliszki. To z pewnością będzie wspaniały dzień. Nie miała zamiaru się czymkolwiek martwić. Przyjechała przecież na najwspanialsze wakacje w życiu.

Zuzanna wzięła kieliszek z musującą zawartością i zanurzyła w nim usta. Wino było nieco cierpkie, ale chciało jej się pić i pociągnęła większy łyk.

Jeszcze nigdy nie piła alkoholu tak wcześnie rano, a było to przecież oszałamiające doznanie. Zaśmiała się radośnie, kiedy wjechali na kolejną autostradę. Ileż tu było pasów w jednym kierunku? Sześć? Takie autostrady z pewnością znalazłyby uznanie u Filipa. Ale by się zdziwił, widząc tak nowoczesne miasto.

– Johannesburg jest olbrzymi. Nie dałabym tu sobie rady bez ciebie.

Pragnęła dotknąć ramienia Jacka, ale ręka nie chciała jej słuchać.

– Wszystko będzie dobrze, Susan. O nic się nie martw, Susan! – usłyszała jakby przez mgłę.

A potem zamknęła oczy.

ROZDZIAŁ XVII

Joy

Siedziałam na podłodze dłuższą chwilę, zbyt zszokowana, by zadać jakiekolwiek pytanie.

– Nie rozumiem! – Tylko na to było mnie stać.

– Joy, a może dasz cioci coś do picia? – spytała rezolutnie Nandi. – My wypiłyśmy już nasz sok.

Słysząc te słowa, podniosłam się automatycznie z podłogi. Pić, jeść, w usługiwaniu byłam przecież świetna. Ale w połowie drogi do kuchni, kiedy już podniosłam porzucone zakupy, naszły mnie wątpliwości. Przecież ja zupełnie nie wiem, kim jest ta kobieta. Mam ją podejmować we własnym domu, polegając na jej słowach, że jest siostrą Themby? A nawet gdyby nią była, to co dalej. Chyba nie myśli sobie, że może przyjechać do nas, rozsiąść się na czterech literach i liczyć na gościnę? Jej braciszek rozpłynął się lata temu jak poranna mgła i nie zostawił złamanego grosza mojej matce. Nie mówiąc o tym, że wcześniej bezwstydnie ją wykorzystywał i pasł się jak młody byk na nasz koszt.

Nabuzowana wróciłam z kuchni z wodą w szklance. Nalałam ją z czajnika. I choć kupiłam w sklepie sok z mango, nie zamierzałam marnować go na rodzinę Themby.

– Dziękuję ci, Joy. – Kobieta przyjęła wodę z taką wdzięcznością, jakby pływały w niej płatki złota. – Nawet nie przypuszczałam, że tak bardzo chce mi się pić. Teraz mogę ci o wszystkim opowiedzieć.

Otarła mokre usta i spojrzała na mnie. Rzeczywiście była trochę podobna do Themby. Ale może dałam sobie to wmówić?

– Przepraszam cię jeszcze raz za tę niespodziewaną wizytę. Och, miałam to zrobić na samym początku. – Sięgnęła po torebkę i wyjęła z niej dokumenty. – Pełno teraz oszustów wszelkiej maści. Chciałabym, żebyś się sama przekonała, że jestem tą osobą, za którą się podaję.

Jeśli myślała, że machnę na to ręką, grubo się pomyliła. Wzięłam od niej papiery i studiowałam je przez dłuższą chwilę. Wprawdzie dowód miała na inne nazwisko, ale wśród dokumentów było świadectwo szkolne wystawione na Owethu Jali. I tak się też nazywał zbiegły ojciec bliźniaczek.

Chrząknęłam i zwróciłam kobiecie jej własność. Zaczynało mi się przypominać, że Themba kilka razy wspomniał imię siostry. I chyba brzmiało ono Owethu. Po ostatnich wydarzeniach dmuchałam na zimne.

– *Ngijabulela ukukwazi!* Miło cię poznać – oświadczyłam na koniec, oddając jej dokumenty.

– Możemy mówić po angielsku – zaprotestowała Owethu. – Poza tym dziewczynki lepiej zrozumieją.

Akurat tego chciałam uniknąć. A zwłaszcza ciekawości Thandie, która niemal robiła słupka jak surykatka, próbując wszystko zobaczyć i usłyszeć. Miałam nadzieję, że nie usłyszą niczego, co by zaburzyło ich spokój.

Owethu zauważyła moje wahanie i szybko rzuciła pomysł, że już w zasadzie odpoczęła, więc może pójdziemy razem na lody. Słysząc to magiczne słowo, Thandie i Nandi znalazły się natychmiast przy drzwiach.

Miałam nadzieję, że podczas konsumpcji dwóch gałek usłyszę chociaż większość nieocenzurowanych wieści na temat Themby i celu wizyty jego siostry w Pretorii.

– Mój brat odezwał się do mnie po raz pierwszy od trzech lat – zaczęła opowiadać Owethu. – List przyszedł ze Stanów. Zawiadomił mnie i męża, że zamierza tam zostać na stałe i starać się o zieloną kartę. Podobno dostał tam stypendium naukowe.

– Podobno – wyrwało mi się z gardła.

Owethu spojrzała na mnie z powagą.

– Domyślam się, że masz jak najgorsze zdanie o moim bracie i pewnie masz rację. Powiem tylko, że on nigdy nie odróżniał prawdy od kłamstwa. I kiedy napisał do mnie, że w Pretorii zostawił kobietę i dwie córki, byłam pewna, że to kolejny wymysł. Gdy jednak wspomniał o was w kolejnym liście, pomyślałam, że powinnam to sprawdzić. Akurat jechał znajomy z towarem do Pretorii...

– O mojej matce wiesz? – przerwałam niegrzecznie jej wywód.

– Powiedział mi o tym lokator waszego dawnego mieszkania. To tam najpierw dotarłam. Wspomniał też, że to ty się nimi teraz opiekujesz.

Skinęłam głową.

– Ile masz lat, Joy?

– Dziewiętnaście.

– To niewiele jak na opiekunkę dwóch sześciolatek. Musi ci być bardzo ciężko.

Wzruszyłam ramionami. A potem mi się ulało.

– Twój brat wyjechał stąd cztery lata temu i od trzech i pół roku nie przesłał na swoje córki ani grosza. Nic nam nie pomógł. Nie było go też, kiedy matka umierała. Themba to pasożyt.

Owethu najpierw złapała się za pierś, jakby dostała ataku serca, a potem westchnęła i przyznała mi rację.

– Masz rację, Joy. Tak bardzo mi wstyd.

Kiedy ustaliłyśmy już wspólny grunt, wróciłyśmy do domu, prowadząc dziewczynki z umorusanymi od lodów buziami. Uspokojona zabrałam się do przygotowania posiłku, na który zaprosiłam siostrę Themby. Owethu była naszym gościem i nie mogła odpowiadać za przewiny brata. W tym momencie myślałam również o sobie i moich trudnych relacjach ze Steve'em. I nie zamierzałam jej wypuścić z domu, póki nie dowiem się wszystkiego.

– Ale nie trzeba, znajdę gdzieś nocleg.

– Ależ nie! – zaprotestowałyśmy całą trójką.

A kiedy Thandie i Nandi uwiesiły się jej spódnicy, siostra Themby nie miała już wyjścia i się poddała.

– A ty gdzie będziesz spała?

– O mnie się nie martw.

Zawsze mogłam spać na podłodze. Położę na niej koce i wystarczy. Przecież tak spali moi przodkowie, więc nie powinno być żadnego problemu. Zresztą to tylko jedna noc.

Po wspólnej kolacji składającej się z kurczaka z chakalaką i frytek z batatów wykąpałyśmy bliźniaczki i ułożyłyśmy je do snu. Owethu zaczęła opowiadać im zuluskie historie, z których pewnie niewiele rozumiały, ale nie protestując, słuchały ciepłego głosu ciotki. Ja oddaliłam się do kuchni i tam zmywałam talerze. Kwadrans później dołączyła do mnie siostra Themby.

– Jakie one są wspaniałe i takie słodkie. Kiedy na nie patrzę... – Owethu powstrzymywała łzy.

– Co takiego?

– One są tak podobne do naszej matki.

Przez chwilę pomyślałam, że może Themba nakłamał również w tej sprawie i jego matka żyje, ale Owethu dodała:

– Rodzice umarli tak młodo. Themba był wówczas nastolatkiem. Wzięliśmy go do domu z mężem. Jeszcze wtedy nie wiedzieliśmy, że nie będziemy mieć dzieci, ale chcieliśmy, by wspólnie z nami prowadził gospodarstwo. Tymczasem on był taki bystry. Zrobił maturę i ubłagał męża, żeby go wsparł finansowo w studiach. Dobrze nam się powodziło, więc nie widzieliśmy w tym problemu. Mieliśmy nadzieję, że będzie naszą podporą na stare lata. Ale on po studiach nie wrócił do wioski, tylko pojechał do Pretorii, mówiąc nam, że będzie robił doktorat. A potem ślad po nim zaginął. I dopiero ten list, w którym się przyznał do bliźniaczek. Jestem ci tak wdzięczna, Joy, że nie wyrzuciłaś mnie za drzwi. Miałaś do tego wszelkie prawa.

– Nigdy nie wyrzuciłabym cię za drzwi, Owethu. Nie odpowiadasz za swojego brata. Powiedz mi tylko, po co on napisał ten list. Bo jakoś mi się wydaje, że nie chodziło mu wyłącznie o córki.

Owethu spuściła wzrok i zamilkła. Gdy w końcu go podniosła, zobaczyłam, że jej oczy są pełne łez.

– Znowu muszę powiedzieć to samo. Tak bardzo mi wstyd, moja droga Joy, ale masz rację. Nie chodziło mu tylko o córki. Prosił mnie o wysłanie pieniędzy do Nowego Jorku. Podobno czeka na zieloną kartę i nie może pracować, a musi dorobić na studia.

– No tak. – Teraz to już mi wszystko pasowało, a to, co powiedziała Owethu, nie stanowiło żadnej niespodzianki.

– Nie wyślę mu ani grosza! – zarzekła się Owethu, ale kto tam wie, co rzeczywiście zrobi. Ja też obiecywałam sobie różne rzeczy w sprawie Steve'a.

Siedziałyśmy w kuchni, rozmawiając aż do północy. Mimo że dzieliło nas wiele lat, miałyśmy wiele wspólnych tematów do rozmowy. Owethu uwielbiała czytać, a poza tym śledziła uważnie, co się dzieje w kraju i za granicą.

– To dzięki mężowi. On zawsze zaczyna dzień od gazety. – Nagle zamilkła, a potem w jej oczach pojawił się błysk. – Joy, mam pomysł. Musisz się na to zgodzić.

– Na co?

– Pojedźcie ze mną do Tzaneen! Na parę dni. Mój Lunga będzie taki szczęśliwy. Zobaczycie, gdzie mieszkamy. Dziewczynki mają już wakacje, prawda? Nie rób takiej miny, Joy. Ja zapłacę za waszą podróż. Pomyśl, jaka to będzie radość dla dziewczynek.

Pomyślałam. Nawet niezbyt długo, bo pomysł wydał mi się bardzo atrakcyjny. Niby przyzwyczaiłam się do naszego monotonnego życia, ale myśl o ucieczce stąd, choć na parę dni, okazała się zbyt kusząca, żeby odmówić Owethu. Dziewczynki tak bardzo się ucieszą z wycieczki. Muszę tylko wziąć dzień wolnego i porozmawiać z Lucasem, że nie mogę mieć z nim lekcji. Muszę też...

Zapomniałam zupełnie, co jeszcze, bo zasnęłam jak kamień. Obudziłam się, słysząc ciche głosiki bliźniaczek. Spojrzałam na zegarek. Minęła siódma. Potem doszły do mnie odgłosy z kuchni. Owethu musiała się już tam krzątać. Ale sobie pospałam na twardej podłodze i pomyślałam, że być może to jest dobre dla zdrowia. Dopiero przy wstawaniu poczułam ból kręgosłupa. Zagryzłam wargi, żeby nie jęknąć, bo zaalarmowałoby to siostrę Themby. Przodkowie mieli z pewnością mocniejsze kości. A ja byłam wydelikacona jak księżniczka na ziarnku grochu. Bez słowa przemieściłam się ostrożnie pod prysznic, mając nadzieję, że ciepła woda dokona cudów. Rzeczywiście trochę odpuściło. Kiedy po kwadransie pojawiłam się w kuchni, miałam ochotę się rozpłakać. Z czystego wzruszenia.

Na stole stała świeżo ugotowana owsianka, także pokrojny na kawałki ananas i podpieczone kawałki chleba, a do tego cztery nakrycia.

– Nie znalazłam kawy, więc zrobiłam dla nas herbatę. Dla dziewczynek jest kakao. Zapomniałam je wczoraj wypakować.

Od trzech lat nikt nie zrobił dla mnie śniadania. Podeszłam więc do Owethu i ją wyściskałam.

– Chętnie pojedziemy do Tzaneen – oświadczyłam.

Postanowiłyśmy jechać wczesnym popołudniem. Owethu zadzwoniła do męża i przekazała mu nowinę, a ja próbowałam okiełznać entuzjazm dziewczynek.

– Jedziemy na wycieczkę! – Nandi darła się tak głośno, że pewnie było ją słychać na ulicy.

– Macie się spakować. Szczotki do zębów, koszulki i szorty. Połóżcie to na łóżku.

Miałyśmy jedną dużą torbę, więc powinnyśmy się pomieścić. Poza tym było ciepło, toteż wiele nie będzie nam potrzeba na trzy dni.

W pizzerii U Andy'ego nie byli zachwyceni moją prośbą o jednodniowy urlop.

– Nie wiesz, że teraz mamy najwięcej gości? Zaczęły się już firmowe spotkania gwiazdkowe.

Andy Junior zrobił ponurą minę. Uważał, że ona najlepiej pomaga mu w zarządzaniu personelem. O uśmiechu i życzliwości można było zapomnieć.

– To wyjątkowa sytuacja!

Nie cierpiałam błagać o cokolwiek, ale wiedziałam, że nie mam wyboru. Przyjęłam pozę proszącej czarnej i czekałam na wyrok.

– Wyjątkowa! Ty się zawsze za taką uważasz.

– Ja?

W pracy przecież nikt nie wiedział o moim ojcu. Makeba to popularne nazwisko.

– Zadzierasz nosa, że niby jesteś lepsza niż inni.

– To nieprawda!

Jak on mógł tak mówić? Przecież byłam bardzo koleżeńska, oczywiście z wyjątkiem stosunku do Liyany. Może dlatego, że nigdy nie bawiłam się w pochlebstwa i puste komplementy, do których Andy Junior przywykł ze strony pozostałych dziewczyn.

– Już ja dobrze wiem! – oświadczył na koniec. – Ale w sobotę przyjdziesz na dwie zmiany. I ani słowa skargi.

Byłam mu tak wdzięczna, że mogłam iść tyłem jak pokorny niewolnik w obliczu króla.

Syn Andy'ego uznał, że jestem harda. Może jednak powinnam zawsze spać na ziemi, żeby mój kręgosłup stał się bardziej elastyczny?

Wychodząc z pizzerii, zadzwoniłam do Lucasa, że nie mogę odbyć lekcji. Miałam wyrzuty sumienia w stosunku do niego, bo ledwo zaczęliśmy działać, a tu zarządzam przerwę. Ale Lucas nie uważał, by stało się coś strasznego.

– Gdzie jesteś? – zapytał tylko.

A kiedy mu powiedziałam, oznajmił, że przyjedzie po mnie za dziesięć minut.

I był. Jak poprzednim razem przyjechał autem swojego kolegi. Rozczulona jego punktualnością aż się rozpromieniłam. Lucas miał jednak poważną minę.

– Coś się stało?

– Chyba mam info o twojej babce.

– Żartujesz?

Poczułam, jak nagle świat zawirował, i musiałam się oprzeć o samochód.

– W zasadzie znalazłem najpierw twojego dziadka Paula Millera.

– Ale on nie żyje?

– Zmarł pięć lat temu. Był prawnikiem i radnym w mieście, a więc ważną figurą. I to właśnie on miał żonę Annę Joy i córkę Helen.

Może były jeszcze na tym świecie jakieś resztki sprawiedliwości. Moje siostry odzyskały ciotkę, więc istnieje spore prawdopodobieństwo, że i ja spotkam moją babcię.

– A masz jej adres?

– Jeszcze nie. – Lucas się zafrasował. – Ale mam już tyle danych, że to wystarczy, by ją znaleźć. Obiecuję ci.

Spodobało mi się jego zdecydowanie, więc postanowiłam mu opowiedzieć, dlaczego tak nagle muszę wyjechać.

– Ależ ty masz ciekawe życie – skwitował.

Moje życie ciekawe! Chyba zwariował. Ciotki Themby i mojej babki nie wyciągnęłam z kapelusza. Zawsze wiedziałam o ich istnieniu. Tylko że teraz w tym samym czasie jedna postanowiła odnaleźć swoje bratanice, a ja z kolei odkryłam stare listy. Nie będę jednak stroić fochów. Bez Lucasa nigdy nie miałabym szans na znalezienie adresu Anny Joy.

– Myślisz, że powinnam tam jechać z dziewczynkami? – spytałam, kiedy podwoził mnie pod blok.

– Oczywiście. Byłaś kiedyś w tamtej okolicy?

– Nie, nigdy.

– To sama się przekonasz, jak tam ładnie. I znacznie bezpieczniej niż tutaj.

– Przecież ty tam nie mieszkasz?

– Nie, ale kiedyś zawiózł mnie tam brat. Będziecie naprawdę zadowolone.

– Mam nadzieję. Lucas, a ty nie tęsknisz za domem? Jesteś zadowolony z życia w dużym mieście?

– Czasem tęsknię. – Uśmiechnął się. Dopiero teraz zauważyłam, że ma niewielką przerwę między przednimi zębami. – Ale postanowiłem tam wrócić dopiero wtedy, gdy się dorobię. Wiesz, ilu tam ludzi na to czeka? Oni na mnie tak bardzo liczą, Joy.

Przewróciłam oczami. To może trwać lata. Kompletny wariat, ale z ambicjami, pomyślałam. I chyba przez to coraz bardziej mi się podobał. Myślał nie tylko o sobie.

– Czyli w poniedziałek będziemy mieć lekcję? Nie zamierzasz tam zniknąć na zawsze?

– Żartujesz? Trzymaj się! – krzyknęłam, a potem odwróciłam się i uradowana pobiegłam do domu. Pozostało niewiele czasu, by się spakować. W połowie drogi skojarzyłam, że Lucas pewnie chciał mnie pożegnać, ale nie zdążył, gdyż jestem jak zawsze w gorącej wodzie kąpana. Nie szkodzi, następnym razem postaram się być milsza.

ROZDZIAŁ XVIII

Joy

Patrzę przez okno i wierzyć mi się nie chce, że zostawiam miasto za sobą. Kiedy to wyjeżdżałam ostatni raz? Wydaje mi się, że było to wieki temu. Najpierw mijamy przedmieścia: najpierw te ładne, w których mieszka nowa klasa średnia, szczelnie pozamykane przed obcymi kondominia, a potem im dalej od centrum, townshipy straszące nędzą i byle jak skleconymi, pokrytymi blachą falistą domkami. Po parunastu minutach żegnamy się również z nimi i suniemy główną autostradą w kierunku przejścia granicznego z Zimbabwe. Towarzyszą nam samochody wyładowane po brzegi, czym się da, bo przecież w sąsiednim kraju tak naprawdę brakuje wszystkiego. Toteż wszystko się przydaje.

I wreszcie nie ma już domów, tylko łąki, gdzie pasą się stada krów i panuje pustka, ale tylko pozornie, gdyż ona również jest ogrodzona drucianym płotem. Ta przestrzeń też do kogoś należy. W skali krajowej prawie siedemdziesiąt pięć procent gruntów prywatnych to własność białych. A ilu jest białych w stosunku do liczby ludności? Dziewięć procent. Ciekawie, prawda? Przypominam sobie statystyki wpajane mi przez matkę od dziecka.

Silnik daje z siebie maksymalną moc i chociaż minibus jest dość antyczny, udaje mu się rozwinąć zupełnie przyzwoitą prędkość. Patrzę na dziewczynki. Ich oczy są okrągłe ze zdziwienia i wlepione w okno. Nie chcą stracić ani chwili wycieczki i bawią się w wypatrywanie dzikich zwierząt. To dla nich wielka atrakcja, bo jako urodzone w mieście znają je jedynie z ogrodu zoologicznego. I tak mają szczęście. Wnuki Thando widziały lwa jedynie w telewizji.

Co one tam mogą zobaczyć na skraju drogi? A może nie mam racji, bo przecież mijamy tereny farm dzikich zwierząt. Nie chcę bliźniaczkom psuć zabawy i sama je podpuszczam, że może zobaczą słonia. Siedząca koło mnie Owethu proponuje im coś do picia, ale są zbyt podekscytowane, by o tym myśleć.

– Dziękuję – mówię do siostry Themby, a ona bez słów poklepuje mnie po ręce.

I choć minibus jest napchany po brzegi, a kierowca jak zwykle puszcza zbyt głośną muzykę, po raz pierwszy od lat czuję się naprawdę szczęśliwa i bezpieczna. Robi mi się po prostu błogo.

A potem otworzyłam oczy.

– Ale słodko spałaś, Joy – powiedziała Owethu i wręczyła mi butelkę z wodą. – Już wkrótce dojeżdżamy.

Jak to? Zasnęłam w takich okolicznościach? W ścisku, duchocie i przy akompaniamencie tej kociej muzyki? Musiałam być naprawdę wyczerpana. Ale nie byłam odosobniona. Prawie połowa pasażerów chrapała w najlepsze. Również Thandie i Nandi pokonały emocje.

Wyjrzałam przez okno. Słońce już zachodziło i wszystko oblewała złocista poświata.

– Jak tu pięknie! – Po prostu mnie zatkało.

Za oknem zobaczyłam krajobraz, którego wcześniej nie widywałam.

Po jednej stronie wyrastały dość wysokie wzgórza porośnięte równymi rzędami drzew. Po drugiej widziałam sady: mangowce na przemian z drzewami awokado. Wszystko tak uporządkowane i zadbane, aż nie mogłam się napatrzeć. Thandie i Nandi też powinny to zobaczyć.

– Nie, jeszcze ich nie budź. Dopiero niedawno zasnęły.

I tak przez kilka dobrych chwil mogłam w spokoju chłonąć niezwykłe widoki. I to tak intensywnie, że aż biło mi mocniej serce. Wezbrała we mnie duma, że mieszkam w tak pięknym kraju: obfitującym w złoto, platynę, diamenty i inne minerały, gdzie wyrosły najbardziej malownicze góry i który opływają aż dwa oceany. Po prostu raj! A trudności, jakie napotykamy? No cóż. Jeśli biblijny raj skutecznie rozwaliły zaledwie dwie osoby, to co się dziwić, że przy sześćdziesięciu milionach też nam nie wychodzi.

Nagle minibus zaczął zwalniać. Owethu krzyknęła do kierowcy, gdzie ma się zatrzymać, a potem jedną ręką chwyciła Nandi, drugą torbę i zaczęła się przeciskać do przodu. Trzymając w ramionach Thandie, ruszyłam za nią.

– Lunga, mężu kochany, poznaj moje dziewczynki! – zawołała Owethu do niewielkiego mężczyzny stojącego przy terenowej toyocie, a potem na pożegnanie pomachała do kierowcy busa.

– Jestem zaszczycony, że zgodziłyście się do nas przyjechać – powiedział mąż Owethu, kłaniając się nisko.

– Wujek! – wykrzyknęły bliźniaczki, które jak na zawołanie jednocześnie otworzyły oczy. – Widziałyśmy strusie i pana kudu. A czy macie tu słonie? – Zaczęły z nim rozmawiać, jakby znały go od bardzo dawna.

– Prawdę mówiąc, nie słyszałem nic o tutejszych słoniach. Ale czy widziałyście kiedyś z bliska żywą krowę?

– Nie! – zawołały zgodnie.

– To w takim razie jedziemy!

Lunga wsadził dziewczynki do kabiny, a ja i Owethu objuczone torbami usiadłyśmy na pace toyoty. A potem ruszył tak szybko, że ledwie zdążyłyśmy się złapać krawędzi burty. Z przodu dobiegł nas radosny pisk.

– Piękna okolica. Nic dziwnego, że jesteście do niej przywiązani.

– Jeszcze poczekaj. Zobaczysz nasz mały zakątek. Jestem pewna, że wam się spodoba.

„Zakątek" wcale nie był taki mały i świadczył o zamożności krewnych Themby. Lunga i Owethu mieszkali w położonym na wzgórzu murowanym domu otoczonym niewielkim ogrodem. Budynek miał niedużą werandę, gdzie można było usiąść i rozkoszować się widokiem na wioskę Haenertsburg oraz na pobliskie pole i las. Składał się z trzech przestronnych pokoi oraz kuchni. Bliźniaczki jednak najbardziej ucieszyły się z przydzielonego im osobnego pokoju. Ja mniej, bo zupełnie nie wyobrażałam sobie, że w nocy nie będę słyszeć ich oddechów. Jednak wykończona drogą i emocjami padłam jak zabita. Dopiero następnego dnia mogłam się przyjrzeć wszystkiemu. A było co podziwiać.

Nasi gospodarze byli również właścicielami dość sporego gospodarstwa zajmującego się produkcją serów. Z uwagi na to, że wytwarzano je tradycyjnymi sposobami z lokalnego mleka, ich farma zdążyła wzbudzić zainteresowanie turystów. Prawie codziennie trafiała tu jakaś wycieczka, która zachwycona nieznaną im działalnością chętnie kupowała sery czy świeże mleko. Lunga swoim spokojnym głosem opowiadał im, jaka jest różnica między cheddarem a goudą, a potem częstował wyrobami.

– Przydałaby nam się osoba, która by się zajęła reklamą internetową. My nie umiemy tego robić – wyznał Lunga, kiedy następnego dnia oprowadzał mnie po gospodarstwie. Patrzył na mnie przy tym bardzo znacząco, tak jakby mnie właśnie miał na myśli.

Wolałam się nad tym nie zastanawiać. Chciwie łykałam świeże pachnące powietrze i podziwiałam dorobek życia tej rodziny.

– Myślałem, że Themba nam pomoże, ale on był zawsze najbardziej zainteresowany sobą samym. Zawsze to wiedziałem, tylko Owethu nie chciała tego dostrzec. No, ale nie ma co gadać o starych dziejach. Powiem tylko, że córki mu się udały.

A Lunga już się w nich zakochał i pozwalał im wejść sobie na głowę. Tym małym diablicom niewiele było trzeba. Ale nie żałowałam im. Cieszyłam się nawet, że oprócz mnie jest jeszcze na świecie ktoś gotów je rozpuszczać.

– Może już wróćmy? Pewnie się już zdążyły obudzić.

– Tym się w ogóle nie przejmuj. Są pod najlepszą opieką.

– To prawda.

Dzięki tej wspaniałej parze, która z oddaniem zajmowała się dziewczynkami, po raz pierwszy od dawna mogłam się samodzielnie szwendać po okolicy i robić to, na co miałam ochotę.

– To ja jeszcze zajrzę do wsi i wrócę – zaproponowałam. – I będę pomagać.

– A idź sobie, dziewczyno, i wróć, kiedy będziesz głodna. Myślisz, że ja nie mam żadnych pomocników?

Ruszyłam przed siebie pełna zapału, chociaż zaczynało się już robić dość gorąco.

Wieś, do której doszłam, nie była zbyt wielka, ale na pierwszy rzut oka całkiem zamożna. Powiedziały mi o tym dwa nowe mercedesy, które garażowały przy niewielkim domu. Wcale mnie to nie zdziwiło. Bardzo często tak się zdarza, że koło kurnej chaty stoi najnowocześniejsze auto. Ma się w życiu pewne priorytety, prawda?

Domy, które mijałam, miały normalne dachy, dość uporządkowane obejścia i nie było śladów, by gospodarze podłączali się na dziko do prądu, jak jest praktykowane w townshipach. Oczywiście nie było tu ogródków, jakie mają biali przy swoich domach. Nikt przecież nie będzie tracił cennej wody na podlewanie trawnika. A jego koszenie? Niby kiedy. Zauważyłam jednak kilka warzywników i drzew owocowych. Widać, że ludziom tu się chciało.

– Dzień dobry! – Z uśmiechem na ustach minęła mnie dziewczyna. Może trochę starsza niż ja. Widziałam, że przygląda mi się z zainteresowaniem, bo zdaje sobie sprawę, że nie jestem miejscowa.

– Cześć! – odpowiedziałam.

– Kogoś szukasz?

– Nie. Mieszkam u Owethu i Lungi...

Nie zdążyłam skończyć, a ona już wszystko wiedziała. O bratanicach z Pretorii, o bracie, który wyjechał do Stanów. I to bez Facebooka czy Instagrama. Nie minęła chwila, jak otoczyło mnie więcej dziewczyn i wszystkie naraz zaczęły pytać, jak wygląda życie w Pretorii.

Po godzinie miałam już blisko dziesięć nowych przyjaciółek. Poczęstowały mnie lemoniadą i lokalnymi smakołykami. Wszystkie znały dobrze krewnych moich bliźniaczek i wyrażały się o nich w samych superlatywach. Themby zbyt dobrze nie znały, bo był od nich starszy, ale wszystkie potwierdziły wersję Owethu.

– Wpadniesz jeszcze do nas? – spytały, kiedy zaczęłam zbierać się do drogi.

– Nie wiem, pojutrze już wyjeżdżamy – odpowiedziałam ze smutną miną.

– Żartujesz? To niemożliwe, byście przyjechały na tak krótko. Jaka szkoda.

Kiedy poznałam lepiej naszych gospodarzy, mnie samej zrobiło się żal, że nie możemy spędzić z nimi więcej czasu. Po raz pierwszy od dawna mogłam się rozleniwić i przestać choć na chwilę myśleć o obowiązkach.

Rodzina Themby nie szczędziła wysiłków, żeby jak najwięcej mi pokazać. Przejechaliśmy całą okolicę. Szczególne wrażenie zrobił na mnie pobyt w Khetlhakone, wiosce Królowej Deszczu. Lud Balobedu wierzy, że ich królowe posiadają magiczne moce pozwalające im gromadzić chmury i sprowadzać deszcz. Odbywa się to na specjalnej ceremonii w październiku.

Członek starszyzny krzyczy: *Pula!* (deszcz), a tłum woła: *Ha ene!* (niech spadnie). I wkrótce niebo się otwiera, przekazując ludziom swój najcenniejszy dar.

Mimo iż w rządach królowych panuje obecnie przerwa, po przedwczesnej śmierci w wieku zaledwie dwudziestu siedmiu lat królowej Makobo Modjadij, to tereny wokół wioski i ogród sagowców, drzew starszych niż dinozaury, są wciąż soczyście zielone.

I to są prawdziwe czary. Andile mogłaby tylko pozazdrościć tych niezwykłych umiejętności.

Zauważyłam jednak, że po dwóch radosnych dniach w spojrzenia Lungi i Owethu zaczyna się wkradać smutek.

W końcu Owethu nie wytrzymała i zadała długo powstrzymywane pytanie:

– Czy nie zostawiłabyś nam dziewczynek na dwa tygodnie? Proszę cię, Joy. Są teraz wakacje, więc nie będziesz miała problemu z opieką. Potem moglibyśmy ci je odwieźć. Obiecuję, że codziennie będą do ciebie dzwonić.

Spojrzałam na siostry. Wydawało się, że niczego nie słyszą, tak bardzo zajęte były rysowaniem zwierząt. Jednak nagle okazało się, że wyhodowałam na własnej piersi dwie małe żmije, bo Nandi i Thandie z miejsca zastrzygły uszami, a potem wykrzyknęły, zagłuszając muczenie krów pasących się na pobliskiej łące.

– Możemy tu zostać, Joy?

A ja myślałam, że mają serce i nie będą chciały puścić mnie samej. Pomyliłam się. Te przekupne bestie, karmione przysmakami przez Owethu i noszone na barana przez Lungę, robiły do mnie słodkie minki i przewracały oczami.

– Będziemy takie grzeczne.

– I nawet sprzątniemy po sobie – obiecała być może zbyt pochopnie Nandi.

Nie odzywałam się przez chwilę, zastanawiając się, czy rzeczywiście powinnam je zostawić i co by na to powiedziała matka. A potem uznałam, że to nie jest ważne. Bo byłoby dobrze, by bliźniaczki spędziły trochę więcej czasu z rodziną, a zwłaszcza z Lungą. Do tej pory nie miały okazji spotkać kogoś, kto mógłby im zastąpić ojca. Może to będzie ostatni przyzwoity mężczyzna, którego spotkają w życiu? Przynajmniej będą wiedzieć, jak taki wygląda. Skinęłam więc głową na zgodę.

– *Yebo*, tak – powiedziałam w końcu. – Ale one nie mają ubrań na tyle dni – zgłosiłam tylko tę jedną uwagę.

– Lunga – zwróciła się do męża Owethu. – Słyszysz, co ta dziewczyna mówi? Myśli, że nie mamy pieniędzy, by wystroić nasze bratanice. Może wreszcie znajdziesz czas, by zabrać nas na zakupy do Tzaneen?

– Myślę, że możemy nawet zajechać po drodze do cukierni. Będę musiał się jakoś wzmocnić przed tymi waszymi przymiarkami. Ale dla małych księżniczek wszystko.

– Sukienkę, ja chcę sukienkę! – Nandi zerwała się na równe nogi i zaczęła podskakiwać.

– A ja spodnie i bluzkę. – Thandie była o niebo bardziej praktyczna. – Zostajemy, zostajemy!

Możecie sobie wyobrazić tę radość, która wnet zapanowała. A ja w zasadzie mogłam już sobie jechać!

I już po południu obie defilowały w różowych tiulowych spódniczkach i brokatowych topach, trzymając w rękach magiczne różdżki. Wypisz, wymaluj pomocnice dla Andile. Owethu zrobiła dziewczynkom mnóstwo zdjęć, które zamierzała wysłać do wszystkich znajomych. Tak się skończyły zakupy! Nieustannie powstrzymywałam Lungę przed zbytnim wydawaniem pieniędzy – przecież bliźniaczki mają swoje ubrania w Pretorii! – ale widać kupowanie dla Nandi i Thandie sprawiało mu wielką przyjemność. Zgodził się nawet na te różowe szatki, które wzbudzają ekscytację wszystkich dziewczynek na świecie, niezależnie od ich koloru skóry. Globalizacja według Disneya.

Dwa dni później jeszcze przed świtem Lunga zawiózł mnie do minibusa. I pomógł mi dźwigać torbę wypełnioną po brzegi serami i różnymi smakołykami ze spiżarki Owethu. Miałam dotrzeć do Pretorii po dziesiątej i na jedenastą zameldować się w pracy. Mogłam jechać dzień wcześniej, ale uległam presji siostry Themby, która zaplanowała wycieczkę do ogrodu botanicznego.

Mimo moich obaw minibus przyjechał o czasie i Lunga pomógł mi wejść do środka, a potem serdecznie wyściskał.

– Nie martw się o nie! Będę nad wszystkim czuwał.

Miałam taką nadzieję. Mnie jednak od samego początku brak było sióstr. Bałam się, czy dam sobie bez nich radę.

Tym razem podczas podróży busem, a przynajmniej na jej początku, nie mogłam podziwiać żadnych widoków, bo za oknem panowała ciemność. Zostałam więc sama ze swoimi myślami, których chyba nie byłam jednak w stanie znieść na dłuższą metę, bo znów zasnęłam. Kiedy się obudziłam, zorientowałam się, że pojazd stoi w miejscu.

– Dojechaliśmy? – Poruszyłam się zaniepokojona.

– A skąd! Był gdzieś w pobliżu wypadek i zrobił się korek – odpowiedział mi jakiś chłopak, który wpatrywał się w telefon. – Podają co najmniej godzinne opóźnienie.

– Godzinne? – jęknęłam, przypominając sobie o pracy.

– Nie ma co się martwić. Może pójdzie szybciej – pocieszył mnie chłopak.

Ale nie poszło! Wprawdzie po pewnym czasie pojazdy znów zaczęły jechać, ale w ślamazarnym tempie, po to tylko, by za kolejne pół godziny zatrzymać się na dobre.

Byłam załamana. Po pierwsze tym, że nie zdążę do pracy, a po drugie, okropnie mi się chciało siku. A na to, by się ukryć przed wzrokiem ludzkim, nie było żadnych szans. Przeżywałam okropne męczarnie.

Kiedy w końcu dojechaliśmy do centrum Pretorii, myślałam, że zemdleję. Resztką sił, przedzierając się przez tłum, znalazłam okropny kibel obok przystanku busów. Jeden problem zniknął, ale do pracy byłam już spóźniona dwadzieścia minut. Ostatecznie zdecydowałam się na ubera, by tam dotrzeć.

Spocona wbiegłam na zaplecze, upchnęłam torbę do szafki i włożyłam mój strój kelnerski. Trwało to chyba minutę i już znalazłam się na sali. W sobotnie południe knajpa była pełna klientów, więc z miejsca zaczęłam się ostro uwijać. Czekał mnie ciężki dzień, bo tego dnia miałam przecież zostać aż do zamknięcia lokalu. Ale nie czułam się z tym źle. Spędziłam parę cudownych dni na wsi i teraz mogłam na wszystko patrzeć z innej perspektywy. Tym razem nie drażniły mnie moje rówieśnice robiące głupie miny do selfie i fotografujące swoje żarcie. Wykazywałam się też anielską cierpliwością, jeśli gość po raz piąty zmieniał zdanie. Byłam pełna tolerancji i zrozumienia.

Mogłam odpocząć przez chwilę około czwartej po południu, kiedy zelżał ruch. Dopiero wówczas sięgnęłam po kawałek pizzy. Ledwo przełknęłam pierwszy kęs, kiedy w drzwiach pojawił się Andy Junior i poprosił, żebym poszła za nim do biura. Przełykając w pośpiechu pizzę, zastanawiałam się, o co mu chodzi. Nie zauważył chyba mojego spóźnienia, bo dotarł do knajpy kilka minut po mnie. Więc co?

Nie wyglądało to dobrze. Kiedy tylko zamknęłam za sobą drzwi, Junior podszedł do szafy i wyjął jakieś teczki z dokumentami.

– Przeholowałaś, Makeba, tym razem – oświadczył i spojrzał na mnie zimnym wzrokiem.

Nie wyglądał na rozłoszczonego, zauważyłam, raczej coś knuł. Zawsze był takim śliskim facetem. Za jego ojcem przepadali wszyscy. Dziwne, że trafił mu się wyjątkowo nieszczególny syn i to na dodatek dziedzic. Drugi, młodszy Stefano, od kilku lat prowadził włoską knajpę w Kapsztadzie. Zdaje się, że się z bratem niezbyt lubili. Trudno się dziwić.

– Nie rozumiem.

– Myślisz, że nic nie wiem? Pozwoliłem ci nie przyjść do pracy, chociaż w dupach się nam teraz gotuje, a ty jeszcze nie raczyłaś pojawić się na czas.

– To nie moja wina. Przysięgam. Była kolizja i korek na N4. Jechałam z Tzaneen. Nawet pisali o tym w internecie.

– A co mnie to obchodzi? Dostałaś wcześniej ostatnie ostrzeżenie. Poza tym klienci zaczęli się na ciebie skarżyć, że jesteś przemądrzała.

– Kto się skarżył? – Dopiero teraz do mnie doszło, co może dla mnie oznaczać utrata tej pracy. Zadrżał mi głos, a w oczach pojawiły się łzy.

– Ten Anglik. Eddy.

Aż mnie zatkało. Eddy był wprawdzie gadatliwym erotomanem, ale nie wierzyłam, że jest zdolny do takiego świństwa, by mnie oczerniać.

– Mogę jednak o wszystkim zapomnieć – oznajmił Andy Junior i oparł się o biurko, uważnie mi się przyglądając.

Nie podobało mi się to spojrzenie, ale cóż było robić. Rozpoczęłam wyznanie grzechów i obietnicę poprawy.

– Dziękuję. Wiem, że zawiodłam, ale obiecuję, że to się już więcej nie powtórzy. Mam na utrzymaniu dwie małe siostry.

– Powiedziałem „mogę", a nie że zapomnę. Podobno masz się za bystrą.

– Czyli co?

– Coś w zamian.

– Tak? – Nagle pojawiło się przeczucie, a wraz z nim szybsze bicie serca. – Coś mam zrobić?

– Na kolana, dziewczyno! – odpowiedział Junior i oparł się o biurko. – No pośpiesz się. Nie mamy tak wiele czasu.

Był absolutnie pewny, że to zrobię, i nawet się uśmiechał, rozpinając rozporek. Najpierw osłupiałam, ale potem szybko zareagowałam, nie chcąc ostatecznie zobaczyć, co on tam wyciągnie. Gwarantowany koszmar nocny!

– A pieprz się sam!

Przez chwilę szamotałam się z klamką, zapominając, jak się otwiera drzwi, a potem popędziłam jak strzała prosto na zaplecze, gdzie błyskawicznie ubrałam się we własne ciuchy, chwyciłam torbę i wybiegłam na zewnątrz.

Dopiero na podwórku poczułam słabość w nogach. Jakby mi odcięto prąd. Zgięłam się wpół, a potem nie mogłam się wyprostować. Nie wiem, ile czasu znajdowałam się w tej pozycji, ale kiedy ponownie spojrzałam w górę, zobaczyłam przed sobą Liyanę.

– Zrobił ci coś?

Pokręciłam głową.

– Ten facet to obleśny gnojek – podsumowała Liyana. – Już poprzednio próbował.

– Z tobą?

– Nie, z inną. Mniejsza z tym. W każdym razie się zgodziła, więc uznał, że można tak dalej.

I wówczas zrobiłam najbardziej obciachową rzecz, której nigdy, ale to przenigdy nie powinnam była zrobić przed Liyaną. Rozryczałam się. I to tak gwałtownie, że usiadłam na krawężniku.

– Cii, już dobrze. – Poczułam rękę dawnej przyjaciółki na ramieniu.

– Wcale nie. Wywalił mnie z pracy.

– Kawał skurwysyna. Idę do jego ojca – zareagowała Liyana.

– Zostaw. Chcesz, żeby ciebie też wywalili? – Złapałam ją za ramię. To moja matka była rewolucjonistką, ja miałam w sobie oportunistyczny rys ojca. – Nie można działać pochopnie.

– To co zrobimy? – Nagle Liyana posłużyła się liczbą mnogą, co mnie nawet ucieszyło.

– Coś wymyślimy.

– To wszystko przez Zintle – zauważyła.

– A co ona ma z tym wspólnego? To ją molestował?

– Nie, ale zwolniła się z roboty. Podobno twój klient Eddie ją świetnie ustawił.

– Eddie? Została jego utrzymanką?

– Na to wygląda. Junior sprzedał nam taką nowinę. Ma jakieś długi u Eddiego i liczył na to, że Anglik umorzy mu ich część w zamian za referencje dla Zintle. Ale się pomylił. Więc się wściekł i palnął nam mowę o dobrym prowadzeniu się. Świnia!

– Świnia! – zgodziłam się. – Skąd to wszystko wiesz?

– Ha, jestem przecież barmanką – zaśmiała się Liyana.

Uwielbiałam kiedyś jej śmiech. Nigdy z nikim tak dobrze mi się nie rozmawiało jak z nią.

– Mnie nie da żadnych referencji. Zostałam na lodzie.

– Napisz list do jego ojca.

– Cała korespondencja przechodzi przez Juniora – westchnęłam. – Ale wiesz, nie ma poza tym dowodów. Wyjdzie na to, że go oczerniam, bo mnie wyrzucił z roboty. A ja okażę się niewdzięczną, leniwą czarną.

– Trzeba wymyślić coś innego – zauważyła Liyana. – A w sprawie pracy to jestem pewna, że jakaś się znajdzie.

– Wątpię.

– Nie bądź taką pesymistką. Może powinnaś poszukać pracy w gazecie jako dziennikarka? Zawsze świetnie pisałaś. Twoja mama miała tyle kontaktów w mediach.

– Ale już nie żyje.

– Wiem, przykro mi.

– A poza tym nie mam matury tak jak ty.
– I dlatego pracuję w tej samej knajpie, prawda?
– No tak.

Przekonała mnie. Przecież pracowałyśmy również z ludźmi po studiach. Gigantyczne bezrobocie wśród młodych sięgające trzydziestu ośmiu procent. A to tylko naciągane oficjalne dane! Nieźle, prawda? Już widzę, jak mnie przyjmują do gazety.

Trochę się uspokoiłam i otarłam łzy chusteczką podaną mi przez Liyanę.

– Zadzwonię do ciebie, jak coś będę wiedziała, dobrze?

Skinęłam głową. Mogłam z nią znów rozmawiać. Mam tylko nadzieję, że w przyszłości nie będę musiała słuchać jej wynurzeń w sprawie Musy. Bo tego to już bym nie zniosła.

W drodze do domu uspokoiłam się na tyle, by porozmawiać z dziewczynkami i Owethu, zapewniając je kłamliwie, że wszystko gra, i wysłać do znajomych esemesy, że szukam pracy, a Andy Junior jest zboczonym sukinsynem. I już po dziesięciu minutach mogłam się przekonać, że wcale nie byłam drugim przypadkiem molestowania. Było nas znacznie więcej. A to gnojek, pomyślałam i postanowiłam, że tym razem nie ujdzie mu to płazem. Ja go załatwię. Zbiorę relacje tych dziewczyn, którym wyrządził krzywdę, i pójdę z tym na policję.

Buntowniczy nastrój wystarczył mi akurat do powrotu do mojej dzielnicy, a potem ogarnęła mnie beznadzieja. Taka byłam mądra, a nawet nie potrafiłam zawalczyć o ostatnią tygodniówkę. Teraz już było wiadomo, że przepadła na wieki.

Kiedy wdrapałam się po schodach na górę, zauważyłam, że drzwi są niedomknięte. Jeśli jeszcze ktoś nas okradł, to będzie dzisiaj królewski poker. Ale gdy wsadziłam głowę do środka, okazało się, że to tylko mój brat. Co wcale jeszcze nie oznacza, że z mieszkania nic nie zginęło, prawda?

Steve rozmawiał przez telefon dość cichym głosem.

– Naprawdę nikt nie odpowiedział? To niemożliwe. Jest przecież jej matka i syn. Nie wierzę, że nie interesuje ich jej los. Może chodzi o kwotę? Uważam, że pół miliona byłoby do przełknięcia. Nie rozumiem, co mówisz? Jak to pozbyć się jej? Przecież nie taka była umowa. Nieee! – Prawie krzyknął, a ja cofnęłam głowę. – Ja tam nie wrócę. Nie ma mowy. I co z tego, że to jest moja kryjówka. Nie zamierzam kiwnąć palcem. Że co mówisz, Pastor? Co mi zrobisz?

Brzmiało to wszystko tak dramatycznie, że postanowiłam przerwać tę rozmowę i zaczęłam hałasować przy wejściu.

– Co ty tu robisz? – spytałam Steve'a, stawiając torbę na korytarzu.

– Joy!

Nagle się zdziwiłam, bo mój brat podszedł do mnie i mocno mnie objął.

– Co takiego?

– Myślałem, że coś ci się stało.

– Dopiero wróciłam. Andy Junior wylał mnie z pracy.

– A dziewczynki?

– Są u ciotki, siostry Themby.

– Aha. – Steve nie interesował się ani moją pracą, ani też rodzinnymi koligacjami Themby, więc przyjął to wszystko bez pytania. – Słuchaj, Joy. Nie możesz tu zostać.

– O czym ty mówisz?

– Miałaś rację. Zadałem się ze złymi ludźmi. Oni teraz grożą nie tylko mnie, ale i tobie.

Jeszcze tego brakowało. A tak coś czułam. Andile i jej duchowi doradcy również. Trzeba było iść i ich posłuchać, kiedy dałoby się jeszcze coś zrobić.

– To co mam robić? Zadzwonić do ojca?

– W żadnym wypadku. Myślę, że zagrożenie minie za parę dni. Dobrze, że jesteś sama. Może przenocujesz u jakiejś koleżanki?

– Chyba nie mówisz serio.

– Jak najbardziej. – Zresztą jego wygląd o tym świadczył. Steve wyglądał na roztrzęsionego. – Zaufaj mi, Joy. Może będę jeszcze mógł ci to wszystko wytłumaczyć. A może nie? – dodał nieco melodramatycznym tonem. – Co masz w tej torbie?

– Trochę rzeczy i żarcia.

– To ją zabieraj.

Sam chwycił za rączki, mnie ujął za łokieć i wyprowadził z domu, zanim zdążyłam zaprotestować.

– Jesteś pewna, że mogę tu zostać? – spytałam.

Andile rozłożyła ramiona, w które natychmiast wpadłam.

– Tyle razy chciałam ci powiedzieć, że możesz na mnie liczyć.

Odetchnęłam z ulgą. Przez pierwsze pół godziny od czasu wypędzenia mnie przez Steve'a z własnego domu nie byłam w stanie zebrać myśli. Trochę za dużo się zadziało jak na jeden dzień. Siedziałam na murku i tępo gapiłam się przed siebie. A potem przyciągnął mnie szyld salonu Andile. Naprawdę, tak się stało! Spojrzałam na niego i momentalnie się uspokoiłam, wiedząc, co mam dalej robić.

– Przywiozłam sporo żywności – zaproponowałam i otworzyłam torbę.

– To świetnie, bo nie zmusisz mnie dzisiaj do gotowania. Pełne ręce roboty przez cały dzień. Końcowe egzaminy w szkołach, więc wszyscy zaklinali wyniki.

Nic mnie już nie zdziwi. Wyjęłam prowiant przygotowany przez Owethu, ale choć nie jadłam przez cały dzień, nie miałam na nic ochoty. Wypiłam tylko herbatę rooibos, a potem położyłam się na przygotowanym przez Andile łóżku. Znajdowało się w pokoju jej synka, który akurat nocował u babci, więc zewsząd otaczały mnie postacie z bajek, a mówiąc ściślej, potwory z długimi pazurami i ostrymi zębami. To wszystko pewnie dodawało poczucia dziwności. Po raz kolejny w ciągu tygodnia nocowałam poza domem i mimo okropnego zmęczenia nie byłam w stanie zasnąć, przewracałam się tylko z boku na bok. Nieustannie myślałam o bracie i tej podejrzanej rozmowie, którą podsłuchałam. Zaczęłam ją odtwarzać w pamięci. Steve coś mówił, że mają się kogoś pozbyć? Wspomniał też o jakiejś swojej kryjówce. Chyba nie miał na myśli naszego mieszkania? A może chodziło o skrytkę na narkotyki. I nagle, gdy już zasypiałam, przyszło mi coś do głowy.

ROZDZIAŁ XIX

Joy

Andile spisała się na medal. Obudziła mnie o godzinie siódmej, przynosząc kawę do łóżka. Poczułam się, jakbym mieszkała w luksusowym hotelu.

– Masz klucz, przyda ci się, bo pewnie gdzieś wyjdziesz. Pamiętaj, to będzie bardzo dobry dzień.

– Skąd wiesz?

W odpowiedzi przewróciła oczami, a potem dodała:

– Rozmawiałam z matką i zaopiekuje się małym, tak długo jak będzie trzeba. Nikt ci nie będzie przeszkadzał. A ja lecę do kościoła. Mam potem spotkanie parafialne, więc nie będzie mnie przez parę godzin. Niczym się nie martw.

– Jesteś kochana!

– To też wiem.

I zniknęła, zostawiając mnie samą na gospodarstwie. I co ja mam robić? W niedzielę raczej nie zacznę szukać pracy. Może powinnam spotkać się z moją sąsiadką Thando i poprosić, żeby miała oko na mieszkanie. A jeśli ktoś będzie się tam chciał włamać, niech natychmiast dzwoni na policję. Tak, to był dobry pomysł, ale coś jeszcze miałam zrobić, tylko co. Nie mogłam sobie przypomnieć, więc dopiłam kawę i postanowiłam się umyć.

Łazienka Andile była chyba najpiękniejszym miejscem w jej mieszkaniu. Wielka umywalka, nad którą wisiało ogromne lustro. Obok trzy półki z rzędami słoików z kremami do twarzy i ciała i niezliczonymi pachnidłami. Łazienka bez jakichkolwiek śladów mężczyzny! Ojciec synka Andile ulotnił się podobno jeszcze przed jego narodzinami. Podobno stresowała go jej praca i stale się obawiał, że Andile jest w stanie czytać w jego myślach!

Dziwne, większość moich koleżanek prowadziła takie samotne życie. Mężczyźni pojawiali się na chwilę, zawrócili w głowie, zapłodnili i znikali, pozostawiając za sobą długi i potomstwo. I czasem podbite oko. Wnuki chowane były przez babki, bo matki przecież musiały pracować, i w jakiś dziwny sposób wychowywały kolejnych trutniów, którzy pojawiali się na chwilę, zawrócili w głowie... i tak w kółko.

Moja matka uważała, że jest to spadek po apartheidzie. Biali zniszczyli wówczas strukturę rodzinną, zmuszając mężczyzn do opuszczenia wiosek i pracy w kopalniach czy zakładach przemysłowych. Do domu wracali zaledwie na dwa tygodnie w roku, przeważnie wściekli, pełni nienawiści i agresji, którą wreszcie mogli wyładować na kimś słabszym.

Na szczęście w domu Andile panowała taka swoboda, że można było robić, co w duszy gra. Sama zarobiła na trzypokojowe mieszkanie i utrzymywała się z własnej pracy. Też bym tak chciała.

Przy kabinie prysznicowej leżały puchate kremowe ręczniki z egipskiej bawełny. Chyba mogłam z nich skorzystać?

Kiedy gorące strumienie chłostały moje ciało, przypomniałam sobie ostatnią myśl z poprzedniego dnia. Bo nagle odkryłam, że wiem, gdzie mogła być kryjówka mojego brata.

To były bardzo dawne dzieje, więc dokładnie nie pamiętałam, ale to się najprawdopodobniej zaczęło w latach, kiedy jeszcze pojawiała się u nas rodzina z East London, w tym kuzyn mojego dziadka. Był chyba niespełna rozumu, podobno na skutek pobicia przez policjanta w czasach apartheidu. Ojciec bardzo go lubił, bo ponoć to właśnie wujek Joe namówił go do podjęcia walki z reżimem. Kiedy znalazł się w potwornej biedzie, Tony załatwił mu emeryturę, dodatek kombatancki, a poza tym kupił mu warsztat, gdzie ten mógł zajmować się jedyną czynnością, którą lubił wykonywać. Wujek strugał drewniane figurki. Można by przypuszczać, że w ten sposób jeszcze sobie dorobi, gdyby oczywiście znalazł się ktokolwiek, kto chciałby je kupić. Jednak rzeźby Joego były okropnie szpetne i nie było na nie zbytu. Co jakiś czas, kiedy figurki się namnożyły do takiego stopnia, że nie można było zamknąć drzwi, pojawiał się mój ojciec i gdzieś je wywoził, tłumacząc Joemu, że zostały sprzedane hurtownikowi. Wręczał mu też jakieś pieniądze, za które wujek organizował sobie materiał do rozwoju „pracy twórczej". Ta działalność trwała przez parę lat, aż stan wujka pogorszył się na tyle, że trafił do domu dla umysłowo chorych. Klucz do jego warsztatu przypadł Steve'owi, który akurat przechodził fazę muzyczną i potrzebował ustronnego lokalu do prób z zespołem. A co się stało z wujkiem?

To kolejna bardzo smutna historia dotycząca mojego kraju. Wcale nie umarł jak moi dziadkowie z East London. On po prostu zniknął.

Dwa lata temu z Life Esidimeni, prywatnych placówek opieki psychiatrycznej, przeniesiono tysiąc siedemset osób do różnych nielicencjonowanych, czytaj: pospiesznie i byle jak zorganizowanych, domów opieki. Oczywiście chodziło o zaoszczędzenie pieniędzy, co się niewątpliwie udało osiągnąć, gdyż w czasie tej przeprowadzki jedna dziesiąta pacjentów zmarła z powodu głodu, odwodnienia czy przeziębienia. A część, w tym wujek Joe, zaginęła.

Ojciec dostał szału, kiedy się o tym dowiedział. I to zupełnie przypadkiem, gdy zadzwonił do dawnego ośrodka, chcąc złożyć wujkowi urodzinowe życzenia. Tam już go niestety nie było, a w nowym nigdy go nie zameldowali. Rozpoczęto intensywne poszukiwania, w które Tony się zaangażował. Zatrudnił nawet kilku kumpli z wojska uznawanych za najlepszych tropicieli. Niestety bez skutku, wujek Joe rozpłynął się bez śladu.

Czasem myślę sobie, że znalazł jakieś miejsce, w którym szczęśliwie żyje do dziś i struga swoje potworki. Brzmi to dość mało przekonująco, prawda? Raczej jak bajeczka na dobranoc dla Thandie i Nandi.

Ale co ja się tak rozpisałam? Może dlatego, że trochę przerażała mnie myśl o działaniu?

Wyszłam w końcu z łazienki wyszorowana i nabłyszczona balsamami do ciała. Ale miałam też plan.

Zamierzałam sprawdzić dawny warsztat wujka Joego w Silverton. Jak tam miałam wejść? Nic łatwiejszego. Od lat miałam zapasowy klucz do tego warsztatu. Zostawił mi go kiedyś Steve i zupełnie zapomniał o tym fakcie. Ja zresztą też. Postanowiłam sobie, że jeśli znajdę w tym pomieszczeniu narkotyki albo inny nielegalny towar, zadzwonię do ojca. Niech on podejmie decyzję, jak rozwiązać ten problem. Na Steve'a nie będę przecież donosić.

Jak ma się plan, od razu robi się raźniej. Zadowolona zadzwoniłam do Owethu. Odebrała Nandi.

– Czy rozmawiam z nową sekretarką? – spytałam poważnym głosem.

– Joy, to przecież ja, Nandi – zaniepokoiła się mała.

– Ach, to ty? – udałam zdziwienie.

– Ciocia pozwoliła mi odebrać. Właśnie się przebiera, bo jedziemy na jarmark świąteczny do Blueberry Hights, a za parę dni do Parku Krugera. I tam są lwy.

– Oj, i nie tylko. Naprawdę tam jedziecie? – Trochę im zazdrościłam tej wyprawy, ale tylko trochę. To była pierwsza wielka wycieczka w życiu bliźniaczek.

– Naprawdę.

Teraz usłyszałam głos Owethu, która odzyskała telefon.

– Zanocujemy u naszego znajomego i przejedziemy przez park. Dziewczynki tak bardzo chcą zobaczyć zwierzęta, że musieliśmy coś wymyślić! – Zaśmiała się na koniec.

Poczułam się rozdarta. Z jednej strony było mi trochę przykro, że dziewczynki tak świetnie radzą sobie beze mnie, a z drugiej nie mogłam się nie cieszyć, że wreszcie mają wymarzone wakacje. Są bezpieczne i zadbane.

Wobec tego ja teraz nie powinnam się obijać, tylko czym prędzej załatwić sprawę Steve'a i zająć się poszukiwaniem pracy. A jeśli się nie uda… i nagle przypomniałam sobie słowa Lungi dotyczące osoby, która mogłaby im pomóc, reklamując mleczarnię. Jeśli myślał o mnie, to może…? Oczywiście oznaczałoby to całkowite zerwanie z dotychczasowym światem, moim miastem, koleżankami. Lucasem?

A co mi nagle Lucas przyszedł do głowy? Przecież skończyłam już z tymi romantycznymi wygłupami, prawda? Prawda! Tylko że czasem coś tam się kołacze bez sensu. Wydaje mi się, że chyba go naprawdę polubiłam. To powinno na jakiś czas wystarczyć.

I nagle zadzwonił telefon. Myślałam, że to ponownie Owethu, więc odpowiedziałam rozświergotanym głosem, ale to był mój ojciec. Tak jakby wyczuł, co sobie zaplanowałam.

– Dzień dobry, Joy, słyszałem, że byłaś u mnie.

Momentalnie się usztywniłam. Informacje w jego rezydencji bardzo wolno przepływały. Kiedy ja tam byłam? Nawet już nie pamiętam.

– A, tak, rzeczywiście. W zeszłym miesiącu.

– No tak, byłem ostatnio bardzo zajęty.

– Nic nowego pod słońcem – mruknęłam do siebie.

– Co mówisz? Dlaczego jak byłaś u kucharki, nie przyszłaś do mnie? Masz jakąś sprawę? Potrzeba ci pieniędzy?

„Pod żadnym pozorem nie bierz nic od Tony'ego. To są brudne pieniądze, które mogą cię zniszczyć. Obiecujesz?", wbijała mi w głowę Helen, więc tak naprawdę nie miałam wyboru.

– Nie, nie potrzeba. Po prostu, tato, chciałam z tobą pogadać. Ale byłeś zajęty na spotkaniu, a ja nie chciałam ci przeszkadzać.

– W jakiej sprawie chciałaś porozmawiać?

– Po prostu dawno się nie widzieliśmy, tato, prawda?

Po drugiej stronie nastąpiła dłuższa cisza. Ciekawe, czy potrafi przeliczyć te dni, tygodnie, miesiące i lata.

– Bardzo mi przykro, Joy. Rzeczywiście to trwało zbyt długo.

Westchnęłam tylko i nie odpowiedziałam. Jakoś nie zamierzałam ułatwiać mu sprawy.

– Mogę to jakoś nadrobić?

– Jeśli tylko chcesz, tato.

Do Silverton wyruszyłam dopiero wczesnym popołudniem, po drodze sprawdzając stan naszego mieszkania. Było zamknięte na klucz, nie widziałam wybitego okna ani żadnych śladów próby włamania. Kiedy tak stałam przed wejściem, otworzyły się drzwi mojej sąsiadki i wyjrzała przez nie Thando przy akompaniamencie muzyki gospel.

— Nie jesteś na nabożeństwie? – spytałam.

Prorok Bushiri organizował prawdziwe maratony niedzielne. Thando spędzała tam wiele godzin i zawsze, ku mojemu zdumieniu, świetnie się tam bawiła. „Czas spędzony na modlitwie wraz ze wspólnotą jest dla mnie niesłychanie cenny", próbowała mnie przekonać, widząc w moich oczach niedowierzanie.

— Nie, najstarszy wnuczek zachorował, więc się nim zajmuję.

— Coś poważnego?

— Ospa wietrzna.

Momentalnie odsunęłam się od drzwi.

— Lekko przechodzi, ale nie mogę zająć się dziewczynkami. Sama rozumiesz.

To miałam szczęście, że zostały na wsi. Szybko streściłam sąsiadce, co się działo w ostatnim czasie, i poprosiłam, żeby miała oko na kręcące się tu podejrzane typy.

— Bądź spokojna. Natychmiast wezwę policję, jak będą chcieli wejść do środka. Myślę jednak, że twój brat przesadza. Ale widać wpakował się w niezłe tarapaty.

— Nie wiem, co będzie.

— Droga Joy, czas pokaże. Ale pamiętaj, nie tylko ty masz problemy. Bo, jak mówi mój prorok, takich osób jest wiele i należy się od nich uczyć, jak sobie z tymi problemami radzić.

Świetnie. To ja wobec tego chcę się uczyć! Niech mi kto powie, jak dać sobie radę z ojcem, bratem i mafią nigeryjską! Ktoś chętny?

Nic takiego nie powiedziałam jednak na głos. Pokiwałam tylko głową, z pokorą przyjmując słowo proroka, uściskałam Thando, w sumie kochaną sąsiadkę, i po zabraniu klucza zapasowego do warsztatu ruszyłam na wyprawę do Silverton.

Żałowałam trochę, że nie poprosiłam ojca, by mi przypomniał dokładną lokalizację, ale bałam się, że zacznie się czegoś domyślać i jeszcze się tam osobiście pojawi. A jeśli znajdzie cokolwiek, co mogłoby świadczyć przeciw Steve'owi, to mój brat będzie miał przechlapane do końca życia. W warsztacie byłam zaledwie kilka razy: raz jak jeszcze działał tam wujek – co zrobiło na mnie bardzo przygnębiające wrażenie, a potem kilka razy uczestniczyłam w próbach zespołu Steve'a. Było wówczas głośno, bo chłopcy próbowali z całych sił. A to, że im niezbyt wychodziło, nie było przecież ich winą, tylko kwestią braku słuchu. Ale i tak się świetnie bawiłam.

Złapałam minibus przy głównej ulicy. Aby dojść do krawężnika, musiałam przedrzeć się przez legowiska koczujących tam bezdomnych. Prezentują bardzo różny skład ludzki. Są wśród nich nielegalni imigranci, przybysze z prowincji, ale też ofiary nałogów. Zawsze czuję się w ich obecności nieswojo, bo wiem, że nie jestem w stanie im pomóc. Moje państwo najwidoczniej też nie. Na szczęście prawie od razu pojawił się minibus jadący w moim kierunku i dodatkowo prawie pusty.

Pomyślałam sobie, że w ostatnich dniach zmieniłam zupełnie styl życia i stale się przemieszczam pojazdami. Tym razem jednak jazda trwała zaledwie kilkanaście minut. Wysiadłam przy jednej z głównych ulic dzielnicy, a potem zaczęłam kluczyć. System GPS nie mógł mi pomóc, bo po pierwsze, nie pamiętałam nazwy ulicy, a po drugie, skończył mi się internet w telefonie.

Silverton nie jest zbyt ciekawą dzielnicą, jeśliby ktoś chciał się tam wybrać na zwiedzanie. Nie, to nie township jak dzielnica Pretorii Mamelodi, którą zamieszkuje ponad trzysta tysięcy ludzi, i choć wychowało się tam wielu bohaterów walki o wolność, wygląda, oględnie mówiąc, niezbyt pięknie. Silverton ma znacznie dłuższą historię, sięgającą początku XX wieku, ale i wiele mówiący przydomek „Blikkiestorp", oznaczający blaszane miasteczko. Podczas lat kryzysu gospodarczego osiedlali się tutaj zubożali biali farmerzy. Śmiało można powiedzieć, że duch tej nędzy jest widoczny do dzisiaj, jedynie ludność się przemieszała. Ale, ale, jestem może zbyt niesprawiedliwa dla Silverton. Dzielnica ma też swoją atrakcję, jaką jest tzw. Rynek Burski, na którym można kupić zarówno kwiaty, warzywa, jak i ubrania, a nawet żywą świnię. Zabawa głównie dla Afrykanerów, ale nie tylko.

No właśnie, Rynek Burski! Warsztat Joego znajdował się przy jednej z sąsiednich ulic. Odetchnęłam z ulgą. Czasem mam pożytek ze stale przepływających przez mój umysł chaotycznych myśli.

I raz-dwa udało mi się zobaczyć znajomą okolicę. Dziwne, kiedyś nie wydawała mi się ona aż tak straszna jak teraz. Może dlatego, że podczas mojej ostatniej tu bytności w okolicznych budynkach tętniło życie. Teraz były wymarłe i najlepiej, gdyby je natychmiast wyburzono.

Nagle serce zaczęło mi szybciej bić, a nogi jakby wrosły w ziemię. Nie chciałam tam iść. Jakieś złe przeczucie, że znajdę tam coś, co całkowicie odmieni moje życie? Rozejrzałam się dokoła, ale nie dostrzegłam żadnej żywej duszy. Nigdy nie było to zbyt uczęszczane miejsce. I znowu pomógł mi Nelson Mandela, który powiedział, że odwaga to nie brak strachu, ale pokonanie go, a odważny człowiek to nie ten, co nie czuje lęku, ale ten, kto przezwycięża strach.

To ruszam, powiedziałam sobie i ponownie zaczęłam iść.

Warsztat Joego znajdował się w ślepym zaułku i graniczył z nieczynną już halą produkcyjną. Mimo dość wczesnej godziny, bo dopiero dochodziła piętnasta, przejście spowijał lekki półmrok. Dzięki temu w warsztacie wujka panowała zawsze przyjemna temperatura.

Podeszłam do drzwi i przekręciłam klucz w zamku. Obrócił się lekko jak naoliwiony i sezam się otworzył. Sięgnęłam do włącznika prądu i zdziwiłam się, że lampa się zaświeciła. Wyglądało, jakby Steve płacił za elektryczność. Albo też Eskom nie pamiętał o tym przybytku i zapomniał go odłączyć.

Rozejrzałam się dokoła. Odniosłam wrażenie, że ktoś tu niedawno był. Ale może to sobie wyobraziłam, prawdopodobnie przez dziwny zapach w pomieszczeniu. Mój wzrok spoczął najpierw na „skarbach". Nikt ich nie uprzątnął. Na stołach pod umieszczonym u samej góry oknem piętrzyły się figurki wujka. Wzięłam jedną z nich do ręki. Jeśli te postacie nawiedzały go codziennie, nic dziwnego, że zwariował. Twarze wyglądały bardzo realistycznie, więc chyba Joe miał talent, ale ich mimika była przerażająca. Taki ból i cierpienie. Coś zaskrzypiało pod nogami i rzeźba wypadła mi z ręki.

– A idź do piekła! – krzyknęłam, nieco przerażona nagłym hałasem.

Coś mi się wydało? Nie, bzdura! Muszę pamiętać, po co tu przyszłam. Bynajmniej nie w celu podziwiania talentu artystycznego zaginionego wujka. Rozejrzałam się, rozważając, gdzie najpierw szukać, kiedy znów usłyszałam ten sam dźwięk.

– Czy ktoś tu jest? – W pierwszej chwili nie poznałam własnego głosu.

ROZDZIAŁ XX

Zuzanna

Obudziła się, ale wciąż kręciło jej się w głowie. Niewątpliwe skutki picia wina musującego o siódmej rano. Ale przecież tak dużo nie wypiłam, pomyślała Zuzanna i otworzyła oczy. Gdzie ona jest? Nad sobą zobaczyła popękany sufit. Czyżby spała, kiedy dojechali do hotelu? Dziwne miejsce, stwierdziła, siadając na łóżku. Dość prymitywne i niezbyt czyste. Czyżby taki był styl tych ekologicznych kwater, o których wspominał Jack? Dzięki nim miała lepiej poznać afrykańską tradycję i warunki życia tubylców. Ale to pomieszczenie nie było wyposażone w afrykańskim stylu, a w zasadzie w żadnym stylu. Jedno łóżko, stolik z krzesłem, okratowane okno i... nocnik? Najbardziej przypominało więzienie!

Zuzanna zerwała się na równe nogi i rzuciła się do drzwi. Pociągnęła za klamkę i... nic. Drzwi były zamknięte. Gdzie jest Jack? Czyżby mieli wypadek? To było pierwsze, co przyszło jej do głowy. Następne nie zdążyło, bo w zamku nagle zazgrzytało i drzwi się otworzyły. Widząc wysokiego czarnego mężczyznę, Zuzanna instynktownie się cofnęła.

– Kim pan jest? – spytała drżącym głosem, opierając się o ścianę.

– Nie ma sensu się przedstawiać – odpowiedział płynnym angielskim. – Pewnie nie rozumiesz, co się dzieje, i trudno ci się dziwić. Jednak nie masz się czym martwić, bo jeśli twoja rodzina zrobi to, co powinna, nic ci się nie stanie. Oczywiście, jeśli będzie współpracować i nie zrobi głupstw. Bo w takim wypadku... sama rozumiesz.

Zuzanna nic nie rozumiała.

– Jaka rodzina? Gdzie jest Jack Boone, z którym podróżowałam? Czy coś mu się stało?

Mężczyzna pokręcił głową ze zniecierpliwieniem.

– To powiem najjaśniej, jak tylko można. Zostałaś porwana. Jeśli twoi bliscy zapłacą okup, zostaniesz natychmiast uwolniona i nic ci się nie stanie. Chodzi jedynie o pieniądze.

Zuzanna miała wrażenie, że odpływa. To się nie mogło dziać naprawdę. Może dalej śniła? A Jack? Jego też porwali? Może mu coś zrobili? Ale ten wielkolud naprzeciwko niej nie miał zamiaru jej czegokolwiek wyjaśniać. Powiedział tylko, że za chwilę dostanie śniadanie, więc nie musi się bać, że ktoś ją chce tu zagłodzić, i wyszedł, zamykając drzwi na klucz.

Zuzanna usiadła na łóżku i zastygła bez ruchu. Jej umysł nie był w stanie przetworzyć informacji od Wielkoluda. Siedziała tak, kiedy inny czarny przyniósł tacę z jedzeniem. Dopiero zerknięcie na zegarek ją obudziło. Była godzina siódma, podawali jej śniadanie. Zatem spała dwadzieścia cztery godziny? Za oknem rzeczywiście było widno i słyszała świergot ptaków.

To niemożliwe, że została porwana. To po prostu nie mogło się stać. Zeszła z łóżka i zaczęła się rozglądać za torebką. Rzeczywiście była naiwna. Ani torebki, ani telefonu. Na krześle leżało kilka ubrań i kosmetyczka pochodząca z jej bagażu. I książki. Ktoś uznał, że należy jej zapewnić rozrywkę.

Zuzanna podeszła do drzwi i zaczęła w nie walić, głośno krzycząc, że chce wyjść.

Ani się obejrzała, jak leżała na podłodze z dotkliwym bólem szczęki.

– Mówiłem, że masz nie robić głupstw. Jeszcze raz powtarzam, że nikt ci nie chce robić krzywdy. Rozumiesz?

Zuzanna skinęła głową. Czuła, jak po policzkach cieknąjej łzy.

– Jesteś dla nas towarem, który chcemy wymienić. Jasne?

Po czym obrócił się i chciał już wyjść, kiedy Zuzanna zadała mu pytanie:

– A skąd wiesz, kim są moi bliscy?

– Z twojego telefonu. Już zostali zawiadomieni.

Jej matka? Julia też już wie o porwaniu? I co? Triumfuje, że miała rację, czy martwi się o córkę i chce zapłacić za nią okup?

Zuzanna przyciskała do poduszki przeraźliwie bolący policzek. Ale już nie płakała. Musiała się zastanowić, jak ma postępować, żeby wyjść z tego żywa. I kiedy ból nieco zelżał, podeszła do stołu, na którym stało śniadanie składające się z musli, jogurtu i muffinka. W termosie była kawa, a ona przecież rano zawsze piła kawę. Przygotowujący śniadanie trafił doskonale w jej upodobania. A może wcale nie trafił, tylko o nich wiedział? Czy był to już ten moment, w którym powinna całkowicie stracić złudzenia co do Jacka Boone'a?

I nagle Zuzanna przypomniała sobie, jak jej powiedział, że nie jest dobrym człowiekiem. Czyli jednak... Współpracował z porywaczami, chociaż miał jakieś resztki wyrzutów sumienia. Człowiek, który pisał tak poruszające mejle, powinien. A jednak jej matka miała rację. I nie tylko ona. Również Jolka i Czerny. I tylko ona sama postanowiła być głupio uparta i zawalczyć o szczęście. To teraz ma za swoje.

Policiczek bolał coraz bardziej. A może tak jej się wydawało. Tak jak zawsze.

Dostawała trzy posiłki dziennie. Nie brakowało jej również napojów. Nie miała apetytu, ale jadła na wszelki wypadek, ponieważ nie ona sama decydowała już o swoim losie. Próbowała czytać książki, ale w żaden sposób nie mogła się wciągnąć w akcję. Po jaką cholerę zabrała tylko kryminały? Nie wnosiły w jej sytuację ani grama optymizmu. Głównie siedziała więc na łóżku i gapiła się w zakratowane okno, przez które i tak nie dałaby rady uciec. W pokoju było coraz duszniej i bez przerwy się pociła. Jednak tylko raz w ciągu tych dni dali jej możliwość wzięcia prysznica w obskurnej łazience. Na szczęście ręcznik był czysty.

Nie szkodzi, nie umrze od tego, próbowała się uspokajać, zastanawiając się jednocześnie, w jakim czasie uda się zebrać okup i kto się z nim wyprawi do Afryki. Z pewnością nie jej były mąż Sławek. Matka? Ona byłaby nawet na to gotowa. Była bardzo dzielną osobą. Tylko że może wcale nie skłonną do płacenia za cokolwiek.

Dni mijały wolno i były do siebie podobne. Zuzanna nie mogła nic zrobić. Po pewnym czasie minęło wrażenie nierealności i zastąpił je strach. Nieustannie czuła napięcie wszystkich mięśni, a serce uderzało w przyspieszonym tempie. W końcu nadeszła apatia. Kiedy szóstego dnia siedziała zrezygnowana, tępo patrząc w ścianę, otworzyły się drzwi i do pokoju weszło trzech mężczyzn. Zuzanna nie znała tego trzeciego. Wpatrywał się w nią tak przenikliwie, że momentalnie się skuliła.

– Koniec luksusów! – powiedział Wielkolud.

– Zapłacili – odetchnęła z ulgą Zuzanna.

– Nie, nawet nie odpisali.

– Ale to niemożliwe. Może myślą, że to jest jakiś żart.

– Żart? Biali mają dziwne poczucie humoru. Wkrótce zrozumieją, że nikt tu nie żartuje.

– Co chcecie zrobić? – Zuzanna zobaczyła, że mężczyźni się do niej zbliżają. – Zostawcie mnie. Ratu...

Nie skończyła. Po chwili przy jej ustach znalazła się mokra szmata. Zuzannie zrobiło się mdło, potem słabo, a jeszcze później nie zdawała sobie już sprawy z niczego.

Tym razem ocknęła się w zupełnym mroku. Najpierw poczuła ból w nadgarstkach. Chciała unieść rękę, ale nie była w stanie. Jej ręce były skrępowane. Nogi również. Próbowała wstać, ale uderzyła się w głowę. Gdzie ona jest?

Nagle zaświeciło się światło. Zupełnie ją oślepiło. Potem znów zgasło i ponownie się rozświetliło. Tak jakby ktoś robił zdjęcia. Wreszcie zapadła ciemność i usłyszała głos Wielkoluda.

– To jest teraz twoja nowa siedziba. Trochę ciasna, ale większa niż trumna, więc jest nadzieja. Oczywiście, jeśli twoja rodzina podejmie właściwą decyzję.

– Gdzie ja jestem? Wypuście mnie, błagam. Przysięgam wam, że sama wypłacę pieniądze i wam dam. Sama to załatwię. Ja jestem szefową firmy i tylko ja odpowiadam za finanse. Jeśli mi dacie komputer, to od razu zrobię przelew. Mogę też podjąć gotówkę.

Mówiła im to już kilka razy, ale nikt nie zamierzał jej słuchać.

– Trzy dni.

– A jeśli się nie odezwą? – Nagle taki wariant przebiegu wydarzeń stał się bardzo realny. – Nie zrobicie mi nic złego? Prawda? Co się ze mną stanie?

– Domyśl się! – odpowiedział Wielkolud i zniknął. – W każdym razie nie wzywaj pomocy, bo wówczas nie będziesz miała już żadnych szans. To nie jest bezpieczna okolica.

Zostawił ją w całkowitych ciemnościach. Zupełnie nie wiedziała, gdzie się znajduje. Wytężała wzrok, ale nic nie była w stanie dostrzec, nawet żadnego zarysu kształtu.

Strach wyrwał jej z gardła skowyt. Powstrzymała go resztką silnej woli. Tak bardzo bała się bólu. Bo jeśli Wielkolud tylko udawał, że odszedł? Nie słyszała dźwięku zamykania zamka. Być może jej oprawca przebywał w innym pomieszczeniu. Jeśli zacznie krzyczeć, wpadnie tu i ją pobije. Wcześniej słyszała w jego głosie pewną nerwowość. Być może powoli zaczyna wątpić w swój plan. I skoro nie dostanie pieniędzy, Zuzanna nie powinna mieć co do tego żadnych złudzeń, wówczas ją zabije. Z zimną krwią. A ciała pozbędzie się tak, że nikt jej nigdy nie znajdzie. Mogą ją tu zostawić na wieki. Bez jedzenia i bez picia.

– O matko, boję się, boję! – Zęby Zuzanny zaczęły dzwonić. Do tej pory jakoś się trzymała, ale teraz w tym ciemnym schowku miała wrażenie, że za chwilę straci rozum.

W tej samej chwili zapaliło się światło, i to wystarczyło, by zobaczyła, że znajduje się w drewnianej klatce stojącej pod ścianą większego pomieszczenia. Dostrzegła jakiś stół, taboret. Więcej nie zdążyła.

– Napij się. – Wielkolud zbliżył do jej ust plastikową butelkę.

Odwróciła głowę.

– Napij się, bo się odwodnisz. Nikt tu nie będzie co chwila przybiegał. Musisz mieć siły. Chcesz chyba wrócić do domu.

Rzeczywiście, lepiej się napić. Bez wody nie przeżyje.

Przywarła ustami do butelki. To była zwykła woda, bez żadnego smaku. Chyba nie zawierała kolejnego środka usypiającego. A szkoda. Najchętniej by zasnęła i obudziła się po trzech dniach. Albo w ogóle. Ale w wodzie niczego nie było.

Zuzanna miała pełną świadomość sytuacji, w której się znajdowała. A jako towarzystwo – wyłącznie swoje myśli.

– Aaa, kotki dwa – śpiewała Julia, żeby uśpić małą Zuzannę.

I to była jedyna piosenka w języku polskim, którą śpiewała jej matka. Niechętnie mówiła po polsku, chociaż go świetnie rozumiała i mimo że jej oboje rodzice byli Polakami z Gdańska. Historia Julii Fleming była jednak znacznie bardziej skomplikowana. Jej matka zmarła przy porodzie w 1940 roku, a po dwóch latach ojciec zakochał się ponownie, może po raz pierwszy prawdziwie. Miłość wprawdzie nie wybiera, ale okoliczności były ku temu wybitnie niesprzyjające. Gudrun Gerber była bowiem rodowitą Niemką i znajdowała się po drugiej stronie wojennej barykady.

Jan nie miał jeszcze trzydziestki, był bardzo zdolnym kamieniarzem i gdyby nie wojna, już dawno gospodarzyłby na swoim. Gudrun pracowała jako pielęgniarka i to właśnie ona opatrzyła mu stłuczony w wypadku przy pracy palec. Za związek z Niemką w najlepszym wypadku groził Janowi Sobczakowi obóz koncentracyjny. Jakimś jednak cudem udało im się utrzymać ich miłość w tajemnicy. Oboje liczyli na to, że może kiedy wojna się skończy, uciekną razem do Ameryki i tam też zaczną wspólne życie. Kiedy pod koniec 1944 roku, ratując się przed Armią Czerwoną, do Gdańska zaczęły napływać kolejne fale uciekinierów z Prus Wschodnich, kochankowie zyskali nadzieję, że wkrótce nastąpi koniec ich udręki.

Jan zdobył lewe niemieckie dokumenty i zamierzał zabrać Gudrun do Hamburga, gdzie mieszkali jego krewni. To miał być pierwszy etap ucieczki. Wszystko było umówione i przygotowane w najdrobniejszym detalu. Puszki, koce i śpiwory. Musieli tylko się zdecydować, jednak ciągle zwlekali, licząc na cud.

Kiedy Jan nie pojawił się w mieszkaniu, Gudrun jeszcze przez trzy dni nie podejrzewała najgorszego. Tylu ludzi teraz umierało i Jan musiał pracować po godzinach, gdyż większość nadających się do pracy Niemców walczyła na froncie. Z pewnością stawiał nagrobek jakiemuś ważniakowi, tłumaczyła sobie. Jednak czwartego dnia nie wytrzymała i za nic mając zasady bezpieczeństwa, zastukała do mieszkania, gdzie mieszkał Sobczak wraz z córką. Już za drzwiami usłyszała krzyki.

– Dzień dobry, ja do kamieniarza – powiedziała, widząc za drzwiami starszą kobietę, która usiłowała pochwycić kilkuletnią dziewczynkę. To musiała być sąsiadka Jana, która opiekowała się jego córką.

– Ciocia! – Julka wyrwała się staruszce i rzuciła w ramiona Gudrun.

– Jak ciocia, to niech ją sobie bierze – powiedziała stara i zaczęła wkładać płaszcz.

– Nie rozumiem, co się dzieje. Co się stało z panem Jankiem?

– A ja tam wiem? Wojna idzie. Nie wrócił z pracy. Już parę dni. Nie zapłacił mi za opiekę nad małą, ale to nieważne. I teraz nie wiem, co z nią zrobić. Nie ma żadnych krewnych. Nie wiedziałam, że pani jest jej ciocią.

– Nie jestem – odpowiedziała zgodnie z prawdą Gudrun.

– To trzeba ją chyba zaprowadzić do jakiejś ochronki czy coś? Ja mam słabe nogi, nigdzie nie dojdę, ale może pani to zrobi. Posiedzi tam, dopóki ojciec się nie odnajdzie. Ja nawet nie mam jej czym karmić. Tu też już się wszystko skończyło. Za chwilę wszyscy pomrzemy z głodu.

– Dobrze, to ja ją oddam pod opiekę. Nie może przecież tu sama siedzieć. Wprawdzie nie mam wiele czasu... – Gudrun udawała pewną niechęć, choć Julka, która ją tylko raz wcześniej widziała, przylgnęła do niej z całej siły. – Trzeba sobie teraz pomagać – powiedziała do starej kobiety. Miała nadzieję, że nie nabierze żadnych podejrzeń.

Ale staruszka pragnęła tylko pozbyć się kłopotu i mimo słabości w nogach szybko ruszyła na drugie piętro, gdzie mieszkała.

– Zabierzesz mnie, ciociu? – spytała czteroletnia Julka.

– Oczywiście, że tak – odparła Gudrun, zupełnie nie zdając sobie sprawy, co to będzie dla niej oznaczało. Był 10 stycznia 1945 roku.

Jan nie pojawił się przez kolejne dni. Gudrun nie miała już wątpliwości, że musiał zginąć. Przecież nie zostawiłby córki ani też jej samej. Próbowała jeszcze na niego czekać, nawet kiedy pod koniec stycznia rozpoczęły się naloty. I pewnie dlatego nie ruszyła w stronę Gdyni, skąd odbywała się ewakuacja ludności cywilnej statkiem „Wilhelm Gustloff".

To musiała być Opatrzność, powtarzała potem Gudrun, kiedy dowiedziała się o zatopieniu statku i śmierci tysięcy osób. Może Jan chciał je uchronić? Nie miała pojęcia, co dalej robić. W mieście co chwila wybuchała panika, kończyła się żywność. W baraku szpitalnym, gdzie pracowała, z każdym dniem przybywało pacjentów. Trzeba było podjąć decyzję, co dalej. Tym razem już się nie wahała. Plecaki i prowiant były dawno przygotowane, ale Hamburg nie wchodził teraz w rachubę. Gudrun postanowiła wyruszyć w przeciwnym kierunku, do swojej krewniaczki mieszkającej na Wyspie Sobieszewskiej. Może stamtąd uda się załatwić transport przez morze?

Kuzynki nie ucieszyło pojawienie się Gudrun z dzieckiem przybłędą, tym bardziej że cały dom pełen był krewniaków męża, którzy przywędrowali ze wschodu. W drodze łaski wyznaczyła Gudrun komórkę przy oborze.

Nie umarły od siarczystego mrozu tylko dzięki ciepłym śpiworom, które zabrały z domu. Przez cały czas Gudrun próbowała załatwić ewakuację na Hel, gdzie czekały niemieckie statki, ale bezskutecznie. Sytuacja wydawała się bez wyjścia, zwłaszcza że na początku marca, kiedy Rosjanie przystąpili do zdobywania miasta, w Sobieszewie pojawiła się taka liczba uciekinierów, że została zarżnięta jedyna pozostała krowa, a one z Julką wygnane na dwór.

– Idźcie do lasu. Może stamtąd was zabiorą – poradzili jej na pożegnanie.

– Jak to? – dziwiła się Julka. – Tam nas znajdą?

Gudrun miała wątpliwości, podobnie jak tysiące ludzi, którzy próbowali znaleźć schronienie na plaży i w lesie. Kopali podziemne schrony, w których musieli nocować mimo trzaskającego mrozu. Gudrun zastanawiała się, co ma dalej robić. Nie miała pojęcia, jak z dzieckiem mogłaby się bez kolejki dostać do łodzi zmierzających do statków na redzie. Bezradnie patrzyła na Julkę, która zupełnie nie zdawała sobie sprawy z zagrożenia i nuciła coś pod nosem. Nagle usłyszały okrzyk bólu. Chłopiec dźwigający kawałki ściętego drzewa poślizgnął się i upadł na ziemię.

– Strasznie mnie boli. Chyba złamałem rękę – jęknął, próbując powstrzymać łzy, kiedy Gudrun podbiegła do niego.

– Zobaczymy. Jestem pielęgniarką – powiedziała swoim ciepłym, dodającym otuchy głosem i delikatnie zbadała chłopaka. – Nic się nie bój. Masz szczęście. Kość może być pęknięta albo mocno zbita, ale nie sądzę, by była złamana. W każdym razie trzeba ją unieruchomić.

Pół godziny później Gudrun i Julka znalazły schronienie w ziemiance zajmowanej przez chłopca i jego dziadków, a na rozgrzewkę dostały nawet gorącej wody z sokiem.

– Od jak dawna tu jesteście?

– Tydzień – odparł dziadek. – Ale jeszcze tylko parę dni i nasi nas zabiorą.

– Przecież muszą! Nie mogą nas tu zostawić. – Również jego żona była pewna, że im się uda.

Gudrun już mniej, jednak w tej chwili najważniejsze było utrzymanie się przy życiu i zdrowiu. Miejsca do spania było niewiele. Dnie spędzali na siedząco, oparci o drewniane zabezpieczenie dołu. A noce długie i wciąż przeraźliwie zimne mijały przy nasłuchiwaniu piekielnych odgłosów eksplozji bomb dobiegających z morza i z nieba.

– Ja chcę do domu – powtarzała w kółko Julka, która okropnie bała się ciemności.

– Musisz jeszcze wytrzymać – pocieszała ją Gudrun i ochraniała od zimna własnym ciałem.

Czas czekania i potwornego głodu jakby się zatarł. Nikt potem nie pamiętał, ile czasu tam tkwili, ale kiedy już zupełnie stracili nadzieję, padł jakiś rozkaz i nagle znaleźli się na rozhuśtanej łodzi. I kiedy wydawało się, że już zbliżają się do statku i są bezpieczni, przyszła nieoczekiwanie wysoka fala.

– Toniemy! Ratunku!

Gudrun wyciągnęła ręce, by przygarnąć Julkę.

Na szczęście tak wielka fala była tylko jedna. Być może wywołał ją jakiś podwodny wybuch. Kto to wie? Zmoczeni od stóp do głów mogli jednak już odetchnąć, gdyż byli uratowani.

– Gudrun?

Julka zaczęła się rozglądać dokoła w panice.

– Szybko, szybko. Wchodź, mała. Nie bój się, jesteś bezpieczna. – Marynarz wciągnął ją na pokład.

– Ciocia? Ja chcę do Gudrun!

Z rąk marynarza zabrała ją starsza pani, z którą mieszkali w ziemiance.

– Cicho, maleństwo. Nie martw się, zaopiekuję się tobą. Jesteś bardzo dzielną dziewczynką.

– Jestem bardzo dzielną dziewczynką – powtarzała Zuzanna, przypominając sobie historię, którą opowiedziała jej matka. Raz lub może dwa razy. Więcej nie chciała słuchać. „Bo o wojnie to takie smutne". Dlaczego miałaby się interesować tak ponurymi sprawami, po których zawsze ogarniał ją płacz? Julia więcej nie nalegała.

I nagle, lata później, oddalona od domu o tysiące kilometrów, Zuzanna poczuła się tak blisko matki jak nigdy w życiu. Nagle zrozumiała jej oschłość, strach przed okazywaniem uczuć i potrzebę trzymania świata w garści.

– Ja też dam radę – próbowała się przekonywać, czując, jak od niewygodnej pozycji bolą ją wszystkie mięśnie. Ale ludzie przeżywali jeszcze gorsze traumy.

Małą Julię, która straciła podczas wojny najbliższą rodzinę, wychowała przypadkowo spotkana podczas ucieczki starsza pani. Dała jej dom, miłość, a nawet własnego wnuka za męża, kiedy oboje dorośli. Tatę Zuzanny.

– Chcę do łazienki – powiedziała Zuzanna, kiedy na chwilę wypuścili ją z drewnianego boksu.

Wielkolud rozwiązał jej ręce i wskazał na stojące pod ścianą wiadro. Roztarła bolące nadgarstki. Otarcia na skórze okropnie szczypały. Ale to nie był największy problem. O wiele gorsze było załatwianie potrzeb fizjologicznych w obecności tego człowieka, który nie oddalał się od niej dalej niż na parę metrów. Powtarzała sobie w myślach, że to nie ma znaczenia. Musi teraz dbać o siebie. Pić i jeść, co dają, żeby w odpowiednim momencie być silną, zdolną do ucieczki.

Tylko jak? Gdyby tylko nie wiązali jej już rąk. Kopanie nogami w drewnianą konstrukcję nie na wiele się zdało. Nawet nie drgnęła. Zuzanna nie traciła jednak nadziei. Nie mogła jej stracić. Bo to byłby koniec, powtarzała sobie, co chwila zapadając w płytki sen, który nie przynosił żadnej ulgi.

Nie mogę myśleć, co oni mi zrobią. Nie mogę, nie mogę, powtarzała w kółko. Ale wyobraźnia tylko czekała, żeby jej podsuwać najstraszniejsze scenariusze. I gdzieś w głębi duszy czaiło się coraz silniejsze przeczucie, że żywa z tego nie wyjdzie.

Nie, nie, nie! Dzięki resztce wściekłości udało jej się kopnąć ponownie w drewnianą klatkę i wówczas nagle usłyszała czyjś głos, a potem pytanie:

– Czy ktoś tu jest?

ROZDZIAŁ XXI

Joy

Normalnie włosy stanęły mi dęba, kiedy usłyszałam ciche:
– Pomocy!

Rozejrzałam się jeszcze raz i dopiero teraz zobaczyłam niewielki korytarz zastawiony gratami. Zanim jednak skierowałam się w tamtą stronę, chwyciłam leżący pod stołem kawałek solidnego polana, zapewne tego samego, z którego wujek wyrabiał swoje potworki. Dość liche uzbrojenie, ale lepsze niż żadne.

– Kto tu jest? – spytałam i nastąpiła długa cisza, a potem znowu czyjś ochrypły głos:

– Pomocy!

Brzmiał jak głos kobiety, ale może miałam omamy. Czyżby jakieś dziecko się tu dostało i nie mogło wyjść? Nie zdążyłam sobie jeszcze poukładać w głowie, gdy zobaczyłam drewnianą konstrukcję. Zdaje się, że wujek przechowywał w niej gotowe rzeźby. Wydawało mu się, że są niesłychanie cenne i trzeba je chronić przed rabusiami.

Kucnęłam, żeby zajrzeć przez szparę w deskach, i momentalnie osunęłam się na ziemię, ujrzawszy łypiące na mnie ludzkie oko.

– Nie rób mi krzywdy – usłyszałam ten sam głos i od razu poznałam po akcencie, że mam do czynienia z kimś nie stąd. Oko było niebieskie, a skóra biała, jak przekonałam się chwilę później, ponownie wsadzając nos w szparę.

To była kobieta o jasnych włosach. Znów się przestraszyłam, bo poczułam zupełnie irracjonalny lęk, że widzę własną matkę. Wiem, że to głupie, ale czasem człowiek nie odpowiada za swoje skojarzenia.

– Nie zrobię ci krzywdy – wyjąkałam, szybko przełykając ślinę. – Skąd się tu wzięłaś?

– Mam na imię Zuzanna. Zostałam porwana dla okupu ponad tydzień temu. Masz coś do picia?

Na szczęście zawsze noszę przy sobie wodę. Sięgnęłam do plecaka i wyjęłam butelkę, którą oparłam o obudowę. Może tej Zuzannie uda się wypić choć parę łyków.

– Tak dobrze?

Nie odpowiedziała, tak mocno przywarła do szyjki butelki. Odstęp między deskami był w sam raz i w półmroku zauważyłam, jak butelka się opróżnia.

– Nie jesteś z Afryki, prawda?

– Nie, z Polski.

Polski? Już wiem, to europejski kraj niedaleko Rosji i dawnego NRD. Ojciec coś mi o nim wspominał. Chyba tam też jeździł w czasach swoich tajnych szkoleń. Gdzieś przy granicy było wspaniałe miejsce, nazywane przez niego „Kaskada", do którego miał wielki sentyment.

– Uwolnisz mnie? – jęknęła Zuzanna. – Zapłacę ci dużo pieniędzy.

Do tej pory działałam odruchowo, ale nagle uświadomiłam sobie, że porywacze kobiety mogą się znajdować w pobliżu. A jeśli tak, to ja również jestem zagrożona. Kolejna myśl dotyczyła tego, kim są ci porywacze, skoro zamknęli swoją ofiarę w warsztacie mojego wujka Joego. Odpowiedź przyszła dość szybko, choć początkowo jeszcze w niejasnej formie.

Zamiast jednak rozmyślać po próżnicy, przystąpiłam do akcji. Podniosłam się i sprawdziłam, że drewniana konstrukcja jest zamknięta i to nie na zwykłą kłódkę, ale na bardziej nowoczesny zamek. Z pewnością nie zamontował go tu wujek Joe. Ze złości kopnęłam w drewnianą ściankę, która nawet się nie zarysowała, i zawróciłam w stronę wejścia do warsztatu, by poszukać jakiegoś narzędzia. A może powinnam uciec i wezwać policję? Ze względu jednak na moje podejrzenia, które stopniowo przechodziły w pewność, jeszcze się wahałam.

– Jesteś tu? – Zuzanna zaniepokoiła się moim zniknięciem bez słowa. – Nie odchodź, proszę.

Cofnęłam się natychmiast.

– Nigdzie nie odchodzę i nie chcę twoich pieniędzy. Ale nie mogę otworzyć tej klatki. Czy ci porywacze tu przychodzą?

– Myślałam, że są tu cały czas. Dlatego nie wołałam o pomoc.

– To lepiej nie wołaj – rzekłam rezolutnie.

– Taki jeden wysoki i jeszcze jeden bez przednich zębów. Zaglądają tu. Ale... – mówiła tak wolno, jakby była na wpół przytomna. A może ją uśpili? – ...niedawno wyszli.

– Bez przednich zębów? – Coś mi to mówiło. – Widziałaś jeszcze kogoś innego? Coś pamiętasz sprzed porwania?

Może brakowało mi rozumu. Siedziałam przy kobiecie, która została porwana, porywacze mogli pojawić się tu lada chwila, a ja, zamiast uciekać i wzywać policję, tkwiłam tutaj i słuchałam, co ma do powiedzenia. Ale musiałam wiedzieć.

I wkrótce wszystko było jasne.

– Zauroczyłam się jego listami. Nie przypuszczałam, że mężczyzna może tak pięknie pisać o swoich uczuciach.

A potem Jack Boone wyparował w tajemniczych okolicznościach. Ale ja chyba potrafiłabym go odnaleźć...

Moje myśli krążyły szybko i chaotycznie. Czułam, jak pot szeroką strugą leje mi się po plecach. Jeśli wezwę policję, to zgubię brata. I być może również samą Zuzannę, bo porywacze mogą akurat być w pobliżu i będą chcieli pozbyć się niewygodnego świadka.

Spojrzałam na zegarek. Minęło dziesięć minut. Przerwałam więc Zuzannie. Wiedziałam już tyle, ile trzeba.

– Nie bój się. Ja tu wrócę i cię uwolnię. Muszę tylko skombinować jakieś narzędzie.

– Zawiadom moją ambasadę.

– Jaką? – spytałam, bo przed chwilą mówiła coś o niemieckiej matce. Namieszała mi tym w głowie.

Przez chwilę panowała cisza.

– Polską – odpowiedziała.

Tak się bałam, wychodząc z warsztatu, że miałam ochotę zostawić go otworem i biec przed siebie jak najszybciej i jak najdalej. Pohamowałam się w ostatniej chwili. Jeśli drzwi będą otwarte, to Zuzanna jest już stracona. Zamknęłam więc zamek drżącą ręką, a potem rozglądając się niepostrzeżenie na boki, wymknęłam się z hali.

– Idź wolno, tak jakby się nic nie stało – mówiłam do siebie na głos. I tak mnie nikt nie słyszał, bo zaułek był opustoszały, mogłam więc swobodnie ćwiczyć wokal.

– Steve, ty kompletny idioto, coś ty najlepszego narobił! – powtarzałam aż do chwili dotarcia do pierwszych oznak cywilizacji. Z kompletnego zamętu w głowie omal nie wpadłam pod pierwszy nadjeżdżający samochód.

I co mam teraz począć? Jak ratować tę kobietę, a jednocześnie tyłek mojego brata? Wiadomo było, że wcześniej czy później wpakuje się w tarapaty. Wiadomo...

– Cześć, Thando!
– Przecież dałabym ci znać, gdybym coś widziała. Nikt nie wchodził do mieszkania. Pół godziny temu sprawdzałam sama klamką.
– Sprawdzałaś?
– Coś ci się stało, Joy? Wyglądasz jakoś dziwnie.

A jak miałam wyglądać? Godzinę wcześniej znalazłam kobietę porwaną przez własnego brata. Chyba nie myślicie, że to nie robi na człowieku wrażenia!

– Trochę biegłam – oświadczyłam zgodnie z prawdą. – Mam problem. Thando, czy twój brat mógłby mi pożyczyć nożyce do cięcia metalu?
– Mój brat? A on ma coś takiego? Spytam go, jak tu przyjdzie.
– To jest bardzo pilna sprawa. Podejdę do niego, jeśli ma takie narzędzie.
– To dla Andile? – zamrugała zdziwiona Thando.
– Oczywiście!

Thando kiwnęła głową i nie zadawała więcej pytań.

– Dobrze, to ja do niego zadzwonię.

Każda znachorka ma prawo do dziwactw. Nawet takich jak przecinanie metalu w niedzielne popołudnie. Mnie gorzej byłoby się z tego wytłumaczyć.

Weszła do mieszkania, zamykając za sobą drzwi. Poczułam się urażona, dopóki nie przypomniałam sobie o ospie wietrznej. Podeszłam więc do drzwi mojego mieszkania i dotknęłam klamki. Było zamknięte.

Nagle coś skojarzyłam! W niedzielne popołudnie również wszystkie ambasady są zamknięte. Kiedy uwolnię Zuzannę, będę musiała ją gdzieś zaprowadzić na nocleg. Dokąd? I ten zdecydowany głos, który brzmi w mojej głowie. Na policję!

Nie, tego nie mogę jeszcze zrobić. Dopiero po ostrzeżeniu Steve'a. On zdąży uciec, a ja wówczas... A może policja jest w zmowie z Nigeryjczykami? Takie rzeczy też się zdarzają. Mogłaby przypadkowo zginąć podczas próby uwolnienia. Ale na razie nikt nie zginął. Uwolnię Zuzannę, zawiozę ją do ambasady. Czym ją zawiozę?

Muszę się zastanowić. Jedna kwestia po drugiej. Najpierw narzędzia.

W drzwiach pojawiła się Thando.

– Ma nożyce i inny sprzęt. Tylko idź do niego od razu, bo potem będzie spał po obiedzie.

Skinęłam głową i poszłam załatwiać pierwszą sprawę. Krok po kroku.

Brat Thando też zadawał mi pytania i jak poprzednio wplątałam w tę sprawę Andile.

– Mam nadzieję, że następnym razem da mi zniżkę – powiedział.

– Ty do niej chodzisz?

– Eee, jak jestem przeziębiony.

Widziałam jego zażenowaną minę, więc szybko dodałam:

– No tak, ona ma najlepsze *muti*, lekarstwa.

Brat Thando gorliwie przytaknął, a ja wsadziłam narzędzia do plecaka. I już chciałam odejść, kiedy przyszło mi coś do głowy:

– A wiesz, że do *muti* do proroctwa używane są mózgi sępów?

Brat Thando otworzył usta i sam się zasępił. A potem nagle coś mu się skojarzyło. I niemal odetchnął z ulgą.

– Aaa, to ja na coś innego brałem.

Rzuciłam mu znaczące spojrzenie, a potem poszłam do sklepu kupić wodę i coś do jedzenia. Nie dla siebie, dla Zuzanny. Prawdę mówiąc, mnie się wcale nie chciało jeść. Byłam zbyt zdenerwowana, żeby cokolwiek przełknąć.

Nagle zorientowałam się, że jeśli chcę za dnia uratować Zuzannę, muszę się pospieszyć. Słońce niedługo zacznie zachodzić. Lepiej być już w domu, kiedy będzie ciemno. W jakim domu? Postanowiłam zaprowadzić Zuzannę do Andile. Nic wcześniej nie powiem, żeby jej nie wystraszyć, i bezczelnie postawię ją przed faktem dokonanym. A rankiem wezwę ubera i pojedziemy do ambasady. Od razu poczułam się lepiej. Już chyba o tym wspominałam. Grunt to mieć plan.

Poprawiłam ramiączka plecaka. Wpakowałam tam tyle rzeczy, że coraz bardziej mi ciążył. Ale to nie ma znaczenia. I tak za chwilę wsiądę do minibusa.

Za chwilę? No cóż, pomyliłam się. Żaden nie jechał w tamtym kierunku. I co robić? Pomyślałam o Lucasie. Może by mi pomógł? Tylko że będzie zadawał wiele niewygodnych pytań. Popatrzyłam na ekran dzwoniącego telefonu i już się chciałam wyłączyć, kiedy się odezwał.

– Joy?

– Jesteś zajęty? – spytałam szybko.

– Dla ciebie nie – odparł tak po prostu bez chwili wahania, że z miejsca zrobiło mi się ciepło na sercu.

– Podwiózłbyś mnie do Silverton do…?

Nie zdążyłam nawet wymyślić, po co mam tam jechać, kiedy natychmiast się zgodził. Ale w tym samym momencie zobaczyłam nadjeżdżający minibus. Jechał w moim kierunku.

– Lucas, już nie trzeba.
– Ale poczekaj!

Wyłączyłam się, jednak już za chwilę wpadłam w złość, bo kierowca postanowił sobie zmienić trasę i wiózł nas okrężną drogą. Patrzyłam na zachodzące słońce i nerwowo bębniłam palcami po szybie, aż zaczęli mi się przyglądać inni pasażerowie. Wtedy się uspokoiłam. Nie mogę zwracać na siebie uwagi.

Kiedy wysiadłam, było już prawie ciemno. A może to i lepiej, nagle zmieniłam zdanie. Nie mam nawet pojęcia, jak Zuzanna będzie wyglądać. Nie widziałam jej zbyt dobrze. Głupio to wszystko wymyśliłam, ochrzaniłam siebie w myślach. Powinnam była wziąć dla niej jakieś zapasowe ubranie. Byłam mało zorganizowana, ale nie miałam wielkiej praktyki w uwalnianiu porwanych ludzi. Trudno, już nic nie mogłam w tym momencie zrobić. Jeśli zajdzie potrzeba, zadzwonię ponownie do Lucasa. Widać, że jest chętny do pomocy.

Znów się pogubiłam w drodze do warsztatu. Bardzo mnie to zdenerwowało, bo marnowałam czas, było ciemno i na dodatek nie paliły się żadne uliczne latarnie (zapewne na skutek rządowych oszczędności). Muszę wziąć się w garść, przestać rozmyślać i skoncentrować się na kierunku. O właśnie, od razu skręciłam we właściwą przecznicę.

– Cześć! – usłyszałam nagle czyjś głos za plecami.

Prawie podskoczyłam. Obróciłam się i zobaczyłam brodatego faceta siedzącego na skrzyni.

– Hej! – mruknęłam, żeby nie urazić jego uczuć, bo nie wiadomo, jak by zareagował, i przyspieszyłam tempa. Pozostała mi prosta pięćdziesięciometrowa droga i jeden zakręt. I nagle usłyszałam za sobą czyjeś kroki.

Czy powinnam się oglądać? Nie! Postanowiłam pobiec. Zawsze przecież mogę zamknąć się w warsztacie od środka. Nie dopuszczam w ogóle myśli, że u Zuzanny ktoś może być. Mimo ciężkiego plecaka zrywam się więc do lotu i nagle ląduję na klatce rosłego mężczyzny, który nieoczekiwanie pojawia się zza rogu.

– A kogo my tu mamy?

Bez sensu było się przedstawiać. Jego łapsko, które momentalnie znalazło się na mojej piersi, wskazywało jasno na intencje.

– Puszczaj! – ryknęłam, próbując się wyrwać, ale zdążył mnie mocno przytrzymać.

A potem nagle pojawił się ten drugi, brodaty, który wcześniej lazł za mną.

– Trzymaj ją!

Bandziory musiały być ze sobą w zmowie. Może to byli ci sami ludzie, którzy porwali Zuzannę? Żaden z nich nie był wysoki, jak mówiła, ale kto wie, ilu ich było naprawdę.

Jeszcze raz udało mi się wezwać pomoc, ale kiedy dostałam mocno w twarz, a potem obaj zaczęli mnie ciągnąć w jakiś zaułek, zamilkłam. Walczyłam, jasne, że walczyłam, ale oni byli znacznie silniejsi i wynik tej walki był z góry przesądzony. Nawet nie zainteresowała ich zawartość plecaka, ściągnęli go ze mnie, a potem zaczęli szarpać moje ubrania. Może to się wydawać głupie i niemożliwe, ale kiedy leżałam w ciemnościach, broniąc się przed ich obrzydliwymi łapskami, modliłam się jedynie o gwałt. Niech to się jak najszybciej odbędzie i niech odejdą. Ale zdawałam sobie sprawę, że wynik tego spotkania trudno przewidzieć, więc jeszcze ostatkiem sił udało mi się kopnąć brodatego w przyrodzenie.

– O ty suko!

Od jego uderzeń moja głowa jak piłka podskakiwała na betonowym podłożu. W tym czasie temu drugiemu prawie udało się ściągnąć mi majtki. I nagle jęknął. Bynajmniej nie z rozkoszy. I opadł na mnie. Wyglądało to tak, jakby ktoś zaatakował go z tyłu. Może było ich więcej?

Brodaty przestał mnie bić i skoczył na napastnika. Przez chwilę turlali się po ziemi, głośno dysząc. Mnie udało się zepchnąć z siebie drugiego bandytę. Był nadal nieprzytomny, więc musiał nieźle oberwać. Pomyślałam sobie, że może dam radę wstać, a potem niezauważalnie czmychnąć. I wtedy usłyszałam jęk. Chwilę później któryś z napastników podniósł się z ziemi. Przez łzy widziałam, jak zbliża się do mnie.

– Joy, nic ci nie jest? – usłyszałam głos Lucasa.

W tym samym momencie za jego plecami wyrósł przeciwnik.

– Uważaj! – zdążyłam krzyknąć, zanim na niego runął.

Ledwo się ruszałam, ale musiałam przecież mu pomóc. Tylko jak, skoro nic nie widziałam w ciemności? Nagle namacałam jakiś przedmiot leżący na ziemi. Mój ciężki plecak.

– Joy, uciekaj! – usłyszałam zduszony głos Lucasa.

Brodaty miał nad nim przewagę. Teraz wyraźnie zobaczyłam jego brodę.

Wyszarpnęłam z plecaka nożyce do cięcia metalu i uderzyłam w ciemność z całej siły. Usłyszałam jęk, a potem nastąpiła cisza. Nogi się pode mną ugięły.

– Lucas? – Chyba nie jego zabiłam przez pomyłkę? To by był prawdziwy pech.

– Już, Joy. Trochę mnie przygniótł.

Wstałam z ziemi i wyjęłam z kieszeni komórkę. Zaświeciłam. Nie, Lucas żył. Zabiłam brodatego.

– Oddychają. – Lucas przyjrzał się niedoszłym gwałcicielom.

– Może karetkę trzeba?

– Żartujesz? Zbierajmy się stąd natychmiast. Dasz radę iść?

Nogi drżały pode mną, ale szły. Chwyciłam plecak i wrzuciłam do niego nożyce. Nie mogę zostawić narzędzia zbrodni!

Lucas złapał mnie w talii, pomagając mi iść, a ja po kilku krokach, kiedy już wyszliśmy na ulicę, zachowałam się jak bohaterka XIX-wiecznej powieści. Po prostu zemdlałam.

Ocknęłam się znów w ciemnościach. Nagle coś drgnęło i usłyszałam warkot silnika. Samochód? Próbowałam się podnieść i zauważyłam, że leżę na tylnym siedzeniu auta.

– Lucas?

– Nie martw się, Joy. Jesteś bezpieczna.

– Dokąd jedziemy?

– Jeszcze nigdzie. Sprawdzam, gdzie jest najbliższy komisariat policji. Powinnaś to zgłosić.

– Policji? – Nagle w głowie zapaliła mi się czerwona lampka – Nie, Lucas.

– Co nie? Trzeba zamknąć tych drani.

Steve, Zuzanna, mafia nigeryjska. I jeszcze to. Trochę za dużo nawet dla mnie. A policja z pewnością tego nie ogarnie. Ale co będzie, jeśli zdążą zabić Zuzannę do jutra? Mówiła, że porywacze mają zamiar poczekać jeszcze trzy dni, ale kto wie, czy jej się nie pomieszało. Skąd wiedziała, ile czasu tkwi w tej klatce?

– Lucas, nie, proszę. Nie pójdę na policję.

Teraz go widziałam, jak odwrócił głowę i patrzył na mnie z miejsca dla kierowcy.

– To żaden wstyd.

Ale kiepski moment. Poza tym, *sorry,* ale wątpię w jakąkolwiek skuteczność naszej policji. I szczerze wątpię, że przejmą się próbą gwałtu. Wyślą jakiś durny patrol i najwyżej sprawdzą okolicę. Na więcej ich zapewne nie stać. Nie mówiąc o tym, że strach tam chodzić. W ubiegłym roku w naszym kraju wpłynęło ponad pięćdziesiąt zgłoszeń w sprawie o gwałt, których sprawcami byli sami policjanci.

– Proszę! – nadałam głosowi błagalny ton. – Zawieź mnie... do Andile. Ona jest znachorką.

Lucas westchnął.

– Prawdę mówiąc, tego się nie spodziewałem po tobie.

Guseł i czarów? Ja po sobie też nie. Szczególnie gdy pół roku temu znalazłam rozwidloną kość z piersi kurczaka. Leżała koło drzwi wejściowych i mocno się tym przejęłam, że ktoś w pobliżu rzuca urok. A kto wie? Może to, co się teraz dzieje, to właśnie skutek działania zaklęcia? Chciałam powiedzieć Lucasowi, że w ten sposób zaprzecza kulturowemu dziedzictwu kontynentu, ale zauważyłam, że coraz gorzej mi się mówi. Chyba miałam poluzowane jakieś zęby. Jeszcze tego mi brakowało.

– Andile jest moją przyjaciółką – wycedziłam i ponownie straciłam kontakt z rzeczywistością.

Tym razem otworzyłam oczy, leżąc w łóżku. Nie było jednak pachnące.

– No wreszcie – powiedziała Andile i zgasiła coś wybitnie śmierdzącego, co trzymała na małej tacce wprost pod moim nosem. Obok paliła się nocna lampka.

– Skąd się tu wzięłam?

– Twój bohater cię przywiózł. Byłam akurat w salonie, więc nie było to trudne.

– Gdzie Lucas?

– Wyszedł, kiedy cię badałam.

– Moje zęby.

– Tak, wiem. Nie martw się, zaraz zaparzę specjalne zioła. Na szczęście nie masz żadnych złamań z wyjątkiem dwóch żeber. A poza tym obicia.

– Możesz mi podać lusterko?
– Joy, to naprawdę nie jest konieczne. Gwarantuję ci, że za tydzień będziesz jak nowa. Na przyjazd bliźniaczek...
– Proszę cię. – Uparłam się i już.

I za chwilę wiedziałam. Wyglądałam jak ofiara trądu. Twarz miałam opuchniętą i poprzestawianą. Jutro z pewnością jeszcze bardziej się wykrzywi. Cóż za ironia losu, że właśnie obchodzimy szesnaście dni aktywizmu na rzecz braku przemocy wobec kobiet i dzieci.

– A Lucas już poszedł?
– Żartujesz? Bawi się z Timem. Chyba nieźle się dogadują. Ciekawe, jak go zagonię do łóżka. Tima, a nie Lucasa, oczywiście. Zawołać go?
– Proszę. – I zasłoniłam twarz prześcieradłem, wystawiając poza nie tylko oczy.
– Przesadzasz. Już cię widział. Okej! Rób, co chcesz, a ja przygotuję miksturę na tę opuchliznę. – Andile zniknęła za drzwiami, a po chwili w pokoju pojawił się Lucas.

Czy powinnam poprosić go o pomoc w uwolnieniu Zuzanny? Szybka odpowiedź: nie mogę. Od razu będzie chciał zawiadamiać policję. Trafiłam na wyjątkowego legalistę. I tak pewnie nie mógł mi wybaczyć, że nie zgłosiłam napadu. A jeśli zabiłam tego brodatego?

To ostatnie musiałam wypowiedzieć na głos. Chyba rzeczywiście doznałam urazu głowy.

– Dowiemy się, jak przeczytamy o tym w gazecie. A na razie nie martw się niczym, tylko spróbuj zasnąć. Przyjdę jutro sprawdzić, jak się czujesz.

Usiadł przy łóżku i dotknął uspokajająco mojej ręki.
– Lucas... – Nieustannie wirujące myśli w końcu ułożyły się w pytanie. – Skąd się tam znalazłeś?

– Ja? No przecież sama mi powiedziałaś, że jedziesz do Silverton. Zdawało mi się, że potrzebujesz pomocy. Miałaś tam sprawę?

– Coś miałam kupić – jęknęłam. – Głupi pomysł. Ale że mnie tam znalazłeś? To taka duża dzielnica.

– Prawdziwy przypadek.

– Cud.

– Tak jak i ten, że cię w ogóle po latach spotkałem. Nie sądziłem, że zrobisz się taka piękna. Nawet teraz...

Może bym się i roześmiała, ale miałam zbyt obolałe usta. Jednak nie protestowałam, kiedy Lucas się nade mną pochylił, odsunął z twarzy prześcieradło i mnie pocałował. Tak delikatnie, że poczułam tylko lekkie muśnięcie i nawet nie zabolało. Dobiegł mnie tylko wyraźny zapach wody kolońskiej.

– Jesteś wspaniała, Joy.

A mnie zupełnie zatkało. Od tego zapachu i tych słów. Milczałam, nawet kiedy powiedział:

– Znalazłem adres twojej babci. – I wręczył mi zadrukowany kawałek papieru. – To dlatego tak mi zależało, żeby z tobą porozmawiać. Miałem nadzieję, że się ucieszysz.

Nie mogłam nic odczytać przez łzy, które zalewały mi oczy.

– Zobaczysz, pojedziemy jeszcze razem do Anglii, Joy. Nie wierzysz? Przekonasz się. A jutro wpadnę tu do ciebie.

Potem uśmiechnął się i zniknął.

Czyżbym jakimś cudem zyskała chłopaka? Kolejny cud, który nastąpił tego dnia? Niestety, moja matka sprawiła, że zawsze miałam kłopot z wiarą.

Następnego ranka obudziłam się jeszcze przed świtem. Przez chwilę nasłuchiwałam ptaków, a potem postanowiłam się poruszyć. *Bloody hell, fire!* O mały włos ponownie

nie zemdlałam. Ale mnie bydlaki zmasakrowały. Musiałam jednak iść do łazienki, więc jakoś się zwlekłam, miotając pod nosem najbardziej krwiste przekleństwa Helen. Starałam się stąpać po cichu, żeby nie obudzić Andile i Tima, chociaż każdy krok rozrywał mi klatkę piersiową. Ledwo łapałam oddech.

Na szczęście w łazienkowym lustrze moja twarz wyglądała już znacznie lepiej, a opuchlizna nieco ustąpiła. Zważywszy jednak na trwające upośledzenie ruchowe, można było wyciągnąć tylko jeden wniosek. Sama nie dam rady jechać, by uratować Zuzannę. Czy poprosić o pomoc Andile? Raczej nie. Jest samotną matką wychowującą małe dziecko. Za duże ryzyko. Sandra i Marisa są imigrantkami, więc ich też nie mogę narażać. Thando z miejsca zemdlałaby na progu mieszkania, więc kto mi pozostał?

W zasadzie wiedziałam od samego początku. Dotoczyłam się z powrotem do łóżka i sięgnęłam po telefon. Napisałam esemesa i ku mojemu zdumieniu odpowiedź przyszła prawie natychmiast. Ciekawe, że latem ludzie śpią znacznie krócej, pomyślałam i uśmiechnęłam się do telefonu.

– Oczywiście, że ci pomogę – powiedziała Liyana, wrzucając do bagażnika moją torbę.

Widziałam, że Andile była mocno niezadowolona. Bo i z czego miała się cieszyć. Zaoferowała mi dach nad głową i fachową opiekę medyczną, a ja, niewdzięcznica, odwróciłam się od niej, by zamieszkać u dawnej koleżanki. I to w dodatku tej, która mnie zdradziła. Dobra, nie będę już tego wałkować. Było, minęło. Nie jestem małostkowa.

– Andile, mój brat ma kłopoty. Nie chcę cię wystawiać na niebezpieczeństwo – próbowałam jej tłumaczyć, ale ona upierała się, że w obawie przed jej mocami nikt nie podniesie na nią ręki. Naiwniaczka, która nie czyta gazet.

– Poza tym już mnie wystawiłaś na niebezpieczeństwo, mądralo.

– To prawda, ale na jedną noc. Lepiej, żebym dzisiaj zniknęła. Odezwę się do ciebie.

– Nie wiem, czy nie będę zajęta! – Zrobiła obrażoną minę, ale chyba trochę udawała. Andile ma dobre serce. Na pożegnanie wręczyła mi słoik mikstury na opuchliznę.

– A w czym konkretnie mam ci pomóc? – dopytywała się Liyana.

– Kiedy musisz iść do pracy?

– Wcale. Mam dziś wolne. Nie pracuję w poniedziałki. Ten wał Junior sam polewa.

– O, jak dobrze! – ucieszyłam się i odsunęłam od siebie pas bezpieczeństwa, żeby mnie nie uciskał w żebra.

– A o co chodzi?

– Musimy uwolnić porwaną kobietę – odpowiedziałam zgodnie z prawdą.

Na szczęście Liyana zachowała olimpijski spokój, a może podejrzewała, że cierpię na następstwa wstrząśnienia mózgu. Usłyszawszy moją rewelację, nawet nie zahamowała gwałtownie ani nie przyspieszyła, nie przebijając mi przy tym klatki piersiowej na wylot.

– Dobrze, to co robimy?

ROZDZIAŁ XXII

Michał

Michał Czerny gotował się ze wściekłości. Zrobiło mu się tak gorąco, że musiał rozluźnić krawat przy koszuli. Wiedział, że wygląda strasznie, ale wcale go to nie obchodziło. W jakiś przedziwny sposób udało mu się włożyć tego dnia koszulę i marynarkę, ale do golenia zupełnie nie miał ani głowy, ani ręki, bo prawa wciąż mu się trzęsła. Kiedy ostatnio brał leki? Zupełnie o nich zapominał.

– Jeszcze nikt nie przyszedł?

– Nie. – Asystentka przyniosła do pokoju czarną kawę i pączka. – Panie Michale, niech pan coś zje. Pan się zupełnie wykończy.

Tak szybko się nie wykończy. W każdym razie od kilku dni prawie nie spał i nie jadł. A konkretnie od chwili, kiedy matka Zuzanny oświadczyła mu przez telefon, że z tym okupem to musi być jakieś oszustwo, bo córka się z nią kontaktowała po przylocie i wszystko jest w najlepszym porządku. Z pewnością mają do czynienia z bandą hakerów i oszustów, którzy chcą naciągnąć ją „na córkę".

– Jestem zbyt doświadczona, żeby wierzyć w każdą bzdurę. Proszę się uspokoić, panie Michale, Susie za chwilę się z nami skontaktuje. Teraz jest w Parku Krugera i pewnie nie ma zasięgu.

– Skąd pani wie, że tam jest?

– Bo pisała do mnie wczoraj z samego rana.

– Od tego czasu mogło się wiele zdarzyć. Przecież nic nie wiemy. Nawet tego, w jakich warunkach ją trzymają.

– Panie Michale, nie tak nerwowo. Pan to tak strasznie przeżywa. Ale ponownie proszę o spokój. Nie dostał pan nigdy mejla w sprawie fikcyjnego spadku?

– Oczywiście, że tak. To przecież nagminne.

– Właśnie. Zwykły spam. A skąd pan wie, że informacja o Susie nie jest również fałszywa?

– Bo jest wysłana z jej konta?

Julia się zaśmiała.

– No wie pan! Jestem znacznie od pana starsza, ale doskonale wiem, że to nic trudnego dla informatyka.

– Czyli nikt nie pojedzie do RPA z okupem?

– Z milionem euro?

– Może zgodzą się na mniej? W każdym razie uważam, że trzeba by odpisać porywaczom na ten mejl i jeśli odpowiedzą, zawiadomić odpowiednie służby.

– Jeszcze poczekamy – odparła niewzruszona Julia.

I czekali. Aż poprzedniego dnia przyszedł mejl ze zdjęciami. Czerny wydzwaniał parę godzin, aż w końcu udało mu się umówić dzisiejsze spotkanie. Ale w sumie jak zwykle przemówiły obrazki, a nie słowo.

Michał Czerny przyglądał się przerażonym oczom Zuzanny na zdjęciu. Jeśli Julia Fleming dzisiaj powie, że to manipulacja, to nie ręczy za siebie.

– Panie dyrektorze, przyjechali! Czy przygotować coś do picia?

Czerny skrzywił się. Jeśli zaczną tu kawkować, to nie wiadomo kiedy podejmą jakąkolwiek decyzję. Najchętniej dałby im jeść i pić, gdy już będzie po wszystkim, ale oczywiście nie jest to możliwe. Skinął głową w stronę asystentki.

– Niech pani nastawi wodę. Są po podróży. – Tak jakby to było jakieś wytłumaczenie. Prawie od tygodnia skazywali Zuzannę na bestialskie warunki, a teraz popijając kawę, będą się jeszcze zastanawiać, co robić.

Pierwsza weszła Julia Fleming, a za nią syn Zuzanny w towarzystwie wysokiego mężczyzny. Czerny nie dosłyszał nazwiska, kiedy ten się przedstawiał. Domyślił się, że to byli mąż i ojciec Natana. Obiektywnie uznał, że musiał być niegdyś bardzo przystojny, jeśli ktoś gustuje w typie „hiszpańskiego kochanka". Jednak kruczoczarne włosy zaczęła mu nieubłaganie atakować siwizna, nadając mu wygląd nieco wyleniałego kocura.

– Dziękuję państwu za przyjazd. Proszę usiąść, zaraz podamy herbatę i kawę. – Mimo wszystko Czerny postarał się nie kierować uprzedzeniami i być uprzejmy.

– O tak, chętnie dużą kawusię! Bardzo miło. – Mężczyzna zatarł ręce i usiadł w najwygodniejszym fotelu, nie zwracając żadnej uwagi na byłą teściową.

Julia, jak zwykle w świeżo zrobionej fryzurze i eleganckiej garsonce, zajęła miejsce obok Czernego.

– Panie Michale, proszę się nie denerwować, wszystko będzie dobrze. – Poklepała go serdecznie po ramieniu.

– Oczywiście, że tak – wtrącił się ojciec Natana. – To jakieś bzdury. Zupełnie nie rozumiem, dlaczego pan nas tu wezwał. Miałem dzisiaj do załatwienia ważne sprawy. Musiałem wszystko odwołać.

– Chyba życie matki Natana jest sprawą nadrzędną – powiedział lodowato Czerny i zacisnął szczęki.

– Proszę nie przesadzać.

– Widział pan zdjęcia?

– Ja widziałem – wtrącił się Natan.

Czerny nie mógł się nadziwić, że chłopak jest tak bardzo podobny do matki. Ten sam nos, oczy, kolor włosów. Tylko wysoka sylwetka po ojcu. I najlepiej byłoby, gdyby nic więcej.

– I dlatego każda chwila jest teraz ważna – zwrócił się do syna Zuzanny i spojrzał mu prosto w oczy. – Trzeba ratować twoją mamę.

– Te zdjęcia to prosta manipulacja. To znaczy może być. Łatwo obrobić komputerowo – odezwał się Natan jak zaprogramowany automat.

– Właśnie – wtrącił jego ojciec. – To przecież jakieś bzdury.

– Czy ktoś z państwa rozmawiał z Zuzanną w ostatnim tygodniu?

– Nie. – Eksmąż znowu zabrał głos. – Ale to przecież jeszcze nic nie znaczy. Co pan sobie myśli? Że weźmiemy ten milion i wręczymy go oszustom? Bez przesady!

– Sławku! – odezwała się nagle Julia Fleming spokojnym i zdecydowanym głosem. – Proszę cię bardzo, żebyś się nie odzywał. Jesteś tu wyłącznie jako ojciec i opiekun Natana. W tej sprawie nie masz nic do powiedzenia.

– Jak to… – zaczął, ale pod wpływem wzroku Julii natychmiast przerwał. – A róbcie sobie, co chcecie. Zupełny bezsens.

Po czym demonstracyjnie wyjął telefon komórkowy i zaczął się nim bawić.

– Pani nie wierzy w te zdjęcia? – Czerny spojrzał na Julię, która zacisnęła usta i obróciła się bokiem do byłego zięcia, aby na niego nie patrzeć. – Dla mnie one są prawdziwe ze względu na wcześniejszą korespondencję Zuzanny z tym Jackiem.

To musiała być akcja przeprowadzana od paru miesięcy. Zuzanna została wybrana dla okupu.

– Jak to wybrana? – zdziwiła się Julia.

– Tacy ludzie zapuszczają wiele sieci, a potem dokonują selekcji.

– Tak pan mówi, jakby się pan tym zajmował na co dzień. Wiem, przepraszam, miałem się nie odzywać. – Ojciec Natana wrócił do przeglądania zawartości telefonu.

– Mama jest trochę łatwowierna – rzucił jego syn, a Julia zrobiła minę i pokręciła głową, nic nie mówiąc.

– Bardzo proszę, nie możemy marnować więcej czasu. Narażamy tylko panią Zuzannę. Musimy się zdecydować, kogo zawiadomić i kto ma jechać z okupem.

– Jezus Maria, panie Michale, pan się naprawdę przy tym upiera. A skąd ja znajdę nagle tyle gotówki?

– My... myślałem – z nerwów zaczął się jąkać – myślałem, że pani coś ze sobą przywiozła. Minął przecież ponad tydzień. Nie można dłużej zwlekać.

– Przepraszam, ale chyba zbyt pochopnie chce pan rozporządzać naszym majątkiem.

– Święte słowa – mruknął Sławek znad komórki.

– Nie mam najmniejszego zamiaru – wycedził Czerny przez zaciśnięte zęby – ale mogę decydować o swoich pieniądzach. Mogę się dołożyć. Mam dwieście tysięcy euro.

Zdumionemu Sławkowi wypadł z ręki telefon.

– Ile?

Czerny jednak nie powtórzył, tylko patrzył intensywnie na Julię Fleming.

– Tyle udało mi się zebrać w tydzień – dodał.

Aż tyle oczywiście nie miał, choć kwota, którą kiedyś otrzymał z ubezpieczenia, była wysoka. Musiał pożyczyć, ale na szczęście wciąż miał zamożnych kumpli, którzy mu ufali. On przecież nigdy nie zawodził.

Julia w końcu chrząknęła i się odezwała.

– Proszę tak na mnie nie patrzeć. Przecież to nie ja tu decyduję. Nie pamięta pan? Pełnomocnikiem jest Natan.

Czerny nie przypuszczał, że Julia Fleming może być aż tak złośliwa i pamiętliwa. Musiało ją zaboleć, że to nie jej Zuzanna zostawiła pełną władzę nad swoimi udziałami w firmie. Ale chyba też doskonale zdaje sobie sprawę z tego, że Flem-Pol nie dysponuje aż taką gotówką. Żeby uzyskać podobną kwotę, musieliby coś sprzedać lub załatwić kredyt. A i tak nie zdążyliby na czas. Michał Czerny poczuł nagle ukłucie w sercu. Jakby zapowiedź porażki. A jeśli nie uda się uratować Zuzanny?

Jeszcze dziesięć lat temu życie Michała było zupełnie inne. Był szczęśliwym, beztroskim człowiekiem. A poza tym zdrowym. Wszystko szło mu zgodnie z planem, co nie znaczy, że on sam cokolwiek wymyślał. Samo się układało. Absolwent ekonomii, potem studiów podyplomowych z międzynarodowego biznesu szybko znalazł ujście dla swojej pasji. Wraz z dwoma kolegami założyli przedsiębiorstwo produkujące metalowe okucia poszukiwane na rynku. W ciągu zaledwie dwóch lat osiągnęli oszałamiający sukces i zdobyli pierwszą nagrodę dla młodych przedsiębiorców Pomorza.

Michał czuł się szczególnie dumny, bo odbierał ją ze swoją żoną. Justyna nie była wprawdzie jego pierwszą dziewczyną, ale tą, w której zakochał się po uszy. Była zupełnie inna niż on i to go chyba najbardziej fascynowało. Niedawno skończyła psychologię, ale jeszcze nawet nie myślała o pracy. Najpierw musiała trochę „pożyć". A interesowało ją wszystko: sztuka współczesna, film, teatr. Zachwycony Michał chętnie wszędzie jej towarzyszył. Tym bardziej że nie była żadnym lekkoduchem. Miała wielkie serce i angażowała się we wszystkie projekty nastawione na pomoc biednym i wykluczonym. Czerny czasem nawet żartował, że teraz już wie, po co ma zarabiać pieniądze. Nie oznaczało to jednak, że nie aprobuje jej postępowania. Podpisywał się pod wszystkim obiema rękami. Do pełni szczęścia brakowało im tylko dzieci. Ale i to wydawało się jedynie kwestią czasu. Oboje byli zgodni, że pragną dużej rodziny. Zanim to jednak nastąpi, mogli się jeszcze trochę pobawić.

Na noworoczną imprezę na Kaszuby pojechali z przyjacielem Michała i jego dziewczyną. Już od dawna planowali ten wyjazd i wynajęli domki wczasowe nad jeziorem. Cała paczka znajomych miała zamiar się tam pojawić.

Spacery, ognisko, dla odważnych kąpiele w jeziorze. A do tego całe morze alkoholu, bo na świeżym powietrzu jakoś „lepiej wchodziło". Poza tym trzeba było się wreszcie odprężyć we własnym gronie. Michał zupełnie odpłynął, zanim na dobre zdążył się zrelaksować. Prawdopodobnie zatruł się kiełbaskami, więc po pozbyciu się ich z żołądka runął na posłanie i zasnął. Impreza trwała dalej bez niego. Następnego dnia wciąż czuł się źle i był zbyt słaby, żeby prowadzić samochód. Jego przyjaciel obiecał, że sam zawiezie ich do domu. Mówił, że niewiele pił i jest w świetnej kondycji. Nie był.

Wracając do Gdańska, przeszarżował z prędkością na oblodzonym terenie i zderzył się z jadącym z naprzeciwka autobusem. Kierowcy autobusu ani jego pasażerom nic się nie stało. Natomiast przyjaciel Czernego zginął na miejscu, zabijając przy tym dwójkę pasażerów. Ocalał tylko Michał. Byłby nawet w nie najgorszym stanie, gdyby noga nie zaplątała mu się w skręcone żelastwo, które uszkodziło ją do tego stopnia, że należało wstawić endoprotezę kolana. Niestety, operacja nie zakończyła się sukcesem. Musiano ją powtórzyć, ale kolano było już zupełnie spaskudzone. Michałowi pozostało szybko pogodzić się z tym, że nie będzie już biegał, ale tego, że będzie miał trudności z chodzeniem, nie był w stanie zaakaceptować.

Nieszczęśliwy wypadek? Przez parę tygodni Czerny tak sądził. Aż się dowiedział, że jego przyjaciel miał promil alkoholu we krwi i był pod wpływem środków odurzających. Druga wiadomość okazała się jeszcze gorsza. Justyna była w drugim miesiącu ciąży.

Z oddziału chirurgicznego przewieziono Czernego prosto do szpitala psychiatrycznego. Na zwykłym oddziale nie mogli sobie dać rady z jego depresją. Wyszedł po miesiącu wciąż załamany. Nie dla niego było już zakładanie nowych przedsiębiorstw, wyścigi szczurów. Sprzedał swoje udziały w firmie i zupełnie wycofał się z interesów. Każdego dnia żałował, że pojechali na tę imprezę. Oddałby wszystko, co ma, by móc zmienić bieg wydarzeń. A ponieważ nie było to możliwe, pogrążył się w nudnej i monotonnej egzystencji. W taki sposób miał zamiar dożyć do końca – aż do chwili, gdy znalazł pracę we Flem-Polu.

Kiedy spotkał po raz pierwszy swoją szefową, z miejsca dostrzegł u niej podobne symptomy jak u siebie. Również miała depresję, choć być może nie była tego świadoma. Przyglądając się Zuzannie i jej sposobom, którymi się odgradzała od rzeczywistości, nie przewidział jednego. Że jeszcze raz w życiu się zakocha. Zuzanna również. Tylko że nie w nim.

Muszę zrobić wszystko, by ją uratować. Nawet za cenę własnej śmieszności. To naprawdę niska cena za życie. Czerny był zdeterminowany.

Spojrzał przenikliwie na syna Zuzanny.

– Podejmij taką decyzję, żebyś jej nigdy w życiu później nie żałował.

Natan spuścił wzrok i zaczął się przyglądać swoim butom sportowym.

– Myśli pan, że rzeczywiście coś jej grozi?

– Myślę, że nie można tego lekceważyć.

– Kim pan jest, żeby rozporządzać majątkiem mojego syna? – Ojciec Natana nie był w stanie utrzymać języka na wodzy.

– Zuzanna zasługuje na nasze bezwarunkowe zaangażowanie. Jeśli coś pójdzie nie tak, to czy chce pan, by syn żył z wyrzutami sumienia do końca życia?

– Jakiś szantaż emocjonalny czy co? Julio, sama zobacz, co się tu odbywa. To jakaś paranoja.

– Dość już tego. Zamknij się, Sławek! – Ton matki Zuzanny był spokojny, ale słowa dobitne.

Jej były zięć zerwał się na równe nogi.

– Nie macie co robić z pieniędzmi, to proszę bardzo. Nie muszę być świadkiem ruiny.

I wyszedł, demonstracyjnie trzaskając drzwiami.

Wtedy nagle odezwał się Natan:

– To ja podpiszę, co trzeba, żeby podjąć te pieniądze. Nie chcę, żeby oni zrobili mamie krzywdę.

Czerny skinął głową.

– Nie mamy w kasie aż tyle gotówki, ale może wystarczy choć to, co jest. Kupię bilet na jutro.

– Panie Michale, nie musi pan niczego kupować. Ja już mam bilet na lot do Johannesburga na dzisiejszy wieczór. I większość pieniędzy również. I to ja je zawiozę.

– Babcia? – Natan przestał się gapić na buty i spojrzał ze zdumieniem na Julię.

– Ma pan rację, panie Michale. Zaczynamy działać.

Czerny poczuł lekkie rozczarowanie. Miał nadzieję, że to on zostanie bohaterem i uwolni Zuzannę. Byłby to nie lada wyczyn, zważywszy na jego niesprawność.

– Wobec tego musimy zawiadomić Ministerstwo Spraw Zagranicznych, żeby nam udzielono pomocy na miejscu. Nie mam pojęcia, jak przekazać ten okup, ale pewnie się dowiemy.

– Musimy jeszcze powiadomić porywaczy.

– Ja się tym zajmę – ożywił się Natan. – Babciu, a mogę jechać z tobą?

– Dlaczego nie? – Julia skinęła głową. – Jeśli będą bilety...

ROZDZIAŁ XXIII

Joy

O szczegółach opowiedziałam jednak Liyanie dopiero w domu. Chciałam, żeby się skupiła. I ja też. A przy szybkiej jeździe ledwo mogłam oddychać.

– Na pewno nikt u ciebie nie nocuje? – spytałam przez zaciśnięte z bólu usta, kiedy dojechałyśmy na miejsce.

– Myślisz, że bym nie zauważyła?

Ojciec Liyany był profesorem na uniwersytecie i przyjaźnił się z moją matką. Dlatego znałyśmy się od chwili przeprowadzki do Hatfield. Liyana wciąż mieszkała w tej okolicy. Szczęściara. Kiedy skończyła szkołę średnią, rodzice kupili jej niewielki apartament, myśląc, że przyda jej się na studia. Tylko że Liyana nawet nie złożyła podania o przyjęcie i wybrała karierę barmanki. Jej rodzice musieli być bardzo tolerancyjni. I hojni, stwierdziłam, przestępując próg mieszkania. Prezentu nie zabrali, choć musiała ich nieźle wkurzyć.

– O rany!

– Nie przesadzaj. To tylko dwa pokoje.

– Ale jak fajnie urządzone. Z napiwków? – nie mogłam powstrzymać złośliwego języka.

– Oczywiście – zaśmiała się Liyana i posadziła mnie na miękkiej kremowej sofie.

Miałam nadzieję, że jej niczym nie poplamię. Ja już nie dostawałam napiwków. Żadnych.

– Nie przypuszczałam, że mieszkasz w takim raju.

Wszystko tu było jasne i nowe. I widok z okna na skwer z zielonym od podlewania trawnikiem.

Najchętniej porozmawiałabym z Liyaną o dawnym życiu i jej rodzicach, ale nie można było tracić ani chwili. Zrobiła się już jedenasta.

– Poczekaj, przygotuję ci coś do picia. Jadłaś śniadanie?

– A czym bym je pogryzła?

Ze strachu przed sztuczną szczęką nie zjadłam nawet kawałka.

– Okej, to w takim razie zrobię ci coś pożywnego, czego nie trzeba będzie gryźć. Musisz mieć siły. Za chwilę wracam.

– Tak, muszę ci w końcu powiedzieć, o co chodzi.

Siedziałam na sofie, której za nic nie mogłam poplamić, i patrzyłam na doniczkowe rośliny ustawione przy oknie. Wszędzie było tak pięknie. Choćbym nie wiadomo jak się pilnowała, musiałam porównywać to mieszkanie z naszym. Samo to wystarczyło, by każdego wprowadzić w stan kompletnego przygnębienia. Przymknęłam na chwilę oczy.

Otworzyłam je, słysząc głos Liyany.

– Powinnaś chyba się obudzić. To cud, że nie słyszysz telefonu. Jakiś Lucas dzwoni już po raz dziesiąty.

– Która godzina?

Może mam narkolepsję? Ostatnio ciągle tracę kontakt z rzeczywistością.

– Spałaś dwie godziny.

Spojrzałam na zegarek.

– Szlag by to wszystko trafił!

Mimo boleści uniosłam się z sofy. Jeśli Zuzanna zginie, to z mojej winy.

– Czy chcesz, żebym pojechała z tobą na policję?

Następna miłośniczka służb!

– A niby po co? – Przecież nic jej jeszcze nie powiedziałam o porywaczach.

– Myślałam... – speszyła się Liyana. – Twój wygląd... wiesz. Przepraszam, myślałam... że ktoś ci zrobił krzywdę.

– No chyba, że zrobił. Sama bym się aż tak nie pobiła. Na szczęście nikt mnie nie zgwałcił. Dzięki Lucasowi.

Właśnie, Lucas. Powinnam do niego zadzwonić? Zastanawiam się przez chwilę i rezygnuję. Może jak już będzie po wszystkim i jak się wszystko wyjaśni.

– Słuchaj uważnie, Liyano. Czy możesz mi pomóc? To jest niebezpieczne. I to bardzo. Jeśli odmówisz, zrozumiem.

– Wal śmiało.

Nagle rozpoznałam moją dawną przyjaciółkę i po raz kolejny postanowiłam jej zawierzyć. Zresztą nie miałam wyboru, prawda? Musiałam mieć wspólniczkę.

Zaczęłam opowiadać, najpierw wolno, potem coraz szybciej. Źrenice Liyany coraz bardziej się rozszerzały. Oczywiście nie powiedziałam nic o Stevie, któremu osobiście napisałam scenariusz na uwodzenie dziewczyn, zapoczątkowując całe nieszczęście. Ten fakt postanowiłam zachować dla siebie.

– Joy? To na co jeszcze czekamy?

W chwili kiedy skończyłam opowiadać, pomijając kilka szczegółów, zaschło mi w gardle, Liyana zerwała się na równe nogi, podała mi szklankę wody, a potem przejęła dowodzenie. Poczułam ulgę, że wreszcie mogę być szeregowcem, a nie generałem. Chętnie posłucham rozkazów.

– Wzięłam wodę, dwa batony energetyczne, banany i mój dres. Myślisz, że będzie pasował?

Nie miałam pojęcia, jakiego Zuzanna jest wzrostu.

– Może jeszcze jakiś ręcznik i pigułki przeciwbólowe – zastanawiała się głośno.

– Mnie też się przydadzą. Chociaż nie, bo mam jeszcze coś od Andile. Chyba teraz to wezmę.

Z ledwością się wyprostowałam, ale nie zamierzałam już narzekać.

– Bierzesz telefon? – spytała Liyana.

Leżał na stole z dziesięcioma nieodebranymi połączeniami. Wszystkimi od Lucasa. Wyłączyłam go zupełnie z sieci.

– Gotowa?

Liyana zarzuciła na ramiona mój plecak, gdzie znajdowały się zakrwawione nożyce do cięcia metalu. Miałam nadzieję, że tym razem wykorzystam je zgodnie z przeznaczeniem.

Nie przypuszczałam, że tak szybko się wszystko potoczy. Silny środek przeciwbólowy od Andile zaczął działać i oszałamiać mój mózg. W związku z tym czułam się, jakbym widziała wszystko przez szybę albo patrzyła na rozgrywający się przede mną film.

– Nie przejmuj się, po prostu się naćpałaś – oznajmiła Liyana, parkując w pobliżu warsztatu wujka Joego. – Twoja Andile z pewnością napchała tam czegoś mocnego. Inaczej by nie działało. Tylko błagam, nie śmiej się ani nie śpiewaj.

Jaka ona była dzielna. Zachowywała się, jakby nie zależało jej na życiu. Mnie tak. Musiałam wychować bliźniaczki.

– Wychodzimy.

Przemknęłyśmy w stronę warsztatu pochylone jak żołnierze marines. Ja nadawałam kierunek, Liyana sprawdzała trasę.

Pierwszy odcinek pokonałyśmy bez problemu. Ulica była prawie pusta, gdzieś w oddali kręcili się jacyś ludzie, ale nie zwracali na nas uwagi. Może wynosili zwłoki brodatego, kto wie?

– I co teraz?

– Ciii. Musimy sprawdzić, czy tam ktoś jest. A jeśli nie, to ty stoisz na czatach, a ja wchodzę do środka.

– Dasz radę?

Otarłam spocone czoło i kiwnęłam głową. Miałam nadzieję, że Zuzanna wciąż tam jest, choć w filmach zdarzają się nieoczekiwane zwroty akcji. A ja błagałam w myślach o ich brak. Dlaczego wcześniej nie doceniałam mojego nudnego życia?

Przystawiłam ucho do drzwi. Nie usłyszałam nic, wyjęłam więc klucz i skinęłam na Liyanę.

– Idź.

– Chwila, zobaczymy, co w środku.

Przywitały nas smród moczu i wykrzywione spojrzenia upiornych figurek. Liyana aż się cofnęła, bo zapomniałam ją uprzedzić o tych eksponatach.

– Zuzanna? – spytałam głośnym szeptem.

Po chwili odpowiedział mi cichy jęk. Poczułam taką wdzięczność do losu, że łzy zaczęły mi spływać po policzkach. Spojrzałam na Liyanę, która bez słowa podała mi plecak i cofnęła się do wyjścia.

– Jestem. Wszystko będzie dobrze.

Sięgnęłam po nożyce. Już drugi raz tak bardzo mi się przydały. Być może ratują drugie życie. Na szczęście łańcuch nie był zbyt masywny i rach-ciach kłódka spadła na podłogę. A ja otworzyłam drzwi.

Za nimi leżała skulona kobieta z zamkniętymi oczami. Otworzyła je dopiero, kiedy dotknęłam jej ręki.

– Myślałam, że to sen – szepnęła.

– Dasz radę iść?

– Nie wiem.

Jakim cudem z połamanymi żebrami udało mi się ją wyciągnąć z tego schowka, Bóg raczy wiedzieć. W każdym razie chwała Andile za jej leki.

– Musimy stąd uciekać. – Spojrzałam na mocno poplamioną bluzkę Zuzanny. – Ale najpierw trzeba ją zmienić.

Pomagałam kobiecie wstać i włożyć ubranie, ale ruszała się tak wolno. Co chwila wydawało mi się, że z ulicy dochodzi warkot silnika lub czyjeś kroki. W uszach słyszałam też pulsowanie krwi.

Na szczęście dres Liyany doskonale pasował na Zuzannę. Na wszelki wypadek spakowałam stare ubranie do plecaka. Ona sama stała, przytrzymując się ściany i drżąc jak osika. Jeśli teraz padnie na ziemię, nie będę w stanie jej podnieść.

– Pić!

– Zaraz wszystko dostaniesz. Idziemy.

Ból odezwał się ze wzmożoną siłą, kiedy otoczyłam Zuzannę ramieniem. Mój nagły jęk musiał ją zaniepokoić, bo nagle otworzyła szeroko oczy. Miały taki sam kolor jak oczy mojej matki. Nagle przypomniałam sobie, jak podpierałam Helen, pomagając jej iść do łazienki. Na sam koniec nie była już w stanie.

– Li? Pomożesz?

Wyłoniła się zza rogu, kiedy jedną ręką zamykałam warsztat, a drugą podtrzymywałam Zuzannę.

– Wreszcie. Myślałam, że się z nerwów posikam.

– Nie dam rady – jęknęła Zuzanna, ale Liyana była silna i to głównie dzięki niej dotarłyśmy jakoś do samochodu.

– Połóż się na tylnym siedzeniu. – Od razu zaczęła wydawać dyspozycje. – Tu masz wodę i jedzenie. A my jedziemy. Wskakuj, Joy!

Kiedy ruszałyśmy, spojrzałam do tyłu. Wydawało mi się, że w ulicę wjeżdża samochód. Ale może to było złudzenie po lekach. Na szczęście zdążyłyśmy już skręcić za rogiem.

– Szybciej! – krzyknęłam do Liyany.

– Nie, bo nas zatrzymają.

Miała rację, co ja będę pouczać generała. Zajęłam się więc Zuzanną, która leżała wyciągnięta na tylnym siedzeniu i wyglądała, jakby miała wysoką gorączkę. Podałam jej butelkę z wodą. Wypiła parę łyków i zamknęły jej się oczy. Nie wyglądało to zbyt dobrze. Zdaje się, że znów trzeba będzie poprosić Andile o pomoc.

O, musiałam powiedzieć to na głos, bo Liyana natychmiast się zgodziła.

– Lepiej ją doprowadzić do porządku, zanim ją odwieziemy.

Nie było zresztą wyboru. Zrobiła się już tak późna godzina, że ambasada musiała być zamknięta. Poza tym czułam, że wystarczy mi atrakcji jak na jeden dzień.

– Masz rację. Ale lepiej, żeby Andile przyjechała do ciebie.

Zresztą to za chwilę. Teraz pozostawał ostatni trudny punkt programu – wprowadzenie Zuzanny do mieszkania Liyany na drugie piętro.

– Panie Boże i wszyscy święci! Skąd wyście ją wytrzasnęły?

Po zbadaniu Zuzanny Andile weszła do drugiego pokoju, gdzie siedziałyśmy z Liyaną.

– Została porwana – powiedziałam szybko i spuściłam wzrok pod czujnym spojrzeniem uzdrowicielki.

– I tak znalazłyście ją na ulicy? Ale kręcisz, Joy. Nieważne. O tym sobie jeszcze porozmawiamy później. Nawet nie przypuszczałam, że jesteś taką kłamczuchą. Niby aniołek, a tu masz.

– Andile, o wszystkim ci powiem. Sama sporo wiesz. Ale nie myśl, że to są ci sami ludzie, którzy mnie pobili. Tamci są o wiele gorsi. Nie chcę, żebyś za dużo wiedziała. Ale to wszystko później. Powiedz lepiej, co z Zuzanną.

– Tak ma na imię?

Skinęłam głową.

– I jest albo Polką, albo Niemką. Niezbyt zrozumiałam, co mówiła. W jakim jest stanie?

– A w jakim ma być? Jest okropnie odwodniona. Jeszcze chwila i byłoby za późno. Ale niedługo poczuje się znacznie lepiej. Dałam jej silny środek nawadniający. Teraz śpi, ale budźcie ją co pół godziny i niech pije choć parę łyków tego płynu. I sika, żeby nerki nie wysiadły.

Wręczyła mi butelkę z zielonkawą cieczą.

– A ty, Joy, lepiej się czujesz?

Nie było łatwo wtargać Zuzannę do mieszkania Liyany. Musiałyśmy podtrzymywać ją z obu stron. Dałyśmy jej chwilę odpocząć, bo potem zaciągnęłyśmy ją do łazienki. Siedziała na stołku kuchennym, a my polewałyśmy ją wodą i szorowałyśmy gąbką, żeby pobudzić biedaczkę do życia. Nie protestowała, bo chyba nie miała siły mówić. Pojękiwała tylko cicho.

Ja pojękiwałam znacznie głośniej, bo otępienie polekowe już minęło i ból wbijał mi pazury wprost do mózgu. W końcu Liyana kazała mi usiąść i sama zawinęła Zuzannę w ręcznik.

– Poradzę sobie.

Zuzanna szła do przygotowanego dla niej łóżka zgięta w pałąk. A potem zasnęła jak kamień aż do pojawienia się Andile. Ta skrzywiła się na mój widok.

– Spokojnie, wytrzymam. Dasz mi jeszcze trochę tego specyfiku na noc i będę jak nowa.

– To co chcecie z nią robić? Mogę pomyśleć jutro o masażu. Powinna poczuć się znacznie lepiej.

– Jutro chcemy ją zawieźć do ambasady.

– Nie na policję?

– Nie.

– Nie wiem, czy to jest dobry pomysł.

– Ja też nie wiem, ale tam się nią zaopiekują. I jak będzie potrzeba, sami skontaktują się z policją.

– Joy, Liyano, wam się już kalendarz pokręcił od tego wszystkiego.

Spojrzałam na Liyanę. Ta z jękiem stuknęła się w czoło.

– Bo co?

– Bo jutro jest święto. Dzień Pojednania, ot co. Wszystko zamknięte. Ambasady pewnie też.

O szlag! Jeszcze tego nam brakowało. Kolejnej kłody rzuconej pod nogi. Dzień Pojednania, dawne święto Voorteckerów, europejskich kolonizatorów naszego kraju, przerobione na święto, które ma sprzyjać poczuciu jedności i harmonii rasowej.

Rzeczywiście w mieszkaniu Liyany mamy teraz harmonię rasową, ale co dalej robić?

– Nic – odpowiedziała Andile. – Niech ona lepiej dojdzie do siebie.

– Ale jej bliscy? Zwariują z niepokoju.

– To ją jutro spytajcie. Przecież może się z wami porozumieć. O rany, dziewczyny, co się z wami dzieje? – Andile pokiwała głową i wyszła.

A my zostałyśmy z porwaną Zuzanną i z pustką w głowie. To znaczy, moja głowa nie całkiem była pusta, bo pojawiały się w niej czarne myśli. A jeśli opieka uzdrowicielki okaże się niewystarczająca i coś się stanie Zuzannie? Skoro ją uratowałyśmy, jesteśmy teraz za nią odpowiedzialne.

– Joy, idź spać. Zrobiło się późno. Ja sama będę dawała pić Zuzannie.

– O nie, nie zna cię i jeszcze się wystraszy. Trzeba będzie ją później zaprowadzić do łazienki.

– To posiedzimy razem.

– Jak chcesz.

Ale było mi bardzo miło, że Liyana chce mi dotrzymać towarzystwa. Sama chyba rozsypałabym się na kawałki, a tak wraz z nią wszystko wydawało się bardziej normalne. Patrzyłyśmy na sylwetkę śpiącej kobiety, którą uratowałyśmy z łap porywaczy, i ogarniał nas coraz większy spokój. Dopiero teraz dochodziło do nas, co udało nam się zrobić.

– Fajnie, że znów ze sobą rozmawiamy – odezwała się Liyana po kilkuminutowej ciszy. – Bałam się, że już do końca życia będziesz na mnie wściekła za tę nieszczęsną historię.

Niee! Błagam. Niech ona się uciszy i nie zaczyna tematu Musy. Było, minęło. Nie chcę o nim słyszeć. Tym bardziej w takich okolicznościach.

Nie powiedziałam jednak tego na głos, a Liyana ochoczo ruszyła naprzód, żeby rozdrapać wspomnienia. Do krwi. Poczułam wobec niej nagły gniew, ale minął tak szybko, jak się pojawił. Sprawiły to kolejne słowa mojej przyjaciółki.

– Joy, czy wiesz może, ile jest w naszym kraju osób zarażonych wirusem HIV?

Dziwnie się składa, ale akurat wiedziałam.

– Ponad siedem i pół miliona.

Liyana pokręciła głową.

– Jesteś po prostu niesamowita.

– Czasem takie dane przylgną do mnie jak rzep, ale czemu pytasz?

Wzruszyła ramionami.

– Bo ja jestem jedną z nich.

– Co? – powiedziałam to tak głośno, że aż Zuzanna poruszyła się przez sen.

– Musa mnie zaraził.

Kolejne „co" zdławiłam w gardle. Patrzyłam na Liyanę, na jej pięknie zaznaczone kości policzkowe, zgrabne nogi i nie mogłam uwierzyć w to, co słyszę. Pozwoliłam jej mówić.

– Musa tak naprawdę nigdy mi się nie podobał. Zupełnie nie rozumiałam, dlaczego się nim zachwycasz. Wydawał mi się taki płytki. Mnie kręcił zupełnie ktoś inny. Pewnie się będziesz śmiała, ale to twój brat Steve. Próbowałam ci o tym kiedyś powiedzieć, ale w ostatniej chwili stchórzyłam. Wymyśliłam, że chodzi o kogoś z klasy. Ciebie może to śmieszyć, ale Steve mi zawsze bardzo imponował. Tylko że wówczas byłyśmy bardzo smarkate, a on student. Szkoda, że o tym nie powiedziałam. To pierwsze z naszych niedomówień. Ale nie wiem, czy pamiętasz, że coraz rzadziej się wówczas spotykałyśmy. Twoja matka była chora i chyba obie nie miałyśmy pojęcia jak bardzo. Ty też nic o tym nie mówiłaś. Któregoś dnia, kiedy po raz kolejny nie było cię w szkole, zagadał do mnie Musa. Powiedział, że rzuciłaś go bez słowa, i spytał, czy coś wiem na ten temat.

Liyana pozwoliła mu się odprowadzić. Akurat nie było rodziców, bo wyjechali z jej młodszym rodzeństwem do Kapsztadu, i Musa wprosił się do domu. Chciał się napić i pogadać o sytuacji, więc zaprosiła go na piwo. Początkowo Liyana nie chciała mu towarzyszyć, bo na następny dzień miała przygotować się do zajęć. A potem to już poszło. Śmiali się, żartowali i wypili cały zapas piwa z lodówki. I nagle...

– Jakby urwał mi się film. Nagle poczułam ból i zorientowałam się, że Musa na mnie leży.

– Nie dolał ci czegoś do piwa? – odezwałam się w końcu.

– Może. Wychodziłam do łazienki parę razy.

Westchnęłam tylko.

– I tak miałaś zawsze słabą głowę.

– To prawda. Ale to ja go wpuściłam do domu. Nie mam żadnego dowodu, że mnie do czegoś zmusił.

I kiedy Musa po tym wszystkim, co wkrótce między nimi zaszło, powiedział, że od tej pory Liyana będzie jego dziewczyną, również nie protestowała. Może jeśli uzna Musę za własnego chłopaka, to przejdzie jej uczucie wstydu? Większość koleżanek z klasy już dawno miała za sobą pierwsze doświadczenia seksualne. Co więc jej szkodzi. To przecież nic takiego.

Ale zaszkodziło. I wkrótce dowiedziała się prawdy.

– Li, on nie wytrzymał nawet kilku dni, kiedy moja matka była chora, a ja musiałam się zająć siostrami. Co za palant.

– Ostatni raz mówię o tym kłamliwym fiucie. Ale musiałam ci wyjaśnić.

Liyana rozstała się z Musą już po miesiącu. Postanowiła nie zawracać sobie głowy żadnymi chłopakami aż do studiów. Zawsze marzyła o studiowaniu architektury wnętrz. Tylko stopniowo czuła się coraz bardziej zmęczona. Poza tym dokuczały jej bóle gardła i brzucha. Matka uspokajała ją, że to wszystko przez nerwy i kiedy skończy się szkoła, od razu poczuje się lepiej. I rzeczywiście złe samopoczucie minęło po dwóch tygodniach.

A potem poszła oddać krew. Do tej pory robiłyśmy to razem, ale tym razem postanowiła Liyanie towarzyszyć młodsza siostra.

Siedziały obie w poczekalni, kiedy pielęgniarka poprosiła do środka Liyanę. Samą, bez siostry.

– Nie możesz oddać krwi – oznajmiła pielęgniarka spokojnym głosem.

– A co się stało, mam anemię?

– To o niczym nie wiesz?
– O czym mam niby wiedzieć?

A potem pielęgniarka wyszła i przyszedł lekarz. I tak się dowiedziała, że ma HIV. Wstrząs był tak wielki, jakby zawalił się cały świat. Wiedziała oczywiście, że można zarazić się po pierwszym razie, ale że spotka to właśnie ją? Zapewne nikt tego nie przypuszcza, stąd tak wysoka liczba zakażonych.

Już otwierałam usta, żeby coś powiedzieć, kiedy Liyana mi przerwała.

– Błagam, już widzę, co chcesz powiedzieć. Że mogę jeszcze wyjść za mąż, rodzić dzieci i dożyć do późnej starości. I to wszystko prawda.

Ale jej to nie mieściło się w głowie. Ona, tak dbająca o siebie pedantka, skończyła w taki sposób. Bo tak się właśnie czuła. Jakby się skończyła. Zbrukana, mniej wartościowa, wydawało jej się, że przegrała życie. Zrezygnowała wówczas z myśli o studiach, zaczęła się leczyć u psychiatry i pomału doszła do siebie. Rodzice bardzo jej pomogli.

– Przez całe życie będę na lekach.

– Jakbyś miała przeszczepioną wątrobę, to też byś była – wtrąciłam wreszcie swoje trzy grosze. – Albo gdybyś zmieniała płeć. Pomyśl o tym.

Liyana parsknęła śmiechem. Śmiała się tak, że aż łzy płynęły jej po policzkach.

– Kocham cię, Joy.
– Ja też cię kocham, wariatko!

ROZDZIAŁ XXIV

Steve

Piekło na ziemi. Jest takie wyrażenie, a od paru dni Steve uznał je za szalenie trafne, bo tam właśnie wylądował.

Był taki naiwny, myśląc, że wszystko się skończy, kiedy jego „wspólnicy" przejęli z samochodu Zuzannę. Przecież on wykonał zadanie, do którego go zmusili. Wziął na siebie największy ciężar, bo przecież najbardziej się wystawił. „Sprzedał" swoją twarz. W związku z tym nie brak by było świadków, którzy z pewnością rozpoznają, że to on przychodził po Zuzannę do hotelu, był z nią na wycieczce i w restauracjach. Lotnisko też chyba było monitorowane. Argument, że do rozpoznania potrzeba kogoś podejrzanego, a on nim nie jest, niewiele go pocieszał. Łudził się jedynie, że tamci wiedzą, co robią, i po trzech dniach będzie po wszystkim. Zuzanna odzyska wolność, Pastor i jego banda otrzymają kasę, a jemu dadzą spokój. Chociaż na jakiś czas, zanim znajdzie pomysł, jak się od nich skutecznie odczepić.

Prawdę mówiąc, tak bardzo myślał o sobie i swoich problemach, że gdzieś stracił z horyzontu Zuzannę.

Sądził wcześniej, że towarzyszenie jej będzie dla niego męczące, ale się pomylił. Bardzo sympatyczna kobieta. I gdyby była młodsza, a na jego drodze nie pojawiła się wcześniej Sine, pewnie by się nią zainteresował. Zawsze podobały mu się starsze kobiety. Szkoda tylko, że na zawsze zrujnował w jej oczach obraz własnego kraju. Ale to nie był mój pomysł, usprawiedliwiał się w myślach.

Pastor zabronił mu przychodzić do mieszkania, w którym przebywała Zuzanna. Widać nie chciał go spalić na przyszłość. Źle to wróżyło, bardzo źle. Szczególnie kiedy po trzech dniach zadzwonił do Steve'a i zaczął na niego wrzeszczeć.

– Co to za kurwa, że nikt nie chce za nią płacić?! Kogoś ty mi tu przysłał?

Tak jakby Steve był autorem tego przestępstwa! Przecież on nie miał nic do powiedzenia. To oni sami wybrali akurat Zuzannę. On był tu ostatni w hierarchii. O wszystkim decydowali Pastor i Długi.

– Może w to nie wierzą?

– Taak? To w takim razie przyjdź tu, panie mądralo. I to zaraz.

I tyle miał od nich spokoju. Zaledwie trzy dni. Tym razem nawet nie narzekał. Kazali mu tylko sprzątać warsztat, konkretnie zaś skrzynię, w której wujek Joe przechowywał potworne figurki, a potem on sam inny towar.

Steve zrobił, czego od niego chcieli, i nie zadał żadnego pytania. Dobrze wiedział, do czego posłuży im ta klatka.

– Ruszaj się szybciej, bo nie ma czasu – warknął na niego Długi.

Steve nie mógł się zdecydować, którego z nich nie znosi najbardziej. Zębaty był ostatnim prostakiem i osiłkiem do brudnej roboty, Pastor chorym mózgiem i urodzonym zabójcą, a Długi, ich spec od spraw technicznych, dwulicową gnidą.

– Ona tu długo nie wytrzyma.

– Prosił cię ktoś o opinię? Nie, to trzymaj język za zębami.

Steve zrobił, co do niego należało. I umył ręce. Dosłownie i w przenośni.

Po raz pierwszy od dawna poszedł do Sine. Mimo znacznie zaawansowanej ciąży wyglądała tak pięknie, że po raz kolejny poprosił ją, by za niego wyszła. Jak zwykle odmówiła, ale zgodziła się, żeby wyszli razem na zakupy. Brakowało jeszcze paru rzeczy dla noworodka.

– Powiedz mi chociaż, czy to chłopak – domagał się Steve.

– Dowiesz się we właściwym czasie.

Sine była twarda jak skała. I miała niezłą kondycję. Biegała po piętrach galerii Sandton bez odpoczynku. Dała się namówić na coś do picia dopiero wtedy, gdy udało jej się zrobić wszystkie zakupy.

Steve wysupłał ostatnie pieniądze. Nie miał pojęcia, co się będzie działo, kiedy ściągną mu środki za kartę kredytową. Co można w tym kraju robić, kiedy nie ma żadnej pracy. Ostatnio obiła mu się o uszy historia o żebraku ulicznym, który przyjeżdżał do centrum eleganckim samochodem, a potem przebierał się w łachmany i zbierał pieniądze od naiwnych. Steve słyszał o jego gigantycznych dziennych zarobkach, ale trochę nie chciało mu się w to wszystko wierzyć. Nie będzie sam tego próbował, tym bardziej że nie miał już eleganckiego samochodu, o którym mogłyby krążyć miejskie legendy.

Ostatnią jego szansą był wynajem mieszkania w Sandton. Pewnie i to nie będzie możliwe. Pastor powiedział, że nawet jeśli otrzymają okup, nie oznacza to wcale umorzenia jego długu. Steve był pewien, że ograbią go z mieszkania wcześniej czy później.

A jeśli nie dostaną tego okupu za Zuzannę? Co z nią wówczas zrobią? Głupie pytanie. Odpowiedź była tylko jedna. I znał nawet imię tej osoby, której każą to zrobić.

– Steve, coś ty taki zamyślony? Nie bój się, ja wcale nie chcę, żebyś był przy porodzie.

– Nie, to nie to. – Potrząsnął głową. – Chętnie będę.

– Moja przyjaciółka będzie mi towarzyszyć, więc się nie martw.

– Mówię ci, że to nie to. A co? Nudny jestem, tak?

Sine wzruszyła ramionami.

– Bywało lepiej. Ja też nie jestem skłonna do zabaw, zwłaszcza dla przebierańców. Mam jednak nadzieję, że jak będziesz chciał się spotykać z synem, to wykrzeszesz z siebie większy entuzjazm.

– Synem, powiedziałaś, synem? A jednak. Miałem rację. Będę miał syna!

– Uspokój się i przestań wrzeszczeć. Wszyscy się na nas gapią. Nie wiesz nawet, czy nie żartuję.

– A żartujesz?

– Niedługo sam się przekonasz.

Sine była tak piękna, szczególnie kiedy patrzyła na niego z tajemniczym uśmiechem sfinksa. I nie zamierzała dać mu się objąć.

– Wątpię, czy takie stałe obowiązki ojcowskie będą ci się podobały.

– Uważasz, że się nie nadaję na ojca?

– A będziesz umiał być odpowiedzialny za drugą osobę?

Raptem Steve zatrzymał się przed sklepem Woolwortha i doznał iluminacji. Aż złapał się za czoło. Oszołomienie i brak zdecydowania, w którym znajdował się od kilku dni, nagle minęły. Wiedział już, co ma robić. Miał nadzieję, że nie jest na to za późno.

– Sine, coś mi się przypomniało *à propos* odpowiedzialności. Będę musiał lecieć. Zawiozę cię do domu, dobrze?

– Chętnie. Po prostu padam z nóg.
– Mogę cię zanieść.
– Kompletny wariat.

Przynajmniej wniósł ją na piętro. Prawie, bo jednak Sine ważyła teraz więcej niż jego ciężarki na siłowni. A potem ucałował ją na pożegnanie i skierował kroki do najbliższego sklepu z narzędziami. Miał nadzieję, że będzie mógł tam kupić wytrych. I ewentualnie nożyce do cięcia metalu. Musiał teraz jak najszybciej przejechać z Johannesburga do Pretorii.

Drzwi udało mu się otworzyć własnym duplikatem klucza, o którym Pastor nie wiedział, a on się nie pochwalił. Wytrych był niepotrzebny. Śmieszne, że nie użyli swojego zabezpieczenia, ale to tym lepiej.

Wślizgnął się bezszelestnie do środka i zapalił światło. Co za okropny smród. Nagle ogarnęła go panika. Co oni wyprawiali z tą kobietą? W jakich warunkach ją tutaj trzymali?

– Halo? – powiedział niepewnym głosem.

Odpowiedziała mu cisza, więc skierował się w stronę skrzyni.

Fuck, fuck, fuck!

To coś po prostu niemożliwego.

Drzwi klatki były otwarte, a przy nich leżał przecięty łańcuch z kłódką. Zuzanny oczywiście ani śladu. Ale przecież drzwi do warsztatu były zamknięte. Więc…? Przez chwilę miał chaos w głowie, ale nagle jego myśli się rozplątały.

Była tylko jedna odpowiedź i jedyna osoba, która mogła to zrobić. Jego siostra Joy. To ona miała trzeci komplet kluczy.

Steve zaczął się z wolna wycofywać, gorączkowo zastanawiając się, co ma zrobić. Do tej pory myślał wyłącznie o sobie. Był oczywiście zmartwiony sprawą Zuzanny, ale tak naprawdę nie wierzył, że mogą ją zabić. Nagle do niego dotarło, że jest to jak najbardziej możliwe. A nawet pewne. Zabiją nie tylko Zuzannę, ale i Joy. Dopiero potem przyjdą po niego.

Wyszedł przed warsztat. Zamknął drzwi na klucz, a potem próbował je kopać, żeby zawiasy puściły. Daremnie. Tony wstawił tu porządne zabezpieczenie, nie do sforsowania przez drobnych rzezimieszków. Steve porzucił więc ten pomysł, obawiając się, że hałas może zwabić ciekawskich. Otworzył drzwi ponownie i uderzył wytrychem w rygiel. Jakby trochę się wygiął. Może wystarczy. Tamci nie są specami od kryminologii, więc jest szansa, że się nie zorientują.

Steve rozejrzał się dokoła, czy nie jest obserwowany, a potem coraz szybszym krokiem ruszył w kierunku zaparkowanego samochodu.

Joy nie odbierała. Nic dziwnego. Właśnie się dowiedziała, że jej brat należy do gangu porywającego ludzi. Z pewnością połączyła fakty, zawsze była bystrą dziewczyną. Mimo wszystko popełniła błąd, zamykając drzwi. Steve postanowił więc sprawdzić, czy nie popełniła kolejnego. I czy nie ma jej w domu. Musiał ją przecież ostrzec.

W oknie mieszkania nie było widać ruchu, ale to jeszcze o niczym nie świadczyło. Steve postanowił sprawdzić osobiście. Nacisnął jednocześnie klamkę i dzwonek. Po chwili otworzyły się drzwi. Ale nie te od mieszkania Joy.

– O, Steve!

Zza drzwi ukazała się głowa kobiety w kolorowej chuście. To była sąsiadka Joy, która często opiekowała się bliźniaczkami. Thando, przypomniał sobie jej imię.

– Cześć! Nie wiesz, gdzie jest moja siostra? Miałem do niej wpaść.

– Umawiała się z tobą? – zdziwiła się Thando.

– Tak jakby. I gdzieś przepadła.
– Nie wiem, gdzie jest. Może u Andile, wiesz, u tej uzdrowicielki. Załatwiała dla niej nożyce do cięcia metalu.
– Nożyce?
– Tak, od mojego brata. I mu nie odniosła. Dzwonił do mnie i jest wściekły. To niepodobne do Joy. Jak ją spotkasz, to powiedz, żeby mu natychmiast je zwróciła.
– Okej.

Steve wolno wycofał się z korytarza. Czy ta Andile nie mieszkała czasem po drugiej stronie ulicy? Chyba tak. Nie miał kłopotu z odnalezieniem szyldu z napisem „Uzdrowicielka". Był pewien, że mieszkała w pobliżu. Wystarczyło zapytać.

– Cześć! Jestem Steve Makeba. Szukam mojej siostry. Grozi jej niebezpieczeństwo. Nie wiesz, gdzie jest?
– Z pewnością nie tutaj! – obruszyła się rudowłosa uzdrowicielka. – Do widzenia. – Zaczęła zamykać drzwi.
– Hej, posłuchaj mnie. Lepiej uważaj na siebie. Ona jest w niebezpieczeństwie. I jeśli mnie udało się ciebie znaleźć, ludzie, którzy chcą ją skrzywdzić, też nie będą mieli z tym problemów.
– Jak już, to ty ją wpakowałeś w kłopoty – obruszyła się Andile.

A zatem o wielu sprawach wiedziała. I jak podejrzewał – od samej Joy, a nie z wróżenia.

– To prawda, ale teraz chcę jej pomóc.
– To pomóż!

Oczy rudowłosej wpatrywały się w niego tak wnikliwie, jakby chciały mu prześwidrować mózg.

– Ale jak?
– Sam wiesz jak.

Wracając do samochodu, myślał o tym, że Andile miała rację. Chyba wiedział, co należało zrobić.

Cała Lawley Street była zapchana samochodami miłośników bożonarodzeniowych światełek. Jeszcze się całkiem nie ściemniło, a już tłoczyli się ze wszystkich stron. Trwało z dziesięć minut, zanim zajechał pod rezydencję. Nie był pewien, jakie polecenia przekazał ojciec i czy ochroniarz wpuści go do środka. Na szczęście był to stary znajomy, który bez żadnego gadania otworzył bramę. A tam...

Droga do domu zastawiona była karawaną samochodów. Steve przeklął pod nosem. Ale się wpakował! U ojca byli goście. Zatem zero warunków do rozmowy. Zwłaszcza o porywaczach.

– Chcesz zawrócić, Steve? – zainteresował się ochroniarz. – Ojciec jest w domu, więc wal śmiało. Ach, te wozy? Nie przejmuj się nimi. Pani się wyprowadza z domu.

– Kto? Sana? Czy jakaś nowa?

– Pani Sana.

– Ale o co chodzi? – zdziwił się Steve, jednak ochroniarz uniósł tylko oczy do góry i nie skomentował.

Supermodelka urządzała zatem superjazdy. Ale słyszał, że była w ciąży, więc może jej zachowanie tłumaczyły rozbuchane hormony. Tym bardziej więc nie był to moment na rodzinne rozmowy. Ojciec pewnie jest wściekły i nabuzowany. Powinien się wycofać w porę, a teraz wjechał do środka i było już na to za późno. Może lepiej zostać w samochodzie, a potem zniknąć z tego miejsca wraz ze zgromadzonymi skarbami Sany? Z tego, co pamiętał, małżeństwo ojca trwało zaledwie parę miesięcy. Sam miał duże szczęście, że udało mu się uniknąć takich sytuacji. I że spotkał Sine. Wprawdzie w dość nietypowych okolicznościach, ale zupełnie nie szkodzi.

Steve opuścił szybę i wciągnął w płuca zachwycający zapach ogrodowych kwiatów. Był piękny letni wieczór. Szkoda, że nie mógł się tym dłużej rozkoszować.

– Postój sobie tu zrobiłeś czy co? – usłyszał nagle głos ojca. Odwrócił głowę.

Tony miał na sobie dziurawe dżinsy i stary T-shirt. Był zarośnięty i śmierdziało od niego nieprzetrawionym alkoholem. Steve wysiadł z wozu i stanął naprzeciw ojca. Postarzał się, od kiedy się widzieli.

– Tato!
– Myślałem, że pojawisz się wcześniej.
– Tak?
– Nieważne. Chodź do domu.
– Nie chciałem wysiadać, bo chyba jesteś zajęty. Co się tu dzieje? – Steve udawał, że nic nie wie o Sanie.
– Moja pseudożona się wyprowadza.
– Tak szybko?
– Tak późno. Umówmy się, nie będę wychowywał cudzego dzieciaka.
– Jak to?
– Myślała, że jest taka mądra i złapie naiwnego starca, że jak potrząśnie cyckami i tyłkiem, to ten straci kompletnie głowę. Ale się przeliczyła. – Tony zamilkł na chwilę, a potem spojrzał na syna. – Nie będziemy o niej teraz mówić. Przypuszczam, że to ty chcesz mi coś powiedzieć.

Steve skinął głową i poszedł za ojcem.

Tony poprowadził go prosto do swojego gabinetu. Kiedy tam weszli, Steve zerknął z nadzieją na jego dobrze zaopatrzony barek. Jednak ojciec nie zaproponował mu niczego do picia. Przełknął ślinę o wyjątkowo gorzkim smaku. Wiedział, że bez czegoś mocniejszego ciężko mu będzie przeprowadzić rozmowę. Jednocześnie zdawał sobie sprawę, że w domu ojca stracił już wszelkie prawa.

– Myślałem, że cię wcześniej zobaczę.

Za to Tony nie żałował sobie whisky. Z prawdziwym sadyzmem nalał sobie szklaneczkę po brzegi.

– Wygnałeś mnie.

– Tak, bo w końcu doszedłem do wniosku, że wychowałem leniwego trutnia. Myślałem, że jak zostaniesz zdany sam na siebie, to może przejaśni ci się w głowie.

– Tato!

– Co tato? Zabrałem cię od Helen, bo myślałem, że ona cię zmarnuje... Ale to była gigantyczna pomyłka. Popełniłem tyle cholernych błędów. A teraz muszę z tym żyć.

Tony przełknął spory łyk whisky, a potem jak zwykle przeszedł gładko do dziejów swojego nieszczęsnego dzieciństwa i walki z apartheidem. Nieważne, o czym się mówiło – ten temat zawsze musiał się pojawić.

I pewnie mówiłby dalej, gdyby nie zadzwonił telefon Steve'a. Chciał go już wyłączyć, ale zobaczył, że dzwoni do niego Sine. Odebrał. Rozmawiał krótko, ale to wystarczyło, żeby pot mu wystąpił na czoło.

– Tato, nie mówiłem ci jeszcze, że mam dziewczynę. I ona... ona zaczęła przedwcześnie rodzić. Muszę z nią pojechać do szpitala. Tato, to jest chłopak.

Tak się przejął, że zupełnie zapomniał o innych problemach. Teraz jak najszybciej chciał się znaleźć w Johannesburgu.

– Czekaj! – zatrzymał go Tony. – Pojedziesz z kierowcą do mojej kliniki. Zaraz tam zadzwonię. Nie mogę pozwolić, żeby mój wnuk się przez ciebie zmarnował.

Steve odetchnął z ulgą.

ROZDZIAŁ XXV

Joy

Krótko mówiąc, to była ciężka noc. Zuzanna pojękiwała i miała wysoką gorączkę. Budziłyśmy ją co godzinę, poiłyśmy płynem od Andile i dwa razy doprowadziłyśmy do łazienki. Myślałam wciąż o pechowej historii przyjaciółki i nie mogłam zasnąć. Poza tym stale wydawało mi się, że o czymś istotnym zapomniałam. W końcu nad ranem obie z Liyaną byłyśmy tak zmęczone, że zapadłyśmy w głęboki sen.

Kiedy otworzyłam oczy, ze zdziwieniem zauważyłam, że słońce stoi już wysoko nad horyzontem. Na kanapie leżałam sama. Podniosłam się i spojrzałam na Zuzannę. Miałam wrażenie, że nie oddycha. Była tak nieruchoma, że skoczyłam na równe nogi. Ból dopadł mnie w połowie drogi do jej łóżka.

Ja się chyba zupełnie wykończę z nerwów, stwierdziłam, pochylając się nad porwaną kobietą. Na szczęście oddychała. I to zupełnie spokojnie. Nagle otworzyła oczy i spojrzała na mnie dość przytomnym wzrokiem.

– Gdzie ja jestem?

– U mojej przyjaciółki Liyany. Pamiętasz nas? Uwolniłyśmy cię wczoraj.

Zuzanna mrugnęła parę razy.

– Ty jesteś Joy, prawda?

Pokiwałam głową zupełnie uspokojona. Wyglądało na to, że lekarstwa od Andile podziałały w zupełnie cudowny sposób. Gorączka minęła i Zuzanna mimo potarganych włosów wyglądała na zupełnie zdrową.

– Jesteśmy tu bezpieczne?

Podniosła się na łóżku i rozejrzała zaniepokojonym wzrokiem. Ale ponieważ mieszkanie Liyany wyglądało zupełnie normalnie i nawet nie miało zakratowanych okien, uspokojona opadła na poduszki.

– Muszę się ciebie poradzić, co dalej – powiedziałam, a Zuzanna patrzyła i uważnie słuchała moich słów. – Bo widzisz, dzisiaj jest u nas święto państwowe...

Przedstawiłam jej parę wariantów tego, co mogłybyśmy zrobić, celowo zasłaniając pójście na policję gąszczem innych słów. Oczywiście ostateczna decyzja należy do niej. Niestety, nie będziemy się kontaktować z jej rodziną do jutra, więc nie będą jeszcze wiedzieć o jej uratowaniu. Zuzanna skinęła głową.

Po chwili pojawiła się Liyana. Przyniosła nam kubki z kawą.

– Za chwilę śniadanie. Postanowiłyście coś?

Zuzanna znów się uniosła i oparła o ścianę.

– Poczekajmy do jutra – powiedziała. – Ale tu jesteśmy bezpieczne, prawda? – powtórzyła to samo pytanie.

Tak nam się wydawało, dopóki po śniadaniu nie przyszła Andile. Wyglądała na dość zaniepokojoną.

– Na wszelki wypadek postanowiłam przeprowadzić się na parę dni do matki. Tima już tam zostawiłam – oświadczyła mi na progu.

– Co się stało?

– Jeszcze nic. Ale wczoraj był u mnie twój brat, a rano ten Lucas. Szukał cię, mówił, że nie odpowiadasz i że masz wyłączony telefon.

– Mój brat? Ale...

I nagle w ułamku sekundy mój mózg ogłosił alert. Już wiedziałam, co zrobiłam źle. Po jaką cholerę zamknęłam ten pieprzony zamek? Steve musiał się od razu domyślić, że to ja uwolniłam Zuzannę. I za chwilę sprowadzi nam na głowę bandytów. Przestałam już wierzyć w jego uczciwość. Przeklęty Jack Boone!

– Nie denerwuj się. Nikt nie wie, gdzie jesteś. Jak chora?

Zaprowadziłam Andile do Zuzanny, która zupełnie nie pamiętała jej z poprzedniego dnia.

– Nie przejmuj się. Miałaś wysoką gorączkę – wyjaśniłam, próbując nadać głosowi naturalny ton.

Umierałam ze wstydu. Wydawało mi się, że tak świetnie wszystko zaplanowałam, a tu taka wtopa. Muszę nabrać więcej pokory. Ale czy będę jeszcze miała taką okazję? Nagle nad nami znów pojawiły się czarne chmury.

Już drugi dzień nie dzwoniłam do dziewczynek, ale nie mogłam włączyć telefonu. Jednak obiecałam. Muszę dać im znać, że wszystko w porządku. Będą się przecież denerwować. Nie, nie mogę do nikogo dzwonić. Ani do Lucasa, ani nawet do Thando, by powiedzieć jej, że nożyce są bezpieczne i że zwrócę je jutro. Nie mogę popełnić kolejnego błędu. Lepiej przeczekać.

– Zuzanna jest jeszcze słaba, ale do jutra będzie już w świetnej formie. Przygotujcie coś pożywnego i niech nie zapomina o piciu. Ja zrobię jej jeszcze masaż, żeby mięśnie doszły do siebie, i lecę.

– Andile, zostań tu z nami.

Zaprosiłam uzdrowicielkę do mieszkania Liyany, tak jakbym była tu gospodynią.

– Może to nie taki zły pomysł. Jest święto i dzisiaj nie przyjmuję klientów – powiedziała po chwili namysłu. – Wrócę tylko po parę rzeczy. – I nagle zesztywniała, jakby zobaczyła ducha. – Nie, nie wrócę. Masz rację, Joy. Lepiej będzie, jak zostanę z wami. Jutro też razem pojedziemy z Zuzanną.

– Masz jakieś przeczucia? – Poczułam, jak włos jeży mi się na głowie.

– Nie, ale postaram się nas odpowiednio zabezpieczyć.

– Masz broń?

– Zgłupiałaś? Mam swoje metody.

Ciekawe jakie. Jakaś czarna magia czy co? Pamiętam, jak Thando opowiadała mi o demonicznej sekcie, która nie gardzi ludzkim mięsem i potrafi wyrządzać zło na odległość. Druga żona ojca Thando w ten sposób wykończyła własną córkę, gdyż potrzebowała jej siły, by wyleczyć własny nowotwór. Nie, w głowę nic mi się nie stało. Opowiadam tylko, w co ludzie u nas wierzą.

– Zadzwonię do knajpy, że jestem chora – oznajmiła Liyana.

– Nie, lepiej, żebyś tam poszła, jak gdyby nigdy nic.

– Czy ty nie masz manii prześladowczej, Joy?

Może mam. Po tym nieszczęsnym zamku nie chcę przegapić niczego istotnego. Nie będę opowiadała dziewczynom o moich przeczuciach, bo mnie wyśmieją. Podejrzewam, że nawet Andile.

– Jak chcesz, to pójdę. Może nawet lepiej, bo zrobię po drodze zakupy.

– Jasne, my siedzimy w domu i czekamy.

W południe Zuzanna była już w niezłej formie. Chodziła po domu wyprostowana i nadal nie miała gorączki.

– Opowiedzcie mi o sobie – poprosiła w pewnej chwili. – Chciałabym was poznać. Uratowałyście mnie.

To się jeszcze okaże, powiedziałam sobie w duchu.

– A co byś chciała wiedzieć? Ja mam dwadzieścia pięć lat i czteroletniego syna.

– Ja też mam syna. Ma dwadzieścia lat. I na imię Natan. – Zuzanna się uśmiechnęła.

– To jest prawie w wieku Joy. Może się poznacie? – zażartowała ta wariatka Andile.

Chyba rozum jej się oczadził. Spojrzałam na nią rozzłoszczona, ale ona i Zuzanna się śmiały. I to tak, że aż łzy leciały im po policzkach.

Muszę poczekać, aż Andile wyjdzie do innego pokoju, i pogadać z Zuzanną o Jacku Boonie. Będę ją błagać, żeby go oszczędziła.

Tymczasem zostawiam je rozbawione i jak najciszej wymykam się z domu. Muszę zadzwonić z innego telefonu. Mam nadzieję, że ktoś mi go pożyczy.

Nawet nie zauważyły, kiedy wyszłam i wróciłam. Wciąż rozmawiały i wyglądało na to, że nigdy się nie dopcham do Zuzanny z moją sprawą. Na szczęście Andile zgłodniała i orzekła, że musi upichcić dla Zuzanny coś afrykańskiego. Ciekawe, co zamierzała zrobić. Grilla? Kiełbaski boerewors? A może *pap*? Na cierpiałam tej puszystej papki z grubo zmielonej mąki kukurydzianej. A pap to podstawowy produkt spożywany w całej Afryce.

– A może *amanquina*? – Uśmiechnęłam się, widząc w myślach, jak Zuzanna zajada kurze łapki.

– Nie bądź taka mądra – rzuciła Andile i wyszła z pokoju, kołysząc biodrami.

– Teraz twoja kolej, Joy – powiedziała Zuzanna. – Teraz ty musisz mi opowiedzieć wszystko o sobie.

Choć jej oczy były wciąż zmęczone i wyglądała na ofiarę przemocy, wykazywała spore zainteresowanie. Zaczęłam więc opowiadać. I tak się rozkręciłam, że pewnie nawijałabym do powrotu z pracy Liyany, kiedy zatrzymał mnie głos Andile.

– Moje panie, Malay Cape curry gotowe.

Curry. Ale wymyśliła! Jednak tak wygląda nasza tęczowa tożsamość afrykańska. Niech żyją nasi bracia Hindusi! Mahatma Gandhi mieszkał w tym kraju dwadzieścia dwa lata. A ja również uwielbiam curry.

Teraz sobie myślę, że ten mój opis dnia jest zupełnie fałszywy i niepełny. Można by przypuszczać, że tylko plotkujemy i objadamy się przysmakami, zapominając zupełnie o bandytach, którzy kręcą się gdzieś niedaleko i zamierzają nas sprzątnąć. Ale to nie była prawda. Każda z nas wykonywała swoje zadania. Korzystając z planu miasta, sprawdziłam lokalizację ambasady i spisałam numery kontaktowe. Wyglądało na to, że czeka nas dość krótka, bo zaledwie dziesięciominutowa wyprawa. Liyana zatankowała wóz i sprawdziła ciśnienie w oponach. Zuzanna zaś dostała zeszyt i miała w nim zapisać wszystko, co ma zamiar mówić w ambasadzie. A Andile... nie wiem, co zrobiła, bo zamknęła się na godzinę w łazience i coś tam po cichu zawodziła. Przyłożyłam ucho do drzwi, ale nie mogłam niczego zrozumieć. Kiedy stamtąd wyszła, po mieszkaniu rozszedł się ostry zapach ziół. Niezbyt przyjemny dla nosa i gryzący w krtani.

– Będzie dobrze – orzekła, poprawiając zupełnie potargane włosy. – Zrobiłam wszystko, co w mojej mocy. Reszta należy do was.

Rzadko piłam alkohol, ale tego wieczoru chętnie bym się go napiła. Mimo wszystko byłam dobrej myśli. A to za sprawą wykonanego wcześniej telefonu.

– Nie martw się o nic, Joy – powiedział Tony. – Zajmę się tym, tak jak ci obiecałem.

Czyli nie zapomniał, co mówił parę dni temu, kiedy się umówiliśmy na spotkanie w parku.

– Dlaczego w parku? – spytał, kiedy wysiadł ze swojego wypasionego mercedesa i rozejrzał się dokoła. A na chodniku wokół było mnóstwo śmieci, co kolidowało z nienagannym wyglądem mojego ojca. Miał na sobie jasnobeżowe lniane spodnie i jedwabną koszulę Madiby w kremowych barwach z drobnym brązowym nadrukiem. Ja zaś szorty i wyciągnięty czarny T-shirt. Normalnie książę i żebrak!

– U ciebie w domu jest za dużo ludzi. – Uśmiechnęłam się, ale bardziej do swoich myśli, przypominając sobie Hindusa i korupcyjne propozycje.

– No tak. Rzeczywiście tam wciąż się ktoś kręci – przyznał i zaczął mi się uważnie przyglądać. – Masz rysy mojej matki. I jej uśmiech – westchnął.

Z ulgą oczywiście. Przez lata był przekonany, że nie jest moim ojcem i że Helen go zdradzała. Myślał, że o tym nie wiem, ale kiedyś podsłuchałam, jak wykrzyczał to w awanturze z matką. Kiedy Helen była chora, sama zaczęła o tym mówić.

– Nie mogłam go przekonać. To mu się zupełnie ubzdurało. Może w ten sposób uzasadniał sobie to, że chce nas zostawić. Biała żona nie była już wówczas dobrym wyborem.

Według mnie miała rację. Gdyby poważnie podchodził do swoich podejrzeń, to już dawno zrobiłby badanie DNA. A teraz miał głupią minę i łzy w oczach. Wyrzuty sumienia? Nie zamierzałam niczego mu ułatwiać.

– Nie bardzo pamiętam babcię. Ale ostatnio często wspominałam wujka Joego.

– A co ci przyszło do głowy? Nie znalazł się do dzisiaj.
– Wiem, bo byłam w warsztacie. I znalazłam tam zupełnie kogoś innego.

Po raz pierwszy słuchał mnie z prawdziwym zainteresowaniem. Spacerowaliśmy prawie godzinę. Zachował pełen profesjonalizm i nie pozwolił sobie na żadne dygresje ani ataki pod adresem Steve'a. W końcu musiałam przerwać rozmowę. Nie przypuszczałam, że zrobi się tak późno.

Ciekawe, jak ojciec się tym zajmie. Zniszczy taśmy monitoringu z lotniska Tambo i z hotelu? Miałabym wiele pytań, ale wolałam ich sobie nie zadawać przed jutrzejszym dniem.

Siedziałam przy otwartym oknie i wsłuchiwałam się w głosy ptaków, które prowadziły bogate nocne życie na pobliskim skwerze. Z pokoju obok dochodziło ciche pochrapywanie.

– Joy, idź już spać.

Liyana stanęła za moimi plecami.

– Boję się, że może podjęłam złą decyzję. Nie chcę, żeby którejś z was stała się krzywda.

– Proszę cię, nie masz nawet pojęcia, jak ja się cieszę, że to się dzieje. Żebyś mnie tylko dobrze rozumiała. Sama sytuacja jest okropna i też nie chcę, żeby coś złego się stało. Ale przez ostatnie lata żyłam jak otępiała. Teraz się obudziłam i nagle mam ważny cel. Poradzimy sobie, Joy, zobaczysz.

– Oby.

– Przestań marudzić. Puszczę ci teraz mój ulubiony zespół. Blaq Diamond. Słyszałaś ich?

Nie znałam się na muzyce tak jak Liyana. Posłusznie położyłam się do łóżka i włożyłam słuchawki. Grali rzeczywiście świetnie i bez Andile mogłabym wywróżyć im wielką karierę. Wysłuchałam ich albumu dwa razy, myśląc o tym, co robią moje siostry, mój brat, krótką chwilę poświęciłam nieznanej angielskiej babci, a dłuższą Lucasowi i wreszcie usnęłam.

Obudziłyśmy się, zanim ibisy podniosły poranny wrzask. Gotowość bojowa w pełni. Wszystkie uznałyśmy, że musimy przyzwoicie wyglądać, i przez połowę poranka układałyśmy sobie włosy i szykowałyśmy ubrania.

Na szczęście Zuzanna, choć trochę niższa, miała sylwetkę podobną do Liyany, więc przebrałyśmy ją w tradycyjne ciuchy, a włosy przewiązałyśmy opaską.

Bałam się okropnie, ale robiłam dobrą minę i opowiadałam głupie dowcipy. Chodziło mi głównie o to, by nie wystraszyć Zuzanny. Wystarczyło jej koszmarnych przeżyć na całe życie. Podziwiałam ją nawet, że się tak szybko otrząsnęła i nie wpadała w histerię. Zachowywała się zupełnie racjonalnie, ale kto wie, co jej jeszcze może wpaść do głowy.

Wybiła godzina dziewiąta. Włączyłam telefon i spojrzałam na nieodebrane połączenia. Wśród nich był też numer Dariusa od cateringu i Marisy. Pewnie chodziło o pracę. A skoro nie odebrałam, następny raz nie zadzwonią. Nie będę o tym myśleć, postanowiłam, po czym wybrałam numer ambasady. Nikt nie odpowiedział. Może za wcześnie? Podjęłyśmy szybką wspólną decyzję. Nie możemy dłużej czekać, jeśli będzie zamknięte, pojedziemy prosto na najbliższy komisariat. Wczoraj sprawdziłam, gdzie się znajduje.

– Ruszamy!

– Wsiadamy do samochodu – zarządziła Liyana. – Koło mnie Andile, z tyłu Joy z Zuzanną. Ruszamy.

Stopniowo zaczęłam wciągać w płuca więcej tlenu i się uspokajać. Telefony były naładowane, samochód zatankowany i z dobrym ciśnieniem w oponach. Jedziemy. Wreszcie jedziemy.

– Obok ambasady są prezydenckie ogrody wraz z rezydencją. Powinno to być bezpieczne miejsce – uspokajałam towarzyszki, które wcale nie wyglądały na potrzebujące otuchy. Bawiły się i śpiewały, jakby były na szkolnym pikniku. Nawet Zuzanna uśmiechała się i próbowała nucić razem z nimi.

– Już Colbyn, to naprawdę blisko.

Wzięłam telefon do ręki i znów wybrałam numer ambasady. Tym razem odebrali, więc przekazałam słuchawkę Zuzannie. Liyana zatrzymała samochód, żeby mogła w spokoju rozmawiać. Dziwny język ten polski, stwierdziłam, słysząc szeleszczące dźwięki. Chociaż mlaski w naszym języku khosa biją wszystkie rekordy.

Na policzkach Zuzanny pojawiły się rumieńce.

– Czekają na nas.

– Hura! – krzyknęłyśmy z Liyaną.

Andile do nas nie dołączyła. Przymknęła oczy i zaczęła nucić. Kiwała tylko głową. To robiło tak dziwne wrażenie, że znowu ogarnął mnie lęk i niespokojnie rozglądałam się na boki, powtarzając w myślach: Prowadź nas, duchu królowej Nzinga. Byłaś dzielną królową i potrafiłaś pokonać najgorszych zbirów płci męskiej. Tego i my chcemy. Amen. Dodałam ten amen, bo wiem, że tak się kończy modlitwę, a nie miałam już czasu na dłuższe pożegnania z wymyśloną Nzingą.

Skręciłyśmy w Amos Street i dojechałyśmy do ronda. Dwieście metrów za nim znajdowała się ambasada. Ale droga przed nami była zagrodzona. Nie cała, jeden pas zastawiono pachołkami, wymuszając naprzemienny ruch.

– Nie hamuj, Li, jedź.

– Tam stoi facet z chorągiewką i zatrzymuje wszystkich.

Może to był błąd, że siedziałam z tyłu. Z przodu przynajmniej bym coś widziała, w przeciwieństwie do Andile, która wciąż miała zamknięte oczy. Pochyliłam się do przodu. I nagle zobaczyłam, jak facet w pomarańczowej kamizelce rozchyla usta. W szczerbatym uśmiechu. Podnosi chorągiewkę.

– To oni, Li, nie zatrzymuj się! – wrzasnęłam tak, że Andile momentalnie otworzyła oczy. – Jedź! Zuzanna na podłogę!

Liyana nacisnęła tak mocno na gaz, że facet ledwie odskoczył. Spojrzałam do tyłu. Szybko się otrząsnął i zaczął biec w naszym kierunku.

– A teraz hamuj! – Nie mogłyśmy minąć właściwej bramy, obok bowiem znajdowały się inne ambasady. Na szczęście zobaczyłam biało-czerwoną flagę. Nie ma jak wcześniejszy research.

– Tutaj!

Facet w pomarańczowym biegł dalej za nami, a ja wyskoczyłam z samochodu i nacisnęłam na przycisk dzwonka.

– Dzień dobry! – powiedział głos.

Ledwie zdążyłam odpowiedzieć, gdy nagle poczułam koło siebie ruch powietrza i usłyszałam wystrzał. Wszystko działo się jednocześnie. Cofnęłam głowę. Zobaczyłam rozbitą przednią szybę auta. Liyana krzyknęła z bólu.

– Otwórzcie tę bramę! – zaczęłam wrzeszczeć do głośnika. – Strzelają do nas. Co z tobą, Li?

– To szkło.

Wskoczyłam ponownie do wozu, bo był jedyną ochroną na ulicy. Nagle brama zaczęła się otwierać, ale napastnik był już niedaleko nas. Czy to on strzelał? I nagle usłyszałam głos Zuzanny. Musiała się podnieść z podłogi i spojrzała do tyłu.

– To on! To ten drugi. Wielkolud!

Obróciłam się.

Zobaczyłam najpierw czapkę bejsbolową z napisem „Pink Floyd". A potem... zbliżał się z innej strony niż ten w pomarańczowej kamizelce. Szedł nieubłaganie w naszym kierunku.

Wysoki, znacznie ode mnie wyższy, z zaciśniętymi ustami. I z wyciągniętą bronią. Otworzyłam usta ze zdumienia, gdyż rozpoznałam Lucasa.

Brama się otworzyła, ale zrozpaczone spostrzegłyśmy, że nie można przez nią przejechać, bo to jest śluza. Przed nami była kolejna brama, a drzwi za nami się jeszcze nie zamykały. Nic nie mogłyśmy zrobić. To było jak pułapka.

Lucas błyskawicznie znalazł się w bramie i podniósł broń, by do nas wystrzelić. I wówczas mnie dostrzegł. I zawahał się. A ja wstrzymałam oddech. Nie było żadnej możliwości ucieczki. I nagle, po chwili, która wydawała się wiecznością, rozległ się wystrzał, a raczej cała seria. Przecięła Lucasa wpół, aż się uniósł nad ziemią. A potem od strony prezydenckich ogrodów przejechał samochód terenowy. Widziałyśmy, jak zamykają się jego przyciemniane szyby.

Nie martw się, Joy. Wszystko będzie dobrze, obiecał tata i rzeczywiście po raz pierwszy w życiu dotrzymał słowa. A przynajmniej taką miałam nadzieję.

Druga brama zaczęła się w końcu otwierać. Wjechałyśmy na podjazd, zostawiając nieruchome ciało Lucasa za płotem.

ROZDZIAŁ XXVI

Zuzanna

Nie śpisz, mamo? – Natan przestał oglądać film i pochylił się w jej stronę.

– Nie mogę. A co z babcią?

– Śpi już od godziny.

Zuzanna wychyliła się do przodu i spojrzała na rozłożony fotel Julii. Dobiegało stamtąd ciche pochrapywanie. Szczęściara. Wielka szkoda, że nie skorzystała z tabletek nasennych matki, ale Zuzanna bała się, że będzie miała koszmary. Lepiej było nie spać, a potem po podróży paść ze zmęczenia. Nieprzespanie nocy nie było żadną tragedią, próbowała się pocieszać. Natan też nie spał, choć u niego taki tryb nocny był jednak normą.

– Śpij, mamo. Odpręż się. Jestem przy tobie. A może wezwać stewardesę i napijesz się czegoś?

– Może to dobry pomysł, dzięki. – Zuzanna nacisnęła przycisk wzywający obsługę.

Spojrzała na syna z wdzięcznością. Po raz pierwszy w życiu był dla niej taki serdeczny i się o nią troszczył. Zupełnie nie znała go z tej strony. Za każdym razem, gdy przypominało jej się ich spotkanie w Pretorii, czuła łzy pod powiekami.

* * *

Kiedy zajechały pod ambasadę, Zuzanna była w tak dużym szoku, że nie potrafiła otworzyć drzwi samochodu. Nie wiedziała, gdzie się znajduje. Poza tym gdy dostrzegła leżące przed bramą ciało Wielkoluda, zabrakło jej powietrza.

– Już wszystko okej. Jesteśmy bezpieczne. – Joy, na której twarzy wciąż malowało się przerażenie, pociągnęła ją za rękę, a Andile wykrzyknęła:

– Zadziałało! Wiedziałam, że zadziała.

Zuzanna zobaczyła, jak Liyana przewraca oczami.

– Wysiadamy? Czy będziemy czekać, aż ktoś się pojawi?

Z ambasady nikt nie wychodził. Może czekali w środku, wystraszywszy się strzelaniny.

Po kilku nieudanych próbach Zuzannie nagle udało się zaczerpnąć tchu, a jednocześnie jej ręka odnalazła klamkę. Wciąż żyła, stwierdziła z niedowierzaniem. Podciągnęła szeroką afrykańską spódnicę i wygramoliła się na zewnątrz. A tam oślepiło ją słońce. Tym razem zakręciło jej się w głowie i myślała, że upadnie. Zaczęła rozglądać się za dziewczynami, gdy nagle usłyszała czyjś radosny okrzyk:

– Mama!

I znalazła się w objęciach syna. I to on ją podtrzymał przed upadkiem.

– Skąd się tutaj wziąłeś?

– Przyjechaliśmy po ciebie, mamusiu. Wszystko dobrze? Dobrze się czujesz?

– Tak, jestem tylko osłabiona. Boję się, że upadnę. Ale słuchaj i patrz: te dziewczyny mnie uratowały. One są aniołami.

Natan spojrzał w bok i zobaczył trzy wpatrzone w niego postacie. Nie zdążył się z nimi przywitać, bo matka trzymająca się jego ramienia zaczęła płakać. I nagle wszystkie cztery kobiety uderzyły w płacz. Natan starał się powstrzymać, ale Zuzanna widziała, jak i jemu drgała broda.

– Susie! – Nawet nie zauważyła pojawienia się Julii. Była w asyście dwóch mężczyzn w garniturach. – Córeczko moja najdroższa.

Nigdy do tej pory matka nie zwracała się do niej tak czule. I nigdy jej tak nie tuliła. Po chwili Julia miała zupełnie czerwone oczy.

– Przepraszam cię – wyszeptała do Zuzanny. – Przepraszam, że tak długo cierpiałaś. Ale nie mogliśmy uwierzyć, że cię porwali.

Jak mogli nie wierzyć, zastanawiała się Zuzanna, dopijając koniak. Na szczęście uprzejma stewardesa zostawiła jej od razu dwa. Jak mogli nie wierzyć w jej porwanie, skoro przez tyle czasu przed jej wyjazdem nieustannie wieszczyli, że podczas podróży spotka ją nieszczęście. Na ich widok ucieszyła się i wzruszyła. Jak mogło być inaczej. Teraz jednak pojawiły się wątpliwości. Wiedziała, że najgorszą rzeczą będzie dzielenie włosa na czworo, ale podczas tej bezsennej nocy w przestworzach nie mogła się powstrzymać od myślenia o najgorszym.

– Lepiej? – spytał Natan.

– Odrobinę. Pewnie musi minąć trochę czasu, żebym się z tym oswoiła. Ale chyba boję się zasnąć. Wydaje mi się, że obudzę się wówczas w tym koszmarnym miejscu, w tej klatce. Poza tym cały czas się zastanawiam, jak to wyglądało po waszej stronie. Nie zdążyliśmy o tym porozmawiać. Ostatnie dni to było istne szaleństwo.

Zeznania, korowód nieznanych osób, które ciągle zadawały jej te same pytania, rozmowy w ambasadzie. Nawet nie miała okazji spotkać się ponownie ze swoimi wybawicielkami i im porządnie podziękować. Tak szybko zniknęły, zasłaniając się obowiązkami, ale Zuzanna podejrzewała, że czuły się niezręcznie w towarzystwie tylu nieznanych osób. Obiecała im, że się z nimi ponownie spotka, ale oczywiście nikt nie wierzył, że Zuzanna kiedykolwiek tu jeszcze wróci. Na pożegnanie chciała im wręczyć trochę pieniędzy. Nie przypuszczała, że wyjdzie tak niezręcznie.

– Nie robiłyśmy tego dla kasy – powiedziała Joy. – Przecież wiesz.

– Ale to na święta. Dla waszych rodzin.

Stanowczo pokręciły głowami.

– Bądź zdrowa, Zuzanno. I szczęśliwa. I nie zapomnij nas.

– Nigdy w życiu was nie zapomnę.

Kiedy wychodziły z hotelu, Zuzanna miała wrażenie, że żegna najbliższe jej osoby. Dziwne, że tak bardzo potrafiły się zżyć podczas zaledwie paru dni.

Miła pani z ambasady obiecała jednak, że przekaże dziewczynom bożonarodzeniowe paczki z upominkami. Chociaż tyle w zamian za życie.

– Taak. – Głos Natana przeszedł w szept. – To ja ci o wszystkim opowiem.

Na lotnisku we Frankfurcie pożegnali się z Julią.

– Przepraszam was, ale Zuzanny miało nie być na święta, więc już wcześniej zaprosiłam gości. Nie mogę tego odwołać. Część z nich to starsi ludzie, którzy nie mają do kogo pójść.

– Mamo, nie tłumacz się. Przyjedziecie w nowym roku, tak jak się umawialiśmy.

– Pamiętaj, by pójść do lekarza się przebadać.

– Ale mnie nic nie jest.

Na wszelki wypadek Julia wręczyła jej swoje pigułki nasenne.

– Nie myśl o mnie źle, ale wszyscy popełniamy błędy. Za późno się wzięliśmy do działania. Zawiódł tym razem mój instynkt. Zestarzałam się, córeczko. Już dawno powinnam iść na emeryturę.

Zuzanna chciała powiedzieć, że kiedy była w zamknięciu, czuła przy sobie jej obecność, ale uznała, że matka nie lubi takich sentymentalnych słodkości. Była kobietą czynu, a nie miłośniczką telenoweli.

– Jak przyjedziesz, to chciałabym, żebyś mnie zabrała na Wyspę Sobieszewską i opowiedziała o swoim dzieciństwie.

– Chciałabyś to usłyszeć? Zawsze zatykałaś uszy. Bo to smutna historia, tak?

– Już się jej nie boję.

Julia westchnęła i spojrzała uważnie na córkę, jakby chciała sprawdzić, czy mówi poważnie.

– Jeśli chcesz, to możemy zrobić całą trasę. Od Ferberweg, bo tam mieszkałam.

– Pewnie, że chcę. Przyjedź jak najszybciej, mamo.

Po uściskach Zuzanna z Natanem poszli dalej, w stronę terminalu, skąd odlatywał samolot do Gdańska.

– Ciekawe – powiedział Natan, zerkając na matkę.

– Co takiego?

– Że mówisz do babci „mamo". Zawsze mówiłaś do niej po imieniu.

– To prawda. Ale ostatnio bardzo brakowało mi mamy.

Musiała znów powstrzymać łzy, bo Natan nagle się do niej przytulił.

Kiedy tylko weszli do samolotu, Zuzanna zasnęła jak kłoda. Obudziła się dopiero wtedy, gdy wylądowali w Gdańsku. Przywitały ich chmury i deszcz, czyli normalny grudniowy dzień. Odprawa minęła bardzo szybko, bo nie czekali na bagaż. Mieli tylko podręczny. W niewielkiej torbie Zuzanny znajdowało się zaledwie parę kosmetyków, zmiana bielizny, zapasowy T-shirt i tymczasowy paszport. Ale czy potrzebowała czegoś więcej?

– Mamo, będę musiał jutro jechać do Warszawy, bo mam kolokwium. Dasz sobie radę? – spytał Natan, kiedy szli do taksówki.

– Oczywiście, że dam – odpowiedziała, a potem podała kierowcy adres fabryki.

– Nie jedziemy do domu?

– To potrwa chwilę. Muszę coś załatwić.

Natan kiwnął głową i skoncentrował się na telefonie. Zuzanna aż się dziwiła, że tyle czasu wytrzymał bez ciągłego sprawdzania. Ona straciła telefon, ale zupełnie jej go nie brakowało. Na szczęście wszystkie zdjęcia i kontakty znajdowały się w chmurze, więc łatwo będzie odzyskać dane. Nie chciała się jeszcze tym zajmować, pragnęła spokoju. Nie było w tym nic dziwnego, skoro wymarzone wakacje po dwóch latach ciężkiej pracy okazały się koszmarem.

– Jak chcesz, to możesz zostać z panem – zwróciła się do Natana, kiedy dojechali do Flem-Polu. – Ja tylko załatwię jedną sprawę.

– Pójdę z tobą.

– Mogę na państwa poczekać, jeśli to rzeczywiście chwila – zaproponował wielkodusznie taryfiarz.

Było piątkowe popołudnie i zbliżały się święta. Korytarze firmy opustoszały. Zuzanna skierowała się do sekretariatu.

– Chcesz wziąć zapasowe klucze do domu? – spytał Natan. – Mam przecież swoje.

– Nie, to co innego – odparła.

Dopiero chwytając za klamkę, pomyślała, że może powinna się uczesać i przypudrować. Miała na sobie polarową bluzę, dżinsy i adidasy. Wszystko kupione przez Julię, bo sama nie miała czasu na chodzenie po sklepach. Ale były jeszcze kolczyki z kolorowych koralików podarowane przez Joy i amulet na szczęście od Andile. Dotknęła go na krótką chwilę i weszła do sekretariatu.

Był zupełnie pusty. Szybko zaczęli bez niej świętować. Kota nie ma... I nagle otworzyły się drzwi i weszła jej asystentka.

– Pani Zuzanno, o Boże! Tak się cieszę. – I rzuciła się jej na szyję. – Myśleliśmy, że przyjdzie pani dopiero w poniedziałek. Oj, wszystko na darmo.

– Co takiego?

– Powitanie. Chcieliśmy przygotować niespodziankę.

Nagle w sekretariacie pojawiło się więcej osób, tak jakby się właśnie dowiedzieli o przybyciu Zuzanny. A wśród nich Michał Czerny. Na jej widok aż otworzył usta ze zdumienia.

– Już jesteś?

– Nie mogłabym pojechać do domu bez powiedzenia „dziękuję" – wyjąkała nieśmiało Zuzanna, a potem rzuciła się w ramiona Czernego.

Ten stał zaskoczony i nie wiedział, co zrobić z rękami. Ocknął się dopiero, kiedy pocałowała go w usta. Nie miał już wyboru. Musiał oddać pocałunek.

W sekretariacie stali Natan, kierowca taksówki i jeszcze kilka innych osób, ale ani Zuzanna, ani Michał nie zwracali na nich najmniejszej uwagi.

– Miałaś koszmar w nocy – powiedział Michał, kiedy wyszli rano na plażę.

Wiał wiatr i zacinał deszcz, więc usłyszała go dopiero za drugim razem.

– Nie pamiętam już! – odkrzyknęła.

Nie chciała mu kłamać, ale też nie chciała, by się martwił. Dobrze pamiętała ten sen, bo powtarzał się od paru tygodni. Może w końcu się podda i weźmie pigułki nasenne, ale na razie leczyła się tym, co w tej chwili. Długim spacerem nad brzegiem morza, i to bez względu na pogodę. Po powrocie na ogół nie myślała o niczym i tylko marzyła o ciepłej herbacie z cytryną i miodem. Ale tego snu nie była w stanie się pozbyć. Nie pamiętała, jak się zaczynał, ale zawsze kończył się tak samo.

Słychać było wystrzały i jej prześladowca padał na ziemię, a na jego piersi wykwitała plama krwi. On nie żył, już nie musiała dłużej uciekać, wiedziała, że jest bezpieczna. Ale nagle ciało zaczynało się poruszać, a oczy otwierać. Niee! Z tym okrzykiem zawsze się budziła. I Michał również. A kiedy widział, że nie śpi, brał ją w ramiona i przytulał, dopóki się nie uspokoiła. Wiedziała, że mu zakłóca sen, i ostatnio zaczęła udawać nadal pogrążoną we śnie.

Zuzanna podbiegła do morza tak blisko, że nadchodząca fala prawie zmoczyła jej buty. Odetchnęła głęboko, niemal zachłystując się powietrzem. Pogoda nie była spacerowa, na plaży panowały pustki.

– Zuza, wiesz, że jestem obok ciebie. Jeśli się czegoś boisz...

Michał ze względu na chorą nogę potrzebował więcej czasu, by dojść do brzegu.

– Mam nadzieję, że to wkrótce przejdzie. – Pocałowała jego zimne skronie. – Podobno czas jest najlepszym lekarzem.

– Niedługo mój urlop się kończy – zauważył Michał.
– Nie martw się, w każdej chwili ci go przedłużę.
– Nie, kochanie. Lepiej, żebym wrócił pilnować twoich interesów. Bo za chwilę padnie nam dyscyplina.
– Służbista.
– Prawie jak twoja matka.
– Wiesz, że już nie – powiedziała z uśmiechem Zuzanna.

Od nowego roku Julia przeszła na zasłużoną emeryturę. Zamierzała podróżować, dopóki będzie miała siły. Sprzedała więc firmę, skoro Zuzanna jej nie chciała, i postanowiła przepuścić wszystkie pieniądze. Poza częścią dla Natana, z którą będzie mógł zrobić, co zechce. Jeśli skończy studia. To był główny warunek, jaki wnuk miał spełnić.

– Ale mam pomysł, żebyś została w Kuźnicy. Dobrze się tu czujesz, a ja będę do ciebie przyjeżdżał na weekendy. Oczywiście pod warunkiem, że nie będziesz się bała.
– Bała się?
– Wiesz, że mogę przyjechać w każdej chwili.

Sen z pewnością będzie się powtarzał, lęki też pozostaną. Ale da sobie radę. Czuła się teraz o wiele silniejsza niż przedtem.

– Pozwolisz mi przejąć twoją samotnię? Czy ja dobrze słyszę?

Stara chata rybacka Czernego nie wyglądała zbyt imponująco z zewnątrz. Ot, stojący przy ulicy zwykły poniemiecki budyneczek z czerwonej cegły bez jakichkolwiek upiększeń. Ale jego wnętrze zostało gruntownie przebudowane i z dwóch mieszkań, które pierwotnie się tam znajdowały, starczyło miejsca na wygodny salon połączony z kuchnią, dwie sypialnie i przestronną łazienkę. Całość pełna drewna i materiałów naturalnych, a do tego dekoracje marynistyczne.

Zuzanna zachwyciła się chatą od pierwszego wejrzenia. Natychmiast zrozumiała, dlaczego Czerny nie może się bez niej obejść. Było tu wszystko, czego można pragnąć od życia. Półki pełne książek, stary gramofon z płytami winylowymi i wygodny fotel.

– Całe moje życie stoi przed tobą otworem.

– Sprytne. Wiesz, co powiedzieć kobiecie.

Zbliżył się do niej i pocałował. Jego usta miały słonawy smak morza.

– Spójrz, czy to nie dziwne? Tęcza na niebie.

Zuzanna odwróciła głowę.

– Rzeczywiście.

Była piękna i niezwykła, bo styczniowa. A każdy z jej kolorów tak niesłychanie wyrazisty. Nagle w głowie Zuzanny pojawił się pomysł. Również niezwykły i dość szalony.

– Co byś powiedział, gdybyśmy w tym roku wybrali się do RPA?

ROZDZIAŁ XXVII

Joy

Jest noc, a ja idę wolnym krokiem i dokładnie się wszystkiemu przyglądam. Sklepy są już zamknięte i w pobliżu nie kręci się zbyt wielu ludzi. Mogę więc bez przeszkód oglądać witryny. Tam jest najwięcej koloru. Na wystawach i na neonach. Wszystko inne jest szare, może trochę bardziej lśniące z powodu deszczu, który padał jeszcze godzinę temu.

Przyspieszam kroku i przechodzę na drugą stronę ulicy, bo mijam pub. Stoi przed nim grupa hałaśliwych nierobów, więc na wszelki wypadek chcę im zejść z drogi. W ostatniej chwili, bo jednak zaczyna się awantura. Mogę ją zobaczyć z odległości kilkunastu metrów. Na szczęście odbywa się bez mojego udziału. Niewiarygodne, jak szybko zaczęli się ze sobą bić. Z pubu wyskakuje grupa gapiów, a ja przyspieszam kroku, żeby się w to nie mieszać. Prawie jak w domu, tylko że tym razem ci awanturnicy mają białą skórę.

– Gdzie tak długo byłaś? Umieram z nerwów. Przecież dzisiaj jest piątkowy wieczór. Same awantury na mieście.

Westchnęłam i spojrzałam na Annę Joy. Rzeczywiście była zaniepokojona. Zrobiło mi się głupio, że dostarczam zmartwień tej miłej starszej kobiecie. Podeszłam do niej i mocno ją objęłam.

– Nic takiego się nie działo. Ale przynajmniej trochę się przeszłam po zajęciach, skoro nie ma deszczu.

Przez cały luty nie padało chyba tylko przez trzy dni. Powietrze jest wilgotne i cuchnie zgnilizną. I pomyśleć, że u nas teraz pełnia lata. Ale oczywiście nie żałuję tego ani przez chwilę. Cieszę się, że jestem u mojej babci.

Na pierwszy rzut oka ta starsza biała pani nie wygląda, jakby miała ze mną cokolwiek wspólnego. Ale kiedy zobaczyłam jej oczy, wiedziałam, że nie ma w tym żadnej pomyłki. Jedno jej oko było brązowe, a drugie zielone, dokładnie jak u mnie. Poza tym jest dość wysoka jak na swój wiek i ma siwe, a w zasadzie białe włosy upięte na szczycie głowy. Jej poczucie humoru jest podobne do mojego i chociaż jesteśmy z dwóch różnych światów, świetnie się ze sobą porozumiewamy.

– Porozmawiamy dzisiaj z Nandi i Thandie? – spytała Anna Joy.

– Jutro! Dzisiaj idą na przyjęcie urodzinowe do koleżanki. Zajęte takie.

– Zazdrościsz im?

– Skąd.

Ale jestem trochę zła, że tak dobrze im beze mnie. Nie było proszenia, nalegania, żebym wróciła wcześniej, że tęsknią. To tylko trzy miesiące, jednak…

– Powinnaś się cieszyć, że się tam dobrze czują. Im więcej ludzi je kocha, tym lepiej.

To prawda, po śmierci Helen myślałam, że tylko ja, a teraz wyglądało na to, że oprócz Owethu i Lungi była jeszcze Anna Joy, nieznana babcia z Anglii.

Zadzwoniłam do niej zaraz w grudniu, a ona błyskawicznie doszła do siebie po szoku i przyjechała do nas w święta. Przed świętami nie było już biletów. Z lotniska odebrał ją Steve, który sam to zresztą zaproponował. Tony też się wykazał, gdyż któregoś dnia zaprosił nas na kolację do klubu golfowego. Był bardzo uprzejmy dla byłej teściowej, a na koniec wręczył jej komplet kolorowych miseczek z drutu telefonicznego. Ot, taki prezent typowy dla turystów, idealny na przełamanie lodów. Dwa tygodnie minęły śmiesznie szybko i pewnie byśmy się rozstały na dłużej, gdyby nie kolejny pomysł Owethu.

– Wiesz, Lunga i ja pomyśleliśmy, że może dziewczynki chciałyby u nas chodzić do szkoły. Mogłabyś w tym czasie pojechać do Anglii. Nie sądzisz, że to dobry pomysł?

Liyana powiedziała mi, że mam się natychmiast zgodzić, a Andile i jej przodkowie byli tego samego zdania.

– Przecież ich nie porzucasz na zawsze.

Oczywiście, że nie. Ale skoro bliźniaczki zdążyły mi już powiedzieć, na jakie prezenty liczą, nie pozostało mi nic innego, jak kupić bilet.

– Następnym razem pojedziemy z tobą – oznajmiły.

Jasne. Chyba przewróciło im się w głowie. Widać apetyty rosną tak szybko, że nie mam pojęcia, jak będę w stanie je zaspokoić. Anna Joy mówi, że możemy u niej mieszkać, a ja znajdę jakąś dorywczą pracę, ale na dłuższą metę trzeba mieć lepszy plan. Dlatego zapisałam się na kilka kursów online, które pomogą mi w ukończeniu szkoły średniej. Anna Joy mi w tym sekunduje. Chce się z nami wszystkim dzielić i nam pomagać. Jak mówi, zawsze wierzyła, że wnuki ją kiedyś odnajdą. O najmłodszych nie miała nawet pojęcia, gdyż Helen w pewnej chwili przestała z nią korespondować.

– To po śmierci Paula. Napisałam do Helen, że powinna

przyjechać na pogrzeb ojca. A ona się chyba obraziła, że mam do niej pretensje, i przestała pisać. Nie wiedziałam, że była wówczas w ciąży.

Typowe zachowanie Helen. Nie znosiła tłumaczenia się z czegokolwiek i zawsze odrzucała pomocną dłoń. A może nawet skłonna była ją odgryźć. Chyba sama muszę z tego wyciągnąć lekcję. Bo przecież ludzie chętnie pomagają innym. Nawet takim zupełnie obcym.

Codziennie budzę się we własnej sypialni, która niegdyś należała do Helen, a teraz stanowi wręcz izbę pamięci. Z każdej ściany zerkają na mnie zdjęcia mojej przepięknej matki o trudnym charakterze.

– Zawsze miałam nadzieję, że kiedyś tu wróci – mówi ze smutkiem Anna Joy, a w jej oczach pojawiają się łzy. – Wróciła za to jej córka.

Wprawdzie Lucas okazał się ostatecznie przestępcą i oszustem, ale za każdym razem, kiedy przypominam sobie, kto odnalazł adres mojej babki, myślę o nim z wielką wdzięcznością. Może naprawdę mu się podobałam, może naprawdę chciał, żebym została jego dziewczyną, może faktycznie chciał zerwać ze złem i uciec ze mną do Wielkiej Brytanii. Niczego się od niego już nie dowiem.

Czy się domyślałam? Niby skąd?! To znaczy nie na początku, bo kiedy dziwnym trafem znalazł mnie w Silverton, a potem pachniał drogą wodą kolońską mojego brata, nabrałam wątpliwości. Dlatego wyłączyłam telefon z sieci, bo co innego mogłam zrobić. Miałam jednak nadzieję, że to tylko moja chora wyobraźnia. Mimo wszystko nie wierzyłam, by ten chłopak był zdolny do okrucieństwa. A jednak.

Kiedy policja zidentyfikowała zwłoki Lucasa i bandyty bez zębów, odkryła, że przestępcy mieli wiele ciemnych spraw na sumieniu. Długi i Zębaty zamieszani byli w napady na bankomaty, napady z bronią i włamania do domów. Tego samego dnia został również zastrzelony przez nieznanych sprawców ich szef o ksywie Pastor. Okazało się, że wszyscy pochodzili z Pretorii, a informacje o zamieszanych w porwanie Nigeryjczykach były zwykłą plotką. Policja uznała bardzo szybko, że w przypadku Pastora chodziło o jakieś wewnętrzne porachunki, i do tej pory nie znalazła sprawcy. A ja jestem pewna na bank, że nie znajdzie i że nikt nie będzie go zbytnio szukał. Bo skoro nie było nawet zapisu monitoringu z ogrodów prezydenckich? Kamera zepsuła się na pół godziny przed strzelaniną. Jakiż cudowny zbieg okoliczności, prawda?

Nie rozmawiałam o tym z ojcem. Pewnie i tak by mi nic nie powiedział. Ostatnio jest bardzo zajęty swoją nową rolą: byciem dziadkiem. Mały Nkosi, czyli król, mimo zaledwie paru miesięcy życia zdołał zawładnąć nim całkowicie. I chyba głównie ze względu na niego i Sine, która bardzo spodobała się Tony'emu, ojciec wybaczył Steve'owi. Oczywiście nie na tyle, żeby obsypać go pieniędzmi, ale sytuacja mojego brata ustabilizowała się do takiego stopnia, że po raz kolejny zaczął studia, a wieczorami pracuje jako ochroniarz. Ze mną Tony też się chce zaprzyjaźniać i nadrabiać stracony czas. Zaprosił mnie, żebym z bliźniaczkami zamieszkała w jego domu, i nie może zrozumieć, że mu odmawiam. Ojciec lubi rządzić i nie znosi sprzeciwu. Teraz też próbuje mnie przekonywać, że nie jestem dobrą córką, skoro go nie słucham. Nikt go nie nauczył bycia dobrym ojcem, więc nie ma pojęcia, jak się to robi. Może kiedyś będziemy mieli czas, to mu wyjaśnię.

Z Anną Joy zdążyłam już sobie wyjaśnić, co mnie do tej pory tak nurtowało. A od naszego spotkania – coraz bardziej i dotkliwiej. Nigdy nie rozumiałam, dlaczego moja matka tak się pokłóciła z rodzicami, że postanowiła zerwać z nimi wszelkie kontakty.

Na rozmowę wybrałam wieczór, kiedy nie leciały żadne seriale, które oglądała Anna Joy, a ja nie miałam zajęć. Zaparzyłam angielską herbatę i przyniosłam ją do pokoju.

– Dziękuję ci, kochanie – ucieszyła się, nie wiedząc, że używam podstępu, by ją zaraz ze wszystkiego przepytać. Umrę z ciekawości, jeśli nie powie mi prawdy. Miałam już serdecznie dość tych wszystkich idiotycznych tajemnic świata dorosłych.

– To żadna wielka tajemnica, Joy. Nie wiem, czego się spodziewałaś. Mój mąż, twój dziadek, był działaczem partii konserwatywnej. Helen zaś miała bardzo radykalne poglądy. Kilka razy policja zgarnęła ją z demonstracji, została aresztowana, zwolniona za kaucją. Awantury w domu wybuchały prawie każdego dnia.

– Nie mogli się ze sobą dogadać?

– Byli jednakowo uparci. A potem doszła jeszcze ta absurdalna historia…

– Jaka?

– Kiedy Helen zaczęła się interesować Afryką, wspomniałam jej o moim ojcu, który stamtąd pochodził.

– Co takiego? – Otworzyłam usta i chyba nie zamknęłam ich, słuchając tej fascynującej opowieści.

O miłości wielkiej i zakazanej pomiędzy białym mężczyzną i czarnoskórą kobietą, z której urodził się syn. Mężczyzna wkrótce zaginął bez wieści w Europie, a kobieta z dzieckiem wybrała się tam na poszukiwania. Nigdy nie odnalazła swojego ukochanego, ale za to zapewniła bezpieczną przystań dziecku. Teodor, bo tak miał chłopak na imię, ciężko pracował na swój sukces, aż w końcu udało mu się zostać lekarzem. Poślubił matkę Anny Joy, kiedy był już po czterdziestce. Nigdy więc nie poznała jego afrykańskiej matki. Znała ją jedynie ze zdjęcia, które podczas kolejnej przeprowadzki się zawieruszyło i wypłynęło na powierzchnię przy remoncie całe lata później. Helen była już wówczas studentką w Londynie.

Anna Joy postanowiła pokazać fotografię córce podczas jej następnych odwiedzin w domu. Nie przewidziała, że Helen wpadnie w szał i wścieknie się, że o wszystkim dowiedziała się tak późno. Do tego stopnia, że wybiegła z domu. A potem zaatakowała rodziców w artykule, oskarżając ich o hipokryzję. Paul dostał wówczas ataku serca.

– Helen słyszała to, co chciała usłyszeć. Równie dobrze mogła wyjechać do Polski i wystąpić tam o obywatelstwo.

– Dlaczego do Polski?

– Ach, gapa ze mnie. Myślałam, że o tym wspomniałam. Ojciec Teodora był Polakiem. Nazywał się chyba Kowalski, nie, nie tak. Kwilecki.

– Polakiem?

I nagle cała ta historia zatoczyła dla mnie koło. Nie mogłam się już doczekać, kiedy o wszystkim opowiem Zuzannie. To się dopiero zdziwi, że pod moją czarną skórą płynie jakaś część polskiej krwi. Gdy o tym pomyślę, od razu chce mi się śmiać. I myślę sobie, że rzeczywiście jesteśmy jedną tęczą na niebie, w której każdy kolor jest jednakowo ważny. Mam wrażenie, jakby na moich oczach spełniała się afrykańska filozofia *ubuntu*, uniwersalnej więzi, która łączy całą ludzkość. Może jestem jednak idealistką jak moja mama?

Muszę jednak przyznać, że miałam do Zuzanny pewien żal, kiedy rozstawałyśmy się w Pretorii. Rozumiałam, że jest zajęta. To oczywiste. Wszyscy chcieli z nią rozmawiać, musiała składać zeznania, ale wydawało mi się, że nagle o nas zapomniała i odeszłyśmy w kąt. A to wcale nie była prawda.

Uśmiechnęłam się, kiedy kierowca ambasady przywiózł mi paczkę ze słodyczami od Zuzanny. Wiedziałam, że bliźniaczki oszaleją z radości. Ostrożnie zaczęłam wyjmować poszczególne słodkości, gdy nagle natknęłam się na kopertę. A w niej dwa tysiące dolarów. Nie zdołałam ochłonąć, gdy nagle zadzwoniła do mnie Andile, a potem Liyana. One również dostały podobne upominki.

– Kupcie szampana i wypijcie go za moje zdrowie – powiedziała Zuzanna, kiedy do niej zadzwoniłyśmy. – A poza tym wydajcie, na co chcecie. Zasłużyłyście na znacznie więcej.

I tak właśnie zrobiłyśmy. Liyana wydała pieniądze na studia. Jestem z niej prawdziwie dumna. Podjęła decyzję, żeby iść za dawnymi marzeniami i studiować architekturę wnętrz. Andile przeznaczyła swoje na remont salonu i wycieczkę z Timem do Kapsztadu. A ja... kupiłam nowy laptop, pakiet internetowy i jeszcze zostało mi na bilet do Anglii.

Któregoś dnia napisał do mnie syn Zuzanny, Natan, pytając, co u mnie słychać. Odpisałam i po jakimś czasie zaczęliśmy ze sobą korespondować. Pisał, że Zuzanna chce mi zapłacić za studia w Polsce. To miłe, ale nie mogę się na to zgodzić. Nie mogłabym wyjechać z Afryki na tak długo. Nie chodzi tylko o dziewczynki. Coś mnie tam mocno trzyma. Może przodkowie Andile, a może moi właśni każą mi wracać do domu i coś w nim zmienić. Tak, zdecydowałam się, chcę zostać dziennikarką jak moja matka. I niech się lepiej ojciec ma na baczności, bo będę bezkompromisowa! Zacznę jednak od załatwienia Andy'ego Juniora. Odechce mu się molestowania dziewczyn.

Ale na wycieczkę chętnie bym się wybrała do Polski. Nie jest to takie trudne, bo oznacza tylko niedługi lot z Anglii. I tak od słowa do słowa, aż w końcu wyszło, że za dwa tygodnie pojadę poznać kraj mojego przodka! Zuzanna i Michał z kolei chcą przyjechać do RPA. Bardzo się z tego cieszę, bo jak powiedział inny słynny myśliciel z naszego kraju, Desmond Tutu, nie ma przyszłości bez wybaczenia. Jednak mimo wszystko nie polecę im mojego brata jako przewodnika.

Przepraszam, ale muszę już kończyć, bo wibruje mój telefon. Natan jest w Londynie i chce się ze mną spotkać. Dlaczego nie?

To wcale nie jest tak, jak wam się wydaje.

A zresztą wszystko mi jedno, co sobie myślicie!

PODZIĘKOWANIA

Po raz pierwszy pojechałam do Południowej Afryki pięć lat temu. Nigdy w życiu nie przypuszczałam, że dotrę aż tak daleko. Było więc dla mnie sporym zaskoczeniem to, czego tam doświadczyłam. Od pierwszego wejrzenia zakochałam się w tym kraju, jego mieszkańcach, trudnej historii i niezwykłych krajobrazach. Była to taka zupełnie nieoczekiwana miłość, więc tym bardziej cenna.

Chciałam ją zachować tylko dla siebie, ale Joanna Jodełka, wysłuchawszy moich opowieści, zasugerowała, że powinnam o tym napisać. Zwłaszcza o tamtejszych kobietach, o których stale jej opowiadałam. Miała rację, bo to one są złotem i diamentami tego kraju.

I dlatego chciałabym podziękować tym wspaniałym kobietom, a szczególnie Esther, która tak cierpliwie odpowiadała na wszystkie moje pytania. Tych pań pojawiło się zresztą znacznie więcej: Joy, Dolores, Thando, Sima czy Bev, i wiele innych. One wszystkie w pewien sposób zainspirowały mnie do napisania tej książki.

Wielkie podziękowania należą się Andrzejowi za gościnę, cenne komentarze i wspaniałe wycieczki, podczas których mogłam zobaczyć, jak wygląda prawdziwe życie prowincji i nie tylko. Bez niego ta książka nigdy by nie powstała.

Ewa Radecka-Mundiger i Irena Korcz-Bombała są moimi wiernymi czytelniczkami i od lat w ich ręce trafiają powieści w wersji „surowej". Jest to trudne doświadczenie i doceniam ich chęć czytania następnych pozycji. Jesteście naprawdę kochane!

A bez Adama Wolańskiego, mojego agenta, pewnie nie napisałabym już kolejnej książki. To on mnie podnosi na duchu, kiedy się załamuję, i pcha do przodu.

Dziękuję wszystkim.

POLECAMY

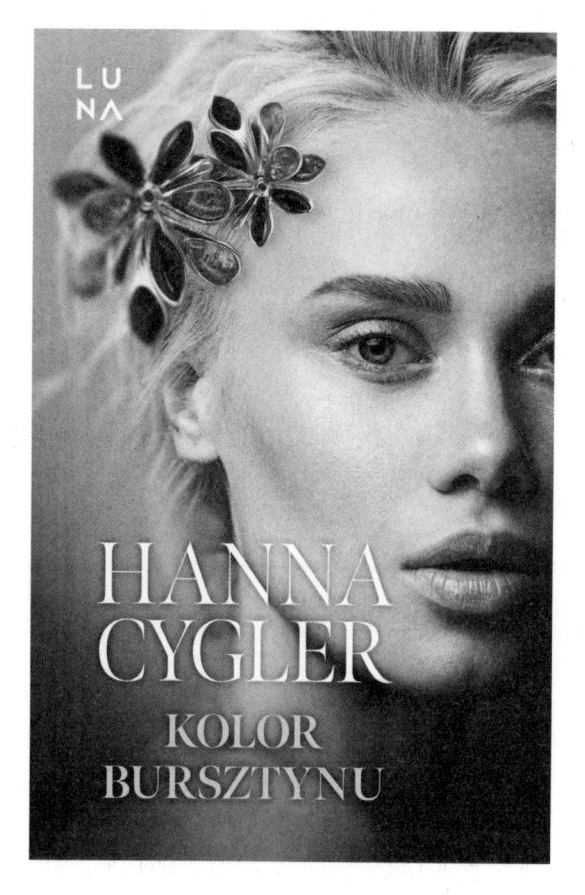

HANNA CYGLER
KOLOR BURSZTYNU

Piękno bursztynowej biżuterii i pogoń za zyskiem. Bez względu na wszystko.

Nela Lisiecka ma za sobą nieudane małżeństwo i dwoje dzieci na utrzymaniu. Pracuje w muzeum regionalnym i ledwo radzi sobie finansowo. Wciąż nie może zapomnieć o Wiktorze, miłości swego życia, który został zamordowany. Trzy lata później przypadkiem rozpoznaje mężczyznę podejrzanego o zabicie jej dawnego ukochanego. Śledztwo, które Nela zaczyna prowadzić na własną rękę, przynosi nieoczekiwane rezultaty…

Świetnie wpleciony w bursztynową rzeczywistość Gdańska wątek sensacyjny, na którego tle rozwija się wielka miłość.

POLECAMY

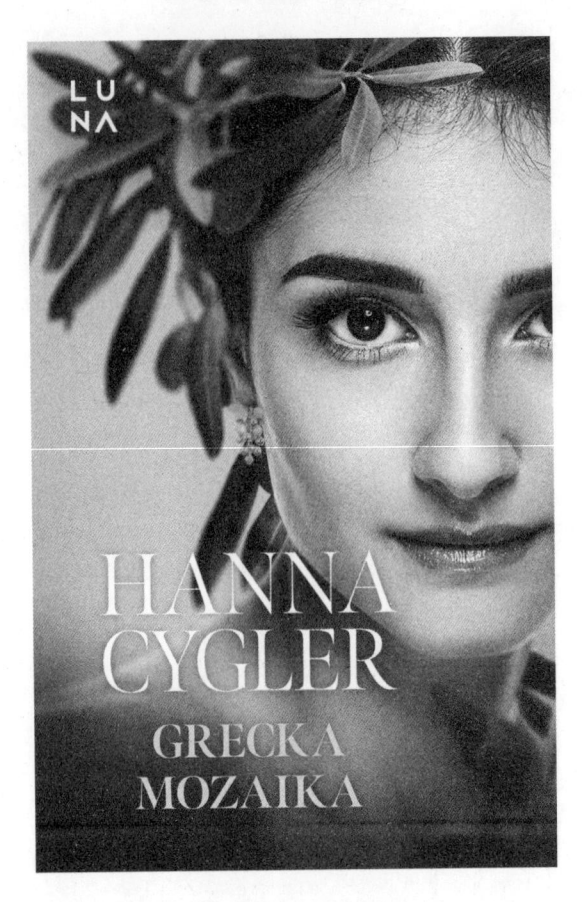

HANNA CYGLER
GRECKA MOZAIKA

Pasjonująca układanka ludzkich losów z Grecją w tle.

Młoda Polka przyjeżdża na wyspę Korfu w poszukiwaniu swojego biologicznego ojca, Jannisa Kassalisa. Choć mężczyźnie trudno jest się odnaleźć w nowej sytuacji, po przełamaniu początkowej nieufności między Niną a Jannisem nawiązuje się nić porozumienia. Mężczyzna opowiada dziewczynie o swojej przeszłości. Snuje pasjonującą opowieść, dzięki której oboje przenoszą się do Grecji, w Bieszczady, do Krakowa, Gdańska, Londynu i Nowego Jorku. Jannis ujawnia historię sprzed lat, w której wątki miłosne przeplatają się z sensacyjnymi. Co wyniknie z tego spotkania? Przeznaczenie bywa przewrotne i wiedzą o tym zwłaszcza Grecy…